Cidade nas nuvens

Anthony Doerr

Cidade nas nuvens

Tradução de
Marcello Lino

Copyright © 2021 by Anthony Doerr
Todos os direitos reservados.

TÍTULO ORIGINAL
Cloud Cuckoo Land

PREPARAÇÃO
Isabella Pacheco

REVISÃO
Eduardo Carneiro
Alvanísio Damasceno

DIAGRAMAÇÃO
Ilustrarte Design

DESIGN DE CAPA
Jonathan Bush

ARTE DE CAPA
Livro: Flaming Pumpkin/iStock/
Getty Images, Chaoss/iStock/Getty
Images, Mikroman6/Getty Images
and ThePalmer/Getty Images; castelo:
Museu Condé, Chantilly, França/

Bridgeman Images e Biblioteca Mazarine,
Paris, França © Archives Harmet/
Bridgeman Images; pássaros: Kriengsuk
Prasroetsung/Shutterstock; nuvens de
fundo: Plainpicture/Heidi Mayer.

ARTE DE LOMBADA
Sean Gladwell / Getty Images

ADAPTAÇÃO DE CAPA
Julio Moreira | Equatorium Design

PÁGINA 7
Tradução de Adriane da Silva Duarte

PÁGINAS 58, 59, 94, 213, 231
Trechos da *Odisseia* traduzidos por
Frederico Lourenço

PÁGINA 289
Trecho da *Ilíada* traduzido por Frederico
Lourenço

CIP-BRASIL. CATALOGAÇÃO NA PUBLICAÇÃO
SINDICATO NACIONAL DOS EDITORES DE LIVROS, RJ

D673c

    Doerr, Anthony, 1973-
       Cidade nas nuvens / Anthony Doerr ; tradução Marcello Lino. - 1. ed. - Rio de
Janeiro : Intrínseca, 2022.
       752 p. ; 23 cm.

       Tradução de: Cloud cuckoo land
       ISBN 978-65-5560-507-5

       1. Ficção americana. I. Lino, Marcello. II. Título.

21-74958

CDD: 813
CDU: 82-3(73)

Meri Gleice Rodrigues de Souza - Bibliotecária - CRB-7/6439

[2022]
Todos os direitos desta edição reservados à
EDITORA INTRÍNSECA LTDA.
Rua Marquês de São Vicente, 99, 6º andar
22451-041 — Gávea
Rio de Janeiro — RJ
Tel./Fax: (21) 3206-7400
www.intrinseca.com.br

Aos bibliotecários, ontem, hoje e nos anos por vir.

Poupa: Então vejamos, que nome terá a nossa cidade?

Tudo Azul: Vocês querem que a chamemos por este grande nome vindo da Lacedemônia: Esparta?

Bom de Lábia: Héracles! E eu poria espartilho na minha cidade? Nunca! Nem se estivesse gorda.

Tudo Azul: E então? Que nome daremos a ela?

Poupa: Um de lá, das nuvens e das regiões celestes, um muito pomposo.

Bom de Lábia: Que tal Cuconuvolândia?

— ARISTÓFANES, *AS AVES*, 414 A.C.

Prólogo

*Para minha querida sobrinha, com esperança
de que isso lhe traga saúde e luz*

A Argos

Missão ano 65
(Dia 307 dentro da Câmara Um)

Konstance

Uma menina de catorze anos está sentada de pernas cruzadas no chão de uma câmara circular. Uma massa de cachos forma um halo em sua cabeça; suas meias estão cheias de furos. Esta é Konstance.

Atrás dela, dentro de um cilindro translúcido que se ergue em uma extensão de cinco metros do chão até o teto, pende uma máquina composta de trilhões de fios dourados, nenhum mais grosso do que um cabelo humano. Cada filamento se entrelaça com milhares de outros em emaranhados de complexidade assombrosa. Ocasionalmente, um feixe em algum ponto ao longo da superfície da máquina pulsa com luz: ora aqui, ora acolá. Esta é Sybil.

Em outro lugar do cômodo, há uma cama inflável, um toalete reciclador, uma impressora de comida, onze sacos de Alimento em Pó e uma esteira rolante multidimensional do tamanho e formato de um pneu de automóvel chamada Perambulador. A luz provém de um anel de díodos no teto; arranhões e amassados marcam as paredes; não há saída visível.

Diante de Konstance, cobrindo a maior parte do chão, estão cerca de cem retalhos retangulares que ela arrancou de sacos vazios de Alimento em Pó e nos quais escreveu com tinta caseira. Alguns estão cobertos pela sua caligrafia; outros abrigam apenas uma palavra. Um, por exemplo, contém as vinte e quatro letras do alfabeto grego clássico. Em outro, está escrito:

No milênio que antecedeu 1453, a cidade de Constantinopla fora sitiada vinte e três vezes, mas exército nenhum jamais violou suas muralhas terrestres.

Ela se inclina para a frente e levanta três retalhos do quebra--cabeça à sua frente. A máquina atrás dela pisca.

Está tarde, srta. Konstance, e você não comeu nada o dia todo.

— Não estou com fome.

Que tal um belo risoto? Ou cordeiro assado com purê de batatas? Ainda há muitas combinações que você não experimentou.

— Não, obrigada, Sybil.

Ela olha para baixo, para o primeiro retalho, e lê:

A história grega perdida *Cuconuvolândia*, do escritor Antônio Diógenes, que narra em prosa a jornada de um pastor até uma cidade utópica no céu, provavelmente foi escrita no fim do primeiro século a.C.

O segundo:

Sabemos, por um epítome escrito no século IX, em Bizâncio, que o livro começava com um breve prólogo no qual Diógenes se dirigia a uma sobrinha doente e declarava que não havia inventado a história cômica que se seguia, mas que a havia descoberto em uma tumba na antiga cidade de Tiro.

Cidade nas nuvens 15

O terceiro:

Na tumba, Diógenes reportou à sobrinha, estava escrito: Éton: Viveu 80 Anos como Homem, 1 Ano como Burro, 1 Ano como Robalo, 1 Ano como Corvo. Dentro, ele alega ter achado um baú de madeira com a inscrição *Estranho, seja lá quem você for, abra isto para aprender coisas incríveis.* Ao abrir o baú, encontrou vinte e quatro tabuletas de madeira de cipreste onde a história de Éton estava escrita.

Konstance fecha os olhos, vê o escritor descer até a escuridão das tumbas. Ela o vê examinar o estranho baú à luz de uma tocha. Os díodos no teto escurecem um pouco e as paredes se suavizam, passando de branco para âmbar, e Sybil diz:

Logo não haverá mais luz, Konstance.

Ela vai escolhendo o caminho entre os retalhos no chão e pega um saco vazio que estava embaixo da cama. Usando dentes e dedos, rasga um retângulo novo. Põe um montinho de Alimento em Pó na impressora de comida, aperta uns botões e o dispositivo cospe uma pequena quantidade de um líquido escuro em sua tigela. Depois, Konstance pega um tubo comprido de polietileno cuja ponta ela entalhou até formar um bico, mergulha a caneta improvisada na tinta improvisada, inclina-se sobre o retalho em branco e desenha uma nuvem.

Ela mergulha novamente o tubo.

Em cima da nuvem, ela desenha as torres de uma cidade, depois os pontinhos de pássaros girando em volta das torres. O cômodo fica ainda mais escuro. Sybil pisca:

Konstance, devo insistir para que você coma.

— Não estou com fome, obrigada, Sybil.

Ela estende a mão sobre os retalhos, pega um retângulo com uma data inscrita — *20 de fevereiro de 2020* — e o coloca ao lado de outro que diz *Fólio A*. Depois, põe seu desenho de uma cidade de nuvens à esquerda. Por um instante, na luz que vai sumindo, os três retalhos quase parecem se erguer e brilhar.

Konstance senta-se sobre os calcanhares. Ela não sai daquela câmara há quase um ano.

Um

*Estranho, seja lá quem você for, abra
isto para aprender coisas incríveis*

Cuconuvolândia, *de Antônio Diógenes, Fólio A*

O códice Diógenes mede trinta por vinte e dois centímetros. Perfurado por vermes e apagado de forma significativa pelo mofo, apenas vinte e quatro fólios, nomeados de A a Ω, foram recuperados. Todos estavam danificados em certo grau. A caligrafia é clara e inclinada para a esquerda. Da tradução de 2020 de Zeno Ninis.

[...] quanto tempo aquelas tabuletas mofaram dentro daquele baú, esperando que olhos as lessem? Embora eu tenha certeza de que você duvidará da veracidade dos acontecimentos estapafúrdios que elas relatam, minha cara sobrinha, em minha transcrição, não deixo de fora uma palavra sequer. Talvez nos tempos antigos os homens andassem pela Terra como bichos, e uma cidade de aves flutuasse nos céus entre os reinos dos homens e dos deuses. Ou talvez, como todos os lunáticos, o pastor tenha criado uma verdade própria, e assim, para ele, aquilo era verdadeiro. Mas vamos passar agora à história e decidir por nós mesmos sobre a sua sanidade.

Biblioteca Pública de Lakeport

20 de fevereiro de 2020

16h30

Zeno

ELE ACOMPANHA CINCO ALUNOS DA QUINTA SÉRIE DA ESCOLA até a biblioteca pública em meio à neve que cai formando cortinas. É um octogenário com um casaco de lona; suas botas estão fechadas com velcro; pinguins de uma história em quadrinhos patinam em sua gravata. Durante o dia todo, a alegria foi crescendo sem parar dentro do seu peito, e agora, nesta tarde, às 16h30 de uma quinta-feira em fevereiro, observando as crianças que correm à sua frente ao longo da calçada — Alex Hess usando sua cabeça de burro feita de papel machê, Rachel Wilson carregando uma lanterna de plástico, Natalie Hernandez arrastando um alto-falante portátil —, aquele sentimento ameaça derrubá-lo.

Eles passam pela delegacia, pelo Departamento de Parques e Jardins, pela Imobiliária Eden's Gate. A Biblioteca Pública de Lakeport é uma casa vitoriana de dois andares, com frontão alto e cheia de ornamentos, situada na esquina das ruas Lake e Park que foi doada à cidade após a Primeira Guerra Mundial. Sua chaminé está torta; as calhas estão cedendo; fita adesiva tapa rachaduras em três das quatro janelas frontais. Vários centímetros de neve já se acumularam sobre os desgrenhados arbustos de zimbro que ladeiam o caminho de acesso e em cima da caixa

24 *Anthony Doerr*

de devolução de livros na esquina, que foi pintada para parecer uma coruja.

As crianças avançam correndo pelo acesso, saltam para a varanda e cumprimentam Sharif, o bibliotecário infantil, com um toca-aqui, que sai para ajudar Zeno a subir a escada. Sharif tem fones de ouvido verde-limão nos ouvidos e purpurina brilha nos pelos dos seus braços. Sua camiseta diz: *I LIKE BIG BOOKS AND I CANNOT LIE.*

Dentro, Zeno desembaça os óculos. Corações de cartolina estão presos com fita adesiva na frente do balcão da recepção; na parede atrás do balcão, um bordado emoldurado diz: *Perguntas Respondidas Aqui.*

Na mesa dos computadores, em todos os três monitores, espirais de protetores de tela se contorcem em sincronia. Entre a prateleira de audiolivros e duas poltronas surradas, um vazamento do aquecedor se infiltra pelos ladrilhos do teto e pinga em uma lata de lixo de trinta litros.

Plic. Ploc. Plic.

As crianças espalham neve por toda parte ao debandarem para o andar de cima, encaminhando-se para a seção Infantil, e Zeno e Sharif sorriem juntos ao ouvirem os passos chegando ao topo da escadaria e parando.

— Nossa! — diz a voz de Olivia Ott.

— Caraca! — diz a voz de Christopher Dee.

Sharif segura o cotovelo de Zeno enquanto eles sobem. A entrada do segundo andar foi obstruída por uma parede de compensado pintado de dourado e, no meio dela, em cima de uma portinha em arco, Zeno escreveu:

Ὦ ξένε, ὅστις εἶ ‚ἴνοιξον, ἵνα μάθῃς ἃ θαυμάζεις

Cidade nas nuvens 25

Os alunos da quinta série se aglomeram perto do compensado e a neve derrete sobre seus casacos e mochilas. Todo mundo olha para Zeno e Zeno espera até voltar a ter fôlego.

— Todo mundo se lembra do que isso significa?

— Claro — diz Rachel.

— Dãã — complementa Christopher.

Na ponta dos pés, Natalie passa o dedo embaixo de cada palavra.

— *Estranho, seja lá quem você for, abra isto para aprender coisas incríveis.*

— Ai, minha nossa — fala Alex, sua cabeça de burro embaixo do braço. — É como se a gente estivesse prestes a *entrar* no livro.

Sharif apaga a luz da escada e as crianças se amontoam em volta da portinha sob o brilho vermelho do indicador de SAÍDA.

— Pronta? — pergunta Zeno e, do outro lado do compensado, Marian, a diretora da biblioteca, responde:

— Pronta.

Um por um, os alunos da quinta série passam pela portinha em forma de arco e entram na seção Infantil. As prateleiras, mesas e pufes que normalmente preenchem o espaço foram empurrados para as paredes e, em seu lugar, estão trinta cadeiras dobráveis. Acima das cadeiras, dezenas de nuvens de papelão, cobertas de purpurina, pendem das vigas, seguras por fios. Na frente das cadeiras, há um pequeno palco e, atrás do palco, em um pedaço de lona que cobre toda a parede posterior, Marian pintou uma cidade nas nuvens.

Torres douradas, compostas por centenas de pequenas janelas e coroadas de flâmulas, se erguem em feixes. Em torno dos pináculos, giram densas revoadas de aves — pequenos trigueiros castanhos e enormes águias prateadas, alguns pássaros com caudas longas e outros com bicos compridos, aves do mundo e aves da imaginação. Marian apagou as luzes do teto e, no facho de um único holofote de karaokê sobre um suporte, as nuvens brilham, os bandos de aves cintilam e as torres parecem iluminadas por dentro.

— É... — diz Olivia.

— ... melhor do que eu... — fala Christopher.

— Cuconuvolândia — sussurra Rachel.

Natalie larga o alto-falante, Alex pula para o palco e Marian adverte:

— Cuidado, a tinta ainda pode estar fresca.

Zeno se acomoda em uma cadeira na primeira fila. Toda vez que ele pisca, uma lembrança flutua pela parte interior das suas pálpebras: seu pai cai sentado em um monte de neve; uma bibliotecária abre a gaveta de um catálogo de fichas; um homem em um campo de detenção traça letras gregas na terra.

Sharif mostra às crianças os bastidores que ele criou atrás de três prateleiras de livros abarrotadas de adereços e figurinos, Olivia põe uma touca de látex por cima dos cabelos para parecer calva, Christopher arrasta a carcaça de um micro-ondas pintada para parecer um sarcófago de mármore até o centro do palco, Alex estende a mão para encostar em uma das torres da cidade pintada e Natalie retira um laptop da mochila.

O telefone de Marian vibra.

— As pizzas estão prontas — anuncia ela no ouvido bom de Zeno. — Vou lá buscá-las. Volto em um triz.

— Sr. Ninis? — Rachel está batendo no ombro de Zeno. Seus cabelos ruivos estão puxados para trás em marias-chiquinhas trançadas, um pouco de neve derreteu em seus ombros formando gotas e seus olhos estão arregalados e brilhando. — O senhor construiu tudo isto? Pra gente?

Seymour

A um quarteirão de distância, dentro de um Pontiac Grand-Am coberto por oito centímetros de neve, um rapaz de olhos acinzentados e dezoito anos de idade chamado Seymour Stuhlman está cochilando com uma mochila no colo. É uma JanSport verde-escura e contém duas panelas de pressão Presto, cada uma abarrotada de pregos telheiros, rolamentos, um detonador e meio quilo de um alto-explosivo chamado Composição B. Dois fios partem do corpo de cada panela até as tampas, onde se conectam à placa de circuito de um telefone celular.

Em um sonho, Seymour caminha entre árvores em direção a um aglomerado de tendas brancas, mas toda vez que ele dá um passo adiante, a trilha se torna mais sinuosa e as tendas ficam mais distantes, uma terrível confusão o oprime. Ele acorda sobressaltado.

O relógio do painel marca 16h42. Quanto tempo ele dormiu? Quinze minutos. Vinte, no máximo. Burro. Desleixado. Ele está no carro há mais de quatro horas, os dedos dos pés estão dormentes e ele precisa fazer xixi.

Com uma manga do casaco, ele limpa o vapor do lado interno do para-brisa. Arrisca usar os limpadores uma vez e eles varrem um bloco de neve para fora do vidro. Nenhum carro estacionado à frente. Ninguém na calçada. O único carro no estacionamento de cascalho à esquerda é o Subaru verde de Marian, a bibliotecária, coberto de neve.

16h43.

Quinze centímetros antes de escurecer, anuncia a rádio, *de trinta a trinta e cinco durante a noite.*

Inspire por quatro segundos, segure por quatro, expire por quatro. Lembre-se das coisas que você sabe. Corujas têm três pálpebras. Seus globos oculares não são esferas, mas tubos alongados. O coletivo de corujas é bando.

Ele só precisa entrar lá caminhando, esconder a mochila no canto sudeste da biblioteca, o mais perto possível do escritório da Imobiliária Eden's Gate e sair como entrou. Dirigir rumo ao norte, esperar até a biblioteca fechar, às 18 horas, discar os números. Esperar cinco toques.

Bum.

Fácil.

Às 16h51, uma figura em uma parca vermelha sai da biblioteca, suspende o capuz e empurra uma pá de neve para a frente e para trás no caminho de acesso. Marian.

Seymour escorrega mais para baixo no banco. Em uma lembrança, ele tem sete ou oito anos, está na seção de Não Ficção para Adultos, em algum lugar lá pelo número de chamada 598, e Marian pega um manual sobre corujas de uma prateleira alta. Suas bochechas são uma tempestade de sardas; ela cheira a chiclete de canela; está sentada ao lado dele em uma banqueta com rodinhas. Nas páginas que ela está mostrando para ele, há ilustrações de corujas em pé fora das tocas, sentadas sobre galhos, sobrevoando campos.

Cidade nas nuvens 29

Ele logo afasta a lembrança. O que Bishop sempre diz? *Um guerreiro, realmente engajado, não sente culpa, medo ou remorso. Um guerreiro, realmente engajado, se torna algo mais do que humano.*

Marian passa a pá na rampa para cadeiras de rodas, espalha um pouco de sal, depois sai caminhando pela rua Park e é engolida pela neve.

16h54.

Durante a tarde toda, Seymour esperou a biblioteca ficar vazia, e agora ela está. Ele abre o zíper da mochila, liga os celulares presos com fita adesiva às tampas das panelas de pressão, retira um par de abafadores de ruídos para estandes de tiro e volta a fechar o zíper da mochila. No bolso direito da jaqueta corta-vento está uma pistola Beretta 92 semiautomática que ele encontrou no depósito de ferramentas do tio-avô. No esquerdo, um celular com três números de telefone escritos na parte de trás.

Entrar caminhando, esconder a mochila, sair como entrou. Dirigir rumo ao norte, esperar até a biblioteca fechar, ligar para os dois primeiros números. Esperar cinco toques. Bum.

16h55.

Um veículo limpa-neve desobstrui o cruzamento, as luzes piscando. Uma picape cinza passa, King Construction escrito na porta. O indicador de ABERTA ainda está iluminado na janela do primeiro andar da biblioteca. Marian provavelmente foi resolver alguma pendência; não vai demorar.

Vamos. Saia do carro.

16h56.

Cada cristal que atinge o para-brisa causa uma pancadinha que mal dá para ouvir, mas o som parece penetrar até as raízes dos molares de Seymour. Tique tique tique tique tique tique

tique tique tique. Corujas têm três pálpebras. Seus globos oculares não são esferas, mas tubos alongados. O coletivo de corujas é bando.

Ele põe os abafadores de ruídos sobre as orelhas. Suspende o capuz. Põe uma das mãos na maçaneta da porta.

16h57.

Um guerreiro, realmente engajado, se torna algo mais do que humano.

Ele sai do carro.

Zeno

CHRISTOPHER ESPALHA TUMBAS DE ISOPOR PELO PALCO E inclina a caixa de micro-ondas transformada em sarcófago para que a plateia consiga ler o epitáfio: Éton: Viveu 80 Anos como Homem, 1 Ano como Burro, 1 Ano como Robalo, 1 Ano como Corvo. Rachel pega a lanterna de plástico, Olivia sai de trás das prateleiras de livros com uma coroa de louros atochada sobre a touca de látex e Alex ri.

Zeno bate as mãos uma vez.

— Um ensaio geral é uma simulação fazendo de conta que é verdade, lembram? Amanhã à noite, sua avó na plateia pode espirrar ou o bebê de alguém pode chorar, ou um de vocês pode esquecer uma fala, mas, aconteça o que acontecer, nós continuaremos a contar a história, certo?

— Certo, sr. Ninis.

— Aos seus lugares, por favor. Natalie, música.

Natalie cutuca o laptop e o alto-falante toca uma assustadora fuga de órgão. Atrás do órgão, portões rangem, corvos crocitam, corujas piam. Christopher desenrola alguns poucos metros de cetim branco na frente do palco e se ajoelha em uma ponta, e Natalie se ajoelha na outra, os dois agitam o cetim para cima e para baixo.

Rachel entra com passo firme e caminha até o centro do palco com botas de borracha.

— É uma noite enevoada na antiga ilha de Tiro. — Ela abaixa o olhar para o roteiro, depois levanta-o novamente. — E o escritor Antônio Diógenes está saindo dos arquivos. Vejam, lá vem ele, cansado e inquieto, preocupado com sua sobrinha moribunda, mas esperem até eu mostrar para ele a coisa estranha que descobri entre as tumbas.

O cetim se encrespa, o órgão toca, a lanterna de Rachel brilha e Olivia marcha até a luz.

Seymour

CRISTAIS DE NEVE GRUDAM EM SEUS CÍLIOS E ELE PISCA PARA tentar removê-los. A mochila sobre seu ombro é uma rocha, um continente. Os grandes olhos amarelos de coruja pintados na caixa de entrega de livros parecem segui-lo à medida que ele passa.

Capuz na cabeça, abafadores de ruídos a postos, Seymour sobe os cinco degraus de granito até a varanda da biblioteca. Preso com fita adesiva atrás do vidro da porta de entrada, em uma caligrafia infantil, um cartaz diz:

AMANHÃ

APENAS UMA NOITE

CUCONUVOLÂNDIA

Não há ninguém atrás do balcão da recepção, ninguém diante do tabuleiro de xadrez. Ninguém à mesa dos computadores, ninguém folheando revistas. A tempestade deve estar mantendo todo mundo em casa.

O bordado emoldurado atrás do balcão diz: *Perguntas Respondidas Aqui*. O relógio marca 17h01. Nos monitores dos computadores, três espirais de protetores de tela vão avançando cada vez mais.

Seymour se dirige ao canto sudeste e se ajoelha no corredor entre Línguas e Linguística. De uma prateleira baixa, remove *Inglês ao alcance de todos*, *501 verbos ingleses* e *Holandês para iniciantes*, insere a mochila no espaço empoeirado na parte de trás e recoloca os livros no lugar.

Quando ele se levanta, listras roxas caindo em cascata embaralham sua visão. Seu coração pulsa em seus ouvidos, seus joelhos tremem, sua bexiga dói, ele não consegue sentir os pés e deixou um rastro de neve por todo o caminho percorrido. Mas fez o que tinha de ser feito.

Agora saia andando.

Ao percorrer o caminho de volta através da seção de Não Ficção, tudo parece se inclinar para cima dele. Seus tênis parecem de chumbo, seus músculos relutam. Os títulos vão passando, *Línguas perdidas*, *Impérios do mundo* e *Sete passos para criar uma criança bilíngue*; ele deixa para trás Ciências Sociais, Religião, os dicionários; chega ao balcão da recepção; está esticando a mão em direção à porta quando sente alguém batendo no seu ombro.

Não. Não pare. Não se vire.

Mas ele não obedece. Um homem magro com fones intra-auriculares verdes está em pé na sua frente. Suas sobrancelhas são tufos negros grandes, seus olhos estão curiosos, a parte visível da sua camiseta diz I LIKE BIG e seus braços carregam a mochila JanSport de Seymour.

O homem pergunta algo, mas, por causa dos abafadores de ruídos, parece estar a um quilômetro de distância. O coração de Seymour é uma folha de papel que se amassa, desamassa, volta a se amassar. A mochila não pode estar aqui. A mochila

Cidade nas nuvens 35

precisa ficar escondida no canto sudeste, o mais próximo possível da Imobiliária Eden's Gate.

O homem das sobrancelhas grandes olha para baixo, para dentro da mochila, cujo compartimento principal se abriu parcialmente. Ao levantar novamente o olhar, franze a testa.

Um estrondo se ergue nos ouvidos de Seymour e mil pontos pretos se abrem em seu campo de visão. Ele enfia a mão direita no bolso direito da jaqueta e seu dedo encontra o gatilho da pistola.

Zeno

R ACHEL FINGE FAZER FORÇA AO LEVANTAR A TAMPA DO sarcófago. Olivia enfia a mão na tumba de papelão e retira de dentro uma caixa menor fechada com um fio. Rachel pergunta:

— Um baú?

— Tem uma inscrição na parte de cima.

— O que diz?

— Diz: *Estranho, seja lá quem você for, abra isto para aprender coisas incríveis.*

— Pense, Mestre Diógenes — fala Rachel —, nos anos que esse baú sobreviveu dentro dessa tumba. A quantas eras resistiu! Terremotos, inundações, incêndios, gerações vivendo e morrendo! E agora o senhor o tem em suas mãos!

Christopher e Natalie, os braços ficando cansados, continuam a agitar a névoa de cetim, e a música do órgão toca, a neve bate nas janelas, o aquecedor no porão geme como uma baleia encalhada e Rachel olha para Olivia e Olivia desamarra o fio. Lá de dentro, ela ergue uma velha enciclopédia que Sharif achou no porão e pintou com spray dourado.

— É um livro.

Cidade nas nuvens 37

Ela sopra a falsa poeira da capa e, na primeira fila, Zeno sorri.

— E esse livro explica — continua Rachel — como alguém pôde ser um homem por oitenta anos e depois um burro por um ano, um robalo por outro e, por fim, um corvo por mais um?

— Vamos descobrir.

Olivia abre a enciclopédia e a coloca em um atril encostado no pano de fundo, Natalie e Christopher soltam o cetim e Rachel retira as tumbas, Olivia retira o sarcófago e Alex Hess, um metro e trinta e cinco de altura, com uma juba de cabelos louros, carregando um cajado e trajando um roupão bege por cima do calção de ginástica, assume o centro do palco.

Zeno se inclina para a frente em sua cadeira. A dor no quadril, o zumbido no ouvido esquerdo, os oitenta e seis anos que ele viveu na Terra, a infinidade de decisões que o fizeram chegar até aquele momento — tudo aquilo desaparece. Alex está em pé, sozinho, sob a luz do holofote de karaokê, e olha por cima das cadeiras vazias como se não estivesse fitando o segundo andar de uma biblioteca pública dilapidada em uma cidadezinha no meio de Idaho, mas as colinas verdejantes que circundam o antigo reino de Tiro.

— Eu — diz ele com a voz alta e gentil — sou Éton, um simples pastor da Arcádia, e a história que tenho para contar é tão louca, tão incrível, que vocês jamais acreditarão em uma palavra sequer. No entanto, é verdadeira. Pois eu, que era por eles chamado de miolo de pássaro ou apalermado, sim, eu, o tolo, o abobalhado, o lesado Éton, uma vez viajei até os confins da Terra e além, até os resplandecentes portões da Cuconuvolândia, onde ninguém carece de nada e um livro que contém toda a sabedoria...

Do andar de baixo, chega o estouro do que soa, para Zeno, bastante semelhante ao som de um tiro. Rachel derruba a lápide; Olivia se encolhe; Christopher se abaixa.

A música continua a tocar, as nuvens giram penduradas nos fios, a mão de Natalie fica suspensa em cima do laptop, o estrondo de um segundo tiro reverbera através do pavimento, e o medo, como um longo dedo escuro, atravessa a sala e toca Zeno em sua cadeira.

No foco de luz, Alex morde o lábio inferior e olha para Zeno. Um batimento cardíaco. Dois. Sua avó na plateia pode espirrar. O bebê de alguém pode chorar. Um de vocês pode esquecer uma fala. Aconteça o que acontecer, nós continuaremos a contar a história.

— Mas, primeiro — Alex segue, voltando o olhar para o espaço acima das cadeiras vazias —, eu devo começar do início.

E Natalie muda a música, Christopher muda a luz de branco para verde e Rachel entra no palco carregando três ovelhas de papelão.

Dois

Éton tem uma visão

Cuconuvolândia, *de Antônio Diógenes, Fólio ß*

Embora a ordem planejada para os vinte e quatro fólios recuperados tenha sido debatida, os estudiosos são unânimes em declarar que o episódio no qual Éton, bêbado, vê atores representando As aves, *de Aristófanes, e confunde a Cuconuvolândia com um lugar real se dá no início da sua jornada. Tradução de Zeno Ninis.*

[...] cansado de ficar molhado, cansado da lama e do contínuo balir das ovelhas, cansado de ser chamado de tolo, abobalhado e lesado, deixei meu rebanho no campo e parti para a cidade.

Na praça, todos estavam em seus bancos. Na frente deles, um corvo, uma gralha e uma poupa do tamanho de um homem estavam dançando, e eu fiquei com medo. Mas as aves se revelaram mansas, e dois velhos entre delas falavam das maravilhas de uma cidade que construiriam nas nuvens entre a terra e o céu, longe dos problemas dos homens e acessível somente àqueles com asas, onde ninguém jamais sofria e todos eram sábios. Na minha mente surgiu uma visão de um palácio com torres douradas dispostas sobre nuvens, cercadas de falcões, maçaricos-de-perna-vermelha, codornas, frangos-d'água e cucos, onde rios de caldo jorravam de torneiras, tartarugas circulavam com bolos de mel equilibrados nos cascos e vinho escorria em canais de ambos os lados das ruas.

Vendo tudo isso com meus olhos, parei e disse:

— Por que ficar aqui se eu poderia estar lá?

Deixei minha jarra de vinho cair e imediatamente enveredei pela estrada que levava à Tessália, uma terra, como todos sabem, conhecida pela feitiçaria, para ver se conseguia encontrar uma bruxa que pudesse me transformar...

Constantinopla

1439-1452

Anna

Na Quarta Colina da cidade que chamamos de Constantinopla, mas cujos habitantes na época chamavam simplesmente de Cidade, em frente ao convento de Santa Teofania, a Imperatriz, no outrora grande ateliê de bordado de Nicholas Kalaphates, mora uma órfã chamada Anna. Ela só começa a falar aos três anos. Daí em diante, são só perguntas o tempo todo.

— Por que respiramos, Maria? Por que os cavalos não têm dedos, Maria? Se eu comer um ovo de corvo, meu cabelo vai ficar preto? A Lua cabe dentro do Sol, Maria, ou é o contrário?

As freiras de Santa Teofania a chamam de Macaca, porque ela está sempre subindo nas árvores frutíferas, os meninos da Quarta Colina a chamam de Mosquito, porque ela não os deixa em paz, e a bordadeira-chefe, a Viúva Teodora, diz que ela deve ser chamada de Caso Perdido, porque é a única criança que conheceu em toda a sua vida capaz de aprender um ponto em um dado momento e logo em seguida esquecê-lo completamente.

Anna e sua irmã mais velha, Maria, dormem em uma cela com apenas uma janela, ao lado da copa, em que mal cabe um colchão de crina. As duas juntas têm quatro moedas de cobre, três botões de marfim, um cobertor de lã e um ícone de santa Corália que pode ou não ter pertencido à mãe delas. Anna nunca provou creme de leite doce, nunca comeu uma laranja e nunca pôs os pés fora das muralhas da cidade. Quando completar catorze anos, todas as pessoas que conhece estarão escravizadas ou mortas.

Alvorada. Chuva cai sobre a cidade. Vinte bordadeiras sobem a escada até a oficina e encontram seus bancos, a Viúva Teodora vai de janela em janela abrindo as venezianas. Ela diz:

— Abençoado, proteja-nos da ociosidade.

E as bordadeiras completam:

— Pois cometemos inúmeros pecados.

A Viúva Teodora destranca o armário das linhas e pesa os fios de ouro e prata e as caixinhas de pérolas miúdas, registra os pesos em uma tabuleta de cera e, assim que o cômodo está suficientemente claro para distinguir uma linha preta de uma branca, elas começam.

A mais velha, com setenta anos, é Tecla. A mais jovem, com sete anos, é Anna. Ela está empoleirada ao lado da irmã e observa Maria desenrolar sobre a mesa uma estola de padre bordada pela metade. Ao longo das bordas do paramento, em círculos precisos, vinhas se contorcem em volta de cotovias, pavões e pombas.

— Agora que fizemos o contorno de João Batista — diz Maria —, vamos acrescentar suas feições. — Ela enfia na agulha linhas de algodão de cores iguais, fixa um bastidor no centro da estola e executa uma série de pontos partidos. — Viramos a agulha e passamos sua ponta pelo centro do último ponto, dividindo as fibras assim, está vendo?

Cidade nas nuvens

Anna não vê. Quem quer uma vida daquelas, curvada o dia todo em cima de agulhas e linhas, costurando santos e estrelas e grifos e vinhas nas vestimentas dos hierarcas? Eudóxia canta um hino sobre as três crianças sagradas, Ágata canta outro sobre as provações de Jó e a Viúva Teodora esquadrinha a sala de trabalho como uma garça atrás de peixinhos. Anna tenta seguir a agulha de Maria — pesponto, ponto pena —, mas, bem na frente da mesa delas, um pequeno cartaxo marrom pousa no parapeito, se sacode para secar as costas, canta *uí-chaque-chaque* e, em um piscar de olhos, Anna começa a se imaginar dentro daquele pássaro. Ela sai do parapeito batendo as asas, se esquiva dos pingos de chuva e alça voo rumo ao sul, sobrevoando o bairro e as ruínas da basílica de São Polieucto. Gaivotas revoam em volta da cúpula de Santa Sofia como preces rodeando a cabeça de Deus, o amplo estreito de Bósforo está repleto de ondas com cristas espumosas, o galeão de um mercador está dando a volta no promontório, as velas estufadas, e Anna voa ainda mais alto, até a cidade ser apenas uma treliça de telhados e jardins, até ela estar nas nuvens, até...

— Anna — sussurra Maria. — Qual fio de seda aqui?

Do outro lado da sala de trabalho, a atenção da Viúva Teodora se volta para elas.

— Carmesim? Enrolado em fio metálico?

— Não — suspira Maria. — Carmesim, não. E nada de fio metálico.

O dia inteiro ela vai buscar linha, vai buscar cambraia, vai buscar água, vai buscar o almoço de feijão e azeite das bordadeiras. À tarde, elas ouvem o tropel de um burro e a saudação do porteiro e os passos de Kalaphates na escada. Todas as mulheres se sentam um pouco mais eretas, costuram um pouco mais rápido. Anna rasteja sob as mesas recolhendo todos os retalhos de linha que consegue achar, sussurrando para si mesma:

— Sou pequena, sou invisível, ele não consegue me ver.

Com braços exageradamente compridos, um nariz que parece um bico e sua corcunda belicosa, Kalaphates, como qualquer outro homem que ela já viu, se parece com um abutre. Ele emite pequenos cliques de desaprovação enquanto passa mancando entre os bancos, escolhendo uma bordadeira atrás da qual finalmente parar, Eugênia hoje, e reclama da lentidão do trabalho dela, de como, no tempo do pai dele, nunca teriam permitido que uma incompetente como ela chegasse perto de um fardo de seda, e será que aquelas mulheres não entendem que cada dia mais províncias são perdidas para os sarracenos, que a cidade é a última ilha de Cristo em um mar de infiéis, que se não fosse pelas muralhas de proteção todas elas estariam à venda em um mercado de escravos em algum fim de mundo esquecido por Deus?

Kalaphates está ficando cada vez mais furioso, quando o porteiro toca o sino para indicar a chegada de um cliente. Ele enxuga a testa e põe sua cruz dourada sobre a abertura da camisa e desce as escadas oscilando, e todas suspiram aliviadas. Eugênia solta as tesouras; Ágata massageia as têmporas; Anna sai de baixo de um banco. Maria continua a costurar.

Moscas fazem acrobacias entre as mesas. Lá de baixo, sobem risadas masculinas.

Uma hora antes de escurecer, a Viúva Teodora a chama.

— Se Deus quiser, criança, ainda não está tarde demais para botões de alcaparras. Vão aliviar a dor nos pulsos de Ágata e melhorar a tosse de Tecla também. Procure os que estão prestes

Cidade nas nuvens 49

a florescer. Volte antes dos sinos das Vésperas, cubra a cabeça e tome cuidado com vagabundos e miseráveis.

Anna mal consegue manter os pés no chão.

— E não corra. Suas entranhas vão cair.

Ela se força a descer os degraus devagar, atravessar o pátio devagar, passar pelo vigia devagar — e depois voa. Passa pelos portões de Santa Teofania, passa pelos pedaços enormes de granito de uma coluna caída, passa por entre duas fileiras de monges que se arrastam pela rua com seus hábitos negros, como corvos que não podem voar. Poças brilham nos becos; três cabras pastam nas ruínas de uma capela destruída e levantam a cabeça para olhá-la exatamente naquele momento.

Provavelmente vinte mil alcaparreiras crescem mais perto do ateliê de Kalaphates, mas Anna percorre o quilômetro que a separa das muralhas da cidade. Ali, em um pomar sufocado por urtigas, na base da grande muralha interna, fica um postigo, mais antigo do que a memória de todos. Ela escala uma pilha de tijolos caídos, esgueira-se pelo vão e sobe uma escada sinuosa. Seis voltas até o topo, entre cortinas de teias de aranha, e ela entra na pequena torre de um arqueiro iluminada por duas seteiras em lados opostos. Há destroços por toda parte; areia filtra pelas rachaduras no chão sob seus pés em fluxos audíveis; uma andorinha assustada sai voando.

Sem fôlego, ela espera que os olhos se acostumem. Séculos atrás, alguém — talvez um arqueiro solitário, entediado pela sentinela — pintou um afresco na parede que dá para o sul. Tempo e intempéries descascaram boa parte do reboco, mas a imagem permanece clara.

Na extremidade esquerda, um burro com olhos grandes e tristes está à beira-mar. A água é azul e está entrecortada por ondas geométricas; e na extremidade direita, flutuando sobre uma jangada de nuvens, mais alto do que Anna consegue alcançar, resplandece uma cidade com torres de bronze e prata.

Ela já olhou para aquela pintura meia dúzia de vezes e sempre algo se agita dentro dela, uma sensação inefável da atração dos lugares distantes, da imensidão do mundo e da sua pequenez dentro dele. O estilo é totalmente diferente do trabalho executado pelas bordadeiras no ateliê de Kalaphates, a perspectiva é mais estranha, as cores, mais elementares. Quem é o burro e por que ele parece tão infeliz? E o que é aquela cidade — Sião, paraíso, a cidade de Deus? A menina fica na ponta dos pés com muito esforço; entre rachaduras no reboco, ela consegue distinguir pilares, arcadas, janelas, pequenas pombas voando ao redor das torres.

Embaixo, nos pomares, rouxinóis estão começando a cantar. A luz desvanece, o chão range, a velha torre parece se aproximar cada vez mais do esquecimento e Anna se esgueira pela janela que dá para oeste e chega ao parapeito, onde uma fila de alcaparreiras estende as folhas para o pôr do sol.

Ela colhe os botões, jogando-os no bolso à medida que vai avançando. Mesmo naquele momento, o mundo exterior atrai sua atenção. Para além da muralha externa, para além do fosso entulhado de algas, ele a espera: olivais, trilhas de cabras, a figura minúscula de um homem conduzindo dois camelos ao longo da estrada. As pedras exalam o calor do dia; o sol desaparece no horizonte. Quando os sinos das Vésperas começam a tocar, só um quarto do seu bolso está cheio. Ela vai se atrasar; Maria vai ficar preocupada; a Viúva Teodora vai ficar zangada.

Anna entra novamente na torre e para mais uma vez embaixo da pintura. Mais um respiro. No crepúsculo, as ondas parecem se mover, a cidade parece cintilar; o burro anda para a frente e para trás na praia, desesperado para cruzar o mar.

Um vilarejo de lenhadores nas montanhas Ródope da Bulgária

Naqueles mesmos anos

Omeir

T REZENTOS E VINTE QUILÔMETROS A NOROESTE DE CONStantinopla, em um vilarejo de lenhadores ao lado de um rio caudaloso e revolto, um menino nasce quase inteiro. Ele tem olhos úmidos, bochechas rosadas e muito impulso nas pernas. Mas, do lado esquerdo da boca, uma fenda divide o lábio superior da gengiva até a base do nariz.

A parteira franze a testa. A mãe põe um dedo na boca da criança: a fenda se estende até o fundo do palato. Como se seu criador tivesse ficado impaciente e largado o trabalho cedo demais. O suor sobre o corpo da mãe fica frio; o temor obscurece a alegria. Grávida quatro vezes e nunca tendo perdido um bebê, ela até chegou a acreditar que talvez fosse abençoada naquele quesito. E agora aquilo?

A criança grita; uma chuva gelada bate no telhado. Ela tenta mantê-lo em pé entre as coxas enquanto aperta um seio com as duas mãos, mas não consegue que os lábios dele formem uma vedação. Sua boca traga; sua garganta treme; ele perde muito mais leite do que engole.

Amani, a filha mais velha, partiu há horas para chamar os homens e fazê-los descer das árvores; a essa altura, eles devem estar apressando a equipe a fim de voltar para casa. As duas filhas mais novas olham da mãe para o bebê e de volta para ela, como se tentassem entender se um rosto como aquele é permitido. A parteira manda uma delas buscar água no rio e a outra enterrar a placenta, e já está totalmente escuro e o bebê ainda está gritando quando elas ouvem os cães, depois os sinos de Folhame e Agulhão, seus bois, parando do lado de fora do curral.

Vovô e Amani entram pela porta, brilhando por causa do gelo, com os olhos ensandecidos.

— Ele caiu, o cavalo... — fala Amani, mas, ao ver o bebê, para. Atrás dela, Vovô diz:

— Seu marido saiu na frente, mas o cavalo deve ter escorregado na escuridão, o rio, e...

O terror toma conta da cabana. O recém-nascido geme; a parteira se afasta na direção da porta, um medo obscuro e tolo deformando sua expressão.

A mulher do ferreiro advertiu-os de que assombrações andavam fazendo estragos na montanha o inverno inteiro, atravessando portas trancadas, fazendo mulheres grávidas adoecer, sufocando bebês. A mulher do ferrador disse que eles deveriam deixar uma cabra amarrada a uma árvore como oferenda e, além disso, despejar um pote de mel em um riacho, mas seu marido disse que eles não podiam se privar da cabra, e ela não quis abrir mão do mel

Orgulho.

Toda vez que ela se mexe, sente uma descarga como um pequeno raio no abdome. A cada batimento cardíaco, ela consegue sentir a parteira correndo de casa em casa para contar sua história. Um demônio nasceu. Seu pai morreu.

Vovô pega a criança chorona e a desembrulha no chão e põe a dobra de um dedo na boca do menino e ele fica quieto. Com a outra mão, abre cuidadosamente a fenda no lábio superior do bebê.

— Anos atrás, do outro lado da montanha, havia um homem com uma fenda embaixo do nariz como esta. Um bom cavaleiro, quando você esquecia a sua feiura.

Ele devolve a criança e traz a cabra e a vaca para dentro, depois desaparece novamente na noite para tirar o jugo dos bois, os olhos dos animais refletem o brilho das brasas, e as filhas cercam a mãe.

— Ele é um djim?

— Um demônio?

— Como ele vai respirar?

— Como ele vai comer?

— Vovô vai deixá-lo na montanha para morrer?

O bebê pisca para elas com olhos escuros, atentos.

A chuva gelada se torna neve e a mãe reza uma prece aos céus para que o filho seja poupado se tiver algum papel a desempenhar naquele mundo. Mas, nas últimas horas antes da alvorada, ela acorda e encontra Vovô em pé a seu lado. Envolto em seu manto de pele de vaca com neve nos ombros, ele parece um fantasma de uma canção de lenhadores, um monstro acostumado a fazer coisas terríveis, e embora ela diga para si mesma que pela manhã o menino vai se juntar ao pai em tronos num jardim encantado, onde leite jorra de pedras e mel corre em riachos e o inverno nunca chega, a sensação de entregá-lo é como a sensação de entregar um de seus pulmões.

Galos cantam, aros de rodas esmagam neve, a cabana se ilumina e o terror toma conta dela novamente. O marido se afogou, o cavalo dele também. As meninas se lavam, rezam, tiram o leite de Beleza, a vaca, dão de comer a Folhame e Agulhão e cortam gravetos de pinho para que a cabra mastigue, e a manhã se torna tarde, mas ela ainda não consegue reunir forças para se levantar. Gelo no sangue, gelo na mente. Seu filho está cruzando o rio da morte agora. Ou agora. Ou agora.

Antes do anoitecer, os cães rosnam. Ela se levanta e vai mancando até a porta. Uma rajada de vento, no alto da montanha, levanta uma nuvem brilhante das árvores. A pressão nos seios é quase intolerável.

Por um bom tempo, nada mais acontece. Depois Vovô vem descendo o caminho do rio montado na égua com algo embrulhado sobre a sela. Os cães explodem em latidos; Vovô apeia; os braços dela se esticam para pegar o que ele está carregando, embora sua mente esteja dizendo que ela não deveria.

A criança está viva. Seus lábios estão acinzentados e suas bochechas estão lívidas, mas nem sequer seus minúsculos dedinhos estão enegrecidos pelo gelo.

— Levei-o até o lugar alto.

Vovô põe lenha na fogueira, sopra as brasas até formarem chamas; suas mãos tremem.

— Coloquei-o lá.

Ela se senta o mais perto possível do fogo e, dessa vez, segura o queixo e a mandíbula do bebê com a mão direita e, com a esquerda, direciona jatos de leite para o fundo da sua garganta. O leite vaza do nariz do bebê e da fenda em seu palato, mas ele engole. As meninas entram devagarinho pela porta, excitadas por aquele mistério, as chamas sobem e Vovô treme.

— Montei novamente na égua, mas ela não se mexia. E ele estava muito silencioso. Só ficava olhando para cima, para as árvores. Uma pequena silhueta na neve.

Cidade nas nuvens 57

A criança arqueja e engole novamente. Os cães ganem do lado de fora. Vovô olha para suas mãos trêmulas. Quanto tempo até todo o vilarejo ficar sabendo daquilo?

— Não pude deixá-lo.

Antes da meia-noite, eles são expulsos com tridentes e tochas. A criança causou a morte do pai, enfeitiçou o avô para trazê-la de volta das árvores. Carrega um demônio dentro do corpo, e o defeito em seu rosto é a prova.

Eles deixam para trás o curral, o campo de feno, o silo subterrâneo, sete colmeias de vime e a cabana que o pai de Vovô construiu seis décadas antes. Ao raiar do sol, eles estão com frio e assustados, um quilômetro e meio rio acima. Vovô avança com dificuldade ao lado dos bois em meio à neve semiderretida, que puxam a carroça sobre a qual as meninas escoltam galinhas e potes de barro. A vaca Beleza está mais atrás, refugando a cada sombra, e atrás, a mãe do menino monta a égua, o bebê pisca no meio dos panos que o envolvem, olhando para o céu

Ao cair da noite, eles estão em uma ravina íngreme e sem trilha a quinze quilômetros do vilarejo. Um riacho serpenteia entre rochas cobertas de neve e nuvens imprevisíveis, grandes como deuses, se arrastam pelas copas das árvores, sussurrando de um jeito estranho, assustando o gado. Eles acampam sob um beiral de rocha no qual hominídeos pintaram ursos das cavernas, auroques e pássaros sem asas há milhares de anos. As meninas ficam perto da mãe e Vovô faz uma fogueira, a cabra choraminga, os cães tremem e os olhos do bebê captam a luz do fogo.

— Omeir — diz a mãe. — Vamos chamá-lo de Omeir. Aquele que tem vida longa.

Anna

ELA TEM OITO ANOS E ESTÁ VOLTANDO DA CASA DO VITICULTOR com três jarras do vinho preto e causador de ressaca de Kalaphates, a roda do carrinho de mão abrindo caminho por entre as poças, quando faz uma pausa para descansar do lado de fora de um pensionato. De uma janela fechada, ouve em grego com sotaque:

> [...] Ulisses
> aproximou-se do palácio glorioso de Alcínoo. Aí, de pé,
> muito se lhe revolveu o coração, antes de transpor o limiar de
>   bronze:
> pois reluzia o brilho do sol e reluzia o brilho da lua
> no alto palácio do magnânimo Alcínoo.
> De bronze eram as paredes que se estendiam daqui para ali,
> até o sítio mais afastado da soleira; e a cornija era de cor azul.
> De ouro eram as portas que se fechavam na casa robusta,
> e na brônzea soleira viam-se colunas de prata.
> Prateada era a ombreira e de ouro era a maçaneta da porta.
> De cada lado estavam cães feitos de ouro e de prata,
> que fabricara Hefesto com excepcional perícia
> para guardarem o palácio do magnânimo Alcínoo [...]

Cidade nas nuvens 59

Anna esquece o carrinho de mão, o vinho, a hora... tudo. O sotaque é estranho, mas a voz é profunda e líquida e a métrica toma sua atenção como um cavaleiro galopante. Agora chegam as vozes dos garotos, repetindo os versos, e a primeira voz retorna:

Fora do pátio, começando junto às portas, estendia-se
o enorme pomar, com uma sebe de cada um dos lados.
Nele crescem altas árvores, muito frondosas,
pereiras, romãzeiras e macieiras de frutos brilhantes,
figueiras que davam figos doces e viçosas oliveiras.
Dessas árvores não murcha o fruto, nem deixa de crescer
nem no inverno nem no verão, mas dura o ano todo.
Continuamente o zéfiro faz crescer uns, amadurecendo outros.
A pera amadurece sobre outra pera; a maçã sobre outra maçã;
cacho de uvas sobre outro cacho; figo [...]

Que palácio é esse, onde as portas reluzem a ouro, os pilares são de prata e as árvores nunca param de dar frutos? Como se estivesse hipnotizada, ela avança rumo ao pensionato, escala o portão e espia pela veneziana. Lá dentro, quatro meninos estão sentados em duplas em volta de um homem idoso com um papo inchado na garganta. Os meninos repetem os versos de maneira desanimada e monótona e o homem manuseia o que parecem ser folhas de pergaminho em seu colo, e Anna se curva o máximo que pode.

Ela só viu livros duas vezes antes: uma bíblia encadernada em couro, resplandecente de pedras preciosas, carregada ao longo do corredor central pelos anciãos da Santa Teofania, e um catálogo médico no mercado, que o vendedor de ervas fechou rapidamente quando Anna tentou espiar. Esse parece mais velho e mais sujo: as letras estão amontoadas no pergaminho como as pegadas de cem saracuras.

O professor volta à canção, na qual uma deusa esconde o viajante com névoa a fim de que ele possa se esgueirar para dentro do palácio reluzente, e Anna se choca com a veneziana, e os meninos olham para cima. Em um piscar de olhos, uma empregada de ombros largos está enxotando com a mão Anna do portão, como se estivesse afugentando um pássaro de uma fruta.

Ela volta para o carrinho de mão e fica o mais próximo que consegue do portão, mas carroças barulhentas passam, chuva começa a bater nos telhados e ela não consegue mais ouvir. Quem é Ulisses e quem é a deusa que o envolveu em uma névoa mágica? Será que o reino do valente Alcínoo é o mesmo que está pintado no interior da torre do arqueiro? O portão acaba se abrindo e os meninos passam correndo, franzindo a testa para ela enquanto desviam das poças. Logo depois, o velho professor sai apoiado em uma bengala, e ela obstrui a passagem dele.

— Sua canção. Estava dentro daquelas páginas?

O professor mal consegue virar a cabeça; é como se uma cabaça tivesse sido implantada embaixo do seu queixo.

— O senhor vai me ensinar? Já conheço alguns sinais, conheço o que são dois pilares com uma barra no meio, o que parece uma forca e o que parece uma cabeça de boi de cabeça para baixo.

Com o indicador, na lama aos pés dele, ela desenha um *A*. O homem ergue o olhar para a chuva. A parte dos seus olhos que deveria ser branca é amarela.

— Meninas não têm professores particulares. E você não tem dinheiro algum.

Ela ergue uma jarra do carrinho de mão.

— Tenho vinho.

Ele presta atenção. Um braço alcança a jarra.

— Primeiro uma lição — diz ela.

— Você nunca aprenderá.

Ela não arreda pé. O velho professor resmunga. Com a ponta da bengala, escreve na terra molhada:

Ὠκεανός

— Ōkeanos, Oceano, filho mais velho do Céu e da Terra. — Ele desenha um círculo em volta da palavra e cutuca o seu centro. — Aqui, o conhecido. — Depois cutuca a parte de fora. — Aqui, o desconhecido. Agora o vinho.

Ela passa a jarra e ele bebe com as duas mãos. Ela se agacha. Ὠκεανός. Sete símbolos na lama. No entanto, eles contêm o viajante solitário e o palácio de paredes de bronze com seus cães de guarda dourados e a deusa com sua névoa?

Por ela ter voltado tarde, a Viúva Teodora bate na sola do pé esquerdo de Anna com um bastão. Por ter voltado com uma das jarras pela metade, bate no direito. Dez pancadas em cada um. Anna mal chora. Durante metade da noite, ela fica escrevendo as letras nas superfícies da própria mente e, durante todo o dia seguinte, enquanto sobe e desce a escada mancando, enquanto carrega água, enquanto vai buscar enguias para Chryse, a cozinheira, ela vê o reino insular de Alcínoo, cingido por nuvens e abençoado por ventos do oeste, pululando de maçãs, peras e azeitonas, figos azuis e romãs vermelhas, meninos de ouro em pedestais com tochas ardentes nas mãos.

Duas semanas depois, ela está voltando do mercado, desviando do caminho para passar pelo pensionato, quando avista o professor papudo sentado ao sol como uma planta em um vaso. Ela apoia a cesta de cebolas no chão e, com um dedo, escreve na poeira:

Ὠκεανός

Em volta, ela desenha um círculo.

— Filho mais velho do Céu e da Terra. Aqui, o conhecido. Aqui, o desconhecido.

O homem inclina a cabeça para um lado, como se a estivesse vendo pela primeira vez, e sua pupila absorve a luz.

O nome dele é Licínio. Ele diz que, antes de suas desventuras, trabalhava como preceptor de uma família rica no oeste, e possuía seis manuscritos e uma caixa de ferro para guardá-los: duas vidas de santos, um livro de orações escrito por Horácio, um testamento dos milagres de santa Elisabete, um manual de gramática grega e *Odisseia*, de Homero. Mas, depois, os sarracenos capturaram a cidade e ele fugiu para a capital sem nada, e graças aos anjos no céu pelas muralhas da cidade, cujas pedras de fundação foram colocadas pela Própria Mãe de Deus..

De dentro do casaco, Licínio tira três chumaços de pergaminhos manchados. Ulisses, explica ele, era antigamente general do maior exército já reunido, cujas legiões vieram de Hirmine, de Dulíquio, das cidades muradas de Cnossos e Gortina, dos recantos mais distantes do mar, e eles atravessaram o oceano velejando em mil barcos pretos para saquear a mítica cidade de Troia, e, de cada navio, desembarcaram mil guerreiros, tão incontáveis, Licínio continua, quanto as folhas das ár-

Cidade nas nuvens 63

vores, ou quanto as moscas que se amontoam sobre os baldes de leite morno nos estábulos dos pastores. Durante dez anos, eles sitiaram Troia e, após a terem finalmente saqueado, as legiões cansadas velejaram de volta para casa, e todos chegaram bem, exceto Ulisses. Toda a história da sua odisseia de volta para casa, explica Licínio, era composta de vinte e quatro livros, um para cada letra do alfabeto, e demorava vários dias para ser recitada, mas tudo o que sobrou para Licínio foram aqueles três cadernos, cada um contendo meia dúzia de páginas, apenas os fragmentos da viagem de Ulisses quando ele deixa a caverna de Calipso, o navio naufraga devido a uma tempestade e ele vai parar, nu, na ilha de Esquéria, lar do corajoso Alcínoo, senhor dos feácios.

Houve um tempo, continua ele, em que todas as crianças do império conheciam cada personagem da história de Ulisses. Mas, nas décadas antes do nascimento de Anna, Cruzadores Latinos vindos do oeste incendiaram a cidade, matando milhares, e saquearam a maior parte da riqueza. Depois, pestes reduziram a população da cidade à metade, e então a reduziram mais uma vez à metade, e a imperatriz da época teve de vender sua coroa para Veneza a fim de pagar às guarnições, o novo imperador passa a usar uma coroa feita de vidro e mal pode pagar a louça de onde come, a cidade agora sobrevive em meio a um longo crepúsculo, esperando pelo segundo retorno de Cristo, e ninguém mais tem tempo para velhas histórias.

Anna não consegue tirar os olhos das páginas na frente dela. Tantas palavras! Seriam necessárias sete vidas para aprender tudo aquilo.

Toda vez que Chryse, a cozinheira, manda Anna ao mercado, a garota acha um motivo para visitar Licínio. Leva para ele crostas de pão, um peixe defumado, meio punhado de tordos; por duas vezes, ela consegue roubar uma jarra de vinho de Kalaphates.

Em troca, ele ensina. A é ἄλφα, alfa; B é βῆτα, beta; Ω é ὦ μέγα, ômega. Enquanto varre o chão da sala de trabalho, enquanto carrega mais um rolo de seda ou mais um balde de carvão, enquanto fica sentada ao lado de Maria, dedos dormentes, respiração condensando sobre a seda, ela pratica as letras nas mil páginas em branco da mente. Cada símbolo significa um som, unir os sons é formar palavras e unir palavras é construir mundos. Ulisses, exausto, parte da caverna de Calipso em sua jangada; os respingos do mar molham seu rosto; a silhueta do deus do mar, algas saindo do seu cabelo azul, passa correndo pelas ondas.

— Você enche a cabeça com coisas inúteis — sussurra Maria.

Mas pontos retos, pontos correntes, pontos penas... Anna nunca vai aprender aquilo. Sua habilidade mais constante com uma agulha parece ser furar acidentalmente a ponta dos dedos e manchar o tecido de sangue. A irmã diz que ela deveria imaginar os grandes homens que vão realizar os mistérios divinos usando os paramentos que ela ajudou a decorar, mas a mente de Anna está sempre viajando para ilhas nos confins do mar, onde rios de água doce correm e deusas descem das nuvens em um feixe de luz.

— Que os santos me ajudem — diz a Viúva Teodora. — Será que algum dia você vai aprender?

Anna já tem idade suficiente para entender a precariedade da sua situação: ela e Maria não têm família nem dinheiro; não pertencem a ninguém e mantêm sua posição no ateliê de Kalaphates graças apenas ao talento de Maria com as agulhas. O máximo que elas podem esperar da vida é ficar sentadas a uma daquelas mesas de trabalho bordando cruzes e anjos e folhagens em vestes e véus de cálices e casulas do amanhecer ao anoitecer, até ficarem corcundas e com os olhos imprestáveis.

Macaca. Mosquito. Caso Perdido. No entanto, ela não consegue parar.

"Uma palavra de cada vez."

Mais uma vez, ela estuda as marcas confusas no pergaminho.

πολλῶν δ᾽ ἀνθρώπων ἴδεν ἄστεα καὶ νόον ἔγνω

— Não consigo.

— Consegue, sim.

Ἄστεα é cidades; νόον é mente; ἔγνω é *conheceu*.

Ela diz:

— Ele viu as cidades de muitos homens e conheceu a mente deles.

A massa no pescoço de Licínio treme conforme sua boca se abre num sorriso.

— É isso. É exatamente isso. Quase da noite para o dia, as ruas brilham com significado. Ela lê inscrições em moedas, em pedras angulares e lápides, em lacres de chumbo e arcobotantes e placas de mármore encaixadas nas muralhas defensivas — cada beco sinuoso da velha cidade é, por si só, um grande e gasto manuscrito.

Palavras brilham na borda lascada de um prato que Chryse, a cozinheira, deixa ao lado do fogareiro: *Zoé, a Mais Devota*. Em cima da entrada de uma capelinha esquecida: *Paz a todos aqueles que entrarem com bom coração*. Sua favorita está esculpida no lintel em cima da porta do vigia, ao lado do portão da Santa Teofania, que ela demora metade do domingo para decifrar:

Parem, ó ladrões, salteadores, assassinos, cavaleiros e soldados, com toda a humildade, pois nós provamos o róseo sangue de Jesus.

A última vez que Anna vê Licínio, um vento frio está soprando, e a tez dele tem a cor de uma tempestade de chuva. Seus olhos vazam, o pão que ela levou permanece intacto e o papo no pescoço do professor parece outra criatura mais sinistra, inflamado e vermelho, como se, naquela noite, fosse devorar seu rosto, enfim.

Hoje, avisa ele, eles vão estudar μῦθος, *mýthos*, que significa uma conversa ou algo dito, mas também uma narrativa ou uma história, uma lenda do tempo dos velhos deuses, e ele está explicando como aquela é uma palavra delicada, mutável, que pode sugerir algo falso e verdadeiro ao mesmo tempo, quando sua atenção se esvai.

O vento arranca um dos cadernos de seus dedos e Anna corre para pegá-lo e sacode-o para tirar a sujeira e o põe de volta em seu colo. Licínio descansa a vista por um bom tempo.

— Repositório — afirma ele finalmente —, você conhece essa palavra? Um local de descanso. Um texto, um livro, é um local de descanso para as memórias de pessoas que viveram antes. Uma maneira para a memória ficar fixada após a alma ter seguido seu caminho.

Ele então arregala os olhos, como se estivesse fitando uma grande escuridão.

— Mas os livros, como as pessoas, morrem. Morrem em incêndios ou inundações ou pela boca dos vermes ou por caprichos de tiranos. Se não forem salvaguardados, saem do mundo. E quando um livro sai do mundo, a memória sofre uma segunda morte.

Cidade nas nuvens

Ele pisca, e sua respiração fica lenta e emite um chiado. Folhas são arrastadas pela rua e nuvens de um branco intenso correm sobre os telhados e vários cavalos de carga passam, os cavaleiros amontoados por causa do frio, e ela se arrepia. Ela deve ir chamar a empregada? O sangrador?

O braço de Licínio se levanta; sua mão está agarrando três cadernos gastos.

— Não, professor — diz ela. — Os cadernos são seus.

Mas ele os coloca nas mãos da menina. Anna olha para a rua: a pensão, o muro, as árvores chacoalhando. Ela faz uma prece e enfia as folhas de pergaminho sob o vestido.

Omeir

A FILHA MAIS VELHA MORRE DE VERMINOSE, A DO MEIO É levada pela febre, mas o menino cresce. Aos três anos, ele consegue ficar sentado ereto no trenó enquanto Folhame e Agulhão limpam e aram um campo de feno. Aos quatro anos, consegue ir encher a caldeira no riacho e arrastá-la pelas rochas até a casa de pedra de um cômodo que Vovô construiu. A mãe paga duas vezes para a mulher do ferrador viajar quinze quilômetros rio acima desde o vilarejo para costurar a fenda no lábio do garoto com agulha, mas, nas duas vezes, o projeto fracassa. A fenda, que se estende pela mandíbula superior até o nariz, não se fecha. Embora o ouvido às vezes arda, o maxilar às vezes doa e líquidos regularmente vazem da boca e pinguem nas roupas, ele é robusto, quieto e nunca fica doente.

Suas primeiras lembranças são três:

1. Estar de pé no riacho entre Folhame e Agulhão enquanto eles bebem água, observando gotas caindo de seus enormes queixos redondos e captarem a luz.

2. Sua irmã Nida fazendo caretas em cima dele enquanto se prepara para espetar-lhe um palito no lábio superior.

3. Vovô depenando o corpo rosa vivo de um faisão, como se o estivesse despindo, e assando-o em um espeto em cima do fogareiro.

As poucas crianças que ele consegue conhecer o mandam interpretar monstros quando brincam das aventuras de Bulukiya e perguntam para ele se é verdade que seu rosto pode fazer com que éguas abortem espontaneamente e cotovias caiam do céu. Mas também mostram a ele como encontrar ovos de codorna e em quais buracos do rio ficam as maiores trutas, e apontam para um teixo meio oco crescendo de um penhasco calcário no alto da ravina que elas acreditam que abrigue maus espíritos e seja imortal.

Muitos dos lenhadores e suas mulheres não se aproximam do menino. Mais de uma vez, um mercador, viajando pelo rio, esporeia o cavalo com o propósito de passar rápido pelas árvores para não se arriscar a cruzar com ele no caminho. Omeir não consegue se lembrar de um estranho que tenha olhado para ele sem medo ou suspeita, se é que isso algum dia aconteceu.

Seus dias favoritos são os de verão, quando as árvores dançam ao vento e o musgo ganha um brilho verde-esmeralda e as andorinhas perseguem umas às outras pela ravina. Nida canta enquanto leva as cabras para pastar e a mãe deles está deitada em um rochedo em cima da água, a boca aberta, como se estivesse inalando a luz, e Vovô pega suas redes e seus potes de visco e leva Omeir ao alto da montanha para capturar pássaros em armadilhas.

Embora sua coluna seja curvada e ele não tenha dois dedos dos pés, Vovô anda rápido e Omeir precisa dar dois passos para cada um dele. Enquanto sobem, Vovô fica fazendo propaganda da superioridade dos bois: eles são mais calmos e estáveis do que os cavalos, não precisam de aveia, seu esterco não queima a cevada como o dos cavalos, eles podem ser comidos quando estão velhos demais, consolam uns aos outros quando um deles morre, se deitam do lado esquerdo é porque vai fazer tempo bom, mas se deitam do lado direito é porque vai chover. As florestas de faias dão lugar aos pinheiros e os pinheiros dão lugar a gencianas e prímulas, e, no fim da tarde, Vovô tem uma dúzia de tetrazes pendurada em seu cinto.

Ao anoitecer, eles param para pernoitar em uma clareira cheia de rochas e os cães ficam girando em volta deles, farejando o ar à procura de lobos, então Omeir faz uma fogueira e Vovô prepara e assa quatro tetrazes, os cumes das montanhas abaixo formam uma cascata de azuis cada vez mais escuros. Eles comem, a fogueira arde até virar brasa, Vovô bebe conhaque de ameixa em uma cabaça e, com a mais pura felicidade, o menino fica à espera, como se sentisse que uma carroça iluminada por um lampião está vindo lentamente em sua direção, cheia de pão e mel, prestes a fazer uma curva na estrada.

— Eu já contei para você — pergunta Vovô — da vez em que subi nas costas de um besouro gigante e visitei a Lua?

Ou:

— Eu já contei para você da minha viagem à ilha feita de rubis?

Ele conta a Omeir de uma floresta feita de vidro, bem distante, ao norte, onde todo mundo fala sussurrando para não quebrar nada; diz que uma vez se transformou em uma minhoca e foi rastejando até o mundo subterrâneo. As histórias sempre terminam com Vovô voltando são e salvo para a montanha, tendo sobrevivido a outra aventura aterrorizante e fantástica, e a fogueira queima até virar cinza, Vovô começa a roncar e Omeir

Cidade nas nuvens 71

ergue os olhos para o céu noturno e fica pensando quais mundos flutuam entre as luzes distantes das estrelas.

Quando ele pergunta à mãe se besouros podem voar até a Lua ou se Vovô alguma vez viveu durante um ano dentro de um monstro marinho, ela sorri e diz que, pelo que sabe, Vovô nunca saiu da montanha, e será que agora poderia por favor se concentrar em ajudá-la a derreter a cera de abelha?

Mesmo assim, o menino muitas vezes sobe pela trilha até o teixo meio oco no penhasco, trepa nos galhos, olha lá para baixo, onde o rio desaparece ao fazer uma curva, e imagina as aventuras que podem existir depois daquele ponto: florestas onde árvores andam; desertos onde homens com corpos de cavalos correm tão rápido quanto o voo dos gaviões; um reino no topo da Terra onde as estações terminam e dragões marinhos nadam entre montanhas de gelo e uma raça de gigantes azuis vive para sempre.

Ele tem dez anos quando Beleza, a vaca velha e de dorso curvado da família, entra em trabalho de parto pela última vez. Durante a maior parte da tarde, dois pequenos cascos, pingando muco e soltando fumaça no frio, despontam embaixo do seu rabo levantado em arco, e Beleza pasta como se nada no mundo jamais tivesse mudado, por fim, ela sofre um espasmo e expele o resto do corpo de um novilho cor de lama.

Omeir dá um passo à frente, mas Vovô o puxa para trás, o rosto interrogativo. Beleza lambe o novilho, cujo corpo balança sob o peso da língua da mãe, Vovô sussurra uma prece, uma chuva leve cai e o novilho não fica em pé.

Depois Omeir vê o que Vovô havia visto. Um segundo par de cascos apareceu embaixo do rabo de Beleza. Um focinho com uma pequena língua rosada presa entre as mandíbulas surge após os cascos, seguida de um único olho, e, finalmente, um segundo novilho — cinza dessa vez — nasce.

Gêmeos. Dois machos.

Logo após ter tocado o chão, o novilho cinza fica em pé e começa a mamar. O marrom continua com o queixo no chão.

— Tem algo errado com aquele ali — sussurra Vovô, e xinga o criador que cobrou pelo serviço do touro, mas Omeir decide que o novilho só não está muito apressado. Está tentando resolver aquela nova e estranha mistura de gravidade e pernas.

O cinza mama sobre as pernas dobradas, finas como gravetos; o primogênito continua molhado e encolhido. Vovô suspira, mas exatamente naquele momento o primeiro novilho fica em pé e dá um passo na direção deles como se quisesse dizer: "Qual de vocês duvidou de mim?". Vovô e Omeir riem, e a riqueza da família dobrou.

Vovô adverte que será um desafio Beleza produzir leite suficiente para dois, mas ela se mostra à altura, pastando sem parar nos dias cada vez mais longos, e os novilhos crescem rapidamente e sem pausa. Eles chamam o marrom de Arvoredo e o cinza de Enluarado.

Arvoredo gosta de manter os cascos limpos, muge se perde a mãe de vista e fica pacientemente em pé metade da manhã enquanto Omeir cata carrapichos em seu pelo. Enluarado, por sua vez, está sempre trotando rumo a algum lugar para investigar mariposas, poças ou pedaços de troncos; rói cordas e correntes, come serragem, chafurda na lama até os joelhos, prende um chifre em uma árvore morta e fica berrando para ser socorrido. O que os dois boizinhos têm em comum desde o início é uma ado-

Cidade nas nuvens 73

ração pelo menino, que dá de comer a eles com as mãos, acaricia os respectivos focinhos, acorda muitas vezes no curral do lado de fora da cabana com os corpos enormes e quentes dos dois animais enroscados à sua volta. Eles brincam de esconde-esconde e apostam corrida para ver quem chega primeiro até Beleza; na primavera, atravessam poças em meio a nuvens cintilantes de moscas; parecem aceitar Omeir como um irmão.

Antes da primeira lua cheia, Vovô põe um jugo neles. Omeir carrega a carroça com algumas pedras, pega um aguilhão e começa a trabalhar com eles. Um passo após outro, *epa* significa direita, *opa* significa esquerda, *xôô* significa parar — no início, os novilhos não prestam atenção no menino. Arvoredo se recusa a recuar para ser atrelado à carga; Enluarado tenta se livrar do jugo em cada árvore disponível. A carroça tomba, as pedras saem rolando, os novilhos se ajoelham, mugindo, e os velhos Folhame e Agulhão olham para cima e balançam a cabeça malhada como se estivessem se divertindo.

— Que criatura — ri Nida — confiaria em alguém com um rosto como aquele?

Vovô diz:

— Mostre a eles que você pode satisfazer todas as suas necessidades.

Omeir começa novamente. Bate nos joelhos dos novilhos com o aguilhão; estala a língua e assobia; sussurra no ouvido deles. Naquele verão, a montanha ficou verde como nunca, o mato cresceu alto, as colmeias da sua mãe ficaram cheias de mel e, pela primeira vez desde ter sido expulsa do vilarejo, a família teve comida abundante.

Os chifres de Enluarado e Arvoredo crescem, as ancas engrossam, o peito se alarga; quando são castrados, já estão maiores do que a mãe e, no outono, fazem Folhame e Agulhão parecerem pequenos. Vovô diz que se você aguçar os ouvidos pode escutá-los crescer, e, embora ele tenha quase certeza de que Vovô está brincando, quando ninguém está olhando, Omeir encosta o ouvido nas enormes costelas de Enluarado e fecha os olhos.

No outono, sobe pelo vale o boato de que o sultão Murade II, Guardião do Mundo, morreu, e seu filho de dezoito anos (que seja abençoado e protegido sempre) ascendeu ao poder. Os mercadores que compram o mel da família declaram que o jovem sultão está dando início a uma nova era de ouro, e, na pequena ravina, isso parece ser verdade. A estrada permanece limpa e seca, Vovô e Omeir debulham a maior safra de cevada até então, Nida e a mãe jogam as sementes em cestos e um vento límpido e fresco carrega embora o outono.

Uma noite, antes da chegada da neve, um viajante montado em uma égua lustrosa sobe a trilha que vem do rio, seu servo segue um pouco mais atrás. Vovô manda Omeir e Nida irem para o curral e eles observam tudo pelo espaço entre os troncos. O viajante está usando um turbante verde e um casaco de montaria forrado de lã de carneiro, e a barba parece tão impecável que Nida fica se perguntando se duendes a aparam durante a noite. Vovô mostra os pictogramas na caverna enquanto o viajante caminha pela pequena propriedade admirando os campos em terraços e os cultivos e, quando vê os dois jovens bezerros, fica de queixo caído.

— Você os alimenta com sangue de gigantes?

— É uma bênção rara — diz Vovô — ter gêmeos para dividir o mesmo jugo.

Cidade nas nuvens 75

Ao anoitecer, Mãe, com o rosto coberto, serve ao convidado manteiga e verduras, depois os últimos melões do ano, com um pouco de mel, e Nida e Omeir vão furtivamente até os fundos da cabana para ouvir, Omeir reza para eles escutarem histórias das cidades em que o visitante esteve, em terras para além da montanha. O viajante pergunta como eles acabaram morando sozinhos em uma ravina a quilômetros do vilarejo mais próximo e Vovô diz que eles vivem ali por escolha própria, que o sultão, que a paz esteja sempre com ele, proveu a família de tudo o que era necessário. O viajante murmura algo que eles não conseguem ouvir, seu servo entra e pigarreia e diz:

— Mestre, eles estão escondendo um demônio no curral.

Silêncio. Vovô põe um tronco na fogueira.

— Um espírito maligno ou um bruxo, disfarçado de criança.

— Peço desculpa — diz o viajante. — Meu serviçal se esqueceu do lugar dele.

— Ele tem o rosto de uma lebre e, quando fala, os animais obedecem às ordens dele. É por isso que eles vivem sozinhos, mestre. E os bezerros são muito grandes.

O viajante se levanta.

— Isso é verdade?

— Ele é apenas um menino — responde Vovô, embora Omeir ouça um tom agudo em sua voz.

O servo se encaminha para a porta.

— É o que você pensa agora, mas a verdadeira natureza dele vai se revelar com o tempo.

Anna

Fora das muralhas da cidade, velhos ressentimentos se agitam. As mulheres na oficina dizem que o sultão dos sarracenos morreu e o sucessor, mal saído da meninice, passa cada minuto do seu tempo planejando a captura da cidade. Ele estuda a guerra, dizem, como os monges estudam os escritos sagrados. Os pedreiros do sultão já estão construindo fornalhas a meio dia de caminhada acima do estreito de Bósforo, onde, no ponto mais estreito do canal, ele pretende construir um castelo monstruoso capaz de capturar qualquer navio que tentar entregar à cidade armamentos, trigo ou vinho de postos avançados no mar Negro.

À medida que o inverno se aproxima, Mestre Kalaphates vê presságios em qualquer sombra. Uma jarra racha, um balde vaza, uma chama se apaga: a culpa é do sultão. Kalaphates reclama que os pedidos pararam de chegar das províncias; as bordadeiras não trabalham com afinco suficiente, ou usaram fio de ouro demais, ou insuficiente, ou a fé delas é impura. Ágata é lenta demais, Tecla, velha demais, os desenhos de Elisa são sem graça demais. Um único mosquitinho em seu vinho pode desencadear um acesso de mau humor que dura dias.

Cidade nas nuvens 77

A Viúva Teodora murmura que Kalaphates precisa de compaixão, que o remédio para todos os males são preces, e, à noite, Maria se ajoelha em sua cela diante do ícone de santa Corália, os lábios se mexendo silenciosamente, enviando devoções para além das vigas do teto. Só durante a madrugada, muito depois das Completas, Anna se arrisca a se afastar de Maria, sair da cama, pegar uma vela de sebo do armário da copa e tirar os cadernos de Licínio do esconderijo embaixo do catre.

Se Maria percebe, nada diz, e Anna está absorta demais para se importar. A luz da vela tremula sobre as páginas: letras se tornam palavras, palavras se tornam versos, versos se tornam cor e luz, e o solitário Ulisses é levado para a tempestade. Sua jangada emborca; ele engole água salgada; o deus do mar ruge ao passar em seus corcéis verdes. Mas lá, na distância turquesa, depois da ribombante arrebentação, resplandece o reino mágico de Esquéria.

É como construir um pequeno paraíso, brônzeo e brilhante, carregado de frutas e vinho, dentro da cela delas. Acenda um lume, leia uma linha e o zéfiro começa a soprar: um servo traz uma jarra d'água e uma outra de vinho, Ulisses se senta à mesa real para comer e o trovador favorito do rei começa a cantar.

Em uma noite de inverno, Anna está atravessando o corredor vindo da copa quando ouve, através da porta semiaberta da cela delas, a voz de Kalaphates.

— Que bruxaria é esta?

Todos os canais do seu corpo gelam. Ela vai, sorrateira, até a soleira: Maria está ajoelhada no chão, a boca sangrando, e Kalaphates está curvado sob as vigas baixas, os olhos perdidos em meio à sombra. Nos dedos compridos da mão esquerda, estão as folhas dos cadernos de Licínio.

— É você? Esse tempo todo? Que rouba velas? Quem causa nossas desgraças?

Anna quer abrir a boca, para confessar, para varrer aquilo tudo para longe, mas o medo é tanto que interrompe sua capacidade de falar. Maria está rezando sem mexer a boca, rezando em sua cabeça, recolhendo-se em um lugar sagrado bem no centro da sua mente, e seu silêncio só parece enfurecer Kalaphates ainda mais.

— Disseram: "Só um santo acolheria crianças que não são suas na casa do próprio pai. Sabe-se lá que males elas vão trazer." Mas eu escutei? Eu falei: "São apenas velas. Seja quem for que as estiver roubando, só está fazendo isso para iluminar a própria devoção noturna." E agora vejo isto? Este veneno? Esta bruxaria?

Ele pega Maria pelos cabelos e algo dentro de Anna grita. Conte para ele. Você é a ladra, você é a desgraça. Fale. Mas Kalaphates está arrastando Maria pelos cabelos até o corredor, passando por Anna como se ela não estivesse ali, e Maria está tentando ficar em pé, porém Kalaphates tem o dobro do seu tamanho e a coragem de Anna não está em lugar algum.

Ele arrasta Maria diante das celas onde outras bordadeiras se encolhem atrás das portas. Por um instante, ela consegue pôr um pé no chão, mas tropeça, um grande tufo de cabelos fica na mão de Kalaphates, e a lateral da cabeça de Maria bate no degrau de pedra que leva até a copa.

O som é o de um martelo atravessando uma cabaça. Chryse, a cozinheira, observa da sua bacia; Anna fica no corredor; Maria fica no chão. Ninguém fala enquanto Kalaphates agarra seu vestido e arrasta seu corpo inerte até o fogareiro e joga os pedaços de pergaminho no fogo e vira os olhos inanimados de Maria para as chamas enquanto os cadernos ardem até virarem cinzas.

Omeir

OMEIR, DOZE ANOS, ESTÁ SENTADO EM UM GALHO DO teixo meio oco, olhando abaixo para a curva do rio quando o cão menor de Vovô aparece na estrada, correndo desabalado para casa com o rabo entre as pernas. Enluarado e Arvoredo — resplandecentes bezerros de dois anos, com pescoço e ombros fortes, feixes de músculos agitando-se no peito — levantam o queixo ao mesmo tempo do lugar onde estão pastando em meio às últimas dedaleiras. Farejam o ar, depois olham para ele como se estivessem esperando instruções.

A luz fica platinada. A tarde se torna tão imóvel que ele consegue ouvir o cão avançando rumo à cabana, e sua mãe diz:

— O que deu nele?

Quatro respiros, cinco respiros, seis. Lá na estrada, arautos com estandartes respingados de lama despontam na curva, em fileiras de três. Atrás deles, vêm mais cavaleiros, alguns carregando o que parecem ser trombetas, outros carregando lanças, pelo menos uma dúzia, e atrás deles ainda tem mais: burros puxando carroças, soldados a pé — mais homens e animais do que ele já viu.

Ele pula do galho e sai correndo pela trilha até a casa, Enluarado e Arvoredo trotando atrás dele, ainda ruminando, abrindo caminho pelo mato alto como proas de navios. Quando Omeir chega ao curral, Vovô já está mancando rumo ao riacho, com aspecto soturno, como se finalmente tivesse chegado a hora de um desagradável acerto de contas adiado por muito tempo. Ele cala os cães e manda Nida para o silo subterrâneo e fica em pé com sua coluna rija e os punhos cerrados ao lado do corpo enquanto os primeiros cavaleiros sobem a trilha que vem do rio.

Eles estão montados em pôneis adornados com tecidos franjados e rédeas pintadas, usam chapéus vermelhos e carregam alabardas ou varas de ferro ou têm arco e flechas amarrados nos arreios. Pequenos polvorinhos feitos de chifres balançam no pescoço; os cabelos têm um corte estranho. Um emissário real com botas que vão até os joelhos e mangas pregueadas que formam babados nos pulsos apeia, vai lentamente caminhando entre os rochedos e para com a mão direita apoiada na empunhadura da adaga.

— Abençoado seja — diz Vovô.

— Igualmente.

Uns poucos pingos de chuva começam a cair. Mais para o final do cortejo, Omeir consegue ver outros homens fazendo a curva da estrada, alguns com magros bois montanheses atrelados às carroças, outros a pé com aljavas nas costas e espada na mão. O olhar de um dos arautos se detém no rosto de Omeir e sua expressão se contorce de nojo, e o menino vê em um estalo o que ele e aquele lugar juntos devem parecer: uma choupana tosca em um fim de mundo, lar de um menino com o rosto rasgado, o retiro do deformado.

— Está anoitecendo — diz Vovô — e começando a chover também. Vocês devem estar cansados. Temos forragem para

Cidade nas nuvens 81

seus animais e abrigo para que vocês descansem enquanto o tempo melhora. Venham, vocês são bem-vindos aqui.

Ele acompanha com grande formalidade, talvez de maneira genuína, meia dúzia de arautos até a cabana, mas Omeir vê que ele leva as mãos à barba o tempo todo, arrancando pelos com o polegar e o indicador, como costuma fazer toda vez que está ansioso.

Ao cair da noite, a chuva está constante e quarenta homens e quase o mesmo número de animais se abrigam sob o beiral de rocha em torno de algumas fogueiras fumacentas. Omeir leva madeira, aveia e feno, correndo pela escuridão molhada entre o curral e a caverna, mantendo o rosto escondido dentro do capuz. Toda vez que ele para, tentáculos de pânico agarram sua garganta: por que estão aqui e para onde estão indo e quando vão embora? O alimento que sua mãe e sua irmã estão distribuindo para os homens — o mel e as conservas, os repolhos, as trutas, o queijo de cabra, a carne-seca de cervo — representam quase todo o estoque deles para o inverno.

Muitos dos homens estão usando capas e mantos como materiais, mas outros estão trajando casacos de pele de raposa ou camelo e pelo menos um deles está usando uma pele de arminho ainda com os dentes presos. A maioria tem adagas presas aos cintos e todos falam do butim que vão conquistar em uma grande cidade ao sul.

Já passou da meia-noite quando Omeir encontra Vovô em seu banco no curral trabalhando à luz de um lampião a óleo — Omeir nunca o viu esbanjar daquela maneira com tanta imprudência —, entalhando o que parece ser um novo jugo. Vovô diz que o sultão, que Deus o proteja, está reunindo homens e animais em sua nova capital, em Edirne. Está convocando combatentes, pastores, cozinheiros, ferradores, ferreiros, carregadores. Todos os que se apresentarem serão recompensados, nesta vida ou na próxima.

Pequenas espirais de serragem se erguem através da luz do lampião e se fundem novamente nas sombras.

— Quando eles viram seus bois — diz ele —, as cabeças quase caíram do pescoço.

Vovô não ri nem tira os olhos do trabalho.

Omeir senta-se encostado à parede. Uma combinação peculiar de esterco e fumaça e palha e cavacos de madeira formam um amargor conhecido no fundo da garganta do garoto, e ele refreia as lágrimas. Há sempre uma nova manhã e você supõe que será bastante semelhante à anterior — que você estará seguro, que sua família estará viva, que vocês vão ficar juntos, que sua vida vai permanecer como era antes. Então, chega um dado momento e tudo muda.

Imagens da cidade ao sul correm na sua consciência, mas ele nunca viu uma cidade, nem mesmo algo semelhante, e não sabe o que imaginar, e suas visões se misturam com as histórias contadas por Vovô de raposas falantes e aranhas lunares, de torres feitas de gelo e pontes entre as estrelas.

Lá fora, na escuridão da noite, um burro zurra. Omeir diz:

— Eles vão levar Arvoredo e Enluarado.

— E um carroceiro para guiá-los. — Vovô levanta a trave, a analisa e a põe de volta no lugar. — Os animais não seguem outra pessoa.

É como se a lâmina de um machado descesse sobre Omeir. A vida inteira, ele se perguntou que aventuras o esperavam do outro lado da sombra da montanha, mas agora ele só quer ficar agachado ali apoiado nos troncos do curral até as estações mu-

Cidade nas nuvens

darem, aqueles visitantes serem uma lembrança e tudo voltar a ser como antes.

— Eu não vou.

— Uma vez — diz Vovô, finalmente olhando para ele —, as pessoas de uma cidade inteira, de mendigos a açougueiros, e até mesmo o rei, se negaram a atender o chamado de Deus e foram transformados em pedra. Uma cidade inteira — todas as mulheres, todas as crianças — transformada em pedra. Não há como se negar isso.

Encostados na parede oposta, Arvoredo e Enluarado dormem, as costelas subindo e descendo ao mesmo tempo.

— Você conquistará a glória — afirma Vovô — e depois voltará.

Três

A advertência da bruxa

Cuconuvolândia, *de Antônio Diógenes, Fólio Γ*

[...] ao deixar para trás o portão da cidade, passei por uma velha asquerosa sentada em um toco de árvore. Ela disse:

— Aonde vai, tonto? Logo vai anoitecer. Isto não é hora de ficar na estrada.

Eu respondi:

— Minha vida inteira, sempre quis ver mais, encher meus olhos com coisas novas, deixar para trás esta cidade enlameada e fedorenta, o balido eterno destas ovelhas. Estou a caminho da Tessália, Terra da Magia, para encontrar um feiticeiro que me transforme em ave, uma águia feroz ou uma coruja inteligente e forte.

Ela riu e falou:

— Éton, seu tolo, todo mundo sabe que você não consegue nem contar até cinco, no entanto, acredita que pode contar as ondas do mar. Você jamais encherá seus olhos com algo além do próprio nariz.

— Cale-se, velha malvada — disse eu —, pois ouvi falar de uma cidade nas nuvens onde tordos voam para a sua boca já cozidos e vinho corre em canais nas ruas e brisas quentes sempre sopram. Assim que eu for uma águia corajosa ou uma coruja inteligente e forte, é para lá que tenho a intenção de voar.

— Você sempre acha que a cevada é mais abundante no campo dos outros, mas não há nada melhor lá fora, Éton, eu lhe juro — afirmou a bruxa. — Há bandidos nas estradas para golpear seu crânio e demônios se escondem nas sombras para beber seu sangue. Aqui você tem queijo, vinho, seus amigos e seu rebanho. O que você já tem é melhor do que aquilo que desesperadamente procura.

Mas, assim como uma abelha voa para a frente e para trás, visitando todas as flores sem pausa, meu desassossego...

Lakeport, Idaho

1941-1950

Zeno

ELE TEM SETE ANOS QUANDO O PAI É CONTRATADO PARA instalar uma nova serra na Madeireira e Fábrica de Dormentes Ansley. É janeiro quando eles chegam e os únicos flocos de neve que Zeno já viu são fibras de amianto que um farmacêutico no norte da Califórnia polvilhou em uma vitrine natalina. O menino toca a superfície congelada de uma poça na plataforma do trem, depois retrai os dedos como se tivessem sido queimados. Papa se joga de costas em um monte de neve, esfrega alguns flocos no casaco e sai cambaleando em direção a ele:

— Olha! Olha para eu! Eu grande boneco de neve!

Zeno cai em prantos.

A empresa aluga para eles uma cabana de dois quartos com isolamento térmico insuficiente a um quilômetro e meio da cidade, à beira de uma planície de um branco ofuscante que o menino só depois vai entender que é um lago congelado. Ao anoitecer, Papa abre uma lata de um quilo de espaguete com almôndegas da Armour & Company e a põe sobre o fogão a lenha. A metade de baixo queima a língua de Zeno; a de cima ainda está gelada.

— Casa bacana esta, não, meu carneirinho? Tremenda, não?

Durante a noite toda, o frio penetra por mil fissuras nas paredes e o menino não consegue se aquecer. Atravessar o corredor de neve até o banheiro uma hora antes da alvorada é um choque tão terrível que ele reza para nunca mais ter de fazer xixi. Ao raiar do dia, Papa vai a pé com ele até o armazém e gasta quatro dólares em oito pares de meias do Lanifício Utah, as melhores que eles têm, os dois se sentam no chão ao lado da caixa registradora e Papa calça duas meias em cada um dos pés de Zeno.

— Lembra, menino — diz ele —, não existe tempo ruim, só roupa ruim.

Metade das crianças na escola é finlandesa e a outra, sueca, mas Zeno tem cílios escuros, sobrancelhas amarronzadas, pele cor de chá com leite e aquele nome. Catador de Azeitonas, Cabriteiro, Carcamano, Zero — mesmo quando ele não entende os apelidos, a mensagem é clara: não cheire mal, não respire, pare de tremer, pare de ser diferente. Depois da escola, ele perambula pelo labirinto de montanhas de neve varrida que é o centro da cidade de Lakeport, um metro e meio em cima do posto de gasolina, dois metros no telhado da loja de ferramentas H.T. Hoff. Na loja de doces Cadwell's, garotos mais velhos mascam chicletes e falam de gente lesada, de maricas e de calhambeques; calam-se quando o veem; dizem:

— Não assuste os outros.

Oito dias depois de chegar a Lakeport, ele para na frente de uma casa vitoriana de dois andares azul-clara na esquina das ruas Lake e Park. Pingentes de gelo formam dentes no beiral; a placa, coberta de neve até a metade, diz:

Cidade nas nuvens 93

BIBLIOTECA PÚBLICA

Ele está espiando por uma janela quando a porta se abre e duas mulheres idênticas em vestidos simples de colarinho alto o chamam.

— Nossa — diz uma delas —, você não parece estar nada agasalhado.

— Onde — pergunta a outra — está a sua mãe?

Luminárias que parecem pescoços de gansos iluminam as mesas de leitura; um bordado na parede diz: *Perguntas Respondidas Aqui*.

— Mama — responde ele — mora na Cidade Celestial agora. Onde ninguém sofre e ninguém carece de nada.

As bibliotecárias inclinam a cabeça exatamente no mesmo ângulo. Uma o põe sentado em uma cadeira de espaldar alto na frente da lareira enquanto a outra desaparece entre as estantes e volta com um livro de capa encadernada em tecido e sobrecapa de papel amarelo vivo.

— Ah — diz a primeira irmã —, boa escolha. — Elas se sentam uma de cada lado dele e a que pegou o livro diz:

— Em um dia como este, frio e úmido, no qual você não consegue se aquecer, às vezes você só precisa dos gregos — e mostra ao menino uma página cheia de palavras — para a fazer você voar mundo afora, rumo a um lugar quente, pedregoso e claro.

O fogo bruxuleia, os puxadores de latão no arquivo das fichas brilham e Zeno enfia as mãos embaixo das coxas quando a segunda irmã começa a ler. Na história, um marinheiro solitário, o homem mais solitário do mundo, navega em uma jangada dezoito dias antes de ser engolido por uma terrível tempestade. A jangada é espatifada e ele vai para, nu, em cima dos rochedos de uma ilha. Mas uma deusa chamada Atena se disfarça de garotinha carregando uma jarra d'água e o acompanha até uma cidade encantada.

— Maravilhou-se Ulisses... — lê ela.

[...] com os portos e as naus recurvas;
com as ágoras dos próprios heróis e com as grandes
e altas muralhas, providas de paliçadas, maravilha de se ver!

Zeno está extasiado. Ouve as ondas estourarem nas pedras, percebe o cheiro de sal do mar, vê as montanhas elevadas refletirem a luz do sol. A ilha dos feácios é a mesma coisa que a Cidade Celestial, e será que sua mãe também teve de flutuar sozinha sob as estrelas por dezoito dias para chegar lá?

A deusa diz ao marinheiro solitário para ele não ter medo, que é melhor ser valente em todas as coisas, e ele entra em um palácio que brilha com os raios do luar, o rei e a rainha dão a ele vinho adoçado com mel, o acomodam em uma cadeira de prata, pedem para ouvir o relato das suas peripécias, e Zeno está ansioso para ouvir mais, porém o calor da lareira e o cheiro do papel amarelado e a cadência da voz da bibliotecária se unem e lançam um feitiço sobre ele, que adormece.

Papa promete isolamento térmico, água encanada dentro de casa e uma encomenda direta à Montgomery Wards de um aquecedor elétrico novinho em folha, mas, na maioria das noites, volta do trabalho cansado demais para desamarrar as botas. Põe uma lata de carne e macarrão em cima do fogão, acende um cigarro e cai no sono sobre a mesa de jantar, uma poça de neve derretida em volta dos pés, como se ele descongelasse um pouco durante o sono antes de sair novamente ao nascer do dia para se solidificar mais uma vez.

Todo dia, depois da escola, Zeno para na biblioteca e as bibliotecárias — ambas se chamam srta. Cunningham — leem para ele o restante de *Odisseia*, depois *O velo de ouro e os heróis que viveram antes de Aquiles*, levando-o em uma viagem por Ogígia e Erítia, pelas Hespérides e pela Hiperbórea, lugares que as irmãs chamam de terras míticas, o que significa que não são lugares de verdade, que Zeno só pode viajar até lá em sua imaginação, apesar de, às vezes, as bibliotecárias dizerem que os velhos mitos são mais verdadeiros do que as verdades, então, no fim das contas, será que são lugares reais, talvez? Os dias vão ficando mais longos e o telhado da biblioteca pinga e os grandes pinheiros que se erguem acima da cabana descarregam neve com grandes estrondos que, para o menino, soam como Hermes descendo do Olimpo com suas sandálias de ouro a fim realizar outra missão para os deuses.

Em abril, Papa traz para casa uma collie malhada do pátio da madeireira, e, embora ela tenha cheiro de pântano e o hábito de fazer cocô atrás do fogão, quando sobe no cobertor de Zeno à noite e pressiona o próprio corpo contra o dele, soltando periodicamente suspiros de grande contentamento, os olhos do menino ficam cheios d'água de tanta felicidade. Ele a chama de Atena e, toda tarde, quando sai da escola, a cadela está lá, abanando o rabo na neve derretida do lado de fora da grade de madeira, e os dois andam até a biblioteca e as irmãs Cunningham deixam Atena dormir no tapete na frente da lareira enquanto leem para Zeno sobre Heitor e Cassandra e os cem filhos do rei Príamo, e maio se torna junho, e o lago fica azul-safira, o barulho de serras ecoam pelas florestas, pilhas de troncos grandes como cidades se erguem ao lado das serrarias e Papa compra para Zeno um macacão três tamanhos acima do correto com um raio costurado no bolso.

Em julho, ele está passando por uma casa na esquina das ruas Mission e Forest com uma chaminé de tijolos, dois andares e um Buick modelo 57 1933 azul-claro na entrada da garagem quando uma mulher sai pela porta da frente e o chama até a varanda.

— Eu não mordo — diz ela. — Mas deixe a cadela aí.

Dentro, cortinas roxas bloqueiam a luz. Ela diz que se chama sra. Boydstun, e o marido morreu em um acidente na serraria uns anos antes. Tem cabelos amarelos, olhos azuis e verrugas na altura da garganta que parecem besouros congelados enquanto se arrastam. Em uma travessa na sala de jantar há uma pirâmide de biscoitos em forma de estrela, glacê brilhando na parte de cima.

— Vá em frente. — Ela acende um cigarro. Na parede atrás dela, um Jesus de trinta centímetros lança um olhar severo da sua cruz. — Vou jogá-los fora.

Zeno pega um: açúcar, manteiga, delicioso.

Em prateleiras que contornam todo o cômodo estão centenas de crianças de porcelana de bochechas rosadas com capuzes e vestidos vermelhos, algumas de tamanco e outras com tridentes, algumas se beijando e outras olhando dentro de poços.

— Já vi você — afirma ela. — Perambulando pela cidade. Falando com aquelas bruxas na biblioteca.

Ele não sabe como responder e as crianças de cerâmica o intimidam, ainda por cima sua boca está cheia.

— Pegue mais um.

O segundo é ainda melhor que o primeiro. Quem assaria uma travessa de biscoitos só para jogá-los fora?

Cidade nas nuvens 97

— Seu pai é o novato, não é? Na serraria? De ombros grandes.

Ele consegue acenar com a cabeça. Jesus está observando lá de cima sem piscar. A sra. Boydstun dá um longo trago no cigarro. Seu jeito é informal, mas sua atenção é feroz e ele pensa em Argos Panoptes, o vigia de Hera, que tinha olhos na parte de trás da cabeça e na ponta dos dedos, tantos olhos que, quando ele fechava cinquenta deles para dormir, outros cinquenta ficavam abertos montando guarda.

Ele pega um terceiro biscoito.

— E sua mãe? Ela é presente?

Zeno sacode a cabeça e, de repente, se sente sufocado, oprimido naquela casa, os biscoitos estão se tornando argila na sua barriga, Atena geme na varanda e ondas de culpa e confusão se abatem sobre Zeno com tamanha força que ele se afasta da mesa e sai correndo sem dizer obrigado.

No fim de semana seguinte, ele e Papa vão a um culto dominical com a sra. Boydstun no qual um pastor com as axilas manchadas de suor adverte que forças obscuras estão se reunindo. Depois os três vão andando até a casa da sra. Boydstun, ela serve uma coisa chamada Old Forester em copos azuis idênticos, Papa liga o rádio de mesa Zenith, que está transmitindo música de grandes bandas pelos cômodos escuros e pesados, e a sra. Boydstun dá um grande sorriso mostrando os dentes obturados e toca no braço de Papa com as unhas. Zeno está se perguntando se ela vai servir outra travessa de biscoitos quando Papa diz:

— Brinca lá fora agora, menino.

Ele e Atena caminham uma quadra até o lago e Zeno constrói um reino dos feácios em miniatura na areia, cheio de muros altos e pomares feitos de ramos e uma frota de navios feitos de pinhas, enquanto Atena vai pegar gravetos em todos os lados da praia e os leva até Zeno para que ele os jogue na água. Dois meses antes, ele teria ficado em êxtase por passar um tempo em uma casa de verdade com uma lareira de verdade e um Buick modelo 57 na garagem, mas, naquele momento, tudo o que ele quer é voltar para a pequena cabana com Papa e ambos comerem macarrão em lata sobre o fogão.

Atena continua trazendo gravetos cada vez maiores até vir carregando pela areia mudas arrancadas inteiras, a luz do sol brilha no lago e os grandes pinheiros tremem, se agitam e soltam agulhas em cima do reino dele, e Zeno fecha os olhos e sente que vai ficando muito pequeno, pequeno o suficiente para entrar no palácio real no centro da sua ilha de areia, onde camareiros o vestem com um traje quente e o acompanham por corredores iluminados por tochas, e todos estão felicíssimos em recebê-lo, e, na sala do trono, ele se une à mãe, a Ulisses e ao belo e valente Alcínoo, e eles servem libações em homenagem a Zeus, o Rei dos Trovões, que guia viajantes em seu caminho.

Depois de um tempo, ele volta arrastando os pés até a casa da sra. Boydstun e chama Papa, e Papa responde do quarto dos fundos:

— Mais três minutos, meu carneirinho!

E Zeno e Atena se sentam na varanda em meio a uma nuvem de mosquitos.

Agosto vai se aproximando de setembro como duas garras se fechando e, em outubro, a neve polvilha os flancos das montanhas, eles passam todos os domingos com a sra. Boydstun e muitas noites durante a semana também, e, em novembro, Papa ainda não instalou o banheiro dentro de casa, não tem nenhum aquecedor elétrico Thermador novo em folha encomendado diretamente da Montgomery Wards. No primeiro domingo de dezembro, eles saem da igreja e vão à casa da sra. Boydstun e papai liga o rádio dela e o locutor diz que 353 aviões japoneses bombardearam uma base naval americana em algum lugar chamado Oahu.

Na cozinha, a sra. Boydstun deixa um saco de farinha cair. Zeno diz:

— O que significa "todo o pessoal auxiliar"?

Ninguém responde. Atena late na varanda e o locutor especula que milhares de marinheiros podem ter morrido e uma veia pulsa visivelmente do lado esquerdo da testa de Papa.

Lá fora, na rua Mission, a neve acumulada já está da altura de Zeno. Atena cava um túnel na neve e nenhum carro passa e nenhum avião sobrevoa e nenhuma criança sai das outras casas. Parece que o mundo todo foi silenciado. Quando, horas mais tarde, ele volta para dentro, o pai está dando voltas em torno do rádio, estalando os dedos da mão direita com os dedos da esquerda, e a sra. Boydstun está em pé diante da janela com um copo de Old Forester, ninguém limpou a farinha.

No rádio, uma mulher diz:

— Boa noite, senhoras e senhores — e pigarreia. — Estou falando com vocês esta noite em um momento muito sério da nossa história.

Papa levanta um dedo.

— É a mulher do presidente.

Atena geme à porta.

— Há meses — diz a mulher do presidente —, a ideia de que algo desse tipo pudesse acontecer pairava sobre nossa cabeça, no entanto, parecia inacreditável.

Atena late. A sra. Boydstun diz:

— Você pode, por favor, fazer aquele bicho ficar quieto?

Zeno pergunta:

— Podemos ir para casa agora, Papa?

— Seja lá o que nos for pedido — diz a mulher do presidente —, tenho certeza de que podemos realizá-lo.

Papa balança a cabeça.

— Esses rapazes têm o rosto explodido no café da manhã. Queimam vivos.

Atena late de novo e a sra. Boydstun põe a cabeça entre as mãos trêmulas e as centenas de crianças de porcelana nas prateleiras — de mãos dadas, pulando corda, carregando baldes — de repente parecem estar imbuídas de um poder terrível.

— Agora — diz o rádio — voltaremos à programação prevista para esta noite.

Papa anuncia:

— Vamos mostrar a esses japoneses filhos da mãe. Ah, se não vamos.

Cinco dias depois, ele e quatro outros homens da serraria vão até Boise para que contem seus dentes e meçam seus tórax. E, no dia após o Natal, Papa está a caminho de algo chamado campo de recrutas em algum lugar chamado Massachusetts e Zeno está morando com a sra. Boydstun.

Lakeport, Idaho

2002-2011

Seymour

Q UANDO RECÉM-NASCIDO, ELE BERRA, GRITA, URRA. QUANDO dá os primeiros passos, só come círculos: Cheerios, waffles congelados e M&M's só de chocolate em pacotes de quarenta e cinco gramas. Nada de embalagem Tamanho Econômico ou Para a Galera, e ai de Bunny se oferecer a ele M&M's de amendoim. Ela pode tocar em seus braços e pernas, mas não em seus pés e mãos. As orelhas, jamais. Lavar a cabeça é um pesadelo. Cortar cabelo = impossível.

Lar é um motel com tarifas semanais em Lewiston chamado Golden Oak; ela paga pelo próprio quarto limpando os outros dezesseis. Namorados passam como tempestades: tem Jed, tem Mike Gawtry, tem um cara que Bunny chama de Coxa de Peru. Isqueiros faíscam; máquinas de gelo grunhem; caminhões carregando madeira fazem as janelas tremer. Nas piores noites, eles dormem no Pontiac.

Aos três anos, Seymour decide que não suporta as etiquetas em nenhuma das suas roupas de baixo, nem o farfalhar que certos cereais matinais fazem dentro de seus sacos plásticos. Aos quatro, ele berra se o canudinho em uma caixinha de suco roça no papel-alumínio depois de perfurá-lo. Se a mãe espirra alto demais, ele treme por meia hora. Os homens dizem:

— O que há de errado com ele?

Dizem:

— Você não consegue fazer ele calar a boca?

Ele tem seis anos quando Bunny descobre que seu tio-avô Pawpaw, um homem que ela não vê há vinte anos, morreu e deixou para ela uma casa pré-fabricada de dois módulos em Lakeport. Ela fecha o telefone dobrável, joga as luvas de borracha na banheira do quarto 14, abandona o carrinho com o material de limpeza em frente à porta entreaberta, põe no Grand-Am o forno com grelha, o DVD Magnavox multiformato e dois sacos de lixo cheios de roupas e segue durante três horas com Seymour rumo ao sul sem fazer nenhuma parada.

A casa fica em um terreno de quatro mil metros quadrados coberto de mato a um quilômetro e meio da cidade, em uma rua sem saída chamada Arcady Lane. Uma janela está quebrada, na lateral está pichado EU NÃO TELEFONO PARA A EMERGÊNCIA e um canto do telhado está descolado como se um gigante tivesse tentado arrancá-lo. Assim que o carro do advogado vai embora, Bunny se ajoelha na entrada da garagem e soluça com uma persistência que assusta ambos.

Uma floresta de pinheiros circunda os três lados do terreno. Milhares de borboletas brancas resvalam nas corolas dos cardos no jardim. Seymour senta-se ao lado dela.

— Ah, meu Gambazinho — diz Bunny, enxugando os olhos. — É que foi tempo pra cacete.

As árvores que se erguem sobre os fundos da propriedade tremem; as borboletas adejam.

— Como assim, mãe?

Cidade nas nuvens

— Sem esperança.

Um pedaço de teia de aranha, flutuando no ar, reflete a luz.

— É — diz ele. — Foi tempo pra cacete sem esperança. — E fica surpreso quando a mãe começa a rir.

Bunny prega uma folha de compensado na janela quebrada, tira cocô de roedores dos armários da cozinha, arrasta o colchão roído por esquilos de Pawpaw até a rua e financia dois novos a dezenove por cento sem entrada. No brechó, ela encontra um sofá laranja de dois lugares e o encharca com meio tubo de Glade Brisa do Havaí antes de levá-lo para dentro de casa com Seymour. No pôr do sol, os dois se sentam lado a lado no degrau de entrada e comem dois waffles cada. Uma águia-pesqueira passa muito alto, a caminho do lago. Uma corça e dois gamos aparecem ao lado do depósito de ferramentas e mexem as orelhas. O céu fica roxo.

— *As sementes estão brotando* — canta Bunny — *e a relva está florescendo, as folhas estão despontando no bosque agora...*

Seymour fecha os olhos. A brisa é macia como os cobertores azul-claros do Golden Oak, talvez até mais macia, os cardos estão emanando um cheiro como o de árvores de Natal acolhedoras, do outro lado da parede que está bem atrás deles fica o quarto que é só dele, com manchas no teto que parecem nuvens ou pumas ou esponjas marinhas, sua mãe parece tão feliz que, ao chegar na parte da canção que fala da ovelha balindo, do touro empinando e do bode soltando um pum, ele não consegue evitar um sorriso.

Primeira série na Escola Primária de Lakeport = 26 crianças de seis anos em uma sala de aula temporária com doze por sete metros comandada por uma mulher irônica e experiente chamada sra. Onegin. A carteira azul-marinho que ela designa para Seymour é odiosa: a estrutura está empenada, os parafusos estão enferrujados e os pés, quando raspam no chão, emitem um som estridente e parece que agulhas estão perfurando os fundos dos seus olhos.

A sra. Onegin diz:

— Seymour, você está vendo alguma outra criança sentada no chão?

Ela avisa:

— Seymour, se você não se sentar...

Na mesa do diretor, uma caneca diz: o que eu mais gosto é de sorrir. Alguns papa-léguas de desenho animado correm em seu cinto. Bunny está usando sua polo nova em folha da Serviços de Limpeza Wagon Wheel, cujo custo vai ser deduzido do seu primeiro contracheque. Ela diz:

— Ele é bastante sensível.

E o diretor Jenkins pergunta:

— Existe uma figura paterna? — E olha pela terceira vez para os peitos dela. Mais tarde, no carro, Bunny para no acostamento da rua Mission e engole a seco três comprimidos de Excedrin para dor de cabeça.

— Meu Gambazinho, você está ouvindo? Toque nas suas orelhas se estiver ouvindo.

Quatro caminhões passam zunindo: dois azuis, dois pretos. Ele toca nas orelhas.

— O que nós somos?

— Um time.

— E o que fazem os times?

— Se ajudam.

Passa um carro vermelho. Depois um caminhão branco.

— Você consegue olhar para mim?

Cidade nas nuvens 107

Ele olha. O crachá magnético preso à blusa dela diz: ASSIS-TENTE DE CAMAREIRA BUNNY. O nome é menor do que o cargo. Outros dois caminhões passam chacoalhando o Grand-Am, mas ele não consegue ouvir de que cor eles são.

— Não posso largar o trabalho no meio do turno porque você não gostou da sua carteira. Eles vão me mandar embora. E eu não posso ser mandada embora. Preciso que você tente. Você vai tentar?

Ele tenta. Quando Carmen Hormaechea toca nele com seu braço de hera venenosa, ele tenta não gritar. Quando o Aerobie de Tony Molinari bate na lateral da sua cabeça, ele tenta não chorar. Mas, no nono dia de setembro, um incêndio nas montanhas Seven Devils sufoca todo o vale com fumaça e a sra. Onegin diz que a qualidade do ar está ruim demais para a turma sair e aproveitar o Recreio, e eles precisam manter as janelas fechadas por causa da asma de Rodrigo, por isso, em poucos minutos, a sala de aula está fedendo como o micro-ondas de Pawpaw quando Bunny descongela uma *fajita*.

Ele resiste à Matemática em Grupo, ao Almoço, às Caixas de Vocabulário. Mas na Hora da Reflexão sua perseverança está se rompendo. A sra. Onegin manda todo mundo para as carteiras com a finalidade de colorir os mapas da América do Norte, e Seymour tenta desenhar círculos verdes pálidos no Golfo do México, tenta mover apenas a mão e o punho, sem mexer muito para a carteira não fazer *nhec nhec*, sem respirar para não sentir nenhum cheiro, mas suor está escorrendo pelas costelas dele, e Wesley Ohman fica abrindo e fechando o velcro do tênis esquerdo, os lábios de Tony Molinari ficam fazendo *pop-pop--pop*, e a sra. Onegin está escrevendo um enorme e terrível A-

-M-É-R-I-C- no quadro-branco, a ponta do pincel atômico está arranhando e rangendo, o relógio da sala de aula está fazendo tique-taque e todos esses sons voam para a cabeça dele como vespas entrando em um vespeiro.

O estrondo: durante toda a sua vida, aquilo ribombou a distância. Agora está aumentando. Encobre as montanhas, o lago, o centro de Lakeport; invade o estacionamento da escola, varejando carros por toda parte; ruge fora da sala de aula e sacode a porta. Pontinhos pretos aparecem na sua visão. Ele pressiona as mãos contra as orelhas, tapando os ouvidos, mas o estrondo devora a luz.

A srta. Slattery, conselheira escolar, diz que poderia ser Transtorno de Processamento Sensorial ou Transtorno de Déficit de Atenção ou Transtorno de Hiperatividade ou alguma combinação deles. O menino é jovem demais para se ter certeza. E ela não é uma diagnosticadora. Mas seu ataque de histeria amedrontou as outras crianças e o diretor Jenkins suspendeu Seymour na sexta-feira, disse que Bunny deveria marcar uma consulta com um terapeuta ocupacional o mais cedo possível.

Bunny belisca a ponta do nariz.

— Isso está, tipo, incluído?

O gerente Steve, da Wagon Wheel, diz, claro, Bunny, traga seu filho para o trabalho, se você quiser ser demitida, então, na sexta-feira, ela retira os botões do fogão, põe uma caixa de Cheerios na bancada e liga o DVD com StarBoy no repeat.

— Gambazinho?

No Magnavox, vestido em seu traje brilhante StarBoy cai do céu noturno.

— Toque nas orelhas se estiver ouvindo.

Cidade nas nuvens 109

StarBoy encontra uma família de tatus presa em uma rede. Seymour toca nas orelhas.

— Quando o timer do micro-ondas mostrar zero zero zero, estarei em casa para dar uma olhada em você. Tudo bem?

StarBoy precisa de ajuda. Hora de chamar Amigafiel.

— Você vai ficar quietinho?

Ele acena com a cabeça; o Pontiac sai sacolejando pela Arcady Lane. Amigafiel, a coruja, aparece batendo asas no meio da noite. StarBoy ilumina o caminho enquanto Amigafiel rasga a rede com o bico. Os tatus se esgueiram e ganham a liberdade; Amigafiel diz que amigos que ajudam amigos são os melhores de todos. Depois algo que soa como um escorpião gigante começa a arranhar o telhado da casa.

Seymour fica ouvindo no quarto. Continua a ouvir atrás da porta de entrada. E atrás da porta de correr na cozinha. O barulho é: *batida arranhão arranhão*.

No Magnavox, um grande sol amarelo está surgindo. Hora de Amigafiel voltar para a sua árvore. Hora de StarBoy voltar para o Firmamento. *Melhores amigos melhores amigos*, canta StarBoy.

Nunca estamos separados,
Eu estou no céu,
E você está no meu coração.

Quando Seymour abre a porta de correr, uma pega sai voando do telhado e aterrissa em uma pedra oval no quintal. Baixa o rabo e canta *uoque uoque uoque*.

Uma ave. Nada a ver com um escorpião.

Uma tempestade noturna limpou a fumaça e a manhã está clara. Os cardos balançam suas corolas roxas e pequenos insetos voam por toda parte. Os milhares de pinheiros amontoados nos fundos da propriedade, subindo em direção a uma cadeia montanhosa, parecem respirar enquanto ondulam. Inspirar expirar inspirar expirar. São dezenove passos em meio a mato batendo na cintura até a pedra oval e, quando Seymour chega ao topo, a pega já voou para um galho na beirada da floresta. Manchas de líquen — rosa, verde-azeitona, laranja vivo — decoram a pedra. Este lugar é incrível. Grande. Vivo. Sem fim.

A vinte passos da pedra, Seymour chega a um único fio de arame farpado meio frouxo entre estacas. Atrás dele, estão a porta de correr, a cozinha, o micro-ondas de Pawpaw; na frente, mil e duzentos hectares de floresta, propriedade de uma família no Texas que ninguém em Lakeport jamais viu.

Uoque uoque uoque, chama a pega.

É fácil passar por baixo do arame.

Sob as árvores, a luz muda totalmente: um outro mundo. Bandeirolas de liquens pendem dos galhos; nesgas de céu brilham bem acima. Aqui tem um formigueiro da altura dele; aqui tem um bloco de granito do tamanho de um furgão; aqui tem um pedaço de casca de árvore que se fecha em torno da cintura de Seymour como a couraça da armadura do StarBoy.

Na metade da trilha que sobe a colina atrás da casa, Seymour vai dar em uma clareira cercada de abetos com um grande pinheiro morto no centro, igual a um braço cheio de dedos de um esqueleto gigante surgindo do mundo subterrâneo. Centenas de agulhas de pinheiro bifurcadas caem lentamente dos abetos no ar à sua volta. Ele pega uma delas e imagina um homenzinho com um torso truncado e pernas compridas e finas. O HomemAgulha atravessa a clareira com os pés pontudos.

Cidade nas nuvens

Aos pés da árvore morta, Seymour constrói uma casa para o HomemAgulha usando cascas de árvores e gravetos. Ele está instalando uma cama de liquens quando um fantasma grita três metros acima da sua cabeça.

Ii-ii? Ii-ii-iit?

Todos os pelos nos braços de Seymour ficam em pé. A coruja está tão bem camuflada que grita mais três vezes antes que ele consiga localizá-la, e, quando a vê, ele quase perde o fôlego.

Ela pisca três vezes, quatro. Em meio às sombras na frente do tronco, com os olhos fechados, a coruja some. Depois os olhos se abrem novamente e a criatura volta a se materializar.

Ela é do tamanho de Tony Molinari. Seus olhos são da cor de bolas de tênis. A coruja está olhando direto para ele.

Do seu lugar na base da grande árvore morta, Seymour olha para cima e a coruja olha para baixo, a floresta respira e algo acontece: o incômodo que murmura e ronda todos os momentos em que ele está acordado — o estrondo — se cala.

Há magia neste lugar, a coruja parece dizer. É só você se sentar, respirar e esperar, e ela vai encontrá-lo.

Ele se senta, respira e espera, e a Terra zune por mais mil quilômetros em sua órbita. Nós que existem desde sempre nas partes mais profundas do menino se afrouxam.

Quando Bunny o encontra, há casca de árvore em seu cabelo e ranho na sua polo da Wagon Wheel, e ela o põe de pé com um puxão e Seymour não saberia dizer se um minuto ou um mês ou uma década se passaram. A coruja desaparece como fumaça. Ele se contorce para ver onde ela pode ter ido parar, mas a coruja não está em lugar algum, tragada pelas profundezas do bosque, e Bunny está tocando nos cabelos dele, soluçando.

— ... chamando a polícia, por que você não ficou quietinho no seu lugar?...

Ela está xingando, carregando-o para casa por entre as árvores, rasgando o jeans no arame farpado; o timer do micro-ondas na cozinha está fazendo *bipebipebipebipe*, Bunny está falando ao telefone, está sendo demitida pelo gerente Steve, está jogando o telefone no sofá, está apertando os ombros de Seymour de maneira que ele não consiga escapar, está dizendo:

— Achei que estávamos fazendo isto juntos. Achei que éramos um time.

Depois da hora de dormir, ele vai até a janela e a abre, põe a cabeça para fora no escuro. A noite emana um cheiro selvagem, acebolado. Algo late, algo faz *tchi tchi tchi*. A floresta está logo ali, logo depois do arame farpado.

— Amigafiel — diz ele. — Eu te batizo Amigafiel.

Zeno

NO ANDAR DEBAIXO, ADULTOS FAZEM BARULHO ANDANDO NA sala de estar da sra. Boydstun com sapatos pesados. Cinco soldadinhos Playwood Plastic saem da caixa de lata escalando-a. O 401 se dirige cautelosamente à cabeceira da cama com seu rifle; o 410 arrasta seu canhão antitanques por cima de um sulco do acolchoado; o 413 se aproxima demais do aquecedor e seu rosto derrete.

O pastor White sobe com dificuldade a escada com um prato de presunto e bolachas e senta-se ofegante na beirada da caminha de latão. Pega o soldado 404, o que segura o rifle acima da cabeça, e diz que não deveria contar aquilo a Zeno, mas soube que, no dia em que morreu, Papa mandou sozinho para o inferno quatro japoneses.

No sopé da escada, alguém diz:

— Guadalcanal, onde fica isso?

E outra pessoa responde:

— Para mim, não faz diferença. — E flocos de neve passam pela janela do quarto. Por uma fração de segundo, a mãe de Zeno vem velejando do céu em um barco dourado e, enquanto todos observam, estupefatos, ele e Atena sobem a bordo e ela os leva para a Cidade Celestial, onde um mar azul-turquesa se choca contra penhascos negros e, de todas as árvores, pendem limões aquecidos pela luz do sol.

Depois ele está novamente na cama de latão e o pastor White, cheirando a tônico capilar, está fazendo o soldado 404 caminhar aos pulos em cima da colcha, e Papa nunca vai voltar.

— Um herói de verdade, em tudo e por tudo — diz ele. — É o que seu pai foi.

Mais tarde, Zeno desce sorrateiramente a escada com o prato e sai de fininho pela porta dos fundos. Atena sai mancando dos arbustos de zimbro, enregelada, e ele alimenta a cadela com presunto e bolachas e ela retribui com um olhar de pura gratidão.

A neve está caindo em grandes flocos aglomerados. Uma voz dentro da cabeça de Zeno sussurra *Você está sozinho e provavelmente é culpa sua*, e a luz do dia se desvanece. Em algo como um transe, ele deixa o quintal da sra. Boydstun e caminha pela rua Mission até o cruzamento com a rua Lake, escala o monte de neve varrida e vai abrindo caminho na tempestade, neve entrando nos seus sapatos de funeral, até chegar à beira do lago.

É o finzinho do mês de março e, no centro do lago, a quase um quilômetro de distância, as primeiras manchas escuras de descongelamento estão começando a aparecer. Os pinheiros ao longo da margem à esquerda dele formam uma parede enorme, oscilante.

À medida que Zeno avança sobre o gelo, a neve vai se tornando mais fina, congelada e achatada pelo vento. Com cada passo para longe da margem, sua percepção da grande e escura bacia hídrica sob seus sapatos aumenta. Trinta passos, quarenta. Quando ele se vira, não consegue ver as serrarias nem a cidade

Cidade nas nuvens 115

nem as árvores ao longo da margem. Seus passos estão sendo apagados pelo vento e pela neve; ele está suspenso em um universo branco.

Mais seis passos. Sete, oito, pare.

Em todas as direções, nada: um quebra-cabeça totalmente branco com as peças jogadas no ar. Ele sente que está vacilando à beira de algo. Atrás dele, está Lakeport: a escola cheia de correntezas de ar, as ruas lamacentas, a biblioteca, a sra. Boydstun com seu hálito de querosene e suas crianças de cerâmica. Lá ele é o Catador de Azeitonas, o Cabriteiro, o Zero: um órfão pequeno com sangue estrangeiro e um nome esquisito. Na sua frente tem o quê?

Um estalo quase subsônico, abafado pela neve, dispara na imensidão branca. Cintilando por trás dos flocos de neve, o que ele vê é o palácio real dos feácios? As paredes de bronze e os pilares de prata, os vinhedos, os pomares de peras e as nascentes? Ele tenta forçar a vista, mas, de alguma maneira, sua capacidade de enxergar foi invertida; é como se seus olhos estivessem voltados para dentro, para uma cavidade branca, em forma de redemoinho, dentro da sua cabeça. *Seja lá o que nos for pedido*, disse a mulher do presidente, *tenho certeza de que podemos realizá-lo*. Mas o que está sendo pedido e como ele deve realizá-lo sem Papa?

Só um pouco mais longe. Ele desliza um sapato mais quinze centímetros para a frente e um segundo estalo ressoa no gelo do lago, parece começar no centro do lago, passando entre as pernas dele antes de disparar rumo à cidade. Então ele sente um puxão na parte traseira das calças, como se tivesse chegado ao final de um tirante e uma corda o estivesse puxando de volta, e ele se vira e Atena está segurando seu cinto com os dentes.

Só então o medo toma conta do seu corpo por inteiro, mil cobras rastejando sob sua pele. Ele tropeça, prende a respiração, tenta se tornar o mais leve possível à medida que a collie vai lhe indicando o caminho, passo a passo, pelo gelo, até a cidade. Ele chega à margem, sobe cambaleando em meio às rajadas de neve e atravessa a rua Lake. O coração está galopando em seus ouvidos. Seymour treme no fim da rua, Atena lambe sua mão e, do outro lado das janelas iluminadas da casa da sra. Boydstun, adultos estão em pé na sala de estar, a boca se mexendo como a de bonecas quebra-nozes.

Adolescentes da igreja varrem a calçada. O açougueiro dá pelancas e ossos para eles de graça. As irmãs Cunningham passam para as velhas comédias gregas, buscando algo mais leve, um dramaturgo chamado Aristófanes que, segundo dizem, inventou alguns dos melhores mundos. Leem *As nuvens*, depois *Assembleia de mulheres*, depois *As aves*, sobre dois velhos, cansados da corrupção terrena, que vão viver entre as aves em uma cidade no céu e descobrem que seus problemas os seguem até lá, Atena cochila na frente do atril com o dicionário. À noite, a sra. Boydstun bebe Old Forester, fuma um Camel atrás do outro e eles jogam *cribbage*, movendo as peças pelo tabuleiro. Zeno fica sentado ereto, com as cartas em leque em uma das mãos, pensando, ainda estou neste mundo, mas existe um outro, logo ali fora.

Quarta série, quinta série, fim da guerra. Veranistas surgem aos poucos de altitudes mais baixas para velejar no lago em barcos que, para Zeno, parecem cheios de famílias felizes: mães, pais, filhos. A cidade põe o nome de Papa em um memorial no centro; alguém entrega a Zeno uma bandeira e mais alguém diz

Cidade nas nuvens   117

que os heróis são isso e os heróis são aquilo, e depois, no jantar, o pastor White senta-se à cabeceira da mesa da sra. Boydstun e agita uma coxa de peru.

— Alma, Alma, como se chama um boxeador afeminado?

A sra. Boydstun para de mastigar, salsinha grudada nos dentes.

— Frutinha!

Ela ri; o pastor White sorri com o copo na boca. Nas prateleiras em volta deles, duzentas crianças rechonchudas de porcelana observam Zeno com os olhos arregalados.

Ele tem doze anos quando as gêmeas Cunningham o chamam até o balcão de atendimento e lhe entregam um livro: *Os sereios de Atlântida*, oitenta e oito páginas impressas em quatro cores.

— Encomendamos este pensando em você — diz a primeira irmã, e a pele em volta dos seus olhos se enruga, a segunda carimba uma data de devolução na parte de trás, e Zeno carrega o livro para casa e senta na caminha de latão. Na página um, uma princesa é raptada em uma praia por homens estranhos em armaduras de bronze. Quando acorda, ela se vê aprisionada em uma cidade submarina embaixo de uma grande cúpula de vidro. Sob as armaduras de bronze, os homens da cidade são criaturas descamisadas com braçadeiras douradas, orelhas pontudas e guelras na garganta, eles têm tríceps grossos, pernas poderosas e grandes protuberâncias nas interseções das coxas que causam uma agitação no ventre de Zeno.

Os estranhos e belos homens respiram embaixo d'água; são muito trabalhadores; a cidade ostenta torres e pontes com arcos altos e submarinos compridos e lustrosos. Bolhas sobem ao lado de raios de luz dourada e aquosa. Na página dez, tem início uma guerra entre os homens submarinos e os desengonçados homens terrestres, que foram buscar sua princesa, e os homens terrestres lutam com arpões e mosquetes enquanto os homens submarinos lutam com tridentes, seus músculos são longos e bonitos, e Zeno, calor se espalhando pelo corpo, não consegue tirar os olhos das pequenas fissuras vermelhas das guelras na garganta e dos membros musculosos e alongados dos homens submarinos. Nas páginas finais, a batalha fica mais feroz, e, exatamente quando rachaduras surgem na cúpula em cima da cidade, pondo todos em perigo, o livro diz: *Continua*.

Durante três dias, ele guarda *Os sereios de Atlântida* em uma gaveta onde o livro brilha como algo perigoso, pulsando em sua mente mesmo quando ele está na escola: radioativo, ilegal. Só quando tem certeza de que a sra. Boydstun está dormindo e a casa está totalmente silenciosa, ele se arrisca a examiná-lo mais: os marinheiros zangados batem na cúpula protetora com seus arpões; os elegantes guerreiros submarinos nadam por toda parte com seus mantos bordô, seus tridentes e suas coxas musculosas. Em sonho, eles batem na janela de Zeno, mas, quando ele abre a boca para falar, a água invade tudo e ele acorda com uma sensação semelhante à de ter caído no lago congelado.

Encomendamos este pensando em você.

Na quarta noite, com as mãos trêmulas, Zeno carrega *Os sereios de Atlântida* escada abaixo, passa pelas cortinas roxas, pelo caminho de mesa, pelo vaso de *pot-pourri* emanando seu cheiro enjoativo, abre a porta do fogão a lenha e joga o livro dentro.

Vergonha, fragilidade, medo — ele é o oposto do pai. Raramente vai ao centro, faz de tudo para evitar a biblioteca. Se avista uma das irmãs Cunningham no lago ou na loja, dá meia-volta,

Cidade nas nuvens 119

se abaixa, se esconde. Elas sabem que ele não devolveu o livro, que ele destruiu propriedade pública: vão adivinhar o motivo.

No espelho, suas pernas são curtas demais, seu queixo, fraco demais; os pés o envergonham. Talvez em alguma cidade distante, resplandecente, ele se sinta adequado. Talvez em um daqueles lugares ele pudesse surgir, novo e brilhante, como o homem que gostaria de se tornar.

Em certos dias, ao caminhar para a escola, ou simplesmente ao se levantar da cama, Zeno é desequilibrado por uma sensação repentina e nauseante de espectadores formando um círculo em volta dele, as camisas encharcadas de sangue, rostos acusadores. Bichinha, dizem eles, e apontam o dedo em riste para ele. Maricas, frutinha.

Zeno tem dezesseis anos e trabalha meio expediente como aprendiz na oficina de máquinas da Madeireira e Fábrica de Dormentes Ansley quando 75 mil soldados do Exército do Povo da Coreia do Norte cruzam o paralelo 38 e dão início à Guerra da Coreia. Em agosto, os clérigos que se reúnem em torno da mesa da sra. Boydstun nas tardes de domingo estão reclamando das deficiências da nova geração de soldados americanos, como eles se tornaram mimados, enfraquecidos por uma cultura demasiadamente complacente, infectados pela apatia; e as pontas acesas dos charutos desenham círculos cor de laranja em cima do frango.

— Não são corajosos como seu pai — diz o pastor White, e bate espalhafatosamente no ombro de Zeno, e, em algum lugar distante, Zeno ouve uma porta se abrir.

Coreia: um pequeno polegar verde no globo da escola. Parece o lugar mais distante possível de Idaho.

Toda noite, depois do seu turno na serraria, ele corre em volta de metade do lago. Quatro quilômetros e meio até a curva na rua West Side, quatro quilômetros e meio de volta, debaixo de chuva, Atena — àquela altura com o focinho branco, extremamente corajosa — mancando atrás. Certas noites, os elegantes, resplandecentes guerreiros de Atlântida surgem ao lado dele, como se estivessem eletrizados, e ele corre mais, tentando deixá-los para trás.

No dia em que completa dezessete anos, ele pede à sra. Boydstun para deixá-lo dirigir o velho Buick até Boise. Ela acende um novo cigarro no que está terminando. O relógio cuco faz tique; sua multidão de crianças está nas prateleiras; três Jesus diferentes olham para baixo de três cruzes diferentes. Atrás do seu ombro, do lado de fora da janela da cozinha, Atena se aninha embaixo da sebe. A um quilômetro e meio de distância, ratos cochilam na cabana onde ele e Papa passaram o primeiro inverno em Lakeport. O coração sara, mas nunca completamente.

Nas estradas sinuosas da serra, ele fica enjoado duas vezes. No escritório de recrutamento, um enfermeiro pressiona o auscultador frio de um estetoscópio contra o seu peito, lambe a ponta de um lápis e marca todos os quadrados do formulário. Quinze minutos depois, ele é o soldado E-1 Zeno Ninis.

Seymour

BUNNY É A PROPRIETÁRIA DA CASA, LIVRE E ISENTA DE QUALquer gravame, mas Pawpaw ainda estava pagando um empréstimo pelo terreno: 558 dólares por mês. Depois tem as contas da V1-Propane + Idaho Power + Lakeport Utilities + lixo + Blue River Bank pelo empréstimo para os colchões + seguro do Pontiac + telefone dobrável + limpeza da neve para ela tirar o carro da garagem + 2.652,31 dólares em parcelas atrasadas do Visa + plano de saúde, há-há, brincadeirinha, ela nunca conseguirá bancar um plano de saúde.

Ela encontra trabalho sem vínculo empregatício limpando quartos no Aspen Leaf Lodge — 10,65 dólares por hora — e pega alguns turnos de jantar no Pig 'N Pancake — 3,45 dólares por hora mais gorjetas. Se ninguém está pedindo panquecas, o sr. Burkett a faz limpar a câmara frigorífica, e ninguém dá gorjetas a você por isso.

Todo dia útil, Seymour, com seis anos, salta do ônibus escolar sozinho, desce a Arcady Lane sozinho, abre a porta de casa sozinho. Come um waffle e assiste ao StarBoy e não sai de casa. Está ouvindo, Gambazinho? Jura? Pode tocar nas orelhas?

Ele jura. Ele toca nas orelhas.

Contudo, assim que chega em casa, a despeito do clima, a despeito da quantidade de neve, ele larga a mochila, sai pela porta de correr, passa por baixo do arame farpado e sobe pela floresta até o grande pinheiro morto na clareira no meio da colina.

Certos dias, ele só sente uma presença, um formigamento na base do pescoço. Em outros, ouve chamados baixos e prolongados atravessando a floresta. Em outros, ainda, não há nada. Mas, nos melhores dias, Amigafiel está lá, cochilando na mesma junção de tronco e galho onde Seymour a viu pela primeira vez, a uns quatro metros do chão.

— Olá.

A coruja abaixa o olhar até Seymour, o vento eriça as penas em sua cara; no redemoinho da sua atenção, volteia uma compreensão tão antiga quanto o tempo.

Seymour diz:

— Não é só a carteira, é o cheiro dos adesivos de pepinos de Mia, o jeito como as coisas ficam depois do Recreio quando Duncan e Wesley estão suados e...

Ele continua:

— Eles dizem que eu sou esquisito. Que eu sou medonho.

A coruja pisca na luz fraca. A cabeça do tamanho de uma bola de vôlei. Ela parece a alma de dez mil árvores materializadas em uma única forma.

Em uma tarde em novembro, Seymour está perguntando a Amigafiel se barulhos altos a assustam também, se às vezes ela se sente como se escutasse demais — e se alguma vez já desejou que o mundo fosse tão silencioso quanto aquela clareira naquele momento, com um milhão de flocos minúsculos de neve voando silenciosamente pelo ar? —, quando a coruja sai do galho, paira sobre a clareira e aterrissa em uma árvore do outro lado.

Seymour a segue. A coruja voa silenciosamente por entre as árvores, na direção da casa pré-fabricada, gritando vez por outra como se o convidasse a segui-la. Quando Seymour chega ao jardim dos fundos, a coruja está empoleirada no telhado da casa. Ela solta um grande e profundo *huu* em meio à neve que cai e, em seguida, desvia o olhar para o velho depósito de ferramentas de Pawpaw. Depois para Seymour. Depois de volta para o depósito de ferramentas.

— Você quer que eu entre ali?

Na escuridão abarrotada do depósito, o menino encontra uma aranha morta, uma máscara contra gases soviética, caixas de ferramentas enferrujadas e, em um gancho acima da bancada de trabalho, um par de abafadores de ruídos para estandes de tiro. Quando ele os coloca, a barulheira do mundo se desvanece.

Ele bate palmas, chacoalha uma lata de café cheia de rolamentos, martela: tudo silenciado, tudo melhor. Ele volta para a neve e ergue o olhar na direção da coruja que está na quina do telhado.

— Isto? Era isto que você queria me mostrar?

A sra. Onegin permite que ele use os abafadores no Recreio, durante o Lanche e na Hora da Reflexão. Depois de cinco dias consecutivos de escola sem repreensões, ela permite que ele mude de carteira.

A srta. Slattery, a conselheira, o premia com uma rosquinha. Bunny compra um novo DVD do StarBoy.

Melhor.

Toda vez que o mundo se torna barulhento demais, clamoroso demais, com as pontas afiadas demais, toda vez que ele sente que o estrondo está se aproximando demais, Seymour fecha os olhos, põe os abafadores sobre as orelhas e sonha que está na clareira do bosque. Quinhentos abetos balançam; Homens Agulhas pulam dos galhos; o pinheiro continua em pé, imóvel, embaixo das estrelas.

Há magia neste lugar.

É só você se sentar, respirar e esperar.

Usando os abafadores, ele consegue passar pelo Desfile do Dia de Ação de Graças, pelo Espetáculo de Músicas Natalinas, pelo pandemônio que é o Dia dos Namorados. Ele aceita na própria dieta *strudel* congelado, cereais matinais com canela e *croutons*. Permite, sem precisar ser subornado, que sua cabeça seja lavada a cada duas semanas, às quintas-feiras. Está se esforçando para não sentir aflição quando as unhas de Bunny fazem *tat-tat-tat* no volante do carro.

Em um lindo dia de primavera, a sra. Onegin leva os alunos da primeira série por entre poças de neve derretida até uma casa azul-clara com uma varanda torta na esquina das ruas Lake e Park. As crianças correm para o andar de cima; uma bibliotecária com sardas por todo o rosto encontra Seymour sozinho na seção de Não Ficção para Adultos. Ele tem de levantar uma das conchas do abafador de ruídos para ouvi-la.

— De que tamanho você diria que ela é? Ela parece estar usando uma gravata-borboleta?

Ela pega um guia de campo de uma prateleira alta. Logo na primeira página que ela mostra, está Amigafiel voando com um rato preso na pata esquerda. Na foto seguinte, lá está ela novamente: em pé na ponta de um galho olhando para um prado nevado.

Cidade nas nuvens 125

O coração de Seymour dá um pulo.

— Coruja-cinzenta — lê ela. — A espécie de coruja com o maior comprimento do mundo. Também chamada de coruja-lapônia, Grande Fantasma do Norte. — Ela sorri para ele de dentro da sua tempestade de sardas. — Aqui diz que a envergadura delas pode superar um metro e meio. Elas podem ouvir os batimentos cardíacos de ratos silvestres debaixo de quase dois metros de neve. O grande disco facial as ajuda a captar sons, como se você fechasse as mãos em concha atrás das orelhas.

Ela põe as palmas das mãos atrás das orelhas. Seymour tira o abafador de ruídos e faz a mesma coisa.

Todo dia naquele verão, assim que Bunny sai para o Aspen Leaf, Seymour põe um pouco de Cheerios em um saquinho, sai pela porta de correr, passa pela pedra oval e se esgueira por baixo do arame farpado.

Ele faz *frisbees* com pedaços de casca de árvore, faz salto com vara sobre poças, rola pedras ladeira abaixo, fica amigo de um pica-pau. Tem um pinheiro vivo naquela floresta grande como um ônibus escolar em pé e com um ninho de águia-pesqueira bem no topo, um bosque de álamos cujas folhas soam como chuva na água. E, cada dois ou três dias, Amigafiel está lá, no seu galho, no seu esqueleto de árvore, piscando para os seus domínios como um deus benevolente, ouvindo com mais atenção do que qualquer outra criatura já conseguiu.

Dentro das pelotas que a coruja tosse em cima das agulhas dos abetos, o menino descobre mandíbulas de esquilo e vértebras de ratos e uma quantidade chocante de crânios de roedores silvestres. Um pedaço de fio de plástico. Pedaços esverdeados de casca de ovo. Uma vez: o pé de um pato. Na bancada de trabalho do depósito de ferramentas de Pawpaw, ele monta esqueletos quiméricos: zumbis de ratos-do-mato com três cabeças, esquilos-aranhas com oito patas.

Bunny encontra carrapatos em suas camisetas, lama no carpete, rebarbas nos cabelos; ela enche a banheira e diz:

— Alguém vai fazer com que eu seja presa.

E Seymour despeja água de uma garrafa de Pepsi para outra e Bunny canta uma canção de Woody Guthrie antes de adormecer no tapetinho do banheiro com sua camisa do Pig 'N Pancake e seus grandes Reeboks pretos.

Segunda série. Ele vai andando da escola até a biblioteca, põe o abafador de ruídos em volta do pescoço e se senta atrás da mesinha ao lado dos audiolivros. Quebra-cabeças de corujas, livros de colorir de corujas, jogos de corujas no computador. Quando tem um minuto livre, a bibliotecária sardenta, cujo nome é Marian, lê para ele, explicando as coisas:

NÃO FICÇÃO 598.27:

Os hábitats ideais para as corujas-cinzentas são florestas delimitadas por campos abertos com pontos de observação altos e grandes populações de ratos silvestres.

REVISTA DE ORNITOLOGIA CONTEMPORÂNEA:

Corujas-cinzentas são tão fugidias e se assustam tão facilmente que ainda sabemos muito pouco sobre elas. Mas estamos aprendendo que elas servem como fios de uma rede de relacionamentos entre roedores, árvores, gramíneas e até esporos de fungos, tão complexa e multidimensional que os pesquisadores estão apenas começando a compreendê-la.

NÃO FICÇÃO, 598.95:

Só cerca de um em cada quinze ovos de corujas-cinzentas chegam à idade adulta. São devorados por martas, corvos, ursos-negros e jacurutus; filhotes geralmente morrem de fome. Por exigirem terrenos de caça muito extensos, as corujas-cinzentas são especialmente vulneráveis à perda do hábitat: gado pasta nos prados, dizimando presas; incêndios descontrolados incineram áreas de reprodução; as corujas comem roedores que ingeriram veneno, são atropeladas por carros e chocam-se em voo com fios de alta-tensão.

— Vejamos, este site estima que o número atual de corujas-cinzentas nos Estados Unidos está em onze mil e cem.

Marian pega sua grande calculadora de mesa.

— Digamos, trezentos milhões de americanos, mais ou menos. Aperte o três, agora oito zeros; muito bem, Seymour. Lembra-se do sinal de divisão? Um, um, um. Pronto.

27.027.

Ambos olham para o número, absorvendo-o. Para cada 27.027 americanos, uma coruja-cinzenta. Para cada 27.027 Seymours, uma Amigafiel.

Na mesa ao lado da seção de Audiolivros, ele tenta desenhá-la. Uma forma oval com dois olhos no centro — essa é a Amigafiel. Agora é fazer 27.027 pontinhos em círculos em volta dela — as pessoas. Ele faz cerca de setecentos antes de a mão começar a latejar e o lápis ficar sem ponta, e já é hora de ir embora.

Terceira série. Ele tira 93 em um trabalho sobre decimais. Aceita Slim Jims, biscoitos água e sal e macarrão instantâneo com queijo em sua dieta. Marian dá a ele uma das suas Cocàs Diet. Bunny diz:

— Você está se saindo muito bem, Gambazinho. — E seus olhos marejados refletem as luzes do Magnavox.

Ao voltar para casa em uma tarde de outubro, abafadores de ruídos em uso, Seymour vira à direita na Arcady Lane. Onde naquela manhã não havia nada, agora há uma placa oval de um metro e vinte por um metro e meio entre duas estacas. EDEN's GATE, está escrito,

EM BREVE

SOBRADOS E CABANAS PERSONALIZADOS

TERRENOS DE LUXO DISPONÍVEIS

Na ilustração, um gamo com uma galhada de dez pontas está bebendo água em um lago enevoado. Atrás da placa, o caminho para casa parece igual: uma pista empoeirada e esburacada ladeada por arbustos de mirtilo, as folhas de um vermelho outonal ardente.

Um pica-pau atravessa a rua em um mergulho que descreve uma parábola baixa e desaparece. Uma marta tagarela em algum canto. As tamargueiras oscilam. Ele olha para a placa. Volta a olhar para a rua. Dentro do peito, ergue-se um tentáculo de pânico.

Quatro

Tessália, terra da magia

Cuconuvolândia, *de Antônio Diógenes, Fólio Δ*

Histórias de um herói cômico que viaja para um local distante em busca de magia aparecem praticamente em quase todos os folclores de quase todas as culturas. Embora vários dos fólios do manuscrito que muito provavelmente narravam a viagem de Éton à Tessália tenham sido perdidos, fica evidente que, no Fólio Δ, ele chegou. Tradução de Zeno Ninis.

[...] ávido para encontrar provas de feitiçaria, fui diretamente para a praça da cidade. Eram as pombas naquele toldo na verdade magos com um disfarce de penas? Os centauros iriam caminhar entre as barracas de feira e fazer discursos? Parei três donzelas que carregavam cestos e perguntei onde poderia encontrar uma bruxa poderosa capaz de me transformar em uma ave: uma águia valente, talvez, ou uma coruja inteligente e forte.

Uma disse:

— Bem, Canídia aqui consegue extrair raios de sol de melões, transformar pedras em javalis e arrancar estrelas do céu, mas não consegue transformá-lo em coruja.

As outras duas caíram no riso.

A outra disse:

— E Meroé aqui consegue interromper o fluxo dos rios, transformar montanhas em pó e arrancar os deuses de seus tronos, mas também não consegue transformá-lo em águia. — E os três corpos foram sacudidos pelo riso.

Inabalável, fui à estalagem. Depois que escureceu, Palestra, a ajudante do estalajadeiro, me chamou até a cozinha. Sussurrou que a mulher do patrão guardava em um quarto no alto da casa todo tipo de equipamento necessário para a prática da magia, garras de aves e corações de peixes e até pedacinhos de carne de cadáveres.

— À meia-noite — disse ela —, se você se agachar e olhar pelo buraco da fechadura daquele quarto, talvez encontre o que está procurando...

A Argos

Missão anos 55-58

Konstance

Ela tem quatro anos. Dentro do Compartimento 17, à distância de um braço, Mãe caminha no Perambulador, a faixa dourada do seu Videor lacrada sobre os olhos.

— Mãe.

Konstance bate no joelho de Mãe. Puxa o tecido da roupa de trabalho. Nenhuma resposta.

Uma criatura negra minúscula, menor do que a unha do mindinho de Konstance, está escalando a parede. Suas antenas oscilam; as juntas das pernas se esticam, se curvam, se esticam novamente; as pontas dentadas das mandíbulas a assustariam se não fossem tão pequenas. Konstance põe um dedo no caminho da criatura, que o escala. Cruza a palma da mão dela, procede para o outro lado; a intrincada complexidade dos seus movimentos encanta.

— Mãe, veja.

O Perambulador assobia e gira. Sua mãe, absorta em outro mundo, dá uma pirueta, depois estica os braços como se estivesse voando.

Konstance aperta a mão contra a parede: o animal desce e continua pelo seu caminho original, escalando e deixando para trás o leito de Pai, até desaparecer no encaixe onde a parede encontra o teto.

Konstance observa. Atrás dela, Mãe agita os braços.

Uma formiga. Na *Argos*. Impossível. Todos os adultos concordam. *As crianças demoram anos*, Sybil tranquiliza Mãe, *para aprender a diferença entre imaginação e realidade. Algumas demoram mais do que outras.*

Ela tem cinco anos. As crianças com dez anos ou menos estão sentadas em círculo em volta do Portal da sala de aula. A sra. Chen diz:

— Sybil, por favor, mostre Beta Oph2.

Uma esfera preta e verde, com três metros de diâmetro, se materializa na frente delas.

— Aqui, crianças, vocês vão notar os desertos de sílica no equador, e acreditamos que isso aqui nas latitudes mais altas são faixas de florestas decíduas. Os oceanos nos polos, aqui e aqui, devem congelar dependendo da estação...

Várias crianças se esticam para tocar na imagem à medida que ela passa rodando, mas Konstance mantém as mãos presas embaixo das coxas. As manchas verdes são bonitas, mas as pretas — vazias e serrilhadas nas pontas — a assustam. A sra. Chen explicou que são simplesmente regiões de Beta Oph2 que ainda não foram mapeadas, que o planeta ainda está distante demais, que, à medida que eles forem se aproximando, Sybil vai obter imagens novas, mais detalhadas, mas, para Konstance, elas parecem precipícios nos quais uma pessoa pode cair e dos quais nunca conseguiria escapar.

A sra. Chen pergunta:

— Massa planetária?

— Um vírgula vinte e seis massas terrestres — recitam as crianças.

Jessi Ko cutuca o joelho de Konstance.

Cidade nas nuvens

— Nitrogênio na atmosfera?

— Setenta e seis por cento.

Jessi Ko cutuca a coxa de Konstance.

— Oxigênio?

— Konstance — murmura Jessi —, o que é redondo, está pegando fogo e coberto de lixo?

— Vinte por cento, sra. Chen.

— Muito bem.

Jessi se inclina até a metade do colo de Konstance. Em seu ouvido, sussurra:

— A Terra!

A sra. Chen olha na direção delas, Jessi se endireita e Konstance sente o calor subindo até as bochechas. A imagem de Beta Oph2 gira sobre o Portal: preto, verde, preto, verde. As crianças cantam:

Você pode ser um,
Ou pode ser cento e dois,
Só todos juntos
Todos juntos
Para chegar a Beta Oph2.

A *Argos* é uma nave da geração interestelar que tem a forma de um disco. Nenhuma janela, nenhuma escada, nenhuma rampa, nenhum elevador. Oitenta e seis pessoas vivem lá dentro. Sessenta nasceram a bordo. Vinte e três das outras, inclusive o pai de Konstance, têm idade suficiente para se lembrar da Terra. Novas meias são distribuídas a cada dois anos, novas roupas de trabalho, a cada quatro. Seis sacos de dois quilos de farinha saem da câmara no primeiro dia de cada mês.

Somos os sortudos, dizem os adultos. Temos água purificada; cultivamos alimentos frescos; nunca adoecemos; temos Sybil; temos esperança. Se alocarmos com parcimônia, tudo o que temos a bordo é tudo o que precisaremos. O que não conseguimos resolver sozinhos, Sybil resolve para nós.

Sobretudo, dizem os adultos, você deve prestar atenção nas paredes. Atrás das paredes, está o esquecimento: radiação cósmica, gravidade zero, dois vírgula sete três Kelvin. Em três segundos do lado de fora das paredes, as mãos e pés dobrariam de tamanho. A umidade na língua e nos globos oculares entraria em ebulição e desapareceria, as moléculas de nitrogênio no sangue se agregariam. Você sufocaria. Depois, congelaria.

Konstance tem seis anos e meio quando a sra. Chen a leva com Ramón e Jessi Ko para conhecer Sybil pessoalmente. Eles se curvam por corredores, passam pelos Laboratórios de Biologia, pelas portas para os Compartimentos 24, 23 e 22, indo em direção ao centro da nave, e entram por uma porta onde está escrito Câmara Um.

— É muito importante não levarmos para dentro nada que possa afetá-la — diz a sra. Chen —, então o vestíbulo vai nos limpar. Agora fechem os olhos.

Porta externa lacrada, anuncia Sybil. *Iniciando procedimento de descontaminação.*

De algum lugar nas profundezas da parede, sai um som como o de ventiladores acumulando velocidade. Ar resfriado atravessa a roupa de trabalho de Konstance, uma luz forte pulsa três vezes do outro lado das pálpebras da menina e a porta interna se abre com um suspiro.

Cidade nas nuvens 139

Eles entram em uma câmara cilíndrica com quatro metros de largura e cinco de altura. No centro, Sybil está suspensa dentro do seu tubo.

— Ela é muito alta — sussurra Jessi Ko.

— Como um zilhão de fios dourados — murmura Ramón.

— Esta câmara — explica a sra. Chen — tem processos térmicos, mecânicos e de filtragem autônomos, independentes do restante da *Argos*.

Bem-vindos, diz Sybil, e pontinhos âmbar lampejam descendo pelos seus tentáculos.

— Você está linda hoje — diz a sra. Chen.

Adoro visitantes, responde Sybil.

— Lá dentro, crianças, está a sabedoria coletiva da nossa espécie. Todos os mapas já traçados, todos os censos já realizados, todos os livros já publicados, todos os jogos de futebol, todas as sinfonias, todas as edições de todos os jornais, o mapa genético de mais de um milhão de espécies, tudo o que podemos imaginar e tudo o que possamos porventura precisar. Sybil é nossa guardiã, nossa piloto, nossa cuidadora: ela nos mantém em curso, ela nos mantém saudáveis e protege o patrimônio de toda a humanidade da extinção e da destruição.

Ramón respira no vidro, põe um dedo no vapor e desenha um R. Jessi Ko diz:

— Quando eu for grande o suficiente para ir à Biblioteca, vou direto para a seção de Jogos e brincar de Montanha das Flores e Frutas.

— Eu vou jogar As Espadas do Homem Prateado — afirma Ramón. — Zeke diz que tem vinte mil níveis.

Konstance, pergunta Sybil, *o que você vai fazer quando chegar à Biblioteca?*

Konstance olha por cima do ombro. A porta pela qual eles entraram está tão hermeticamente lacrada que nem dá para distingui-la da parede. Ela diz:

— O que é "extinção e destruição"?

Logo depois começam os terrores noturnos. Depois da limpeza no fim da Terceira Refeição, depois que as outras famílias se encaminham para seus compartimentos, depois que Pai volta para suas plantas na Fazenda Quatro, Mãe e Konstance voltam para o Compartimento 17 e consertam as várias roupas de trabalho que esperam a vez na máquina de costura de Mãe — aqui a caixa para zíperes com defeito, aqui a caixa dos retalhos, aqui os fios soltos, nada é desperdiçado, nada é perdido. Elas passam pó nos dentes e escovam os cabelos, Mãe toma uma SonoGota, dá um beijo na testa de Konstance e elas entram nas respectivas camas, Mãe na de baixo e Konstance na de cima.

As paredes vão escurecendo de roxo para cinza para preto. Ela tenta respirar, tenta manter os olhos abertos.

Mesmo assim, eles aparecem. Feras com dentes brilhantes afiados como lâminas. Demônios com chifres. Vermes brancos sem olhos que se acumulam dentro do seu colchão. Os piores são os besouros com membros esqueléticos que vêm descendo o corredor; eles destroçam a porta do Compartimento 17, escalam as paredes e mastigam o teto. Konstance se agarra ao colchão enquanto sua mãe é tragada pelo vácuo; ela tenta piscar, mas seus olhos estão fervendo; ela tenta gritar, mas sua língua se transformou em gelo.

— De onde — pergunta Mãe a Sybil — ela tira essas coisas? Achei que tivéssemos sido selecionados por causa do raciocínio cognitivo mais elevado. Achei que deveríamos ter as faculdades imaginativas suprimidas.

Às vezes, a genética nos surpreende, diz Sybil.

Pai fala:

— Ainda bem.

Sybil sugere: *Tenham paciência. Ela vai superar isso.*

Ela tem sete anos e nove meses. LuzDiurna esmorece e Mãe toma sua SonoGota e Konstance sobe para seu beliche. Ela mantém os olhos abertos com a ponta dos dedos. Conta de zero a cem. Volta ao zero outra vez.

— Mãe.

Nenhuma resposta.

Ela desce a escada de fininho, passa pela mãe adormecida e sai pela porta arrastando o cobertor atrás de si. Na Comissaria, dois adultos estão caminhando no Perambulador, Videores sobre os olhos, a agenda do dia seguinte tremeluzindo no ar atrás deles — *LuzDiurna 110 Tai Chi no Átrio da Biblioteca, LuzDiurna 130 Reunião de Bioengenharia.* Ela envereda de meias pelo corredor, passa pelas Duchas Dois e Três, pelas portas fechadas de meia dúzia de compartimentos e para do lado de fora da porta com as bordas brilhantes que diz Fazenda Quatro.

Lá dentro, o ar tem cheiro de ervas e clorofila. Luzes crescentes brilham em trinta diferentes níveis em centenas de estantes distintas e plantas preenchem o cômodo até o teto: arroz aqui, couve ali, repolho crescendo ao lado da rúcula, salsinha sobre agrião sobre batatas. Ela espera até seus olhos se ajustarem à luminosidade e vê seu pai em sua escadinha a cinco metros de distância, emaranhado em tubos de gotejamento, a cabeça entre alfaces.

Konstance é suficientemente grande para entender que a fazenda de Pai não é como as outras três: aqueles espaços são organizados e sistemáticos, ao passo que a Fazenda Quatro é um emaranhado de sensores e cabos, estantes para plantas viradas para todos os lados, bandejas individuais apinhadas de espécies diferentes, tomilho ao lado de rabanetes e ao lado de cenouras. Pelos brancos e longos despontam das orelhas de Pai; ele está sempre plantando flores não comestíveis só para ver como são e murmurando com seu sotaque engraçado sobre chá de composto. Afirma que consegue determinar pelo gosto se uma alface teve uma vida feliz; diz que um farisco de grão-de-bico bem cultivado pode transportá-lo por três zilhões de quilômetros até os campos em que ele cresceu em Esquéria.

Ela caminha até ele e cutuca-lhe o pé. Ele levanta as sobrancelhas e sorri.

— Oi, filha.

Sujeira de terra contrasta no prateado da sua barba; há folhas no cabelo dele. Ele desce da escada, a enrola no cobertor e a leva para onde as maçanetas de aço de trinta gavetas refrigeradas se projetam para fora da parede.

— Então — pergunta ele —, o que é uma semente?

— Uma semente é uma plantinha dorminhoca, uma caixa para proteger a plantinha dorminhoca e uma refeição para quando a plantinha dorminhoca acordar.

— Muito bem, Konstance Quem você quer acordar esta noite?

Ela olha, pensa, não se afoba. Por fim, escolhe a quarta maçaneta da esquerda para a direita e a puxa. Vapor emerge da gaveta; dentro estão centenas de envelopes de papel-alumínio gelados. Ela escolhe um na terceira fileira.

Cidade nas nuvens 143

— Ah! — exclama ele, lendo o envelope. — *Pinus heldreichii*. Pinheiro-da-bósnia. Boa escolha. Agora prenda a respiração.

Ela enche os pulmões e prende o ar e ele rasga o envelope e, na sua palma, caem três pequenas sementes, cada uma envolta em uma asa marrom-clara.

— Um pinheiro-da-bósnia maduro — sussurra ele — pode chegar a trinta metros de altura e produzir dezenas de milhares de cones por ano. Essas árvores sobrevivem ao gelo e à neve, a ventos fortes e poluição. Dobrada dentro de cada uma delas está toda uma floresta.

Ele chega a semente perto dos lábios dela e sorri.

— Ainda não.

As sementes parecem quase tremer.

— Agora.

Ela solta o ar; as sementes alçam voo. Pai e filha as observam flutuar sobre as prateleiras abarrotadas. Ela as perde de vista enquanto esvoaçam em direção à frente da sala e as espia quando pousam entre os pepinos.

Konstance aperta-a entre dois dedos e solta a semente da asa. Pai a ajuda a abrir um buraco na membrana de gel de uma bandeja vazia; ela pressiona a semente com o dedo.

— É como se a estivéssemos fazendo dormir — diz ela —, mas, na verdade, a estamos despertando.

Sob as grandes sobrancelhas brancas, os olhos de Pai brilham. Ele a põe embaixo de uma mesa aeropônica, se arrasta até ficar ao lado da filha e pede a Sybil que atenue as luzes (as plantas comem luz, diz Pai, mas até elas podem se empanzinar). Ela puxa o cobertor até o queixo e encosta a cabeça no peito de Pai à medida que as sombras vão avançando pela sala, ouve o coração dele batendo dentro da roupa de trabalho, conduítes zumbindo no interior das paredes, água pingando dos longos fios brancos de milhares de radículas através de camadas de plantas, escorrendo para canais sob o pavimento onde é coletada para ser borrifada novamente, e a *Argos* percorre mais dez mil quilômetros no vazio.

— Vai me contar mais um pouco da história, Pai?

— Está tarde, Abobrinha.

— Só aquele trechinho em que a bruxa se transforma na coruja. Por favor.

— Tudo bem. Mas só aquele trechinho.

— E também o trecho em que Éton se transforma em burro.

— Está bem. Mas depois, cama.

— Depois cama.

— E você não vai contar para Mãe.

— E eu não vou contar para Mãe. Prometo.

Pai e filha sorriem, brincando como de costume, e Konstance se contorce dentro do cobertor, a expectativa correndo dentro dela, as plantas crescem, e é como se elas estivessem cochilando juntas dentro do sistema digestivo de uma fera enorme e mansinha.

Ela diz:

— Éton tinha acabado de chegar à Tessália, a Terra da Magia.

— Certo.

— Mas não viu nenhuma estátua ganhar vida nem bruxas voando por cima dos telhados.

— Mas a ajudante da estalagem onde ele estava hospedado — continua Pai — disse a Éton que, naquela noite, se ele se ajoelhasse diante da porta do quarto no alto da casa e espiasse pelo buraco da fechadura, veria um pouco de magia. Então, Éton foi de fininho até a porta e viu a dona da casa acender um lampião,

Cidade nas nuvens

inclinar-se sobre um baú com centenas de pequenos frascos de vidro e escolher um deles. Depois ela tirou a roupa e esfregou o que havia dentro do frasco em todo o corpo, dos pés à cabeça. Pegou três pelotas de olíbano, jogou-as dentro do lampião e disse as palavras mágicas...

— Quais eram?

— Ela disse "abracadabra", "alacazam" e "sinsalabim". Konstance ri.

— Da última vez, você disse que era "hocus pocus" e "perlimpimpim".

— Ah, essas também. O lampião ficou muito brilhante, e depois, puf!, se apagou. E, apesar de ser difícil de enxergar, com o luar entrando pela janela aberta, Éton conseguiu ver penas nascendo nas costas, no pescoço e na ponta dos dedos da dona da casa. O nariz se endureceu e se curvou para baixo, os pés dela se retorceram transformando-se em garras amarelas, os braços se tornaram belas asas marrons e os olhos...

— ... triplicaram de tamanho e ficaram da cor de mel líquido.

— Isso mesmo. E depois?

— Depois — Konstance continuou — ela abriu as asas e saiu voando pela janela, por cima da roseira, sobrevoando o jardim, noite adentro.

Cinco

O asno

Cuconuvolândia, *de Antônio Diógenes, Fólio E*

Histórias de um homem transformado, sem saber, em um asno, assim como no conhecido romance picaresco de Apuleio, O asno de ouro, *proliferaram na Antiguidade ocidental. Diógenes as usa descaradamente aqui; é discutível se ele melhorou alguma delas. Tradução de Zeno Ninis.*

Assim que a coruja voou pela janela, eu abri a porta. A empregada abriu o cofre e vasculhou os frascos da bruxa enquanto eu tirava toda a roupa. Esfreguei em mim mesmo, dos pés à cabeça, o unguento que ela escolheu, peguei três pelotas de olíbano, exatamente como eu havia visto a bruxa fazer, e as joguei no lampião. Repeti as palavras mágicas e o lampião chamejou, exatamente como antes, e depois se apagou. Fechei os olhos e esperei. Logo sentiria meus braços se transformando em asas! Logo saltaria do chão como os cavalos de Hélio e voaria entre as constelações, a caminho da cidade no céu onde vinho corre nas ruas e tartarugas circulam com bolos de mel nos cascos! Onde ninguém carece de nada e o suave zéfiro sempre sopra e todos são sábios!

Nas plantas dos pés, senti a transformação começar. Meus dedos dos pés e das mãos se uniram e se fundiram. Minhas orelhas se esticaram e minhas narinas ficaram enormes. Eu podia sentir meu rosto se alongando, e o que rezei para serem penas crescendo nos meus...

Biblioteca Pública de Lakeport

20 de fevereiro de 2020

17h08

Seymour

O PRIMEIRO TIRO SE ENTERROU EM ALGUM LUGAR NOS romances açucarados. O segundo disparo acertou o homem das sobrancelhas grandes no ombro esquerdo e fez seu corpo dar um giro. O homem se apoiou sobre um joelho, pôs a mochila no carpete como se fosse um ovo grande e frágil e começou a se arrastar para longe dela.

Mexa-se, diz uma voz na cabeça de Seymour. Corra. Mas suas pernas se recusam. A neve flutua atrás das janelas. Um cartucho de bala está caído perto do atril do dicionário. Minerais de pânico brilham no ar. Jean-Jacques Rousseau, em um livro verde de capa dura ali pertinho, a uma prateleira de distância, JC179.R, disse: *Você está perdido se esquecer que as frutas da terra pertencem igualmente a todos nós, e a terra em si não pertence a ninguém!*

Mexa-se. Agora.

Ele abriu dois buracos na jaqueta, o náilon derretido em volta das beiradas. Arruinou a jaqueta; Bunny vai ficar decepcionada. O homem das sobrancelhas grandes está se arrastando com a ponta dos dedos de uma das mãos pelo corredor entre Ficção e Não Ficção. A JanSport está esperando no carpete, o compartimento principal semiaberto.

No espaço dentro dos seus abafadores de ruídos, Seymour espera o estrondo. Ele vê o vazamento se infiltrando pela placa manchada do teto e caindo na lata de lixo cheia pela metade. Plic. Ploc. Plic.

Zeno

Tiros? Na Biblioteca Pública de Lakeport? Impossível tirar os pontos de interrogação de frases assim. Talvez Sharif tenha derrubado uma pilha de livros, ou um suporte centenário do pavimento finalmente cedeu, ou alguém querendo pregar uma peça soltou uma bombinha no banheiro. Talvez Marian tenha batido a porta do micro-ondas. Duas vezes.

Não, Marian foi pegar as pizzas, *volto em um triz*.

Tinha mais gente no primeiro andar quando ele e as crianças entraram? No tabuleiro de xadrez nas poltronas, ou usando os computadores? Ele não se lembra.

Exceto pelo Subaru de Marian, o estacionamento estava vazio.

Não estava?

À direita de Zeno, Christopher está manuseando o holofote de karaokê com perfeição, fixando em Rachel, que é a empregada do estalajadeiro, enquanto Alex, que é Éton, está recitando suas falas das profundezas, com a voz brilhante e clara:

— O que está acontecendo comigo? Esses pelos grossos crescendo no meu corpo... ora, não são penas! Minha boca, isto não parece um bico! E isto não são asas, são cascos! Ah, não me tornei uma coruja inteligente e forte, mas um burro grande e estúpido!

Quando Christopher acende a luz de novo, Alex está usando sua cabeça de burro de papel machê e Rachel tenta segurar o riso enquanto Alex sai cambaleando, corujas estão piando no alto-falante portátil de Natalie, Olivia, o bandido, está fora do palco com sua máscara de esqui e sua espada coberta de papel-alumínio, pronta para a sua deixa. Criar essa peça com essas crianças talvez tenha sido a melhor coisa que aconteceu na vida de Zeno, a melhor coisa que ele já fez — no entanto, tem algo que não está certo, aqueles pontos de interrogação viajando pelos circuitos do seu cérebro, ultrapassando todas as barricadas que ele tenta armar para detê-los.

Não foram livros derrubados. Não foi a porta do micro-ondas.

Ele olha por cima do ombro. A parede que eles construíram na entrada da seção Infantil não está pintada deste lado, compensado bruto pregado em sarrafos, e, cá e lá, pingos secos de tinta dourada captam um pouco de luz e brilham. A portinha no centro está fechada.

— Puxa vida — diz Rachel, a empregada, ainda rindo —, devo ter confundido os frascos da bruxa! Mas não se preocupe, Éton, conheço todos os antídotos. Fique esperando no estábulo e eu levo rosas frescas para você. Assim que você comê-las, o feitiço será desfeito e, tão rápido quanto uma rabeada, você deixará de ser um burro e voltará a ser um homem.

Do alto-falante de Natalie, saem sons de grilos esfregando as asas dianteiras à noite. Um arrepio corre sob a pele de Zeno.

— Que pesadelo! — grita Alex, o burro. — Tento falar, mas tudo o que sai da minha boca são zurros e relinchos! Será que algum dia minha sorte vai mudar?

Cidade nas nuvens 157

Nas sombras fora do palco, Christopher se junta a Olivia e veste sua máscara de esqui. Zeno esfrega as mãos. Por que ele está com frio? É uma noite de verão, não? Não, não, é fevereiro, ele está usando um casaco e dois pares de meias de lã — só é verão na peça das crianças, verão na Tessália, a Terra da Magia, e bandidos estão prestes a assaltar a estalagem e jogar sobre Éton, que se tornou um burro, alforjes cheios de bens roubados, levando-o às pressas para fora da cidade.

Há uma explicação benigna para aqueles dois estrondos lá embaixo; claro que sim. Mas ele deve descer. Só para ter certeza.

— Ah, eu nunca deveria ter me metido com bruxaria — diz Alex. — Espero que a empregada se apresse com essas rosas.

Seymour

D O OUTRO LADO DAS PAREDES DA BIBLIOTECA, FORA DA CIDADE, para além da tempestade, o horizonte devora o sol. O homem ferido das sobrancelhas grandes se arrastou até o sopé da escada e se encolheu na frente do primeiro degrau. Sangue está se espalhando pela parte superior da camiseta dele, cobrindo o *BOOKS* de *I LIKE BIG BOOKS*, manchando-lhe o pescoço e o ombro de vermelho vivo: Seymour fica assustado que o corpo contenha uma cor tão extravagante.

Ele só queria tirar um pedacinho do escritório da Imobiliária Eden's Gate do outro lado da parede da biblioteca. Afirmar sua posição. Dar uma sacudida nas pessoas. Ser um guerreiro. Agora o que ele fez?

O homem ferido flexiona a mão direita, o aquecedor à esquerda de Seymour chia e sua paralisia finalmente chega ao fim. Ele pega a mochila, leva-a apressadamente para o mesmo canto da seção de Não Ficção, esconde-a em uma prateleira mais alta do que a anterior, depois vai até a porta de entrada e olha através do anúncio fixado no vidro:

ĀHИAMA

Cidade nas nuvens

APENAS UMA NOITE
CUCONUVOLÂNDIA

Através da neve que cai, no fim da fileira de arbustos de zimbro, como se preso em um globo de neve, ele consegue ver a caixa de entrega de livros, a calçada vazia e, mais à frente, a forma do Pontiac coberto de neve. Do outro lado do cruzamento, aproximando-se da biblioteca, uma figura em um casaco vermelho-cereja surge carregando uma pilha de caixas de pizza.

Marian.

Ele passa o ferrolho, apaga as luzes, passa apressado pela seção de Referência, desviando do ferido, e se encaminha para a saída de incêndio nos fundos da biblioteca. SAÍDA DE EMERGÊNCIA, está escrito na porta. O ALARME TOCARÁ.

Ele hesita. Quando levanta os abafadores de ruídos, sons invadem seus ouvidos. O *boiler* barulhento, o vazamento fazendo plip-plop, um som distante, incongruente, como o estrilar de grilos, e o que parece ser o som de sirenes: a quadras de distância, mas se aproximando depressa.

Sirenes?

Ele recoloca os abafadores e põe as mãos na barra de abertura da porta. O alarme eletrônico grita quando ele enfia a cabeça na neve. Luzes azuis e vermelhas estão avançando pelo beco.

Ele bota a cabeça de volta para dentro da biblioteca, a porta se fecha e o alarme para. Quando ele chega correndo à porta da frente, um SUV da polícia, luzes de emergência girando, já está subindo na calçada, quase batendo na caixa de entrega de livros. A porta do motorista se abre, uma figura sai correndo e Marian derruba as pizzas.

Um holofote ilumina a frente da biblioteca.

Seymour se agacha. Eles vão invadir aquele lugar e atirar nele e será o fim. Ele corre para trás do balcão da recepção e o empurra por cima do tapete da entrada e bloqueia a porta da frente. Depois pega a estante de audiolivros, fitas cassete e CDs caindo por toda parte, e a arrasta até cobrir a janela frontal. Depois se agacha com as costas apoiadas na estante e tenta recuperar o fôlego.

Como eles chegaram aqui tão depressa? Quem chamou a polícia? Será que deu para ouvir o som dos dois tiros na delegacia, a cinco quadras de distância?

Ele atirou em uma pessoa; ele não detonou as bombas; a Eden's Gate está intacta. Ele estragou tudo. Os olhos do homem ferido no sopé da escada rastreiam todos os seus movimentos. Mesmo através da luz baça, velada pela neve, Seymour consegue ver que a mancha de sangue na camiseta do homem está maior. Os fones de ouvido sem fio verde-limão ainda estão em suas orelhas: devem estar conectados a um telefone.

Zeno

CHRISTOPHER E OLIVIA, USANDO MÁSCARAS DE ESQUI, empilham os alforjes contendo os tesouros nas costas de Éton, o burro convenientemente situado ali. Alex diz:

— Ai, está pesado, parem, por favor, isso é um mal-entendido, não sou um burro, sou um homem, um simples pastor da Arcádia.

E Christopher, que é o Bandido Número Um, diz:

— Por que esse burro está fazendo essa maldita barulheira?

E Olivia, que é o Bandido Número Dois, fala:

— Se ele não se calar, seremos pegos. — E bate com sua espada coberta de papel-alumínio em Alex, ao mesmo tempo que o alarme da porta de emergência no primeiro andar toca e depois para.

Todas as cinco crianças olham para Zeno em seu lugar na primeira fila, aparentemente decidem que aquilo também deve ser um teste e os bandidos mascarados continuam a saquear a estalagem.

Uma fisgada familiar atravessa o quadril de Zeno enquanto ele se levanta. Ergue os polegares para os atores, caminha até os fundos da sala e abre lentamente a pequena porta em arco. As luzes da escada estão apagadas.

162 *Anthony Doerr*

Do primeiro andar vem o estrondo arrastado que parece ser o de uma estante sendo empurrada. E fica silencioso de novo.

Só há o brilho vermelho do indicador de saída transformando a tinta dourada na parede de compensado em um assustador e venenoso verde, o lamento distante de uma sirene e uma luz vermelha-azul-vermelha-azul lambendo a beirada da escada.

Lembranças avançam na escuridão: Coreia, uma janela quebrada, as silhuetas de um monte de soldados descendo uma trilha coberta de neve. Ele encontra o corrimão, desce cuidadosamente dois degraus, depois percebe que uma figura está encolhida no sopé da escadaria.

Sharif levanta o olhar para ele; seu rosto parece tenso. No ombro esquerdo da camiseta dele há uma sombra ou um respingo, ou algo pior. Com a mão esquerda, ele leva o indicador aos lábios.

Zeno hesita.

Volte, acena Sharif.

Ele se vira, tenta não fazer barulho com as botas na escada; a parede dourada paira sobre ele...

Ὦ ξένε, ὅστις εἶ, ἄνοιξον, ἵνα μάθῃς ἃ θαυμάζεις

...de repente, a severidade do grego antigo parece estranha, assustadora. Por um instante, Zeno sente-se como Antônio Diógenes observando a inscrição em um baú de centenas de anos, um estranho do futuro, prestes a entrar em um passado desconhecido e profundamente estrangeiro. *Estranho, seja lá quem for*... Fingir que ele sabe alguma coisa do que aquelas palavras realmente significavam é absurdo.

Cidade nas nuvens 163

Ele atravessa abaixado de volta o portal em arco e fecha a porta atrás de si. No palco, os bandidos estão conduzindo Éton, o burro, por uma estrada de pedra que sai da Tessália. Christopher diz:

— Bem, este deve ser o burro mais imprestável que eu já vi! Reclama o tempo todo.

E Olivia fala:

— Assim que nós voltarmos para o esconderijo e descarregarmos esse butim, vamos cortar a garganta dele e jogá-lo de uma colina.

E Alex retira a cabeça de burro e coça a testa.

— Sr. Ninis?

A luz do holofote de karaokê está piscando. Zeno se apoia em uma cadeira dobrável para manter o equilíbrio.

Através da máscara de esqui, Christopher diz:

— Sinto muito ter errado a fala antes.

— Não, não — responde Zeno, tentando manter a voz baixa. — Você está se saindo maravilhosamente bem. Todos vocês. Está muito engraçado. Brilhante. Todos vão adorar.

As cigarras e os grilos zumbem no alto-falante. As nuvens de papelão giram em seus fios. As cinco crianças o observam. O que ele deve fazer?

— Então? — pergunta Olivia, o bandido, e roda sua espada de plástico. — Devemos continuar?

Seis

O esconderijo do bandido

Cuconuvolândia, *de Antônio Diógenes, Fólio Z*

[...] através das minhas grandes narinas, eu podia sentir o cheiro das rosas que cresciam nos últimos jardins nos confins da cidade. Ah, que perfume doce, melancólico! Mas, toda vez que eu desviava para investigar, os cruéis ladrões me batiam com seus paus e espadas. Minha carga estava pesada e cutucava minhas costelas através dos alforjes, meus cascos sem ferraduras doíam, a estrada sinuosa subia cada vez mais rumo às montanhas áridas, pedregosas, do norte da Tessália, e mais uma vez amaldiçoei minha má sorte. Toda vez que eu abria a boca para soluçar, o que saía era um zurro alto, patético, e os patifes só me açoitavam com mais força.

As estrelas sumiram e o sol raiou quente e branco, e eles me levaram ainda mais para cima nas montanhas, onde quase nada mais crescia. Moscas me perseguiam, meu dorso ardia, e só havia rochas e penhascos até onde meus olhos alcançavam. Quando paramos, fui amarrado e me deixaram mordiscando urtigas espinhentas que feriram meus lábios macios enquanto meus alforjes eram carregados com tudo o que eles haviam roubado da estalagem, não só os braceletes com pedras preciosas e toucas da mulher do estalajadeiro, mas também pães brancos macios e carnes salgadas e queijos de ovelha.

Ao cair da noite, no alto do desfiladeiro rochoso, chegamos à entrada de uma caverna. Outros ladrões saíram para abraçar os ladrões que me levaram até lá, e eles me conduziram mancando por vários salões que cintilavam com ouro e prata roubados, me deixaram em uma caverna miserável, sem luz. Tudo o que eu tinha para comer era palha bolorenta e tudo o que eu tinha para beber era um fio de água que escorria pela pedra, e a noite toda pude ouvir os ecos dos saqueadores rindo e contando histórias enquanto se banqueteavam. Chorei diante de minha...

Constantinopla

Outono de 1452

Anna

ELA COMPLETA DOZE ANOS, EMBORA NINGUÉM FESTEJE A data. Ela não corre mais entre ruínas, brincando de ser Ulisses ao penetrar no palácio do corajoso Alcínoo: era como se, quando Kalaphates ateou fogo no manuscrito de Licínio, o reino dos feácios também tivesse se transformado em cinzas.

Os cabelos de Maria voltaram a crescer onde Kalaphates os havia arrancado e fazia tempo que os hematomas em volta dos olhos se atenuaram, mas alguns ferimentos mais profundos persistiam. Ela faz uma careta à luz do sol, esquece o nome das coisas, deixa frases incompletas. Dores de cabeça a fazem correr em busca da escuridão. E, em uma manhã resplandecente, antes do sino do meio--dia, Maria solta a agulha e a tesoura e esfrega os olhos .

— Anna, não estou enxergando.

A Viúva Teodora franze a testa em seu banco; as outras bordadeiras levantam o olhar e depois voltam ao trabalho. Kalaphates está no andar de baixo, entretendo um diocesano. Maria derruba coisas da mesa ao girar os braços. Um carretel de linha passa rodando por seus pés, lentamente se desenrolando.

— Tem fumaça?

— Nenhuma fumaça, irmã. Venha.

172   *Anthony Doerr*

Anna a conduz pelos degraus de pedra até a cela das duas, reza, *santa Corália, ajude-me a ser melhor, ajude-me a aprender os pontos, ajude-me a fazer tudo certo*, e passa-se uma hora até Maria voltar a enxergar a mão diante do seu rosto. Na refeição noturna, as mulheres oferecem vários diagnósticos. Estrangúria? Febre quartã? Eudóquia oferece um talismã; Ágata recomenda chá de astrágalo e betônia. Mas o que as bordadeiras não dizem em voz alta é que acreditam que o velho manuscrito de Licínio lançou alguma magia negra sobre elas — e que, apesar da sua destruição, aquelas páginas continuam a arruinar com desdita a vida das irmãs.

Que bruxaria é esta?

Você enche a cabeça de coisas inúteis.

Depois do anoitecer, a Viúva Teodora entra na cela das meninas com ervas ardendo em um braseiro, senta-se ao lado de Maria e dobra suas longas pernas embaixo de si.

— Muito tempo atrás — diz ela —, conheci um caieiro que via o mundo uma hora e nada na hora seguinte. Com o tempo, seu mundo ficou negro como a escuridão do inferno, e nenhum dos médicos, locais ou estrangeiros, pôde fazer nada. Mas a mulher dele teve fé no Senhor, juntou toda a prata que podia e saiu com ele pelo portão protegido por Deus em Silivri até o santuário da Virgem da Fonte, onde as irmãs o deixaram beber do poço sagrado. E, quando o caieiro voltou...

Teodora desenha uma cruz no ar, lembrando-se, e a fumaça se espalha de uma parede a outra.

— O quê? — sussurra Anna. — O que aconteceu quando o caieiro voltou?

— Ele viu as gaivotas no céu, os navios no mar e as abelhas visitando as flores. E toda vez que o viam, enquanto ele viveu, as pessoas falavam do milagre.

Maria senta-se no catre, mãos no colo como pardais esgotados.

Anna pergunta:

— Quanta prata?

Um mês depois, ao anoitecer, ela para em um beco, embaixo do muro do convento de Santa Teofania. Olha. Ouve. Escala. No alto, esgueira-se pelo gradil de ferro. De lá, é um pequeno salto até o telhado da despensa, onde ela se agacha um instante, ouvindo.

Fumaça sobe das cozinhas; um canto baixo filtra pela capela. Ela pensa em Maria sentada no catre das duas naquele momento, apertando os olhos para desatar e refazer uma simples grinalda que Anna tentou bordar mais cedo. No meio da escuridão, ela vê Kalaphates agarrando os cabelos de Maria. Ele a arrasta pelo corredor; a cabeça dela bate na escada e é como se a cabeça da própria Anna estivesse sendo atingida, centelhas explodindo por todo o seu campo de visão.

Ela se abaixa e desce do telhado, entrando na granja, e agarra uma galinha, que cacareja uma vez antes que Anna quebre seu pescoço e a enfie sob o vestido. Depois, ela volta ao telhado da despensa, passa novamente pela grade de ferro e desce pela hera.

Nas últimas semanas, ela vendeu no mercado quatro galinhas roubadas por seis moedas de cobre — nem de longe o suficiente para comprar uma bênção no santuário da Virgem da Fonte para a irmã. Assim que as chinelas tocam no chão, ela corre pelo beco, mantendo o muro do convento à esquerda, e chega à rua onde um fluxo de homens e animais se desloca em ambas as direções em meio à luz que vai se dissipando. De cabeça baixada, um braço dobrado sobre a galinha, ela se encaminha para o mercado, invisível como uma sombra. Então uma mão toca a parte de trás do seu vestido.

É um menino, da mesma idade que ela. Olhos arregalados, mãos enormes, descalço, tão magro que parece só ter olhos — ela o conhece: chama-se Himério, é sobrinho de um pescador, o tipo de menino que Chryse, a cozinheira, diria que é ruim como arrancar um dente e inútil como cantar salmos para um cavalo morto. Uma pesada mecha cobre sua testa e a empunhadura de uma faca desponta sobre o cós das suas calças curtas e ele exibe o sorriso de quem está em vantagem.

— Roubando dos servos de Deus?

O coração de Anna bate tão alto que ela fica surpresa pelos transeuntes não o ouvirem. O portão para Santa Teofania está no seu campo de visão: ele poderia arrastá-la até lá, denunciá-la, fazê-la abrir o vestido. Ela já viu ladras nas forcas: no outono passado, três foram vestidas como prostitutas e sentadas viradas para trás em burros e levadas para o cadafalso no Amastriano, e a mais jovem delas não podia ser muito mais velha do que Anna agora.

Será que eles a enforcariam por roubar uma ave? O menino olha, calculista, para o beco e o muro que ela acabara de pular.

— Você conhece o convento na rocha?

Ela assente desconfiada. Trata-se de uma ruína nos confins da cidade, perto do porto de Sofia, um lugar sombrio cercado de água por três lados. Séculos antes, talvez tenha sido uma abadia acolhedora, mas agora parece uma relíquia assustadora e desolada. Os meninos da Quarta Colina disseram que fantasmas devoradores de almas a assombram, que carregam seu mestre de um cômodo para outro em um trono de ossos.

Cidade nas nuvens 175

Dois castelhanos, envoltos em casacos de brocado e muito perfumados, passam a cavalo e o garoto se curva ligeiramente enquanto sai do caminho.

— Ouvi dizer — diz Himério — que dentro do convento há várias coisas muito antigas: copas de marfim, luvas cobertas de safiras, peles de leões. Ouvi dizer que o Patriarca guardava lascas do Espírito Santo que brilhavam em jarros de ouro. — Os sinos de uma dúzia de basílicas começam seu lento toque e ele olha por cima da cabeça dela, piscando aqueles olhos enormes, como se estivesse vendo pedras preciosas brilhando na noite. — Há estrangeiros nesta cidade que pagariam uma bolada por coisas velhas. Eu remo até o convento, você escala, enche um saco com o que encontrar e vendemos tudo. Encontre-me embaixo da Torre de Belisário na próxima noite em que a fumaça chegar pelo mar. Senão conto às sagradas irmãs sobre a raposa que rouba suas galinhas.

Fumaça do mar: ele quer dizer neblina. Toda tarde, Anna verifica as janelas do ateliê, mas os dias de outono continuam bonitos, o céu de um azul imaculado, de doer o coração, o tempo suficientemente claro, diz Chryse, para enxergarmos dentro do quarto de Jesus. Dos becos estreitos, entre casas, ela às vezes avista o convento ao longe: uma torre desmoronada, muros altos, janelas fechadas com tijolos. Uma ruína. Luvas bordadas com safiras, peles de leões — Himério é um tolo e só um tolo acreditaria em suas histórias. No entanto, por trás da sua apreensão, um tentáculo de esperança se ergue. Como se, em alguma parte dos seus desejos, a neblina fosse chegar.

Uma tarde, ela chega: um turbilhonante rio branco se aproxima pelo mar de Mármara ao anoitecer, espesso, frio, silencioso, e submerge a cidade. Da janela do ateliê, ela observa a cúpula central da igreja dos Apóstolos Sagrados desaparecer, depois os muros de Santa Teofania, depois o pátio embaixo.

À noite, após as orações, ela se esgueira para fora do cobertor dividido com Maria e vai sorrateira até a porta.

— Aonde você vai?

— Ao banheiro. Descanse, irmã.

Ela atravessa o corredor, cruza o pátio pela lateral para evitar o vigia e chega ao retículo de ruas. A neblina dissolve muros, embaralha os sons, transforma figuras em sombras. Ela se apressa, tentando não pensar em todos os terrores noturnos dos quais foi advertida: bruxas itinerantes, doenças transmitidas pelo ar, trapaceiros e desgraçados, os cães da noite deslizando por entre as sombras. Deixa para trás as casas de metalúrgicos, peleteiros, sapateiros: todos acomodados atrás de portas trancadas, todos obedecendo aos respectivos deuses. Ela desce os becos íngremes até o sopé da torre e espera, treme. O luar se derrama sobre a neblina como leite.

Com uma mistura de alívio e decepção, ela decide que Himério deve ter abandonado seu plano, mas ele surge das sombras. Sobre o ombro direito está uma corda e na mão esquerda, um saco. Sem falar, ele a conduz por um portão de pescadores e cruza uma praia pedregosa em meio a uma dúzia de barcos emborcados até um esquife rebocado para o cascalho.

Tão coberto de remendos, com tábuas tão podres que mal pode ser considerado um barco. Himério põe a corda e o saco na proa, arrasta a embarcação para a água e fica submerso até o calcanhar.

— Não vai afundar?

Ele parece ofendido. Ela embarca, ele empurra o esquife para fora do cascalho e, com um único impulso, joga o corpo por cima da cintada. Encaixa os remos nas cavilhas, espera um instante, os remos pingam pingam pingam, um biguá passa sobre a cabeça deles e tanto o menino quanto a menina o observam sair da neblina e desaparecer novamente.

Ela finca as unhas no banco acabado e ele rema até chegarem ao porto. Uma carraca ancorada de repente parece estar muito próxima, suja, cheia de cracas e enorme, a amurada impossivelmente alta, água negra batendo no casco, nas correntes cheias de algas da âncora. Ela havia pensado em barcos como algo veloz e majestoso; de perto, eles a deixam de cabelo em pé.

A cada respiro, ela espera que alguém os detenha, mas isso não acontece. Eles chegam a um quebra-mar e Himério recolhe os remos e pendura duas linhas sem isca para fora da popa.

— Se alguém perguntar — sussurra ele —, estamos pescando.
— E balança uma das linhas como se fosse uma prova.

O esquife balança; o ar fede a crustáceos; atrás do quebra-mar, ondas arrebentam sobre rochas. Ela nunca esteve tão longe de casa.

De vez em quando, o garoto se inclina para a frente e usa uma jarra de boca larga para retirar água entre seus pés descalços. Atrás deles, as grandes torres do Porto do Palácio estão perdidas na neblina e não há nada além do barulho das ondas contra as rochas e as batidas dos remos contra o barco, e o terror e uma euforia simultâneos dela.

Quando chegam a um vão no quebra-mar, o menino gesticula com o queixo na direção da impenetrável escuridão.

Quando não é a maré certa, aqui chega uma corrente que nos arrastaria direto para o mar.

Eles esperam um pouco mais e ele vira os remos para cima e entrega a ela o saco e a corda. A neblina está tão densa que, de início, ela não enxerga o muro, e quando finalmente o vê, parece a coisa mais velha e acabada do mundo.

O esquife sobe e desce com cada onda e, em algum lugar na cidade, como se fosse do outro lado do mundo, sinos tocam uma vez. Das profundezas da mente de Anna, horrores afloram: fantasmas cegos, o camareiro demoníaco em seu trono de ossos, seus lábios escurecidos pelo sangue de crianças.

— Perto do topo — sussurra Himério —, você consegue ver os buracos de escoamento da água?

Ela só vê uma montanha de tijolos esfarelados, incrustados de mexilhões onde o muro se ergue da água, depois estriada de algas e desbotamentos, depois mais alta em meio à neblina como se não tivesse fim.

— Chegue até lá, e deve dar para você escalar.

— E depois?

No escuro, os enormes olhos dele parecem quase brilhar.

— Encha a sacola e passe para mim aqui embaixo.

Himério segura a proa o mais próximo possível do muro; Anna olha para cima e treme.

— A corda é boa — diz ele, como se a qualidade da corda fosse a objeção dela. Um morcego solitário dá uma volta em formato de oito em cima do esquife e vai embora. Se não fosse por ela, Maria teria boa visão. Maria poderia ser a bordadeira mais habilidosa da Viúva Teodora; Deus sorriria para ela. É Anna que não consegue parar quieta, que não consegue aprender, que fez tudo errado. Ela olha para a água escura, sem brilho, circulando à sua volta e a imagina se fechando sobre a sua cabeça. E ela não mereceria aquilo?

Anna pendura a corda e o saco em volta do pescoço e desenha letras na superfície da própria mente. A é ἄλφα, alfa; B é βῆτα, beta. Ἄστεα é cidades; νόον é mente; ἔγνω é conheceu.

Quando ela fica em pé, o barco balança perigosamente. Empurrando primeiro um remo e depois o outro, Himério mantém a popa colada na base do muro, o esquife arranha quando desce, treme quando sobe, e Anna segura uma meada de algas crescendo em uma fenda com a mão direita, encontra uma pequena saliência para o pé esquerdo, tira um pé do barco, gruda o corpo no muro e o esquife se afasta embaixo dela.

Ela se agarra ao tijolo enquanto Himério afasta mais o barco. Tudo o que resta sob seus pés é a água negra cuja profundidade, cuja temperatura gélida e cujas criaturas horríveis que a habitam só Santa Corália pode conhecer. A única opção é subir.

Os pedreiros e o tempo deixaram pontas de tijolos salientes cá e lá, por isso encontrar apoios não é difícil e, apesar do medo, o ritmo da escalada logo a absorve. Um apoio para a mão, dois, um apoio para o pé, dois; em pouco tempo, a neblina apaga Himério e a água embaixo e ela escala como se estivesse subindo uma escada em meio a nuvens. Pouco medo e você não presta atenção suficiente; medo demais e você congela. Alcançar, agarrar, empurrar, subir, alcançar. Não há espaço para mais nada na mente.

Saco e corda em volta do pescoço, Anna ascende através de uma estratigrafia de tijolos apodrecidos, desde o primeiro imperador até o último, e logo os buracos de que Himério falou surgem acima dela: uma série de desaguadouros adornados com cabeças de leões, cada um tão grande quanto ela. Anna consegue se erguer e entrar pela boca aberta de um deles. Assim que tem algum apoio embaixo dos joelhos, ela torce os ombros e entra engatinhando em um leito de sujeira.

Úmida e estriada de lama, ela se abaixa e penetra no que, séculos antes, parece ter sido um refeitório. Em algum lugar à sua frente, ratos arranham o chão na escuridão.

Pare. Ouça. Boa parte do teto de madeira desabou e, à luz da lua coberta por neblina, ela vê uma mesa coberta de escombros, tão comprida quanto o ateliê de Kalaphates, no centro do cômodo, com um jardim de samambaias crescendo no tampo. Uma tapeçaria arruinada pela chuva está pendurada em uma parede; quando ela toca na bainha, coisas invisíveis atrás do tecido saem voando para um ponto ainda mais escuro. Na parede, seus dedos encontram um suporte de ferro, talvez para uma tocha, muito enferrujado. Será que isto vale alguma coisa? Himério invocou visões de tesouros esquecidos — ela imaginou o palácio do corajoso Alcínoo —, mas aquilo está longe de ser um tesouro; tudo foi corroído pelo clima e pelo tempo; é um império de ratos, e o camareiro que um dia cuidou daquele palácio deve ter morrido há uns trezentos anos.

À direita de Anna, descortina-se o que talvez seja um enorme buraco, mas que acaba se revelando uma escadaria. Ela vai tateando a parede, um passo de cada vez; a escada faz uma curva, se bifurca e se bifurca de novo. Ela se aventura em um terceiro aposento e encontra celas parecidas com as de monges dos dois lados de um corredor. Aqui tem uma pilha de, ao que parece, ossos, uma coleção de folhas, uma fenda no chão esperando para engoli-la.

Ela se vira, tropeça para a frente e, na assustadora meia-luz, espaço e tempo se embaralham. Há quanto tempo ela está ali? Será que Maria adormeceu ou está acordada e assustada, ainda esperando a irmã voltar do banheiro? Será que Himério a esperou, sua corda é comprida o suficiente, ele e seu esquife caindo aos pedaços foram engolidos pelo mar?

O cansaço se abate sobre Anna. Ela arriscou tudo por nada; a qualquer momento, os galos vão cantar, as matinas vão come-

Cidade nas nuvens 181

çar e a Viúva Teodora vai abrir os olhos. Vai pegar o rosário, pôr os joelhos sobre a pedra fria.

Anna consegue tatear de volta até a escadaria e subir até uma portinha de madeira. Ela a empurra e entra em uma sala redonda, parcialmente aberta para o céu, que cheira a lama, a musgo e a tempo. E a alguma outra coisa também.

Pergaminho.

O que resta do teto é branco, liso e sem adornos, como se ela tivesse entrado na estrutura óssea de um grande crânio furado e, nas paredes daquela pequena sala, praticamente invisíveis à luz da lua coberta de neblina, armários sem portas se erguem do chão ao teto. Alguns estão cheios de detritos e musgo. Mas outros estão cheios de livros.

Sua respiração para. Aqui tem uma pilha de papel em decomposição, ali um rolo de pergaminho se esfarelando, acolá um monte de códices encadernados molhados de chuva. Na sua memória, surge a voz de Licínio: *Mas os livros, assim como as pessoas, também morrem.*

Ela enche a sacola com uma dúzia de manuscritos, o máximo que comporta, e a arrasta escada abaixo, pelo corredor, adivinhando várias curvas. Quando volta para o salão com a tapeçaria, amarra a boca do saco a uma ponta da corda, sobe em uma pilha de escombros e engatinha pelo desaguadouro, empurrando o saco na frente.

A corda esticada faz um barulho alto de atrito enquanto Anna a desce pelo muro. No momento em que ela pensa que ele foi embora, que a deixou aqui para morrer, Himério e seu esquife surgem perto do muro, envoltos em neblina e muito menores do que ela esperava. A corda fica frouxa, o peso desaparece e ela joga a ponta.

182   *Anthony Doerr*

Agora, a descida. Quando olha para além dos pés, ela tem a sensação de que vai vomitar, então Anna olha para as mãos, depois para os dedos dos pés, descendo lentamente pela hera, pelas alcaparreiras e pelas moitas de tomilho, mais um minuto e seu pé esquerdo toca o banco do remador, depois o direito, e ela está dentro do barco.

As pontas dos dedos da menina estão esfoladas, o vestido está sujo, os nervos, em frangalhos.

— Você ficou lá tempo demais — sibila Himério. — Tinha ouro? O que você encontrou?

A noite já está terminando quando eles fazem a curva na ponta do quebra-mar e entram no porto. Himério puxa os remos com tanta força que ela fica com medo de os bastões se quebrarem, e ela retira o primeiro manuscrito do saco. É grande e está inchado, e ela rasga a primeira folha tentando virá-la. A página parece cheia de pequenos arranhões verticais. A folha seguinte é igual, uma coluna após a outra de marcas de contagem. O livro inteiro parece ser assim. Recibos? Um registro de alguma coisa? Ela retira um segundo livro, menor, mas esse também está cheio de colunas com marcas invariáveis, embora pareça manchado de água e possivelmente chamuscado também.

O coração dela para.

A neblina se enche de uma pálida luz lavanda e Himério recolhe os remos por um instante, tira o segundo códice das mãos dela e o cheira e olha para Anna com a testa franzida.

— O que é isto?

Ele estava esperando peles de leopardo, copas de vinho feitas de marfim com joias incrustadas. Ela vasculha a própria me-

Cidade nas nuvens 183

mória, encontra Licínio por lá, seus lábios como vermes pálidos dentro do grande ninho da barba que ostentava.

— Mesmo que o conteúdo deles não seja valioso, as peles em que estão escritos são. Podem ser raspadas e reutilizadas...

Himério joga o códice de volta dentro do saco, o chuta com a ponta do pé, irritado, e continua remando. As grandes carracas ancoradas parecem flutuar em um espelho, e Himério atraca o esquife, o arrasta para fora da água, o emborca e enrola a corda com cuidado em volta de um ombro e parte com a sacola em cima do outro, Anna atrás, como o ogro e sua escrava de alguma cantiga infantil.

Eles atravessam o Bairro Genovês, onde as casas são bonitas e altas, muitas com janelas de vidro e algumas com mosaicos nas fachadas e varandas ornamentadas e ensolaradas avistando os muros à beira-mar de frente para o Corno de Ouro. Na entrada do Bairro Veneziano, soldados armados montam guarda embaixo de um arco e deixam as crianças passar quase sem olhá-las.

Eles passam por uma série de oficinas amontoadas e param do lado de fora de um portão.

— Se você falar, me chame de Irmão — diz Himério. — Mas não fale.

Um servo com um pé torto os leva até um pátio onde uma figueira solitária se esforça buscando luz e eles se apoiam em uma parede, galos cantam, cães latem e Anna imagina os sineiros subindo naquele exato momento em meio à neblina, esticando-se para pegar cordas a fim de acordar a cidade, mercadores de lã levantando as venezianas, punguistas escapulindo para casa, monges submetendo-se à primeira açoitada do dia, caranguejos dormindo sob barcos, andorinhas-do-mar mergulhando nas águas rasas para o café da manhã, Chryse mexendo nas brasas para avivar o fogareiro. A Viúva Teodora subindo os degraus de pedra até a oficina.

Abençoado, protegei-nos do ócio
Pois pecamos inúmeras vezes.

Cinco pedras cinza do lado oposto do pátio transformam-se em gansos que acordam, batem as asas, se alongam e grasnam para eles. Logo o céu está cor de concreto e carroças estão se movimentando nas ruas. Maria dirá à Viúva Teodora que Anna está com catarro ou febre. Mas quanto tempo uma artimanha dessas pode durar?

A porta finalmente se abre e um italiano sonolento em um casaco de veludo com meias-mangas olha para Himério tempo suficiente para decidir que ele é insignificante e fecha a porta novamente. Anna vasculha os manuscritos úmidos na luz crescente. As folhas do primeiro que ela puxa para fora estão tão manchadas de mofo que ela não consegue identificar um caractere sequer.

Licínio costumava falar extasiado sobre velino — pergaminho feito da pele de um bezerro arrancado do útero da mãe antes de nascer. Ele dizia que escrever em velino era como ouvir a melhor música, mas a membrana de que são feitos aqueles livros parece áspera e ouriçada e tem cheiro de caldo rançoso. Himério tem razão: aquilo não vale absolutamente nada.

Uma serviçal passa com uma bacia de leite, andando com cuidado para não derramar, e a fome nas tripas de Anna é suficiente para fazer o pátio ondular. Ela fracassou novamente. A Viúva Teodora vai surrá-la com o bastão, Himério vai denunciá-la por roubar galinhas do convento, Maria nunca terá prata suficiente para uma bênção do santuário da Virgem da

Cidade nas nuvens   185

Fonte e, quando Anna balançar no cadafalso, a multidão dirá aleluia.

Como uma vida pode se tornar aquilo? Uma vida na qual ela usa roupa de baixo descartada pela irmã e um vestido remendado três vezes enquanto homens como Kalaphates circulam vestindo sedas e veludos com servos trotando em seu rastro? Enquanto estrangeiros como aqueles têm bacias de leite, pátios com gansos e um casaco diferente para cada dia de festa? Ela sente um grito se formando dentro do seu corpo, um berro de estilhaçar vidro, quando Himério entrega a ela um pequeno códice gasto com grampos na encadernação.

— O que é isto?

Ela abre em uma página central. O grego antigo que Licínio lhe ensinou preenche a página sistematicamente, linha após linha. Índia, está escrito,

produz cavalos com um chifre, dizem, e o mesmo país abriga asnos com um único chifre e, desses chifres, eles fazem recipientes para bebidas e, se alguém põe veneno mortal neles e um homem bebe, o conluio não lhe fará mal.

Na página seguinte:

A Foca, foi-me dito, vomita o leite azedo do próprio estômago de maneira que os epiléticos não possam ser por ele curados. Céus, a Foca é de fato uma criatura maligna.

— Isto — sussurra ela, o coração acelerando. — Mostre isto para eles.

Himério o pega de volta.

— Segure do outro lado. Assim.

O menino esfrega as grandes órbitas dos olhos. A caligrafia é bonita e experiente. Anna olha de relance, *Ouvi pessoas dizerem que o Pombo, de todas as aves, é a mais sóbria e contida em suas relações sexuais* — será que é um tratado sobre animais? —, mas agora o servo com o pé torto chama Himério e ele leva o livro e o saco e entra na casa atrás do serviçal.

Os gansos a observam.

Após nem sequer cinquenta batimentos cardíacos, Himério volta.

— O quê?

— Eles querem falar com você.

Ela sobe duas escadas de pedra, passa por um depósito cheio de barris e entra em um aposento que cheira a tinta. Sobre três mesas grandes estão espalhados velas, penas, tinteiros, bicos de pena, sovelas, lâminas, lacre, canetas de junco e pequenos sacos de areia para segurar pergaminho. Mapas cobrem uma parede, rolos de papel cobrem outra e espirais de cocô de ganso pontuam os ladrilhos cá e lá, algumas pisadas e lambuzadas. Em torno do centro da mesa, três estrangeiros barbeados estudam as páginas do códice que ela achou e falam em um idioma veloz como aves excitadas. O mais escuro e mais baixo deles olha para ela com certa incredulidade.

— O garoto diz que você consegue decifrar isto.

— Não somos tão proficientes em grego antigo quanto gostaríamos — diz o de estatura média.

O dedo de Anna não está tremendo quando ela o põe sobre o pergaminho.

— *A natureza* — lê ela,

Cidade nas nuvens

tornou o Ouriço prudente e experiente na satisfação das próprias necessidades. Portanto, como ele precisa que o alimento dure um ano inteiro, e como todo [...]

Os três homens voltam a trinar como pardais. O mais baixo pede que ela continue, e ela se esforça por mais algumas linhas, estranhas observações sobre os hábitos das anchovas, depois de algo chamado ave-do-crocodilo, e o mais alto e mais bem-vestido deles a faz parar e caminha entre os rolos de papel e livros de homilias e instrumentos de escrita e fica em pé olhando fixo para um armário como se estivesse vendo uma paisagem distante.

Sob uma mesa, uma casca de melão espuma de formigas. Anna sente como se tivesse entrado em um dos cânticos de Homero sobre Ulisses, como se os deuses estivessem sussurrando uns para os outros no alto do Olimpo, depois descendo através das nuvens para organizar seu destino. Em seu grego irregular, o altão pergunta:

— Onde você pegou isto?

Himério diz:

— Em um lugar escondido, difícil de chegar.

— Um mosteiro? — pergunta o homem alto.

Himério faz um leve aceno com a cabeça e os três italianos se entreolham, e Himério acena mais com a cabeça, e logo todos estão fazendo o mesmo.

— Onde, no mosteiro — diz o mais baixo, removendo os outros manuscritos do saco —, você encontrou isto?

— Em uma sala.

— Uma sala grande?

— Entre pequena, média e grande — diz Himério.

Os três homens começam a falar ao mesmo tempo.

— E lá tem mais manuscritos como este?

— Como estão arrumados?

— Deitados?

— Ou em pé em estantes?

— Quantos há?

— Como o cômodo está decorado?

Himério leva um punho ao queixo, fingindo vasculhar a memória, e os três italianos o observam.

— O cômodo não é grande — responde Anna. — Não consegui ver nenhum adorno. Era redondo e antigamente tinha arcos no teto. Mas o telhado está quebrado agora. Havia outros livros e rolos de pergaminho empilhados em recessos, como utensílios de cozinha.

A excitação percorre os três homens. O mais alto remexe dentro do casaco adornado com peles, tira um saco de dinheiro e despeja moedas na palma da mão. Anna vê ducados de ouro e *stavrata* de prata, a luz matinal dança sobre as escrivaninhas e de repente ela fica tonta.

— Nosso mestre — diz o italiano alto —, ele põe um dedo em todos os pratos, vocês conhecem essa expressão? Navegação, comércio, liturgia, combates militares. Mas seu verdadeiro interesse, sua paixão, por assim dizer, é localizar manuscritos do mundo antigo. Ele acredita que os melhores pensamentos aconteceram há mil anos.

O homem encolhe os ombros. Anna não consegue tirar os olhos do dinheiro.

— Pelo texto sobre os animais — diz ele, e dá a Himério uma dúzia de moedas, e Himério fica boquiaberto, e o homem de estatura média pega uma pena e afia sua ponta com uma lâmina, enquanto o menor diz:

— Tragam mais e pagaremos mais a vocês.

Cidade nas nuvens

Ao saírem do pátio, a manhã de repente está gloriosa, o céu rosado, a neblina se dissipando, e Anna segue os grandes passos de Himério percorrendo um caminho sinuoso por entre uma fileira de casas de madeira altas e bonitas — que parecem mais altas e bonitas agora —, a alegria dando saltos-mortais dentro dela, e, no primeiro mercado pelo qual eles passam, um vendedor já está fritando panquecas recheadas de queijo e mel e folhas de louro, e eles compram quatro e as enfiam na boca, a gordura morna esquenta a garganta de Anna, Himério conta sua parte do dinheiro e ela enfia as moedas pesadas, brilhantes, embaixo da faixa do vestido e atravessa correndo a sombra da igreja de Santa Bárbara, depois por um segundo mercado, maior, cheio de carroças e tecidos, óleo em jarras de boca larga, um amolador de facas preparando seu rebolo, uma mulher se esticando para tirar um pano de cima de uma gaiola de pássaros, uma criança carregando maços de rosas de outubro, a avenida se enchendo de cavalos e burros, genoveses e georgianos, judeus e pisanos, diáconos e freiras, cambistas, músicos e mensageiros, dois jogadores já lançando dados de chifre de boi, um tabelião carregando documentos, um nobre parando em uma barraca enquanto um servo segura uma sombrinha no alto sobre a própria cabeça, e, se Maria quer comprar anjos, ela agora pode comprá-los; eles esvoaçarão em volta da cabeça da irmã e baterão com as asas em seus olhos.

A estrada para Edirne

Naquele mesmo outono

Omeir

A QUINZE QUILÔMETROS DE CASA, ELES PASSAM PELO VILAREJO onde ele nasceu. A caravana para na estrada enquanto os arautos cavalgam por entre as casas recrutando mais homens e animais. A chuva cai sem parar e Omeir se arrepia dentro da sua capa de pele de vaca e observa o rio correndo com um estrondo, cheio de escombros e espuma, e lembra-se de que Vovô diria que os menores córregos, no alto da montanha, suficientemente pequenos para serem represados com uma das mãos, acabam chegando a um rio, e aquele rio, apesar de caudaloso e agitado, é apenas um pingo no olho do grande Oceano que circunda todas as terras do mundo e contém todos os sonhos que todas as pessoas um dia já sonharam.

A luz do dia desaparece do vale. Como sua mãe e Nida e Vovô vão sobreviver ao inverno? Quase todas as reservas deles desapareceram na boca dos cavaleiros à sua volta. Empilhada na carroça atrás de Arvoredo e Enluarado está a maior parte da lenha seca da família e a metade da cevada. Eles têm Folhame e Agulhão e a cabra. Uns poucos potes de mel. Esperam que Omeir volte com as presas de guerra.

Enluarado e Arvoredo esperam pacientemente em seu jugo, os chifres pingando, as costas soltando vapor, e o menino examina-lhes os cascos à procura de pedras e os ombros à procura de cortes e sente inveja porque eles parecem viver apenas o momento, sem medo do que está por vir.

Naquela primeira noite, a caravana se aquartela em um campo. Megálitos de calcário aparecem nas linhas das montanhas acima deles, como torres de vigia de raças há muito desaparecidas, e corvos grasnam sobre o campo em enormes legiões barulhentas. Após anoitecer, as nuvens se dispersam e a bandeira esfarrapada da Via Láctea se desfralda lá em cima. Em volta da fogueira mais próxima de Omeir, carroceiros falam com uma miríade de sotaques sobre a cidade a ser conquistada, para onde eles estão viajando. Eles a chamam de A Rainha das Cidades, ponte entre o Ocidente e o Oriente, cruzamento do universo. Em uma versão, é um terreno fértil para o pecado onde os pagãos comem bebês e copulam com as próprias mães; na seguinte, é um lugar de prosperidade inimaginável onde mesmo os mais pobres usam brincos de ouro e as putas se agacham sobre penicos cravejados de esmeraldas.

Um velho diz ter ouvido que a cidade é protegida por muros enormes, impenetráveis, e todos ficam em silêncio por um instante até que um pastor chamado Maher diz:

— Mas as mulheres... Até um menino feio como ele pode molhar o biscoito naquele lugar.

Ele aponta para Omeir e os outros riem.

Omeir se afasta para a escuridão e encontra Enluarado e Arvoredo pastando do lado mais distante do campo. Ele os acaricia e diz para não terem medo, mas não fica claro se está tentando acalmar os animais ou a si mesmo.

Cidade nas nuvens 195

De manhã, a estrada desce para um desfiladeiro de calcário escuro e as carroças engarrafam em uma ponte. Cavaleiros desmontam e carroceiros gritam e batem nos animais com chicotes e açoites e galhos de avelãzeira, e tanto Arvoredo quanto Enluarado defecam de medo.

Os animais soltam um mugido terrível. Omeir fala com os bois e os faz avançar lentamente. Quando chegam à ponte, ele vê que não há parapeito nem grade, a construção é feita apenas de toras descascadas presas com correntes. Paredões lisos, cravejados aqui e ali de pinheiros crescendo de poleiros inacreditavelmente íngremes, descem de maneira quase ininterrupta e, bem abaixo da plataforma, o rio, estrondoso, corre impetuoso e branco.

Do outro lado, duas carroças puxadas por mulas terminam a travessia e Omeir se vira e olha para os seus bois e dá um passo para trás sobre o vazio. As toras estão escorregadias por causa do esterco e, nos espaços entre elas, sob suas botas, ele consegue ver as corredeiras brilhando sobre os rochedos.

Arvoredo e Enluarado avançam lentamente. A ponte é pouco mais larga do que o eixo da carroça. Uma, duas, três, quatro voltas; depois a roda do lado de Arvoredo desliza para fora da ponte. A carroça se inclina, os bois param e meia dúzia de toras saem rolando da parte de trás.

Enluarado abre as pernas, aguentando a maior parte do peso da carga sozinho, esperando pelo irmão, mas Arvoredo fica imobilizado de medo. Ele revira os olhos e, em volta deles, gritos e urros ecoam nas pedras.

Omeir engole em seco. Se o eixo deslizar mais, o peso vai puxar a carroça para fora da ponte e arrastar junto os bois.

— Puxem, meninos, puxem.

Os novilhos não se mexem. Névoa sobe das corredeiras, passarinhos voam de uma rocha para outra e Arvoredo arqueja como se estivesse tentando aspirar toda a cena pelas narinas. Omeir passa as mãos sobre o focinho de Arvoredo e acaricia sua cara comprida e marrom. As orelhas se agitam e as pernas dianteiras grossas do animal tremem de esforço ou terror, ou ambos.

O garoto consegue sentir a gravidade puxando o corpo deles, a carroça, a ponte, a água bem abaixo. Se ele nunca tivesse nascido, seu pai ainda estaria vivo. Sua mãe ainda moraria em um vilarejo. Poderia falar com outras mulheres, vender mel e fofocar, dividir a própria vida. Suas irmãs mais velhas talvez ainda estivessem vivas.

Não olhe para baixo. Mostre aos bois que você pode suprir todas as necessidades deles. Se você ficar calmo, os animais também ficarão. Com os saltos dos sapatos pairando sobre o precipício, ele se esquiva dos chifres de Enluarado, passa oscilando em torno da lateral do animal e fala diretamente no ouvido do novilho:

— Vamos, meu irmão, puxe. Puxe por mim, e seu gêmeo fará o mesmo.

O boi inclina os chifres para um lado, como se estivesse levando em consideração o pedido do garoto, a ponte, as colinas e o céu reproduzidos em miniatura na cúpula da sua pupila enorme, e justamente quando Omeir se convence de que é um caso perdido, Enluarado se inclina para a frente no arreio, veias saltando no peito, e puxa a roda para cima da ponte novamente.

— Bom menino, cuidado agora, isso mesmo.

Enluarado dá um passo à frente e Arvoredo vai com ele, pondo um casco na frente do outro sobre as toras escorregadias, e Omeir agarra a traseira da carroça à medida que ela vai pas-

Cidade nas nuvens 197

sando, e, depois de mais uns poucos batimentos cardíacos, eles chegam ao outro lado.

A partir de lá, o desfiladeiro se alarga, as montanhas se transformam em colinas, as colinas, em planícies sem fim e as trilhas, em estradas de verdade. Enluarado e Arvoredo se deslocam com facilidade ao longo da superfície ampla, os quadris grandes subindo e descendo, felizes por estar em terra firme. Em cada vilarejo por que passam, os arautos recrutam mais homens e animais. O discurso deles é sempre o mesmo: o sultão (que Deus esteja satisfeito com ele) convoca vocês à capital onde ele está reunindo forças para tomar a Rainha das Cidades. Suas ruas transbordam de joias, sedas e garotas; vocês terão opções.

Treze dias após deixar o lar, Omeir e seus bois chegam a Edirne. Por toda parte brilham montanhas de toras descascadas e o ar cheira a serragem molhada e crianças correm ao longo das margens das estradas vendendo pães e odres de leite ou somente para admirar a ruidosa caravana que vai passando, e, depois do anoitecer, pregoeiros em pôneis encontram os arautos e selecionam os animais à luz de tochas.

Omeir, Arvoredo e Enluarado são encaminhados com o gado maior e mais forte para um campo vasto e sem árvores nos arredores da capital. Em uma ponta, brilha uma tenda maior do que qualquer outra que ele já imaginou — uma floresta inteira poderia crescer debaixo dela. Dentro, homens estão trabalhando à luz de tochas, descarregando carroças, martelando trincheiras e construindo um poço de fundição igual a uma cova para um gigante. Dentro do poço, estão dois moldes cilíndricos complementares feitos de argila, um encaixado dentro do outro, cada um com cerca de dez metros.

Durante todo o dia, Omeir e os bois percorrem um quilômetro e meio até uma mina e transportam carroçadas de carvão de volta até a enorme tenda. Conforme cada vez mais carvão vai sendo trazido, a área dentro da tenda vai ficando mais quente, os animais refugando por causa do calor quando vão se aproximando, e os carroceiros descarregam as carroças enquanto fundidores jogam o carvão em fornalhas, grupos de mulás rezam e ainda mais homens trabalham em equipes de três aos berros, encharcados de suor, bombeando ar nas fornalhas. Nas calmarias entre os cantos, Omeir consegue ouvir as chamas ardendo: um som como o de algo enorme dentro da tenda mastigando, mastigando, mastigando.

À noite, ele se aproxima dos carreteiros que toleram seu rosto e pergunta o que eles vieram ajudar a criar. Um deles diz ter ouvido que o sultão está fundindo um propulsor de ferro, mas que ele não sabe o que é um propulsor. Outro chama aquilo de uma catapulta de raios, outro, de tormento, outro, de Destruidor de Cidades.

— Dentro daquela tenda — explica um velho de barba branca e brincos de ouro nos lobos das orelhas —, o sultão está criando um aparato que vai mudar a história para sempre.

— O que ele faz?

— O aparato — diz o homem — é uma maneira para fazer com que uma coisa pequena destrua uma coisa muito maior.

Novas equipes de bois chegam carregando paletas de latão, hastes de ferro, até sinos de igrejas, sussurram os carroceiros, de cidades cristãs saqueadas, arrastados por centenas de quilômetros até ali. O mundo inteiro, ao que parece, mandou tributos: moedas de cobre, tampas de caixões feitas de bronze para nobres

Cidade nas nuvens 199

esquecidos há séculos; o sultão, Omeir ouve dizer, trouxe até a riqueza de toda uma nação conquistada no Oriente, suficiente para tornar cinco mil homens ricos por cinco mil vidas, e isso também vai ser jogado ali dentro — o ouro e a prata também se tornam parte do aparato.

Costas frias, frente ardendo, o tecido da tenda esvoaçando sob ondas de calor. Omeir observa enfeitiçado. Os fundidores, braços e mãos enrolados em luvas de couro de vaca, se aproximam do inferno ofuscante, oscilante, e sobem no andaime, jogam os pedaços de latão bruto em um enorme caldeirão e filtram os dejetos. Alguns verificam constantemente o metal à procura de sinais de umidade enquanto outros verificam o céu e outros rezam com fervor pelo clima especificamente — a menor gota de chuva, murmura um homem ao lado de Omeir, poderia fazer o caldeirão inteiro chiar e rachar com todas as labaredas do inferno.

Quando é hora de acrescentar estanho ao latão derretido, soldados de turbante põem todos para fora. Durante aquele momento delicado, dizem eles, o metal não pode ser observado por olhos impuros, somente os abençoados podem entrar. As portas da tenda são fechadas e amarradas, e Omeir acorda no meio da noite e vê um brilho subindo do outro lado do campo, parece que o solo embaixo da tenda também está brilhando, como se estivesse extraindo algum poder proibido do centro da Terra.

Enluarado se deita ao lado e encosta a orelha no ombro de Omeir, e o garoto se encolhe na grama úmida, enquanto isso Arvoredo está em pé ao lado, de costas para as tendas, ainda pastando, como se estivesse entediado pelos fanatismos ridículos dos homens.

Vovô, pensa Omeir, já vi coisas que eu não sabia sequer como sonhar.

Por mais dois dias, a enorme tenda brilha, centelhas subindo pelos buracos da chaminé, o tempo continua limpo, e, no terceiro dia, os fundidores liberam o metal derretido do caldeirão, direcionando-o através de canais até desaparecer em moldes subterrâneos. Homens se deslocam de um lado para outro ao longo da linha de bronze que escorre, estourando bolhas com varas de metal enquanto outros jogam pás de areia molhada no poço de fundição, a tenda é desmantelada e equipes de homens sagrados rezam em turnos ao lado dos cúmulos que vão esfriando.

Ao raiar do dia, eles retiram a areia, quebram os moldes e enviam escavadores para baixo do aparato com o propósito de passar correntes em volta da sua circunferência. Eles prendem essas correntes a cordas e os carroceiros-chefes reúnem bois em cinco equipes de dez, cada, com o objetivo de tentar arrastar o Destruidor de Cidades para fora da terra.

Arvoredo e Enluarado estão na segunda equipe. A ordem é dada e os animais são aguilhoados. As cordas chiam, os jugos rangem e os bois marcham lentamente sem sair do lugar, revolvendo o solo e transformando-o em um mar de lama.

— Puxem, meninos, com toda a força — sussurra Omeir. Toda a equipe mergulha os cascos ainda mais profundamente na argila. Os carroceiros acrescentam uma sexta corrente, uma sexta corda, um sexto grupo de dez. Àquela altura, já está quase escuro e os animais estão em pé, arfando, nas valas. Com um grito agudo, o ar se enche de "Opas!" e "Upas!" e sessenta bois começam a puxar.

Os animais se curvam para a frente, são puxados para trás todos juntos pelo peso incrível, depois se curvam para a frente novamente,

Cidade nas nuvens 201

avançando um passo, mais outro, os carroceiros gritando, batendo nos animais, os bois urrando de medo por causa da confusão.

A imensa carga é uma baleia tentando alcançar a água. Eles a arrastam por cinquenta metros, talvez, antes da ordem de parar. Vapor esguicha das narinas dos bois e Omeir verifica o jugo e os cascos de Arvoredo e Enluarado, os raspadores e polidores já se amontoam em cima do aparato que solta fumaça no ar frio, o metal ainda morno.

Maher cruza os braços magros. Diz, para ninguém em especial:

— Eles vão ter de inventar um tipo de carroça totalmente diferente.

Para puxar o aparato ao longo da distância de um quilômetro e meio que separa a fundição do campo de testes do sultão, são necessários três dias. Os raios das rodas da carroça se estilhaçam três vezes e os aros saem das rodas; os mecânicos correm à sua volta, trabalhando dia e noite; a carga é tão pesada que, a cada hora que permanece na carroça, enterra as rodas do veículo mais dois centímetros e meio no solo.

Em um campo que podia ser avistado do novo palácio do sultão, um guindaste é usado para içar o enorme tubo cingido por aros do aparato e colocá-lo em uma plataforma de madeira. Um bazar improvisado surge: comerciantes vendem triguilho e manteiga, melros assados e patos defumados, sacos de tâmaras e colares de prata, gorros de lã. Peles de raposa estão por toda parte, como se todas as raposas do mundo tivessem sido abatidas e transformadas em capa, e alguns vestem trajes de arminho brancos como a neve, outros usam mantos de feltro fino sobre os quais gotas de chuva formam pequenas bolhas e deslizam para longe, e Omeir não consegue tirar os olhos de nenhum deles.

Ao meio-dia, a multidão se divide e vai para os dois lados do campo. Ele e Maher sobem em uma árvore na beirada do campo de testes para conseguir enxergar por cima das cabeças agrupadas. Um cortejo de ovelhas tosquiadas pintadas de vermelho e branco e ornamentadas com anéis é conduzido em direção à plataforma, seguido por uma centena de cavaleiros montados em pelo sobre cavalos negros, seguidos por escravos que encenam episódios importantes da vida do sultão. Maher sussurra que o próprio soberano, que Deus o abençoe e guarde, deve estar em algum lugar no fim da procissão, mas Omeir só consegue enxergar espectadores, bandeiras e músicos com címbalos e um enorme tambor que precisa de um garoto de cada lado para ser tocado.

O roçar da serra de Vovô, a onipresente ruminação dos bois, o berro da cabra, o arfar dos cães, o borbulhar do riacho, o cantarolar dos estorninhos e a correria dos ratos — um mês antes, ele teria dito que a ravina em que morava transbordava de sons. Mas tudo aquilo era silêncio comparado a isto: martelos, sinos, gritos, trombetas, o gemido das cordas, o relinchar dos cavalos — o barulho é uma agressão.

À tarde, os tocadores de clarim sopram seis notas alegres e todos olham para o grande equipamento polido que resplandece na plataforma. Um homem com um gorro vermelho se arrasta para dentro e desaparece totalmente, um segundo homem o segue com uma folha de pergaminho, e alguém embaixo da árvore diz que eles devem estar pondo um monte de pólvora no lugar certo, embora Omeir nem imagine o que aquilo quer dizer. Os dois homens se arrastam para fora e, em seguida, aparece um enorme pedaço de granito cinzelado e polido no formato de uma esfera; uma equipe de nove homens o rola até a ponta do tubo e o empurra para dentro do aparato.

Cidade nas nuvens 203

O barulho pesado, assustador, causado pelo atrito enquanto a bola desliza lentamente pelo tubo inclinado chega até Omeir por cima das cabeças aglomeradas. Um imã lidera a prece, címbalos se chocam, trombetas sopram e, em cima do aparato, o primeiro homem, o do gorro vermelho, atocha o que parece ser grama seca em um orifício na parte traseira, encosta uma vela acesa no feno e em seguida pula da plataforma.

Os espectadores ficam em silêncio. O sol desce imperceptivelmente e um calafrio percorre o campo. Uma vez, diz Maher, na sua aldeia natal, um estranho apareceu no topo de uma colina e disse que voaria. Durante todo o dia, uma multidão foi se reunindo e, vez por outra, o homem anunciava:

— Logo vou voar. — E apontava para vários lugares distantes para onde iria, caminhava em círculos esticando e balançando os braços. Quando a multidão já estava grande, tão grande que nem todo mundo conseguia enxergar, e o sol estava quase se pondo, o homem, sem saber o que fazer, puxou as calças para baixo e mostrou a bunda para todo mundo.

Omeir ri. Em cima da plataforma, homens estão novamente zanzando em volta do aparato, e uns poucos cristais de neve começam a cair do céu, a multidão se mexe, irrequieta agora, e os címbalos soam pela terceira vez, e na cabeceira do campo, onde o sultão pode ou não estar assistindo a tudo, uma brisa levanta as centenas de rabos de cavalos amarrados às suas bandeiras. Omeir se apoia no tronco da árvore, tentando manter-se aquecido, e os dois homens trepam no cilindro de bronze, o de gorro vermelho olhando para dentro da boca, e naquele exato momento o canhão enorme dispara.

É como se o dedo de Deus descesse através das nuvens e, com um peteleco, tirasse o planeta da órbita. A bola de pedra de quinhentos quilos se desloca depressa demais para ser vista: há apenas o estrondo da sua passagem rasgando o ar, zunindo sobre o campo — mas antes mesmo que o som comece a ser registrado na consciência de Omeir, uma árvore do outro lado do campo se espatifa.

Uma segunda árvore, uns trezentos metros mais à frente, também se vaporiza, ao que parece simultaneamente, e, por um instante, ele se questiona se a bola vai viajar para sempre, para além do horizonte, cruzando e esfacelando uma árvore após outra, um muro após outro, até ultrapassar o fim do mundo.

A uma distância de cerca de um quilômetro e meio, pedras e lama voam em todas as direções, como se um arado invisível tivesse aberto um enorme sulco na terra, e o barulho da detonação reverbera no tutano dos seus ossos. A aclamação que emana da multidão reunida é mais de estupefação do que de triunfo.

Apoiada em seu calço, a boca escura do aparato emite fumaça. Dos dois canhoneiros, um está com ambas as mãos tapando os ouvidos, de cabeça baixa, vendo o pouco que sobrou do homem de gorro vermelho.

O vento leva a fumaça embora por cima da plataforma.

— O medo da coisa — murmura Maher, mais para si mesmo do que para Omeir — será mais poderoso do que a coisa em si.

Anna

Ela e Maria fazem fila do lado de fora da igreja de Santa Maria da Primavera com mais uma dúzia de penitentes. Sob as toucas, o rosto das freiras da ordem parecem cardos secos, sem cor e quebradiços: nenhuma parece ter menos do que um século. Uma delas recolhe a prata de Anna em uma cumbuca e outra a coloca em uma dobra dentro do hábito e uma terceira gesticula para que elas desçam um lanço de escadas.

Cá e lá, em relicários iluminados por velas, jazem os ossos dos dedos das mãos e dos pés de santos. Bem no fundo, nas profundezas embaixo da igreja, elas se esgueiram por um altar rústico coberto por trinta centímetros de cera de velas e entram tateando em uma gruta.

Um poço gorgoleja; as solas dos sapatos de Anna e Maria escorregam nas pedras molhadas. Uma abadessa mergulha uma taça de chumbo em uma bacia, retira-a, despeja uma quantidade significativa de mercúrio e dá uma mexida.

Anna segura a taça para a irmã.

— Como é o gosto?

— Frio.

Orações ecoam na umidade.

— Você bebeu tudo?

— Bebi, irmã.

De volta à superfície, o mundo está cheio de cores e vento. Folhas voam por toda parte, arrastando-se pelo cemitério, e o calcário nos muros da cidade capta a luz oblíqua e brilha.

— Está vendo as nuvens?

Maria vira o rosto para o céu.

— Acho que sim. Sinto que o mundo está mais claro agora.

— Está vendo os estandartes tremulando em cima do portão?

— Sim. Estou vendo.

Anna lança preces de agradecimento ao vento. Finalmente, pensa ela, fiz alguma coisa certa.

Durante dois dias, Maria fica despreocupada e serena, enfiando linha em suas agulhas, costurando de manhã até a noite. Mas, no terceiro dia após ter bebido a mistura sagrada, a dor de cabeça volta, espíritos malignos turvando, mais uma vez, sua visão periférica. À tarde, a testa da moça está brilhando de suor e ela não consegue se levantar da mesa de trabalho sem ajuda.

— Devo ter derramado um pouco — sussurra ela enquanto Anna a ajuda a descer a escada. — Ou não bebi o suficiente.

Na refeição noturna, todos estão preocupados.

— Ouvi — diz Eudóquia — que o sultão trouxe mais mil operários para completar seu forte rio acima.

— Eu ouvi — diz Irene — que eles são decapitados se trabalham devagar demais.

— Sabemos como é — comenta Helena, mas ninguém ri.

— Sabe como ele vai chamar o forte? — Chryse olha por cima do ombro. Seus olhos brilham, uma mistura de prazer e medo. — O Degolador.

A Viúva Teodora diz que aquele tipo de conversa não vai melhorar o bordado de ninguém, que as muralhas da cidade são inexpugnáveis, que os portões aguentaram firme contra bárbaros montados em elefantes, persas com máquinas de atirar pedras da China e os exércitos de Crum, da Bulgária, que usava crânios humanos como taças de vinho. Quinhentos anos atrás, conta ela, uma frota russa tão grande que se estendia até o horizonte sitiou a cidade por cinco anos, e todos os cidadãos comeram couro de sapato até o dia em que o imperador tirou o manto da Virgem da capela sagrada de Blaquerna, exibiu-o em volta dos muros, depois mergulhou-o no mar, e a Mãe de Deus invocou uma tempestade a qual destruiu a frota nas rochas, fazendo com que cada um dos bárbaros infiéis se afogasse, e ainda assim os muros permaneceram de pé.

A fé, diz a Viúva Teodora, será nossa couraça e a piedade, nossa espada, e as mulheres fazem silêncio. As que têm família vão para casa enquanto as outras voltam para suas celas, e Anna fica no poço enchendo as jarras de água. O burro de Kalaphates mordisca uma pequena pilha de feno. Pombas agitam as asas embaixo do beiral; a noite se torna fria. Talvez Maria tenha razão; talvez ela não tenha bebido mistura sagrada suficiente. Ela pensa nos italianos ávidos, com seus gibões de seda, seus casacos de veludo e as mãos manchadas de tinta.

E lá tem mais manuscritos como este?

Como estão arrumados?

Deitados? Ou em pé em estantes?

Como se ela tivesse evocado sua aparição, um tentáculo de névoa vai surgindo de mansinho sobre os telhados.

Mais uma vez Anna passa às escondidas pelo vigia e desce os becos sinuosos até o porto. Ela encontra Himério dormindo ao lado do esquife, e, quando o acorda, ele franze a testa como se estivesse tentando reduzir várias meninas a apenas uma. Ele finalmente passa a mão no rosto, assente e urina por muito tempo nas pedras antes de arrastar o barco para a água.

Ela põe o saco e a corda na proa. Quatro gaivotas passam sobre eles, grasnando suavemente, e Himério levanta a cabeça e olha para elas, depois rema o barco até o convento sobre o rochedo. Dessa vez, ela está mais determinada. A cada movimento muro acima, o medo vai sumindo, e logo só resta o movimento do corpo dela e a lembrança dos apoios, os dedos mantendo-a agarrada aos tijolos frios, as pernas impulsionando-a para cima. Ela chega ao desaguadouro, passa pela boca do leão e cai no grande refeitório. Espíritos, deixem-me passar.

Uma lua em quarto minguante emite mais luz através da névoa. Ela encontra a escada, sobe, atravessa o longo corredor e entra pela porta no salão branco circular.

É uma terra de fantasmas, cheia de poeira, pequenas samambaias crescendo aqui e ali sobre pilhas de papel molhado, tudo caindo aos pedaços. Dentro de alguns dos armários, estão enormes livros de registro monásticos, tão grandes que ela mal consegue levantá-los; em outros, ela encontra tomos aglutinados pela umidade e pelo bolor, formando uma massa sólida. Ela enche a sacola o máximo possível e a arrasta escada abaixo e a baixa até o esquife, caminha um passo atrás de Himério enquanto ele carrega o butim pelos becos enevoados até a casa dos italianos.

O servo com o pé torto solta um bocejo de estalar o maxilar enquanto acena para eles entrarem no pátio. Dentro da oficina,

Cidade nas nuvens 209

os dois escribas menores estão caídos sobre cadeiras no canto, ferrados no sono, mas o altão esfrega as mãos como se tivesse esperado por eles a noite toda.

— Venham, venham, vejamos o que os pirralhos trouxeram.

Ele vira o saco sobre a mesa entre uma série de velas acesas.

Himério está de pé com as mãos viradas para o fogo enquanto Anna observa o estrangeiro analisar os manuscritos. Mapas, testamentos, transcrições de sermões; pedidos de requisição; algo que parece ser uma lista de personagens que participaram de uma reunião monástica muito tempo atrás: o Grande Doméstico; Sua Excelência o Vice-Tesoureiro; o Estudioso Visitante de Tessalonica; o Grande Chanceler do Guarda-Roupa Imperial.

Um por um, ele folheia os códices embolorados, inclinando seus candelabros para um lado e para outro, e Anna nota coisas que não percebeu da primeira vez: a meia dele está rasgada em um joelho, o casaco está manchado nos cotovelos e tinta está respingada nas duas mangas.

— Isto não — diz ele —, isto não — depois murmura no seu idioma. O cômodo cheira a bugalho e a pergaminho e a madeira queimada e a vinho tinto. Um espelho no canto reflete as chamas das velas; alguém prendeu uma série de pequenas borboletas a uma placa forrada de linho; outra pessoa está copiando o que parece ser um mapa marítimo na escrivaninha do canto — o cômodo transborda de curiosidade e calor.

— Tudo inútil — conclui o italiano, bastante alegre, e empilha quatro moedas sobre a escrivaninha. Ele olha para ela. — Você conhece a história de Noé e seus filhos, menina? Como eles preencheram um barco com tudo para recomeçar o mundo? Por mil anos, sua cidade, esta capital decadente — e movimenta a mão na direção da janela —, foi como essa arca. Só que, em

210 *Anthony Doerr*

vez de duas de cada criatura viva, você sabe o que o bom Deus armazenou dentro do barco?

Do outro lado da janela fechada, os primeiros galos cantam. Ela sente Himério se contorcendo por dentro ao lado do fogo, toda a sua atenção voltada para a prata.

— Livros. — O escriba sorri. — E, na nossa história de Noé e a arca de livros, você consegue imaginar o que é a inundação?

Ela balança a cabeça.

— O tempo. Dia após dia, ano após ano, o tempo varre os livros antigos do mundo. Sabe o manuscrito que você trouxe para nós antes? Foi escrito por Eliano, um homem culto que viveu no tempo dos césares. Para que chegasse até nós neste cômodo, neste momento, as linhas dentro dele tiveram de sobreviver doze séculos. Um escriba teve de copiá-lo e um segundo escriba, séculos depois, teve de recopiar aquela cópia, transformá-la de um rolo de pergaminho em um códice, e, muito tempo depois de os ossos do segundo escriba terem ido para debaixo da terra, um terceiro apareceu e o recopiou mais uma vez, e, durante todo esse tempo, o livro estava sendo caçado. Um abade mal-humorado, um frade desajeitado, um invasor bárbaro, uma vela derrubada, um verme faminto, e todos esses séculos se desvanecem.

As chamas das velas oscilam; seus olhos parecem reunir toda a luz do cômodo.

— As coisas que parecem fixas neste mundo, menina, montanhas, riqueza, impérios, sua permanência é somente uma ilusão. Acreditamos que elas vão durar, mas isso é apenas por causa da extrema brevidade da nossa vida. Do ponto de vista de Deus, cidades como esta surgem e desaparecem como formigueiros. O jovem sultão está reunindo um exército e tem novas máquinas de guerra que podem derrubar muralhas como se fossem ar.

Ela sente um aperto no ventre. Himério se aproxima lentamente das moedas sobre a escrivaninha.

— A arca bateu nas rochas, menina. E a maré está invadindo.

A vida de Anna se parte em duas. Há as horas na casa de Kalaphates, uma monotonia de fadiga e medo: vassoura e pá, fio e arame, pegar água pegar carvão pegar vinho pegar outro fardo de cambraia. Ao que parece, todo dia uma nova história sobre o sultão penetra no ateliê. Ele aprendeu sozinho a não adormecer; está liderando equipes de vigias fora dos muros da cidade; seus soldados no Degolador lançaram uma bala que estilhaçou um galeão veneziano que levava comida e armaduras do mar Negro para a cidade.

Pela segunda vez, Anna leva Maria até a igreja da Virgem da Fonte, onde compram uma bênção das freiras curvadas e murchas por onze *stavrata*, e Maria engole a mistura de água e mercúrio e se sente melhor durante um dia antes de se sentir pior. Suas mãos pulsam; ela sofre de cólicas; em algumas noites, ela agarra o braço de Anna e diz que tem uma sensação como se as garras de algum demônio estivessem apertando seus membros e tentando destroçá-la.

E então tem a outra vida de Anna, quando a névoa envolve a cidade e ela corre pelas ruas cheias de ecos, enquanto Himério rema em volta do quebra-mar para que ela escale o muro do convento. Se alguém perguntasse, ela diria que faz aquilo para ganhar dinheiro e aliviar o sofrimento da irmã — mas não existe uma parte dela que também quer escalar aquele muro? E levar mais um saco de livros bolorentos para os copistas na oficina repleta de tinta? Duas vezes mais ela atulha uma sacola de livros e duas vezes mais contém apenas inventários mofados. Mas os italianos pedem que ela e Himério continuem a levar qualquer coisa que encontrem, dizem que em breve eles talvez descubram algo tão ou mais precioso do que o livro de Eliano — uma tragédia perdida de Atenas ou uma série de discursos de um estadista grego ou um *seismobrontologion* que revele os segredos do clima e do vento.

Os italianos, ela vem a saber, não são de Veneza, que eles chamam de um antro de mercenários e avidez, nem de Roma, que chamam de um ninho de parasitas e prostitutas. São de uma cidade chamada Urbino, onde, segundo eles, os celeiros estão sempre cheios, os lagares transbordam e as ruas resplandecem de virtudes. Dentro dos muros de Urbino, eles dizem, até a criança mais pobre, menina ou menino, estuda números e lite-ratura, e não há temporada de malária mortal como em Roma nem uma temporada de neblina gelada como naquela cidade. O mais baixo mostra a ela uma coleção de oito caixas de rapé cujas tampas têm miniaturas pintadas: uma igreja com uma cú-pula grandiosa; um chafariz na praça de uma cidade; a Justiça segurando suas balanças; a Coragem segurando uma coluna de mármore; a Moderação diluindo vinho com água.

— Nosso mestre, o virtuoso conde e senhor de Urbino, nun-ca perde — diz ele — uma batalha ou qualquer disputa.

E o escriba de estatura média acrescenta:

— Ele é magnânimo em tudo e ouve qualquer pessoa que queira falar com ele a qualquer hora do dia.

E o mais alto conta:

— Quando Sua Magnificência janta, mesmo quando está no campo de batalha, pede que leiam para ele os textos antigos.

Cidade nas nuvens

— Ele sonha — diz o primeiro, rearrumando suas caixas de rapé na escrivaninha — em erguer uma biblioteca para superar a do papa, uma biblioteca que contenha todos os textos já escritos, uma biblioteca que dure até o fim dos tempos, e seus livros poderão ser consultados por todos que consigam lê-los.

Os olhos dos três brilham como tições; seus lábios estão manchados de vinho; eles mostram a ela os tesouros que já conseguiram para o mestre em suas viagens — um centauro de terracota feito na época de Isaac, um tinteiro que dizem ter sido usado por Marco Aurélio e um livro da China que dizem ter sido escrito não por um escriba com pena e tinta, mas por um carpinteiro que girava uma roda de blocos móveis de bambu, e eles alegam que essa máquina pode fazer dez cópias de um texto no mesmo tempo em que um escriba consegue fazer uma.

Tudo aquilo deixa Anna sem fôlego. Durante toda a sua vida, fizeram com que ela acreditasse que era uma criança nascida no fim das coisas: do império, da era, do reino dos homens na Terra. Mas, no calor do entusiasmo dos escribas, ela sente que, em uma cidade como Urbino, além do horizonte, outras possibilidades podem existir, e, quando sonha acordada, ela alça voo sobre o mar Egeu, navios e ilhas, tempestades passando embaixo, o vento correndo entre seus dedos abertos, até que pousa em um palácio limpo e claro, repleto de Justiça e Moderação, cômodos forrados de livros, disponíveis para qualquer um que consiga lê-los.

[...] reluzia o brilho do sol e reluzia o brilho da lua
no alto palácio [...]
A arca bateu nas rochas, criança.
Você enche a cabeça com coisas inúteis.

Uma noite, os escribas estão remexendo em um saco de manuscritos estufados, mofados, e balançam a cabeça.

— O que procuramos — diz o mais baixo em um grego arrastado — não tem nada a ver com isto. — Espalhados entre os pergaminhos e canivetes, estão pratos de linguado pela metade e uvas secas. — O que o nosso mestre procura são especialmente compêndios de maravilhas.

— Acreditamos que os antigos viajaram para lugares distantes...

— ... os quatro cantos do mundo...

— ... terras conhecidas para eles, mas ainda desconhecidas para nós.

Anna está em pé, de costas para a lareira, e pensa em Licínio escrevendo Ὠκεανός na terra molhada. Aqui o conhecido. Aqui o desconhecido. Com o canto do olho, ela consegue ver Himério surrupiando uvas-passas.

— Nosso mestre — afirma o escriba alto — acredita que em algum lugar, talvez nessa cidade antiga, adormecido sob uma ruína, haja um relato que contenha o mundo inteiro.

O de estatura média assente, os olhos brilhando.

— E as maravilhas para além dele.

Himério levanta o olhar, a boca cheia de peixe.

— E se nós o encontrássemos?

— Nosso mestre ficaria muito satisfeito.

Anna pisca. Um livro contendo o mundo inteiro e os mistérios além? Um livro assim seria enorme. Ela jamais conseguiria carregá-lo.

Sete

O moleiro e o penhasco

Cuconuvolândia, *de Antônio Diógenes, Fólio H*

[...] os bandidos me levaram à beira do precipício e falaram que eu era um burro inútil. Um argumentou que eles deveriam me jogar do precipício para que eu me espatifasse nas rochas lá embaixo e os gaviões pudessem bicar minha carne, um segundo sugeriu que eles enfiassem uma espada na minha lateral e o terceiro, o pior deles, disse:

— Por que não fazer as duas coisas?

Enfiar uma espada na minha lateral, depois me jogar lá embaixo! Eu tremi e urinei em cima dos meus cascos enquanto olhava por cima da beirada para a terrível queda.

Em que enrascada me meti! Eu não pertencia àquele lugar, no alto de um penhasco, entre rochas e espinhos; eu pertencia ao azul dos céus, velejando pelas nuvens, rumando para a cidade onde não há sol que tosta nem vento que gela, onde os zéfiros alimentam todas as flores e as colinas estão sempre cobertas de verde e ninguém carece de nada. Que tolo eu era. O que era essa avidez que me fazia buscar mais do que eu já tinha?

Naquele instante, um moleiro barrigudo e seu filho barrigudo fizeram a curva em direção ao norte. O moleiro perguntou:

— Que planos vocês têm para esse burro esgotado?

E os bandidos responderam:

— Ele é fraco e covarde e nunca para de reclamar, então vamos empurrá-lo deste penhasco, mas antes estamos debatendo se enfiamos uma espada em suas costelas.

— Meus pés estão muito doloridos e meu filho mal consegue respirar, então daremos a vocês duas moedas de cobre pelo burro e veremos se ele aguenta mais alguns quilômetros.

Os bandidos ficaram felizes por se livrarem de mim por duas moedas de cobre e eu fiquei exultante por não ser jogado do penhasco. O moleiro subiu no meu dorso e o filho também, e, embora minha coluna doesse, minha cabeça se encheu de visões de uma bela cabaninha de moleiro, de uma bela mulherzinha de moleiro e de um jardim repleto de rosas...

Coreia

1951

Zeno

Lustre isso, esfregue aquilo, carregue isto, sorria quando chamarem você de maricas, durma o sono dos mortos. Pela primeira vez em sua memória, Zeno não é a pessoa com a pele mais escura do grupo. Na metade do caminho no Pacífico Sul, alguém o apelida de Z, e ele gosta de ser Z, o garotinho de Idaho passando despercebido pela escuridão barulhenta dos conveses inferiores, corpos masculinos por todos os lados, jovens e recos, torsos desabrochando de cintos estreitos, veias se contorcendo por antebraços redondos, homens com troncos iguais a triângulos invertidos, homens com queixos como os limpa-trilhos na frente dos trens. A cada quilômetro que o separa de Lakeport, sua sensação de possibilidades aumenta.

Em Pyongyang, o gelo vitrifica o rio. O intendente fornece a ele uma jaqueta de campo acolchoada, um gorro de tricô e um par de meias finas de mescla de algodão com solas almofadadas; em seu lugar, Zeno usa seus dois pares de meias do Lanifício Utah. Um responsável pelos transportes motorizados designa ele e um soldado sardento de Nova Jersey chamado Blewitt para dirigirem um caminhão de suprimentos Dodge M37 da base aérea na cidade até postos mais avançados. Quase todas as estradas não são pavimentadas, têm apenas uma faixa e estão cobertas de neve, mal podem ser chamadas de estradas, e, no início de março de 1951, onze dias após sua chegada à Coreia, Zeno e Blewitt estão transportando uma carga de rações e produtos agrícolas em uma curva fechada, seguindo um jipe por um aclive íngreme, Blewitt atrás do volante, os dois cantando

Estou sempre soprando bolhas de sabão
Belas bolhas pelo ar
Elas voam tão alto
quase alcançam o céu

quando o jipe na frente deles se parte em dois. Pedaços do veículo saem girando pelo lado esquerdo da estrada, canos de armas surgem à direita e uma figura se materializa diante deles agitando o que parece ser uma antiga granada de vara. Blewitt vira o volante abruptamente. Há um raio de luz, seguido por um estouro estranho, como um tambor de aço sendo golpeado para debaixo da água. E então Zeno sente como se as partes delicadas dos seus ouvidos estivessem sendo arrancadas da cabeça de uma só vez.

O Dodge capota duas vezes e para de lado em um declive aberto semicoberto de neve. Ele se estatela no para-brisa, alguma coisa quente pingando do seu antebraço, um zumbido alto obstruindo seus ouvidos.

Blewitt não está mais no banco do motorista. Pela janela lateral, Zeno consegue ver dezenas de soldados vestidos com uniformes de lã verde usados pelos chineses descendo uma escarpa rochosa na direção dele. Vários sacos de ovos desidratados, ejetados da caçamba do caminhão, foram rasgados e nuvens de

Cidade nas nuvens   223

ovos em pó pairam no ar, e um soldado após o outro vai passando, seus corpos e rostos estriados de amarelo.

Ele pensa: eu sabia. Vim para o outro lado do globo e mesmo assim não consegui fugir. Elas chegarão agora, todas as minhas deficiências desfilando na minha frente: Atena me tirando do gelo, *Os sereios de Atlântida* enrugando até ficarem calcinados. Uma vez, o sr. McCormack, gerente da loja de máquinas Ansley, disse que ele estava com a braguilha aberta, e quando Zeno, corando, começou a abotoá-la, o sr. McCormack disse não, que ele gostava daquele jeito.

Frutinha, é como os homens mais velhos chamavam o sr. McCormack. Maricas. Pintosa.

Zeno diz a si mesmo para localizar seu M1, sair do caminhão, lutar, fazer o que seu pai teria feito, mas antes que ele consiga convencer suas pernas a se mexer, um soldado chinês de meia-idade com dentinhos bege o arrasta para fora do caminhão e joga-o na neve. Em um piscar de olhos, vinte homens estão à sua volta. Suas bocas se mexem, mas sua audição não registra nada. Alguns carregam pistolas-metralhadoras russas; alguns têm rifles que parecem de quatro décadas atrás; alguns usam apenas sacos de arroz como sapatos. A maioria está rasgando os sacos de ração-C que tiraram da caçamba do Dodge. Um está segurando uma lata com o rótulo BOLO INVERTIDO DE ABACAXI enquanto outro tenta abri-la serrando-a com uma baioneta; outro enche a boca de bolachas; um quarto morde um repolho como se fosse uma maçã gigante.

Onde está o restante do comboio, onde está Blewitt, onde está a cobertura? Estranhamente, enquanto é empurrado ladeira acima, Zeno não sente pânico, só isolamento. O pedaço de metal que se projeta para fora do seu antebraço e através da manga da jaqueta tem a forma de uma folha de salgueiro, mas não dói, não ainda, e, principalmente, ele tem consciência do seu coração batendo e do zunido de nada em seus ouvidos, como se uma almofada estivesse presa em torno da sua cabeça, como se ele estivesse de volta à caminha de latão na casa da sra. Boydstun, e tudo aquilo fosse um sonho desagradável.

Ele é levado pela estrada e por um dos terraceamentos cheios de gelo do que pode ser uma fazenda de vegetais e empurrado para dentro de um cercado para animais onde está Blewitt, que sangra pelo nariz e pelo ouvido e fica fazendo sinais de que precisa de um cigarro.

Eles se achegam sobre o solo congelado. A noite toda, esperam levar um tiro. A certa altura, Zeno puxa a folha de salgueiro metálica do antebraço e amarra a manga sobre o ferimento e veste de novo a jaqueta de campo.

Ao amanhecer, eles são conduzidos por uma paisagem irregular, unindo-se a pequenos grupos de prisioneiros de guerra rumo ao norte: franceses, turcos, dois britânicos. A cada dia, menos aeronaves os sobrevoam. Um homem tosse incessantemente, outro está com os dois braços quebrados, outro segura um globo ocular ainda pendurado na órbita. Gradualmente a audição no ouvido esquerdo de Zeno volta. Blewitt sofre de uma abstinência de tabaco tão forte que, mais de uma vez, quando um guarda joga fora uma guimba, ele mergulha na neve atrás dela, embora nunca consiga recuperá-la enquanto ainda está acesa.

A água que dão para eles cheira a excremento. Uma vez por dia, os chineses põem uma panela de grãos de milho cozidos sobre a neve. Alguns evitam comer a crosta carbonizada no fundo da panela, mas Zeno se lembra das latas da Armour & Company

Cidade nas nuvens 225

que Papa costumava esquentar no fogão a lenha na cabana à beira do lago e manda tudo para dentro.

Toda vez que eles param, ele desamarra as botas, tira um par de meias do Lanifício Utah, o enfia dentro do casaco, embaixo das axilas, e calça o par mais quente, mais seco, e isso, mais do que qualquer outra coisa, é o que o salva.

Em abril, eles chegam a um acampamento permanente na margem sul de um rio cor de café com leite. Os prisioneiros são separados em duas companhias: Blewitt e Zeno são colocados no grupo mais saudável. Depois de uma série de cabanas de camponeses, há uma cozinha e um depósito; mais à frente, uma ravina, o rio, a Manchúria. Coníferas espigadas e castigadas pelo vento erguem-se cá e lá, todos os galhos esculpidos pelo vento na mesma direção. Nenhum cão de guarda, nenhum alarme, nenhum arame farpado, nenhuma guarita.

— O país inteiro é uma maldita prisão congelada — sussurra Blewitt. — Para onde vamos correr?

Os alojamentos são cabanas de teto de colmo que abrigam vinte homens torturados por piolhos em colchões de palha sobre o chão. Nenhum oficial, só soldados rasos, todos mais velhos que Zeno. No escuro, eles falam em voz baixa de esposas, namoradas, dos Yankees, de uma viagem a Nova Orleans, de jantares de Natal; os que estão ali há mais tempo relatam que, durante o inverno, perdiam muitos homens por dia, que as coisas melhoraram depois que os chineses assumiram os campos no lugar dos norte-coreanos, e Zeno vem a saber que quem desenvolve uma fixação — quem fala sem parar sobre sanduíches de presunto, ou uma garota, ou uma lembrança específica de casa— é geralmente o próximo a morrer.

226   *Anthony Doerr*

Como ele pode caminhar sem problema, é designado como foguista: passa a maior parte dos dias coletando lenha para aquecer panelas negras penduradas sobre lareiras na cozinha dos prisioneiros. Naquelas primeiras semanas, eles comem principalmente soja ou milho seco cozidos até virar uma pasta. No jantar, pode ter peixe com vermes ou batatas, nada maior do que uma noz. Em alguns dias, com um braço ferido, tudo o que Zeno consegue fazer é coletar um único fardo de lenha, amarrá-lo, arrastá-lo até a cozinha e ficar deitado em um canto.

Os ataques de pânico acontecem tarde da noite: episódios lentos, asfixiantes, nos quais Zeno não consegue respirar durante intervalos aterradores e dos quais ele acha que nunca vai conseguir se recuperar. De manhã, oficiais da inteligência fazem discursos em um inglês capenga sobre os perigos de lutar em nome de capitalistas belicistas. Vocês são cães imperialistas, dizem eles, e seu sistema é um fracasso. Vocês não sabem que metade das pessoas em Nova York está passando fome?

Eles fazem circular desenhos do Tio Sam com dentes de vampiro e cifrões no lugar dos olhos.Alguém quer um banho quente e um filé? Tudo o que você precisa fazer é posar para algumas fotos, assinar uma ou duas petições, ficar sentado na frente de um microfone e ler algumas frases condenando os Estados Unidos. Quando perguntam a Zeno quantos B-29 o Exército dos Estados Unidos mantém em Okinawa, ele responde:

— Noventa mil — provavelmente mais aviões do que já existiu na história do mundo. Quando ele explica a um interrogador que mora perto da água, ele faz Zeno desenhar a marina de Lakeport. Dois dias depois, ele diz a Zeno que perderam o mapa e o obriga a desenhá-lo novamente para ver se o resultado é igual.

Cidade nas nuvens

Um dia, um guarda chama Zeno e Blewitt no alojamento e os leva para trás do posto de comando do campo, uma ravina que os prisioneiros chamam de Vala Rochosa. Com o cano da carabina, ele aponta para uma das quatro solitárias ali e vai embora. A cela parece um caixão feito de lama, seixos e talos de milho, com uma tampa de madeira em cima. Uns dois metros de comprimento e um metro e vinte de altura, grande o suficiente para que um homem fique deitado, talvez ajoelhado, mas não em pé.

Repulsivo, abominável, repugnante: o cheiro, à medida que eles se aproximam, supera adjetivos. Zeno prende a respiração enquanto abre as trancas de madeira. Nuvens de moscas saem voando.

— Deus do céu — respira Blewitt.

Lá dentro, encolhido na parede dos fundos, está um cadáver: pequeno, anêmico, louro claro. Seu uniforme, ou o que sobrou dele, é a camisa de combate britânica com dois bolsos enormes no peito. Uma das lentes dos óculos está quebrada e, quando ele levanta uma das mãos para empurrá-los mais para cima do nariz, Zeno e Blewitt dão um pulo.

— Devagar — diz Blewitt, e o homem ergue o olhar como se estivesse encontrando seres de outra galáxia.

Suas unhas estão negras e quebradas e, sob o fervilhar das moscas, seu rosto e sua garganta estão estriados de sujeira. Só quando vira a tampa para apoiá-la no chão é que Zeno vê, arranhadas em cada centímetro da parte inferior, palavras. Metade em inglês, metade em algum outro idioma.

ἔνθα δὲ δένδρεα μακρὰ πεφύκασι τηλεθόωντα, está escrito em uma linha, a grafia estranha inclinada para um lado.

Nele crescem árvores, altas e muito frondosas.

ὄγχναι καὶ ῥοιαὶ καὶ μηλέαι ἀγλαόκαρποι.

Pereiras e romãzeiras e macieiras de frutos brilhantes.

Uma palpitação tem início em seu peito. Ele conhece este verso:

ἐν δὲ δύω κρῆναι ἡ μέν τ᾽ ἀνὰ κῆπον ἅπαντα.

Dentro dele há duas nascentes de água, uma espalha-se por todo o jardim.

— Garoto? Ficou surdo novamente?

Blewitt entrou na caixa e está tentando levantar o homem pelas axilas, seu rosto virado para evitar o cheiro, e o homem está simplesmente piscando através dos óculos quebrados.

— Z? Está planejando ficar o dia todo tirando meleca?

Ele obtém as informações possíveis. O soldado é o anspeçada Rex Browning, professor ginasial do leste de Londres que se apresentou como voluntário para a guerra e passou duas semanas dentro daquela caixa, sentenciado a "reorientação de comportamento" por tentar fugir, só podendo sair lá de dentro durante vinte minutos por dia.

"Arrojado", alguém o chamou; "desvairado", diz outro, pois, como todos sabem, fugir do Acampamento Cinco é um delírio. Os prisioneiros estão barbudos, fracos devido à desnutrição, e são mais altos do que os coreanos — podem ser instantaneamente reconhecidos como ocidentais. Qualquer um que consiga passar pelos guardas teria de atravessar sem ser detectado centenas de quilômetros de montanhas, passar por dezenas de postos de controle, cruzar desfiladeiros e rios, e qualquer coreano que se mostrasse piedoso seria quase certamente denunciado e fuzilado.

Cidade nas nuvens 229

Mesmo assim, Zeno vem a saber, Rex Browning, o professor ginasial, tentou. Ele foi encontrado alguns quilômetros ao sul do campo, a cinco metros de altura, em um pinheiro. Os chineses cortaram a árvore e depois o arrastaram por todo o caminho de volta atrás de um jipe.

Algumas semanas depois, ao coletar lenha em uma colina, com o guarda mais próximo a centenas de metros de distância, Zeno vê Rex Browning percorrendo a trilha que fica mais abaixo. Apesar do corpo esquelético, ele não manca, desloca-se com desenvoltura, fazendo pausas aqui e ali para arrancar folhas de plantas e colocá-las nos bolsos da camisa.

Zeno põe o fardo no ombro e desce correndo pela mata.

— Olá?

Dez metros, sete, três.

— Olá?

O homem ainda não se vira. Zeno chega à trilha ofegante e, rezando para que os guardas não ouçam, grita:

— *Tais eram os belos dons dos deuses em casa de Alcínoo.*

Rex se vira e quase cai, pisca seus olhos grandes atrás dos óculos quebrados.

— Ou algo parecido — diz Zeno, corando.

O outro homem ri, um riso caloroso, irresistível. A sujeira foi escovada das dobras do seu pescoço, suas calças, remendadas com pontos precisos: talvez ele tenha uns trinta anos. Seus finos cabelos cor de milho, suas sobrancelhas cor de linho, suas mãos delicadas; em outras circunstâncias, em um outro mundo, Zeno se dá conta, Rex Browning é bonito.

Ele diz:

— Zenódoto.

— Como?

— O primeiro bibliotecário da biblioteca de Alexandria. Seu nome era Zenódoto. Nomeado pelos reis ptolemaicos.

Aquele sotaque transforma as palavras. As árvores vibram ao vento, a lenha pesa em seus ombros e ele põe a carga no chão.

— É só um nome.

Rex olha para o céu como se estivesse esperando instruções. A pele da sua garganta está tão fina que Zeno quase consegue ver o sangue correndo por suas artérias. Ele parece imaterial demais para um lugar como aquele, como se pudesse ser carregado pelo vento a qualquer momento.

Rex se vira abruptamente e continua pela sua trilha. Aula encerrada. Zeno pega seu fardo e o segue.

— As duas bibliotecárias na minha cidade a leram para mim. *Odisseia*, quero dizer. Duas vezes. Uma vez logo que me mudei para lá, outra vez quando meu pai morreu. Sabe-se lá por quê.

Eles continuam por mais alguns passos e Rex faz uma pausa para colher mais folhas, Zeno se curva em direção aos joelhos e espera o chão parar de girar.

— É como eles dizem — fala Rex. Bem alto sobre eles, o vento retalha um enorme pedaço de cirro. — A Antiguidade foi inventada para ser o ganha-pão de bibliotecários e professores escolares.

Ele dirige os olhos para Zeno e sorri, então Zeno retribui o sorriso, embora não tenha entendido a piada, e um guarda no topo da colina grita algo através das árvores em chinês e os dois continuam a descer a trilha.

— Aquilo era grego, então? Que você arranhou naquela tampa de madeira?

Cidade nas nuvens 231

— Quando criança, eu não ligava para aquilo, sabe? Parecia algo empoeirado e velho. O professor de literatura clássica nos fez escolher quatro páginas de Homero, decorar e traduzir. Eu escolhi o Canto Sete. Um tormento, era o que eu achava na época. Eu enfiava as frases na minha cabeça, uma palavra de cada vez. Ao sair pela porta: *E longamente eu vos poderia contar todos os males, todos os que por vontade divina tive de aguentar.* Ao descer as escadas: *No entanto, deixai-me jantar, apesar da minha tristeza.* Ao ir ao banheiro: *Pois nada existe de mais detestável do que o estômago.*

Mas algumas semanas sozinho no escuro... — bate ele com o dedo nas têmporas — ... é surpreendente o que você consegue encontrar gravado na velha caixa do cérebro.

Eles caminham por mais muitos minutos em silêncio, Rex mais devagar a cada passo, e logo estão na entrada do Acampamento Cinco.

Fumaça de lenha, o ribombo de um gerador, a bandeira chinesa. O fedor das latrinas. Por toda parte em volta deles, as árvores sussurram. Zeno pode ver uma certa escuridão tomar conta de Rex, e então lentamente o libertar.

— Sei por que aquelas bibliotecárias leram as velhas histórias para você — afirma Rex. — Porque, se forem suficientemente bem contadas, pelo tempo que elas duram, você consegue fugir da armadilha.

Lakeport, Idaho

2014

Seymour

Por vários meses depois que a placa da Eden's Gate aparece no acostamento da Arcady Lane, nada muda. A águia-pesqueira deixa o ninho no topo da árvore mais alta do bosque e vai para o México, a primeira neve vai descendo as montanhas, o limpa-neve do condado vai formando bancos de neve altos, a rua Lake se enche de turistas de fim de semana a caminho da pista de esqui e Bunny limpa os quartos deles no Aspen Leaf Lodge.

Todo dia depois da escola, Seymour, de onze anos, passa pela placa

EM BREVE

SOBRADOS E CABANAS PERSONALIZADOS

TERRENOS DE LUXO DISPONÍVEIS

e larga sua mochila na poltrona da sala, abre caminho na neve até o grande pinheiro morto e, em alguns deles, Amigafiel está lá, escutando o chiar das ratazanas, o arranhar dos ratos e a batida dentro do peito de Seymour.

Mas, na primeira manhã mais quente de abril, dois caminhões basculantes e um caminhão plataforma carregando um rolo compressor param na frente da casa. Freios pneumáticos gemem, walkie-talkies chiam, caminhões emitem bipes e, depois do horário da escola na sexta-feira, a Arcady Lane está pavimentada.

Seymour se agacha no asfalto novo em folha no fim de uma chuva primaveril. Tudo cheira a piche fresco. Usando dois dedos como um alicate, ele pega uma minhoca naufragada, pouco mais do que um fio rosa encharcado. Essa minhoca não esperava que a chuva a arrastasse dos seus túneis até o pavimento, não é? Ir parar nessa superfície estranha e impenetrável!

Duas nuvens se separam, a luz do sol se derrama sobre a rua e Seymour olha para a esquerda, os corpos do que talvez sejam cinquenta mil minhocas capturam a luz. Minhocas, ele percebe, cobrem todo o asfalto. Milhares e milhares. Ele deposita a primeira na base de um arbusto de mirtilo, resgata uma segunda, depois uma terceira. Os pinheiros pingam; o asfalto solta vapor; as minhocas se debatem.

Ele resgata vinte e quatro vinte e cinco vinte e seis. Nuvens encobrem o sol. Um caminhão faz a curva da rua Cross e se aproxima, esmagando os corpos de quantas minhocas? Mais rápido. Aumente o ritmo. Quarenta e três minhocas quarenta e quatro quarenta e cinco. Ele espera que o caminhão pare, um adulto saia de dentro dele, acene para o garoto sair dali, dê uma explicação. O caminhão continua seguindo.

Medidores estacionam picapes brancas no fim da rua e entram em meio às árvores nos fundos da casa. Armam tripés, amarram faixas em volta dos troncos. No fim de abril, motosserras estão roncando no bosque.

Quando Seymour volta da escola para casa, o medo zumbe nos seus ouvidos. Ele imagina que está vendo a floresta de cima:

tem a casa, a floresta que diminui, a clareira no centro. Lá está Amigafiel, pousada no seu galho, uma criatura oval com dois olhos cercados por 27.027 pontos em círculo.

Bunny está à mesa da cozinha, perdida atrás de um monte de contas.

— Ah, Gambazinho, a propriedade não é nossa. Eles podem fazer o que quiserem com ela.

— Por quê?

— Porque essas são as regras.

Ele encosta a testa na porta de correr. Ela destaca um cheque, lambe um envelope.

— Quer saber de uma coisa? Essas motosserras podem até ser uma boa notícia para nós. Lembra-se do Geoff com G lá do meu trabalho? Ele diz que talvez consigam vender os lotes no alto do empreendimento da Eden's Gate por duzentos mil.

Está escurecendo. Bunny diz o número pela segunda vez.

Caminhões carregados de toras passam pela casa fazendo barulho; escavadeiras abrem caminho no fim da Arcady Lane e desenham uma pista em forma de Z colina acima. Todo dia, assim que o último caminhão vai embora, Seymour caminha pela nova estrada usando os abafadores de ruídos.

Dutos de esgoto descansam como pilastras caídas na frente de montes de escombros; grandes bobinas de cabos repousam cá e lá. O ar cheira a madeira quebrada, seiva e gasolina.

HomensAgulhas jazem esmagados na lama. *Nossas pernas estão quebradas*, murmuram eles com suas vozes de xilofone. *Nossas cidades estão arruinadas*. Na metade da colina, a clareira de Amigafiel se tornou um atoleiro com marcas de pneus, raízes e galhos. Por enquanto, o grande pinheiro morto continua de pé. Seymour arrasta o olhar por cada galho, cada ramo, até seu pescoço doer de tanto observar.

Vazio vazio vazio vazio.

— Olá?

Nada.

— Você está me ouvindo?

Ele não vê Amigafiel por quatro semanas. Cinco. Cinco e meia. A cada dia, mais luz penetra no que era, até horas antes, floresta.

Cartazes de imobiliárias despontam por toda parte na rua recém-pavimentada, dois já com placas de VENDIDO. Seymour pega um folheto. *Viva o estilo de vida de Lakeport*, estava escrito, *que você sempre quis*. Há um mapa dos terrenos, uma fotografia tirada por um drone com o lago no fundo.

Na biblioteca, Marian diz que o pessoal da Eden's Gate cumpriu todas as etapas de planejamento e zoneamento, organizou uma audiência pública, distribuiu bolinhos realmente deliciosos com a logo na cobertura. Ela conta que até compraram a velha casa vitoriana caindo aos pedaços do lado da biblioteca e planejam transformá-la em um showroom.

— Desenvolvimento — afirma ela — sempre fez parte da história desta cidade.

De um arquivo de fichas na seção de História Local, ela tira estampas em preto e branco do século anterior. Seis lenhadores estão em pé, ombro a ombro, sobre o que sobrou do tronco de um cedro derrubado. Pescadores seguram salmões de um metro de comprimento pelas guelras. Centenas de peles de castor estão penduradas na parede de uma cabana.

Ao olhar aquelas imagens, o zumbido começa a murmurar na base da coluna de Seymour. Em uma visão, ele imagina cem mil HomensAgulhas se levantando das ruínas da floresta e marchando sobre os caminhões dos empreiteiros, um vasto exército, destemido apesar de todas as dificuldades, batendo com pequenas picaretas nos pneus, furando com pregos as botas dos homens. Os furgões dos encanadores pegam fogo.

— Muitas pessoas em Lakeport — diz Marian — estão animadas com a Eden's Gate.

— Por quê?

Ela abre um sorriso triste.

— Bem, você sabe o que elas dizem.

Ele morde o colarinho da camisa. Não sabe o que elas dizem.

— Dinheiro não é tudo. É a única coisa.

Parece que ela está esperando que ele ria, mas ele não entende o que aquilo tem de engraçado, e uma mulher de óculos escuros aponta para os fundos da biblioteca com o polegar e diz:

— Acho que sua privada está entupida.

E Marian sai correndo.

Não Ficção 598.9:

Entre 365 milhões e um bilhão de aves morrem somente em colisões com janelas nos Estados Unidos todo ano.

RESENHA DE BIOLOGIA AVIÁRIA:

Vários espectadores relataram que, depois que o corvo morreu, um bando de corvos do mesmo tipo (bem mais do que cem indivíduos, segundo alguns relatos) desceu das árvores e caminhou em círculos em volta do falecido durante 15 minutos.

Não Ficção 598.27:

Depois que seu companheiro morreu ao se chocar em voo com uma linha de transmissão, pesquisadores viram a coruja voltar para o seu poleiro, virar a cabeça para a árvore e ficar imóvel por vários dias até morrer.

Um dia, no meio do mês de junho, Seymour chega em casa da biblioteca, olha para o terreno da Eden's Gate e vê que a grande árvore morta de Amigafiel foi cortada. No lugar onde estava o tronco morto naquela manhã, na parte alta da colina atrás da casa, agora só existe ar.

Um homem desenrola uma mangueira laranja de um caminhão; uma retroescavadeira abre galerias para bueiros; alguém grita:

— Mike! Mike!

A vista a partir da rocha oval agora se estende até o topo de uma colina coberta apenas por detritos de floresta.

Ele larga o livro e corre. Pela Arcady Lane, pela rua Spring, pelo acostamento de cascalho da Estrada 55 rumo ao sul, o tráfego zunindo ao lado, Seymour corre não tanto de raiva, mas de pânico. Tudo aquilo deve ser desfeito.

É a hora do jantar e o Pig 'N Pancake está lotado. Seymour fica arfando na frente do balcão da recepcionista esquadrinhando rostos. O gerente o avista; pessoas esperando mesas observam. Bunny sai pela porta da cozinha com bandejas empilhadas em ambos os braços.

— Seymour? Você está machucado?

De alguma maneira, ainda equilibrando cinco pratos de *patty melts* e filés de frango fritos nos braços, ela se agacha, e ele levanta uma concha do abafador de ruídos.

Cidade nas nuvens 241

Cheiros: carne moída, xarope de bordo, batatas fritas. Sons: o nivelamento de rochas, a condução de trenós, os alarmes de marcha à ré de caminhões basculantes. Ele está a dois quilômetros e meio do terreno da Eden's Gate, mas, de alguma maneira, ainda pode ouvi-lo, como se fosse uma prisão sendo construída à sua volta, como se ele fosse uma mosca sendo envolta e enrolada em uma teia de aranha.

Os clientes observam. O gerente observa.

— Gambazinho?

As palavras se empilham na parte de trás dos seus dentes. Um cumim passa apressado, empurrando uma cadeirinha de criança com rodinhas, as rodinhas fazendo cleque-cleque nos ladrilhos. Uma mulher ri. Alguém grita:

— Pedido pronto!

O bosque a árvore a coruja — através das solas dos pés, ele sente uma motosserra penetrando em um tronco, sente Amigafiel acordar assustada. Sem tempo para pensar: você cai como uma sombra na luz do dia, enquanto mais um porto seguro é arrancado do mundo.

— Seymour, ponha a mão no meu bolso. Está sentindo as chaves? O carro está bem ali fora. Vá se sentar lá, onde tem silêncio, faça seu exercício de respiração, e eu saio assim que puder.

Ele fica sentado no Pontiac enquanto as sombras descem lentamente pelos pinheiros. Inspire até quatro, segure até quatro, expire até quatro. Bunny sai de avental, entra no carro e esfrega a testa com a palma das mãos. Em uma quentinha, ela tem três panquecas com morango e creme de leite.

— Use os dedos, querido, tudo bem.

A luz fraca prega peças; o estacionamento cresce; as árvores se tornam oníricas. Uma primeira estrela aparece e se esconde de novo. Melhores amigos melhores amigos, nunca estamos separados.

Bunny rasga um pedaço de panqueca e dá para ele.

— Tudo bem se eu tirar seu abafador de ruídos?

Ele assente.

— E tocar nos seus cabelos?

Ele tenta não se retrair quando os dedos dela ficam presos em seus emaranhados. Uma família sai do restaurante, entra em uma picape e vai embora.

— Mudanças são difíceis, filho, eu sei. A vida é difícil. Mas ainda temos a casa. Ainda temos nosso quintal. Ainda temos um ao outro. Certo?

Ele fecha os olhos e vê Amigafiel sobrevoando uma paisagem infinita de estacionamentos, sem lugar para caçar, sem lugar para pousar, sem lugar para dormir.

— Não vai ser a pior coisa do mundo ter vizinhos por perto. Talvez tenha crianças da sua idade.

Um adolescente de avental sai de repente da porta dos fundos e joga um saco preto estufado na caçamba de lixo. Seymour diz:

— Elas precisam de grandes territórios de caça. Gostam especialmente de posições estratégicas no alto para caçar murídeos.

— O que são murídeos?

— Ratos-do-mato.

Ela gira o abafador de ruídos nas mãos.

— Existem pelo menos vinte lugares mais ao norte para onde sua coruja poderia voar. Florestas maiores, melhores. Ela pode escolher.

— Existem?

— Claro.

— Com um monte de ratos-do-mato?

Cidade nas nuvens

— Toneladas. Mais ratos-do-mato do que cabelos na sua cabeça.

Seymour mastiga um pedaço de panqueca e Bunny olha para si mesma no retrovisor e suspira.

— Você jura?

— Juro.

A Argos

Missão ano 61

Konstance

É A MANHÃ DO SEU DÉCIMO ANIVERSÁRIO. DENTRO DO Compartimento 17, ZeroLuz clareia até DiaLuz, e ela usa o banheiro, escova o cabelo, passa pó nos dentes e, quando abre a cortina, Mãe e Pai estão em pé na sua frente.

— Feche os olhos e estique as mãos — diz Mãe, e Konstance obedece. Mesmo antes de abrir os olhos, ela sabe o que sua mãe está colocando em seus antebraços: uma nova roupa de trabalho. O tecido é amarelo-canarinho e os punhos e bainhas estão enrolados e presos com pequenos x de linha, Mãe bordou um pequeno pinheiro-da-bósnia no colarinho combinando com a muda de dois anos e meio que está crescendo na Fazenda Quatro.

Ela a pressiona contra o nariz; tem o cheiro mais raro de todos: de coisa nova.

— Você vai amadurecer dentro dela — diz Mãe, e fecha o zíper da roupa até o pescoço de Konstance.

Na Comissaria, todos estão presentes — Jessi Ko e Ramón, a sra. Chen, Tayvon Lee e o dr. Pori, o velho professor de matemática de noventa e nove anos — e todos cantam a música do Dia da Biblioteca, Sara Jane põe duas panquecas grandes, feitas com farinha de verdade, uma em cima da outra, na frente dela. Pequenas cascatas de xarope escorrem pelas beiradas.

Todos observam, especialmente os garotos já adolescentes, que não comiam um panqueca feita com farinha de verdade desde seus aniversários de dez anos. Konstance enrola a primeira panqueca e a devora em quatro mordidas; come devagar a segunda. Quando termina, ergue a bandeja até o rosto e a lambe, e todos aplaudem.

Depois Mãe e Pai a acompanham de volta até o Compartimento 17 para esperar. Ela acabou deixando uma gota de xarope cair na manga, e fica preocupada achando que Mãe vai ficar aborrecida, mas Mãe está empolgada demais para notar e Pai só pisca, lambe um dedo e a ajuda a limpar.

— Vai ser muita coisa para absorver no início — avisa Mãe, —, mas, no final, você vai adorar, você vai ver, está na hora de crescer um pouco, e isso talvez a ajude com um pouco do seu... — Mas a sra. Flowers chega antes que ela consiga terminar.

Os olhos da sra. Flowers são embaçados de catarata, seu hálito fede a pasta de cenoura concentrada e todo dia ela parece estar menor do que no dia anterior. Pai a ajuda a colocar no chão o Perambulador que ela está carregando, ao lado da mesa de costura de Mãe.

Do bolso da sua roupa de trabalho, a sra. Flowers tira um Videor brilhando com luzes douradas.

— São de segunda mão, é claro, pertenceram à sra. Alegawa, que sua alma descanse em paz. Podem não parecer perfeitos, mas passaram por todos os diagnósticos.

Konstance sobe no Perambulador, e ele ronca sob seus pés. Pai aperta a mão da menina, parecendo alegre e triste ao mesmo tempo, e a sra. Flowers diz:

Cidade nas nuvens 249

— Nos vemos lá dentro. — E sai com passo incerto porta afora, indo para o seu compartimento a seis portas de distância. Konstance sente Mãe ajustar o Videor na parte de trás da sua cabeça, sente o equipamento pressionando seus ossos occipitais, estendendo-se sobre suas orelhas e fechando-se sobre seus olhos. Ela estava com medo de que fosse machucar, mas a sensação é como se alguém tivesse chegado de surpresa por trás e pressionado duas mãos frias sobre seu rosto.

— Nós estaremos aqui — diz Mãe, e Pai acrescenta:

— Perto de você o tempo todo. — E as paredes do Compartimento 17 se desmaterializam.

Ela está em pé em um átrio enorme. Três fileiras de estantes de livros, cada uma com cinco metros de altura, servidas por inúmeras escadas, se estendem aparentemente por quilômetros de cada lado. Em cima da terceira fileira, galerias idênticas de colunas de mármore sustentam um teto em abóbada de berço cujo centro é cortado no meio por uma abertura retangular, sobre a qual flutuam nuvens rechonchudas em um céu azul-cobalto.

Aqui e ali, em frente a ela, figuras estão em pé ao lado de mesas ou sentadas em poltronas. Nas fileiras superiores, outras examinam prateleiras ou se apoiam em corrimãos ou sobem e descem as escadas. E, no ar, até onde sua vista alcança, livros — alguns pequenos como sua mão, outros grandes como o colchão sobre o qual ela dorme — estão voando, alguns decolando de estantes, outros fazendo o caminho inverso, alguns esvoaçando como pássaros canoros, outros se arrastando como cegonhas desengonçadas.

Por um instante, ela simplesmente fica parada e observa, sem palavras. Ela nunca estivera em um espaço tão grande.

250 Anthony Doerr

O dr. Pori, o professor de matemática — só seus cabelos são viçosos e negros, não prateados, e parecem molhados e secos ao mesmo tempo — desce uma escada à direita de Konstance, saltando de dois em dois degraus como um jovem atlético, e aterrissa perfeitamente com os pés no chão. Ele pisca para ela, seus dentes brancos como leite.

O amarelo da roupa de trabalho de Konstance está ainda mais vibrante do que no Compartimento 17. A mancha de xarope desapareceu.

A sra. Flowers vem de longe na direção dela, um cãozinho branco saltitando logo atrás. É uma sra. Flowers mais limpa, jovem, brilhante, com olhos claros cor de avelã e cabelos grossos e marrons com um corte profissional, está vestindo uma saia e um paletó com um tom de verde profundo igual ao de espinafres vivos, bordado com linha dourada em um dos lados do peito *Bibliotecária-Chefe*.

Konstance se inclina sobre o cãozinho: seus bigodes se agitam; seus olhos negros brilham; seu pelo, quando ela encosta os dedos, causam a sensação de pelos de verdade. Ela quase ri de tão alegre.

— Bem-vinda — diz a sra. Flowers — à Biblioteca.

Konstance e a sra. Flowers percorrem o átrio. Vários membros adultos da equipe atrás das mesas levantam os olhos e sorriem quando elas passam; alguns fazem surgir balões com a escrita É O SEU DIA DA BIBLIOTECA, e Konstance os vê saírem flutuando rumo ao céu pela abertura no teto.

As lombadas dos livros mais próximos delas são azul-petróleo, bordô e roxo imperial, algumas são finas e delicadas e outras parecem grandes bancadas sem pernas empilhadas em prateleiras.

— Vá em frente — diz a sra. Flowers. — Você não tem como avariá-los. E Konstance toca a lombada de um livro pequeno que se levanta e se abre diante dela. De suas páginas de papel vegetal brotam três margaridas e, no meio de cada uma, brilham as mesmas três letras, *M C V*.

— Alguns são bastante confusos — explica a sra. Flowers. Ela dá uma batidinha e o livro se fecha e volta esvoaçando para o seu lugar. Konstance olha para baixo, para a fileira de livros, onde o átrio desaparece a distância.

— Ela continua...?

A sra. Flowers sorri.

— Para sempre? Só Sybil saberia dizer ao certo.

Três garotos adolescentes, os irmãos Lee mais Ramón — só que se trata de uma versão mais esbelta e alta de Ramón —, passam correndo de meia e dão um salto em uma escada, e a sra. Flowers adverte:

— Devagar, por favor.

E Konstance tenta se lembrar de que ainda está no Compartimento 17, usando sua nova roupa de trabalho e um Videor de segunda mão, caminhando em um Perambulador encaixado entre a cama de Pai e a mesa de costura de Mãe — que a sra. Flowers e os irmãos Lee mais Ramón estão nos compartimentos de suas famílias, caminhando em seus Perambuladores, usando seus Videores, que todos eles estão espremidos dentro de um disco que cruza desabalado o espaço interestelar, que a Biblioteca é só um monte de dados dentro do lampadário cintilante que é Sybil.

— A seção de História fica à nossa direita — fala a sra. Flowers. — À esquerda, Arte Moderna, e depois Línguas; aqueles garotos estão indo para a seção de Jogos, muito popular, é claro.

Ela para diante de uma mesa vazia com uma cadeira de cada lado e gesticula para que Konstance se sente. Duas caixinhas estão em cima da mesa: uma de lápis e outra de retângulos de papel. Entre elas, está uma fenda de latão e, gravadas na borda, estão as palavras *Perguntas Respondidas Aqui*.

— Para o Dia da Biblioteca de uma criança — diz a sra. Flowers —, quando há tanto a ser absorvido, tento manter as coisas simples. Quatro perguntas, uma pequena caça ao tesouro. Pergunta número um. A que distância da Terra fica o nosso destino?

Konstance pisca, incerta, e a expressão da sra. Flowers se suaviza.

— Você não precisa decorar, querida. É para isso que serve a Biblioteca.

E aponta para as caixas.

Konstance pega um lápis: parece tão real que ela tem vontade de cravar os dentes nele. E o papel! Tão limpo, tão liso: fora da Biblioteca não há sequer um papel limpo desse jeito em toda a *Argos*. Ela escreve *A que distância da Terra fica Beta Oph2?* e olha para a sra. Flowers, e a sra. Flowers assente e Konstance joga o pedaço de papel na fenda.

O papel desaparece. A sra. Flowers pigarreia e aponta, e, atrás de Konstance, no alto da terceira fileira, um livro marrom grosso se desprende da prateleira. Voa através do átrio, se esquiva de alguns outros livros em voo, paira, depois desce flutuando e se abre.

Em uma página dupla, espalha-se uma tabela intitulada *Lista Confirmada de Exoplanetas na Zona Habitável Otimista, B-C*. Na primeira coluna, pequenos mundos de todas as cores giram: alguns rochosos, outros imersos em redemoinhos de gases, alguns com anéis, outros arrastando caudas de gelo atrás de suas atmosferas. Konstance passa a ponta de um dedo pelas colunas até achar Beta Oph2.

Cidade nas nuvens 253

— 4,2399 anos-luz.

— Muito bem. Pergunta número dois. A que velocidade estamos viajando?

Konstance escreve a pergunta, joga-a na fenda e, à medida que o primeiro volume se ergue para longe, um feixe de gráficos enrolados chega e se abre sobre a mesa. Do centro dele, um número azul vivo se ergue no ar.

— 7.734.958 quilômetros por hora.

— Certo. — Agora três dedos da sra. Flowers se levantam. — Qual é a expectativa de vida de um humano geneticamente otimizado sob as condições da missão?

A pergunta vai para dentro da fenda; meia dúzia de documentos de vários tamanhos esvoaçam para fora das estantes e flutuam sobre elas.

114 anos, está escrito em um.

116 anos, está escrito no segundo.

119 anos, está escrito no terceiro.

A sra. Flowers se curva para coçar as orelhas do cãozinho a seus pés e, enquanto isso, observa Konstance.

— Agora você conhece a velocidade da *Argos*, a distância que ela precisa percorrer e a expectativa de vida para um viajante sob essas condições. Última pergunta. Quanto tempo vai durar nossa viagem?

Konstance fica olhando para a escrivaninha.

— Use a Biblioteca, querida.

Mais uma vez, a sra. Flowers dá uma batidinha na fenda com uma unha. Konstance escreve a pergunta em uma folha de papel, joga-a na fenda e, assim que ela desaparece, um único pedaço de papel desponta no alto da abóbada, descendo lentamente, ziguezagueando como uma pluma, e pousa na frente dela.

— 216.078 dias terrestres.

A sra. Flowers a observa com atenção. Konstance olha para o fundo do vasto átrio, onde estantes e escadas convergem lá longe, uma centelha de compreensão se ergue e depois se esvai novamente.

— Quantos anos são, Konstance?

Ela levanta os olhos. Um pequeno bando de pássaros digitais descreve um círculo sobre a abóbada, cem livros, rolos de pergaminho e documentos ziguezagueiam no ar em cem altitudes diferentes, e ela sente a atenção dos outros na Biblioteca se voltando para ela. Ela escreve *Quantos são 216.078 dias terrestres em anos?* e põe o pedaço de papel na fenda e um outro pedaço de papel desce esvoaçando.

592.

O desenho dos veios da madeira na superfície da escrivaninha está se mexendo agora, ou parece estar, e os ladrilhos de mármore do pavimento também estão girando, algo revira no ventre da menina.

Só todos juntos,
Todos juntos...

Quinhentos e noventa e dois anos.

— Nós nunca...?

— Isso mesmo, querida. Sabemos que Beta Oph2 tem uma atmosfera como a da Terra, que tem água líquida como a Terra, que provavelmente tem florestas de algum tipo. Mas nós nunca o veremos. Nenhum de nós. Somos as gerações-ponte, os intermediários, aqueles que trabalham para que nossos descendentes estejam prontos.

Cidade nas nuvens 255

Konstance pressiona as palmas das mãos contra a escrivaninha; ela tem a sensação de que vai desmaiar.

— A verdade é muita coisa para absorver, eu sei. É por isso que esperamos para trazer as crianças à Biblioteca. Até vocês estarem suficientemente maduras.

A sra. Flowers retira um pedaço de papel da caixa e escreve algo.

— Venha, quero mostrar mais uma coisa.

Ela enfia o papel na fenda e um livro gasto, tão largo e alto quanto a entrada do Compartimento 17, abandona uma estante do segundo andar, debate-se deselegantemente e pousa aberto na frente delas. Suas páginas são profundamente negras, como se uma porta tivesse sido aberta à beira de um poço sem fundo.

— Temo que o Atlas — afirma a sra. Flowers — esteja um pouco datado. Eu o apresento a todas as crianças no Dia da Biblioteca, mas depois disso elas tendem a preferir coisas mais modernas e imersivas. Vamos.

Konstance cutuca uma página com um dedo e logo o retrai. Depois um pé. A sra. Flowers pega-lhe a mão, Konstance fecha os olhos, se encolhe e elas dão o passo juntas.

Elas não caem: permanecem suspensas no negrume. Em todas as direções, pontinhos de luz perfuram a escuridão. Por cima do ombro de Konstance, flutua a moldura do Atlas, um retângulo iluminado através do qual ela ainda consegue ver estantes dentro da Biblioteca.

— Sybil — chama a sra. Flowers —, leve-nos para Istambul.

Embaixo, em meio à escuridão, um grãozinho aumenta e se torna um ponto, depois uma esfera azul-esverdeada, vai crescendo a cada segundo; um hemisfério azul, envolto em um redemoinho de vapor, roda através da luz do sol, enquanto o outro passa por uma escuridão azul-marinho, entrelaçado em luzes elétricas.

— Isso é...? — pergunta Konstance, mas agora elas estão caindo em pé rumo à esfera, ou então a esfera está subindo e se aproximando delas: gira, torna-se enorme, preenche todo o campo de visão de Konstance. Ela prende a respiração quando uma península se expande embaixo das duas — verde-jade sarapintada de bege e vermelho, a riqueza das cores sobrecarrega seus olhos; o que está vindo em sua direção é mais extravagante, mais complexo e mais intricado do que ela jamais imaginou ou pensou ter imaginado, um bilhão de Fazendas Quatro, todas no mesmo lugar, e agora ela e a sra. Flowers estão caindo pelo ar que, de certa forma, é transparente e brilha ao mesmo tempo, descendo rumo a um denso circuito de ruas e telhados, e finalmente seus pés tocam a Terra.

Elas estão em um espaço vazio. O céu está azul-acinzentado, sem nuvem alguma. Pedras brancas jazem em meio ao mato como os molares perdidos de gigantes. À esquerda, serpeando até onde a vista alcança em ambas as direções, ao lado de uma estrada, ergue-se um muro de pedra maciço e em ruínas, com tufos de gramíneas brotando por toda parte e interrompido a cada cerca de cinquenta metros por torres espessas, gastas pelo tempo.

Konstance tem a sensação de que todos os neurônios em sua cabeça estão pegando fogo. Eles disseram que a Terra estava em ruínas.

— Como você sabe — diz a sra. Flowers —, nós estamos viajando rápido demais para receber dados novos, então, dependendo de quando esta imagem foi feita, esta é a Istambul de seis ou sete décadas atrás, antes que a *Argos* deixasse a órbita terrestre baixa.

Cidade nas nuvens 257

O mato! Mato com folhas iguais às lâminas da tesoura de costura de Mãe, mato com folhas no formato dos olhos de Jessi Ko, mato com florezinhas roxas em caules verdes minúsculos — quantas vezes Pai ficou relembrando as glórias das plantas agrestes? Uma pedra ao lado do seu pé está manchada de preto — aquilo são liquens? Pai está sempre falando de liquens! Ela se estica para tocá-los, mas sua mão os atravessa.

— Você só pode olhar — avisa a sra. Flowers. — A única coisa sólida no Atlas é o solo. Como eu disse, quando as crianças experimentam as coisas mais novas, quase nunca voltam.

Ela segue a sra. Flowers até a base do muro. Tudo está imóvel.

— Mais cedo ou mais tarde — continua ela —, todas as coisas vivas morrem. Você, eu, sua mãe, seu pai, todos e tudo. Até os blocos de pedra usados na construção desta muralha são constituídos sobretudo de esqueletos de criaturas mortas há muito tempo, caramujos e corais. Venha.

À sombra da torre mais próxima estão algumas imagens de pessoas: uma olhando para cima, outra capturada entre um degrau e outro ao subir a escada. Konstance consegue ver uma camisa com botões, uma calça azul, a sandália de um homem, a jaqueta de uma mulher, mas o software embaçou os rostos.

— Privacidade — explica a sra. Flowers. Ela aponta para uma escada em torno da torre. — Vamos subir.

— Achei que a senhora tinha dito que a única coisa sólida é o solo.

A sra. Flowers sorri.

— Se você circular aqui por tempo suficiente, minha querida, acabará conhecendo um segredo ou outro.

A cada degrau, Konstance consegue ver mais da cidade moderna espalhada pelos dois lados do muro antigo: antenas, automóveis, lonas, um edifício com mil janelas, tudo congelado no tempo; ela mal consegue respirar tentando absorver aquilo tudo.

— Desde os nossos primórdios como espécie, seja com remédios ou tecnologia, seja acumulando poder, embarcando em viagens ou contando histórias, nós, humanos, tentamos vencer a morte. Nenhum de nós jamais conseguiu.

Elas chegam ao topo da torre e Konstance olha para fora, tonta: os tijolos vermelhos, as pedras brancas feitas de corpos de criaturas mortas, hera verde subindo pelos muros em ondas — tudo aquilo é demais.

— Mas algumas das coisas que construímos perduram. Por volta do ano quatrocentos e dez da Era Comum, o imperador desta cidade, Teodósio II, iniciou a construção destas muralhas, com sete quilômetros de extensão, para encontrar com os treze quilômetros de muralha de mar que a cidade já tinha. As muralhas de Teodósio tinham um muro externo, com dois metros de espessura e nove de altura, e um muro interno, com cinco metros de espessura e doze de altura. Vai saber quantos corpos foram destruídos na sua construção...

Um pequeno inseto foi capturado enquanto cruzava o corrimão bem na frente de Konstance. A carapaça é azul-marinho e lustrosa, as pernas têm articulações incríveis: um besouro.

— Estas muralhas resistiram a todos os ataques de guerra por mais de mil anos — continua a sra. Flowers. — Livros foram confiscados nos portos e só foram devolvidos após terem sido copiados, todos a mão, é claro, e há quem acredite que, em vários momentos, as bibliotecas dentro da cidade continham mais livros do que todas as outras bibliotecas do mundo juntas. E, durante todo esse tempo, terremotos e inundações aconteceram, exércitos

Cidade nas nuvens 259

chegaram e o povo da cidade trabalhou para fortificar as muralhas mesmo com mato subindo pelas laterais e chuva penetrando nas fissuras, até as pessoas não conseguirem se lembrar do tempo em que as muralhas não existiam.

Konstance se estica para tocar o besouro, mas o corrimão se fragmenta em pixels e é atravessado por seus dedos.

— Você e eu nunca vamos chegar a Beta Oph2, querida, e essa é uma verdade dolorosa. Mas, com o tempo, você pode passar a acreditar que há muita dignidade em fazer parte de uma empreitada que durará mais do que você.

As muralhas não se mexem; as pessoas embaixo não respiram; as árvores não balançam; os automóveis estão parados; o besouro está congelado no tempo. Um pensamento, ou uma lembrança reavaliada, invade a mente de Konstance: as crianças de dez anos que nasceram antes dela na *Argos*, como a Mãe, que acordavam no Dia da Biblioteca sonhando com o momento em que poriam os pés em Beta Oph2 e respirariam fora da nave, com os abrigos que construiriam, as montanhas que escalariam, as estranhas formas de vida que descobririam — uma segunda Terra! —, e saíam dos seus Compartimentos após o primeiro dia na Biblioteca com um aspecto diferente, testas enrugadas, ombros caídos, olhos apagados. Elas paravam de correr pelos corredores, tomavam SonoGotas após ZeroLuz; às vezes ela observava as crianças mais velhas olhando para as próprias mãos ou para as paredes, ou passando pela Comissaria abatidas e esgotadas como se carregassem mochilas invisíveis feitas de pedra.

Você, eu, sua mãe, seu pai, todos e tudo.

Ela diz:

— Mas eu não quero morrer.

A sra. Flowers sorri.

— Eu sei, querida. E você não vai, não por bastante tempo. Você tem uma jornada extraordinária para ajudar a completar. Venha, está na hora de ir embora, o tempo se move de maneira estranha aqui e a Terceira Refeição está começando.

Ela segura a mão de Konstance e elas começam a subir a partir da torre, a cidade se distanciando, um estreito se tornando visível, depois os mares, continentes, a Terra ficando cada vez menor até se tornar novamente um cisco, e elas passam novamente pela porta do Atlas e chegam à Biblioteca.

No átrio, a cadelinha balança o rabo e cutuca a perna da sra. Flowers com a pata, que olha para ela carinhosamente enquanto o enorme Atlas esfarrapado se fecha, se ergue e voa de volta para a sua prateleira. O céu em cima da abóbada está cor de lavanda agora. Menos livros esvoaçam no ar. A maioria das pessoas foi embora.

As palmas das mãos de Konstance estão úmidas e os pés dela doem. Quando ela pensa nas crianças mais novas correndo pelos corredores nesse instante, a caminho da Terceira Refeição, uma forte dor de cabeça a rasga como uma lâmina. A sra. Flowers gesticula em direção às estantes sem limite.

— Cada um desses livros, menina, é uma porta, um portal para outro lugar e outro tempo. Você tem a vida toda pela frente, e por todo esse tempo terá isto. Será suficiente, você não acha?

Oito

Dando voltas

Cuconuvolândia, *de Antônio Diógenes, Fólio* Θ

[...] norte, norte, durante semanas o moleiro e seu filho me levaram para o norte. Câimbras açoitavam meus músculos e rachaduras machucavam meus cascos, e eu ansiava por descansar e comer um pedaço de pão, talvez uma ou duas fatias de carne de carneiro, uma boa sopa de peixe e uma copa de vinho, mas, assim que chegamos à fazenda pedregosa e congelada deles, o moleiro me levou para o moinho e me atrelou à roda.

Caminhei em círculos infinitos movendo a roda, moendo trigo e cevada, ao que parecia, para todos os fazendeiros de toda aquela região terrível e fria, e, se eu parasse um passo que fosse, o filho do moleiro certamente pegava seu bastão no canto e golpeava minhas pernas traseiras. Quando eles finalmente me soltaram para pastar, chuva congelada caiu do céu e o vento soprou com fúria gélida, e os cavalos não ficaram felizes de dividir os poucos punhados de grama de que dispunham. Pior, suspeitaram que eu estava seduzindo suas esposas, embora eu não tivesse interesse algum! Aqui não crescia rosas havia meses.

Eu assistia a pássaros sobrevoando, a caminho de lugares mais verdes, e a saudade ardia dentro de mim. Por que os deuses eram tão cruéis? Eu já não havia sofrido o bastante pela minha curiosidade? Tudo o que fiz naquele vale embrutecido foi girar a roda, dando voltas, dando voltas, ficando tonto e enjoado, até sentir que estava escavando meu caminho para o mundo subterrâneo, e logo a minha barriga encostaria nas águas ferventes do Aqueronte, o rio da dor, e encararia Hades [...]

A estrada para Constantinopla

Janeiro-abril, 1453

Omeir

São 225 quilômetros do campo de testes em Edirne até a Rainha das Cidades, e o ritmo com que levam o canhão para lá é mais lento do que o de um homem rastejando. A caravana que o puxa chega a trinta pares de bois, cada um preso a um eixo que os une, uma caravana tão longa e com tantos pontos sujeitos a causar problemas que as paradas diárias se contam às dezenas. Atrás e na frente deles, outros bois puxam colubrinas, catapultas e arcabuzes, talvez trinta peças de artilharia no total, enquanto outros ainda puxam carroças de pólvora ou de bolas de pedra, algumas tão grandes que Omeir nem conseguiria abraçá-las.

Em ambos os lados da estrada, em volta das equipes, homens e animais passam depressa como um rio contornando um rochedo: mulas carregadas com alforjes, camelos com dezenas de jarras de barro penduradas nas bossas, carroças atulhadas de provisões, tábuas, cordas e panos. Como o mundo é diverso! Omeir vê adivinhos, dervixes, astrólogos, estudiosos, padeiros, encarregados de munições, ferreiros, místicos em túnicas esfarrapadas, cronistas, curandeiros e homens encarregados de levar estandartes de todas as cores. Alguns usam armaduras de couro, outros têm penas amarradas aos chapéus, alguns estão descalços, outros usam botas de couro damasceno lustroso até os joelhos. Ele vê um grupo de escravos com três cicatrizes horizontais na testa (uma, Maher explica, para cada um de seus donos que morreu); ele vê um homem que parece estar carregando uma grande unha brilhosa na cabeça de tão calejada que está sua testa devido à prostração para as orações.

Uma tarde: um muladeiro vestindo uma pele de urso com uma fenda no lábio parecida com a de Omeir passa pelas equipes, com a cabeça baixa. Quando se cruzam, os dois se entreolham e o muladeiro desvia o olhar, perturbado, e Omeir nunca mais o vê.

O menino oscila entre espanto e tristeza. Ao adormecer ao lado de uma fogueira e acordar ao lado de brasas, geada brilhando nas roupas, ao sentar-se ao lado de outros carreteiros enquanto o fogo é reavivado, todos comendo cevada partida, ervas e pedaços de carne equina da mesma panela de cobre, ele tem uma sensação de aceitação que jamais teve antes, uma sensação de que todos estão participando de uma empreitada enorme e justificada, uma façanha tão valiosa que abre espaço até para um menino com o rosto como o dele — todos indo para o leste, rumo à grande cidade, como se estivessem sendo atraídos por um flautista mágico de uma das histórias de Vovô. Toda manhã, a alvorada chega mais cedo, há mais horas de luz, bandos de patos migratórios, garças e pássaros canoros surgem no céu, como se a escuridão estivesse perdendo e a vitória fosse predestinada.

Mas, em outros momentos, seu entusiasmo despenca. Grandes grumos de lama grudam nos cascos de Arvoredo e Enluarado, as correntes rangem, as cordas gemem, apitos explo-

Cidade nas nuvens 269

dem ao longo de toda a caravana e o ar pulula de sons de animais que estão sofrendo. Muitos dos bois estão em jugos fixos, não deslizante, como os que Vovô constrói, e poucos deles estão acostumados a cargas tão pesadas em terreno irregular, por isso a toda hora os animais sofrem ferimentos.

Para Omeir, cada dia oferece uma nova lição sobre como os homens podem ser desleixados. Alguns não se dão ao trabalho de ferrar os novilhos; outros não examinam os jugos em busca de rachaduras que esfolam as costas dos bezerros; outros não deixam que os animais se recuperem retirando o jugo assim que eles terminam de puxar; outros, ainda, não cobrem os chifres para evitar que os animais se enganchem. Há sempre sangue, gemidos, sofrimento.

Equipes de construtores de estradas avançam à frente das colunas, reforçando cruzamentos, colocando estrados em terrenos enlameados, mas, no oitavo dia após a partida de Edirne, a caravana chega a um riacho sem ponte, a água alta e turva, a corrente na parte mais profunda subindo como uma grande lavagem escura. Carreteiros na dianteira avisam que seixos escorregadios se escondem no leito do rio, mas o chefe dos carroceiros diz que eles devem prosseguir.

A caravana está aproximadamente na metade da travessia quando o animal à frente de Arvoredo escorrega. O jugo, atrelado ao companheiro, segura-o ereto por alguns instantes, depois a perna do boi se parte com tamanho fragor que Omeir consegue sentir a fratura no próprio peito. O boi ferido aderna com seu companheiro mugindo ao lado, toda a caravana é puxada para a esquerda, e Omeir sente Arvoredo e Enluarado se preparando para aguentar o peso extra à medida que as duas reses se debatem na correnteza. Um carreteiro avança correndo com uma longa lança e transpassa o primeiro e depois o segundo boi que está se debatendo, o sangue deles escorre na água enquanto ferreiros cortam as correntes para libertá-los e carroceiros correm para a frente e para trás da fila, emitindo breves comandos e acalmando seus animais. Logo, cavaleiros amarram cavalos a cada um dos dois bois mortos e os arrastam para fora da água a fim de serem esquartejados, os ferreiros montam uma fornalha e um fole na margem lodosa para consertar a corrente e Omeir leva Enluarado e Arvoredo para a grama e se pergunta se eles entendem o que viram.

Ao cair da noite, ele cuida de Arvoredo e depois de Enluarado enquanto eles comem, limpa seus cascos e diz a si mesmo que não vai comer os animais abatidos em sinal de respeito, mas depois, à noite, quando o cheiro toma conta do ar gélido e as tigelas de carne circulam, ele não consegue se conter. Mastiga e sente sobre si o peso do céu, e com ele uma confusão obscura.

A cada anoitecer, a luz é sugada de Arvoredo e Enluarado. De vez em quando, Arvoredo pisca seus enormes olhos úmidos para Omeir, como se pedisse perdão, e nas manhãs, antes de ser atrelado ao jugo, Enluarado permanece curioso, observando borboletas, ou coelhos, ou retorcendo as narinas para analisar os aromas diferentes no vento. Mas, na maior parte do tempo, quando desatrelados do jugo, os animais ficam de cabeça baixa e pastam como se estivessem esgotados demais para fazer qualquer outra coisa.

O menino fica ao lado deles, com lama até os tornozelos, escondendo o rosto em seu capuz, e observa a maneira paciente, mansa, com que os cílios de Enluarado deslizam para cima e para baixo. Seu pelo, que parecia quase prateado quando ele

Cidade nas nuvens 271

era jovem, cheio de pequenos arco-íris brilhando ao sol, agora parece cinza-chumbo. Uma nuvem de moscas paira sobre uma ferida supurada em seu ombro — as primeiras moscas da primavera, nota Omeir.

Constantinopla

Naqueles mesmos meses

Anna

A TAÇA DE CHUMBO CAI NA ESCURIDÃO LÍQUIDA, A ÁGUA É misturada com mercúrio e Maria a bebe. No caminho para casa, camadas de neve caem ao longo dos muros, obliterando a rua. Maria tenta se manter ereta.

— Eu consigo andar sozinha — diz ela —, estou me sentindo ótima. — Mas cruza o caminho de um carroceiro e quase é esmagada.

À noite, ela sente calafrios na cela.

— Estou ouvindo, eles estão se flagelando na rua.

Anna ouve. A cidade inteira está imóvel. O único som é o da neve caindo sobre os telhados.

— Quem, irmã?

— Os gritos são tão bonitos.

Depois vêm os tremores. Anna a enrola em todas as peças de roupa que as duas possuem: camiseta de linho, sobressaia de lã, manto, echarpe, cobertor. Ela traz brasas em aquecedores de metal para as mãos, e mesmo assim Maria treme. Durante toda a sua vida, a irmã esteve a seu lado. Mas por quanto tempo ainda?

Sobre a cidade, o céu muda a cada hora: roxo, prateado, dourado, negro. Caem pedriscos, depois chuva com neve, depois granizo. A Viúva Teodora espia pelas venezianas e murmura versículos de Mateus: *Então aparecerá no céu o sinal do Filho do Homem, e todas as tribos da terra baterão no peito*. Na copa, Chryse diz que, se os últimos dias estão chegando, mais vale acabar com todo o vinho.

O assunto nas ruas oscila entre o clima estranho e os números. O sultão está enviando vinte mil homens em marcha de Edirne neste exato momento, dizem alguns; outros dizem que o número é mais próximo de cem mil. Quantos defensores pode a cidade moribunda reunir? Oito mil? Outros preveem que o número mais próximo será quatro mil, dos quais apenas trezentos sabem usar direito uma besta.

Treze quilômetros de muralhas marinhas, sete quilômetros de muralhas terrestres, 192 torres no total, e eles vão defender tudo aquilo com quatro mil homens?

Armas são requisitadas pela guarda do imperador para serem redistribuídas, mas, no pátio em frente aos portões de Santa Teofania, Anna vê um soldado tomando conta de uma pilha triste de lâminas enferrujadas. Em um momento, ela ouve que o jovem sultão é um milagreiro que fala sete idiomas e recita poesia antiga, que é um estudante diligente de astronomia e geometria, um monarca moderado e clemente, tolerante a todo tipo de fé. No momento seguinte, ela ouve que ele é um monstro sanguinário por ter ordenado que o irmão, ainda bebê, fosse afogado na banheira e, em seguida, ter mandado decapitar o homem enviado para afogá-lo.

No ateliê, a Viúva Teodora proíbe as bordadeiras de falar da ameaça iminente: elas só devem conversar sobre agulhas, pontos

Cidade nas nuvens

e a glória de Deus. Cubra o fio metálico com linha de seda não tingida, agrupe os fios metálicos três a três, faça um ponto, vire o bastidor. Uma manhã, ela recompensa Maria por sua diligência em bordar doze pássaros, um para cada apóstolo, em um capuz de samito verde que será unido ao manto de um bispo. Maria, os dedos tremendo, começa imediatamente a trabalhar, murmurando uma prece enquanto prende a seda de um verde brilhante no bastidor e torce o fio através do buraco da agulha. Anna observa e se pergunta: nos dias de que santos os bispos vão vestir mantos de brocado se o tempo do homem na Terra está chegando ao fim?

A neve cai, congela, derrete, e uma névoa gélida paira sobre a cidade. Anna corre pelo pátio e desce até o porto e encontra Himério tremendo ao lado do esquife. Gelo vitrifica o cintado e os bastões dos remos e brilha nas dobras de suas mangas e nas correntes dos poucos navios mercantes ainda ancorados no porto. Ele põe um braseiro no fundo do barco, acende um pedaço de carvão e joga as linhas de pesca, ao mesmo tempo que Anna sente um prazer melancólico ao observar as centelhas subindo na neblina e derretendo atrás deles. Himério tira uma réstia de figos secos de dentro do casaco, e o braseiro brilha aos pés deles como um segredo quente e feliz, um pote de mel escondido para alguma noite especial. Os remos gotejam e eles comem, Himério canta uma música de pescador sobre uma sereia com seios do tamanho de ovelhas, água bate no casco, e depois a voz dele se torna séria quando diz que ouviu que capitães genoveses vão contrabandear pelo mar, até Gênova, qualquer pessoa que possa pagar antes que o ataque dos sarracenos comece.

— Você fugiria?

— Eles vão me pôr nos remos. O dia todo, a noite toda, puxando os remos na coberta, mergulhado até a cintura no próprio mijo. Enquanto vinte navios sarracenos tentam nos abalroar ou nos incendiar.

— Mas as muralhas — diz ela. — Elas sobreviveram a muitos cercos antes.

Himério volta a remar, as cavilhas dos remos rangendo, o quebra-mar ficando para trás.

— Meu tio disse que, no verão passado, um fundidor húngaro visitou nosso imperador. Esse homem é conhecido por construir máquinas de guerra que podem transformar muralhas de pedra em poeira. Mas o húngaro precisava de dez vezes mais bronze do que nós temos em toda a cidade. E nosso imperador, meu tio falou, não tem dinheiro para contratar cem arqueiros da Trácia. Ele mal tem dinheiro para se manter fora da chuva.

A água bate no quebra-mar. Himério segura os remos no ar, sua respiração condensando.

— E?

— O imperador não podia pagar. Então o húngaro foi procurar alguém que pudesse.

Anna olha para Himério: seus olhos grandes, seus joelhos salientes, seus pés de pato; ele parece uma amálgama de sete criaturas diferentes. Ela ouve a voz do escriba alto: *O sultão tem novas máquinas de guerra que podem derrubar muralhas como se fossem ar.*

— Você quer dizer que o húngaro não liga para que finalidade suas máquinas são usadas?

— Existem muitas pessoas neste mundo — diz Himério — que não ligam para que finalidade suas máquinas são usadas. Desde que sejam pagas.

Cidade nas nuvens 279

Eles chegam ao muro; lá vai ela para cima, uma dançarina; o mundo diminui, e só há o movimento do seu corpo e a lembrança dos vários apoios para os dedos das mãos e os pés. Por fim, o rastejar pela boca do leão, o alívio da solidez sob seus pés.

Na biblioteca arruinada, ela fica por muito tempo apertando os olhos diante de armários sem porta dos quais já saqueou a maior parte das coisas que parecem ter valor. Ela reúne alguns rolos de papel devorados por vermes — notas de venda, imagina ela — movendo-se sem muito ânimo nem expectativa na escuridão. No fundo, atrás de várias pilhas de pergaminho encharcadas, ela encontra um pequeno códice marrom manchado, encadernado no que parece ser couro de cabra, puxa-o para fora e o enfia dentro do saco.

A névoa fica mais espessa e o luar se torna menos intenso. Gaivotas lançam gritos agudos sobre o telhado quebrado. Ela murmura uma oração a santa Corália, amarra o saco, carrega-o escada abaixo, rasteja pelo desaguadouro, desce pelo muro e cai no barco sem dizer uma palavra. Abatido e tremendo, Himério rema de volta ao porto, o carvão no braseiro acaba e a neblina gélida parece agarrá-los como uma armadilha. Sob o arco para o Bairro Veneziano não há vigias, e, quando eles chegam à casa dos italianos, está tudo escuro. No pátio, a figueira está coberta de gelo, os gansos sumiram. O menino e a menina tremem encostados no muro e Anna pede que o sol nasça.

Depois de um tempo, Himério vai até a porta e a encontra destrancada. Dentro da oficina, as mesas estão vazias. O fogareiro está frio. Himério abre as venezianas e o cômodo é invadido por uma luz fraca e gelada. O espelho se foi, assim como o tinteiro de terracota, a tábua com borboletas pregadas, os rolos de pergaminho, os raspadores e as sovelas e os canivetes. Os serviçais foram dispensados e os gansos levados embora ou cozidos. Algumas penas afiadas estão espalhadas sobre os ladrilhos; borrifos de tinta mancham o chão; o cômodo é uma caixa-forte esvaziada.

Himério larga o saco. Por um instante, sob a luz da alvorada, ele parece curvado e cinzento, o velho que ele não viverá o bastante para se tornar. Em algum outro lugar do bairro, um homem grita:

— Você sabe o que eu odeio?

Um galo canta e uma mulher começa a chorar. O mundo está em seus dias finais. Anna se lembra de algo que Chryse disse uma vez: as casas dos ricos queimam tão rápido quanto qualquer outra.

Apesar de todos os seus discursos sobre resgatar as vozes da Antiguidade, usar a sabedoria dos mortos para fertilizar as sementes de um novo futuro, será que os escribas de Urbino eram melhores do que ladrões de tumbas? Eles vieram e esperaram o que sobrava da cidade ser arrombado para entrar como besouros e vasculhar os últimos tesouros que surgiam. Depois correram para se proteger.

Na parte inferior de um armário vazio, algo chama a atenção de Anna: uma caixinha de rapé esmaltada, da coleção de oito do escriba. Na tampa rachada, a pintura de um céu róseo estendido sobre a fachada de um palácio ladeado por torres gêmeas e com fileiras de sacadas em três níveis.

Himério está olhando para fora da janela, perdido em sua decepção, e ela a esconde sob o vestido. Em algum lugar acima da neblina, o sol surge pálido e distante. Anna vira o rosto em sua direção, mas não consegue sentir calor algum.

Cidade nas nuvens 281

Ela carrega o saco de livros molhados para a casa de Kalaphates, o esconde na cela que divide com Maria e ninguém se dá ao trabalho de perguntar onde ela esteve ou o que fez. O dia inteiro, as bordadeiras, curvadas como a vegetação no inverno, trabalham em silêncio, soprando as mãos ou pondo-as dentro de luvas para aquecê-las, as figuras altas, semiacabadas, de santos monásticos tomando forma na seda diante delas.

— A fé — diz a Viúva Teodora ao caminhar entre as mesas — oferece saída para qualquer aflição.

Maria se inclina sobre o capuz de samito, puxando a agulha para a frente e para trás, a ponta da língua presa entre os dentes, criando um rouxinol com fio e paciência. À tarde, o vento uiva vindo do mar e a neve gruda nos lados da cúpula de Santa Sofia que dão para a água, e as bordadeiras dizem que aquele é um sinal; ao cair da noite, as árvores congelam novamente, os galhos cobertos de gelo, e as bordadeiras dizem que aquilo também é um sinal.

A refeição da noite é caldo e pão preto. Algumas mulheres dizem que as nações cristãs a oeste poderiam salvá-los se quisessem, que Veneza ou Pisa ou Gênova poderiam enviar uma flotilha de armas e cavalaria para derrotar o sultão, mas outras dizem que as repúblicas italianas só se importam com rotas marítimas e comerciais, que elas já têm acordos em vigor com o sultão, que seria melhor morrer na ponta das flechas sarracenas do que deixar o papa vir e levar crédito pela vitória.

Parusia, o Segundo Advento, o fim da história. Ágata diz que, no mosteiro de São Jorge, os anciãos mantêm um quadro feito de ladrilhos, doze espaços de um lado, doze do outro, e cada vez que um imperador morre seu nome é gravado no local apropriado.

— Em todo o quadro, só resta um ladrilho vazio — conta ela, —, e, assim que o espaço do nosso imperador for preenchido, o quadro será completado e o círculo da história vai se fechar.

Pelo reflexo das chamas do fogareiro, Anna vê os vultos de soldados que passam correndo. Ela toca a caixa de rapé guardada sob o vestido e ajuda Maria a pôr a colher na cumbuca, mas Maria derrama o caldo antes de conseguir levá-lo à boca.

Na manhã seguinte, todas as vinte bordadeiras estão em seus bancos quando o servo de Mestre Kalaphates sobe a escada a galope — sem fôlego e afogueado devido à urgência —, corre até o armário das linhas e enfia os fios de ouro e prata, as pérolas e os carretéis de seda em um estojo de couro e sai desabalado escada abaixo sem dizer uma palavra.

A Viúva Teodora desce atrás dele. As bordadeiras vão à janela para assistir: embaixo, no pátio, o porteiro põe rolos de seda sobre o burro de Kalaphates, as botas escorregando na lama, enquanto a Viúva Teodora diz ao servo coisas que elas não conseguem ouvir. Por fim, ele vai embora com o burro e a Viúva Teodora sobe de volta as escadas com chuva no rosto e lama no vestido e diz para continuarem a costurar, e manda Anna catar os alfinetes que o servo deixou cair no chão, mas fica claro para todas elas que o mestre as está abandonado.

Ao meio-dia, mensageiros cavalgam pelas ruas declarando que os portões da cidade serão trancados ao anoitecer. A retranca, uma corrente grossa como a cintura de um homem com boias penduradas, cujo objetivo é evitar que barcos cruzem o Corno de Ouro e ataquem do norte, é esticada no porto e fixada aos muros de Gálata fechando a entrada do Bósforo. Anna imagina Kalaphates curvado no convés de um navio genovês,

Cidade nas nuvens

checando desesperado seus baús de viagem à medida que a cidade vai desaparecendo atrás dele. Ela imagina Himério em pé e descalço entre os pescadores, enquanto os almirantes da cidade os inspecionam. O corte dos cabelos, a faca com a empunhadura de couro na cintura — ele faz de tudo para criar uma ilusão de experiência e ousadia, mas, na verdade, não passa de um menino, alto e de olhos grandes, usando seu casaco remendado quando chove.

No meio da tarde, as bordadeiras que são casadas e têm filhos já deixaram suas mesas de trabalho. Da rua, chegam o estalo dos cascos, o chapinhar das rodas e os gritos dos carroceiros. Anna observa Maria forçando a vista sobre seu capuz de seda. E ouve a voz do escriba mais alto: *A arca bateu nas rochas, criança. E a maré está invadindo.*

Omeir

TODOS ESTUDAM O CÉU CONFUSO; TODOS ESTÃO IRREQUIETOS. Em voz alta, os homens dizem que o sultão é paciente e generoso, que ele sabe o que pediu a eles, que, em sua sabedoria, entende que o aparato chegará ao campo de batalha quando for mais necessário. Mas, depois de tanto esforço, Omeir sente que uma agitação tácita está atravessando os homens. O clima avança de uma tempestade para outra; chicotes estalam; brigas eclodem. Às vezes, ele sente os homens olhando com desconfiança para o seu rosto e se acostuma a se levantar da fogueira e ir para a sombra.

Um trecho da estrada em aclive pode demorar o dia inteiro, mas são as descidas que causam a maioria dos problemas. As rodas se recusam a frear, eixos se curvam, o gado chora de terror e tristeza; mais de uma vez, uma haste se parte e faz um boi se ajoelhar; e quase todo dia um novilho é abatido. Omeir diz a si mesmo que o trabalho que eles estão realizando — todo aquele esforço, todas aquelas vidas dedicadas ao deslocamento do canhão — é correto. Uma campanha necessária, a vontade de Deus. Mas, em momentos imprevisíveis, a saudade o soterra: um cheiro pungente, enfumaçado, o relincho do cavalo de alguém à noite, e lá

Cidade nas nuvens 285

vem ela novamente — o gotejamento das árvores, o borbulhar do riacho. Mãe derretendo cera de abelha no fogareiro. Nida cantando entre as samambaias. Vovô, artrítico e com oito dedos nos pés, mancando até o curral em seus sapatos de madeira.

— Mas como ele vai encontrar uma esposa? — perguntou Nida uma vez. — Com aquele rosto?

— Não vai ser o rosto que vai detê-las — respondeu Vovô —; será o cheiro dos pés deles. — E pegou um dos pés de Omeir, levou-o até o nariz, deu uma fungada profunda e todos riram, e Vovô puxou o menino para um grande abraço.

No décimo oitavo dia de viagem, muitas das tiras de ferro que prendem o canhão monstruoso à carruagem cedem e ele rola e cai. Todos resmungam. A arma de vinte toneladas brilha na argila como um instrumento descartado pelos deuses.

Como se fosse um roteiro, começa a chover. Durante a tarde inteira, eles trabalham para rebocar o canhão de volta para a carruagem e a carruagem de volta para a estrada, e naquela noite estudiosos sagrados circulam entre as fogueiras e tentam levantar o moral. As pessoas na cidade, dizem eles, nem sequer conseguem criar cavalos como se deve e precisam comprar os nossos. Ficam deitadas o dia inteiro em divãs luxuosos; treinam seus cães diminutos a correr e lamber a genitália uns dos outros. O cerco vai começar em breve, dizem os estudiosos, e a bombarda que eles estão puxando garantirá a vitória, alinhará as rodas da fortuna a favor deles. Por causa dos esforços deles, tomar a cidade será mais fácil do que descascar um ovo. Mais fácil do que remover um cabelo de um copo de leite.

Fumaça ergue-se rumo ao céu. Enquanto os homens se preparam para dormir, Omeir sente um pequeno desconforto.

286 Anthony Doerr

Ele encontra Enluarado à beira da luz da fogueira, arrastando a corda do seu cabresto.

— O que foi?

Enluarado o leva até onde o irmão, sozinho, embaixo de uma árvore, está poupando uma perna traseira.

Embora o sultão tenha decidido e Deus tenha ordenado, deslocar algo tão pesado para tão longe, no fim, está no limite do possível. Nos últimos quilômetros, a cada passo para a frente, a caravana de bois também parece dar um passo para baixo, rumo às profundezas da terra, como se percorressem não uma estrada para a Rainha das Cidades, mas uma ladeira para o mundo subterrâneo.

Apesar do cuidado de Omeir, no fim da jornada Arvoredo está demonstrando extrema relutância em pôr peso sobre a perna traseira e Enluarado mal consegue erguer a cabeça, os gêmeos continuam puxando, ao que parece, somente para satisfazer Omeir, como se a única coisa que ainda importasse para eles fosse atender àquela demanda, por mais incompreensível que seja, pois é a vontade do menino.

Ele caminha ao lado deles com lágrimas nos olhos.

Eles chegam aos campos na parte externa das muralhas terrestres de Constantinopla durante a segunda semana de abril. Trombetas soam, comemorações são feitas e os homens correm para dar uma olhada no grande canhão. Em suas divagações, Omeir imaginou inúmeras iterações diferentes da cidade: monstros com pés de argila andando sobre torres, cães do inferno arrastando correntes embaixo, mas, quando eles fazem a última curva e ele a vê pela primeira vez, fica sem fôlego. Em frente há um grande terreno repleto de tendas, equipamentos, animais,

Cidade nas nuvens 287

fogueiras e soldados amontoados à beira de um fosso largo como um rio. Do outro lado do fosso, depois de uma escarpa baixa, as muralhas correm pela paisagem por quilômetros em ambas as direções, como uma série de colinas silenciosas e insuperáveis.

Na luz estranha, enfumaçada, sob um céu baixo e acinzentado, as muralhas parecem infinitas e pálidas, como se salvaguardassem uma cidade feita de ossos. Mesmo com o canhão, como eles poderiam algum dia penetrar tal barreira? Eles serão pulgas pulando no olho de um elefante. Formigas no sopé de uma montanha.

Anna

ELA ESTÁ ALISTADA COM VÁRIAS CENTENAS DE OUTRAS CRIANÇAS para ajudar a escorar partes deterioradas da muralha. Elas carregam pedras de calçamento e de pavimentação, até mesmo lápides, e as entregam a pedreiros que as cimentam no lugar. Como se toda a cidade estivesse sendo desmontada e reconstruída como uma muralha infinita.

Durante o dia inteiro, ela levanta pedras, carrega baldes; entre os pedreiros trabalhando em andaimes acima dela, estão um padeiro e dois pescadores que ela reconhece. Ninguém diz o nome do sultão em voz alta, como se pronunciar seu nome pudesse fazer seu exército se materializar dentro da cidade. Com o passar do dia, um vento frio surge, o sol se perde atrás de redemoinhos de nuvens e a tarde de primavera parece uma noite de inverno. Ao longo das muralhas, muito acima deles, monges descalços, atrás de alguém que carrega uma cruz, transportam um relicário entoando uma canção grave e sombria. O que, ela pergunta a si mesma, será mais eficaz para manter os invasores do lado de fora: cimento ou Deus?

Naquela noite, 2 de abril, à medida que as crianças voltam lentamente para suas casas, com frio e famintas, Anna envereda

Cidade nas nuvens 289

pelos pomares perto do Quinto Portão Militar rumo à antiga torre do arqueiro.

O postigo ainda está lá, cheio de escombros. Seis voltas até o topo. Ela arranca algumas heras invasoras; o afresco da cidade de ouro e prata ainda flutua entre as nuvens, descamando-se aos poucos. Na ponta dos pés, Anna se estica para tocar no burro, eternamente preso do lado errado do mar, depois sai se esgueirando pela seteira virada para oeste.

O que ela vê, para além da muralha externa, para além do fosso, corta sua respiração. Arvoredos e pomares, como os que ela e Maria atravessaram um mês antes a caminho de Santa Maria da Primavera, foram abatidos e, em seu lugar, estende-se uma terra devastada cercada de estacas de madeira, afiladas nas pontas e cravadas na terra como os dentes de pentes enormes. Atrás das muralhas e paliçadas, que se estendem até onde sua vista alcança em ambas as direções, está uma segunda cidade em torno da primeira.

Milhares de tendas sarracenas se agitam ao vento. Fogueiras, camelos, cavalos, carroças, um grande vulto embaçado de homens e poeira a distância, tudo em quantidades tão grandes que ela desconhece os algarismos para contá-los. Como foi que o velho Licínio descreveu os exércitos dos gregos que se reuniam fora das muralhas de Troia?

Nunca vi um exército como este, nem tão numeroso. Pois é como as folhas ou como os grãos de areia que eles avançam [...]

O vento sopra e inflama mil fogueiras, mil bandeirolas se agitam em mil estandartes, e a boca de Anna fica seca. Mesmo que uma pessoa conseguisse sair de fininho por um portão e tentasse fugir, como poderia abrir caminho por tudo aquilo?

De uma gaveta em sua memória, vem algo que a Viúva Teodora disse uma vez: *Nós provocamos o Senhor, criança, e agora Ele vai abrir o chão sob nós*. Ela murmura uma prece a santa Corália para que se houver alguma esperança, que ela lhe mande um sinal, e observa e espera, o vento sopra, nenhuma estrela aparece e nenhum sinal se manifesta.

O mestre fugiu e o vigia se foi. A porta para a cela da Viúva Teodora está trancada. Anna pega uma vela do armário da copa — a quem elas pertencem agora? —, acende-a no fogareiro e entra na cela onde a irmã está deitada encostada na parede, magra como uma agulha. Durante toda a vida disseram-lhe para acreditar, e ela tentou acreditar, quis acreditar, que se uma pessoa sofrer tempo suficiente, trabalhar com afinco suficiente, alcançará um lugar melhor — como Ulisses indo parar no litoral do reino do valente Alcínoo. Que, através do sofrimento, nos redimimos. Que, morrendo, vivemos novamente. E talvez, no final, essa seja a coisa mais fácil. Mas Anna está cansada de sofrer. E não está pronta para morrer.

A pequena santa Corália de madeira observa do seu nicho, dois dedos erguidos. À luz faiscante da vela, enrolada em seu lenço, Anna estica a mão embaixo do catre, pega a sacola que encheu com Himério dias antes e retira os vários rolos de papel úmido. Registros de colheitas, registros de impostos. Por fim, o pequeno códice manchado encadernado em pele de cabra.

Marcas de água mancham o couro; os cantos dos fólios estão salpicados de preto. Mas seu coração salta quando ela vê a caligrafia nas folhas: bonita, inclinada para a esquerda, como se estivesse curvada em direção a um vento. Algo sobre uma sobrinha doente e homens caminhando pela Terra como animais.

Cidade nas nuvens

Na folha seguinte:

[...] um palácio com torres douradas dispostas sobre nuvens, cercadas de falcões, maçaricos-de-perna-vermelha, codornas, frangos-d'água e cucos, onde rios de caldo jorravam das torneiras, e [...]

Ela pula para uma folha mais à frente:

[...] esses pelos grossos crescendo no meu corpo... — ora, não são penas! Minha boca, — isto não parece um bico! E isto não são asas, — são cascos!

Uma dúzia de páginas adiante:

[...] cruzei montanhas, contornei florestas carregadas de âmbar, tropecei sobre montanhas cobertas por teias de gelo até os confins congelados do mundo, onde, no solstício, as pessoas perdiam o sol por quarenta dias e choravam até que os mensageiros nos cumes das montanhas avistassem a volta da luz [...]

Maria geme no sono. Anna treme, um choque de reconhecimento a atravessa. Uma cidade nas nuvens. Um burro à beira do mar. Um relato que contém o mundo inteiro. E as maravilhas para além dele.

Nove

Nos confins congelados do mundo

Cuconuvolândia, *de Antônio Diógenes, Fólio I*

Por causa da perda de diversos fólios, não fica claro como Éton escapa do seu posto na roda do moleiro. Em outras versões do relato do asno, o burro é vendido a um grupo de sacerdotes itinerantes. Tradução de Zeno Ninis.

[...] cada vez mais para norte, os brutos me levaram, até que a terra se tornou toda branca. Todas as casas eram construídas das mandíbulas e costelas de criaturas enormes, e era tão frio que quando os homens selvagens e peludos que viviam lá falavam, as palavras congelavam, e seus companheiros tinham de esperar a primavera para ouvir o que havia sido dito.

Meus cascos, minha cabeça, até minha medula doíam de frio, e eu, com frequência, pensava na terra natal, que, nas minhas lembranças, não parecia mais um cafundó lamacento, mas um paraíso, onde abelhas zumbiam e o gado trotava feliz nos campos e meus amigos pastores e eu bebíamos vinho ao pôr do sol sob o olhar da estrela do anoitecer.

Uma noite — naquele lugar as noites duravam quarenta dias —, os homens construíram uma grande fogueiras, e dançaram, induzindo em si mesmos um transe, e eu mastiguei minha corda até me libertar. Perambulei pela escuridão estrelada durante semanas até finalmente alcançar o lugar onde a natureza chegava ao fim.

O céu estava negro como a cripta do Estiges, e grandes embarcações azuis de gelo velejavam de um lado para outro, e eu achei que estivesse enxergando criaturas viscosas com enormes olhos nadando para a frente e para trás na água morosa. Eu rezei para ser transformado em uma ave, uma águia valente ou uma coruja inteligente e forte, mas os deuses permaneceram em silêncio. Casco ante casco, percorri a costa congelada, o luar frio no meu dorso, e ainda assim eu tinha esperança [...]

Coreia

1952-1953

Zeno

No inverno, estalagmites de urina se formam até o lado de fora das latrinas. O rio congela, os chineses aquecem um número menor de alojamentos e os americanos e britânicos são reunidos. Blewitt resmunga que estão mais apertados do que sardinhas em lata, mas Zeno fica empolgado à medida que os prisioneiros britânicos entram se arrastando. Ele e Rex se entreolham, e logo suas esteiras de palha estão uma ao lado da outra, encostadas na parede, e toda manhã ele acorda com a promessa de encontrar Rex no chão ao alcance da sua mão, a consciência de que não há outro lugar para onde eles possam ir.

Todo dia, enquanto eles sobem as colinas congeladas, cortando, colhendo e carregando galhos para as fogueiras, Rex dá uma nova aula, como um presente.

Γράφω, *gráphō*, arranhar, desenhar, raspar ou escrever: o radical de caligrafia, geografia, fotografia.

Φωνή, *phōnḗ*, som, voz, linguagem: o radical de sinfonia, saxofone, microfone, megafone, telefone.

Θεός, *theós*: um deus.

— Reduza as palavras que você já conhece até o osso — diz Rex — e geralmente você vai encontrar os antigos sentados lá no fundo da panela, olhando para cima.

Quem diz coisas como aquelas? E mesmo assim Zeno o olha de soslaio: sua boca, seu cabelo, suas mãos; o prazer de ficar olhando para aquele homem é o mesmo de ficar olhando para o fogo.

A disenteria chega para ele como para todos os outros. No minuto em que retorna da latrina, ele tem de pedir permissão para voltar até lá. Blewitt diz que carregaria Zeno para o hospital do acampamento, mas o hospital do acampamento não passa de um barraco em que supostos médicos abrem os corpos dos prisioneiros e põem fígados de galinha dentro das costelas para "curá-los", e é melhor para ele morrer ali mesmo, assim Blewitt pode ficar com suas meias.

Logo Zeno está fraco demais até para ir às latrinas. No pior momento, encolhe-se sobre a esteira, paralisado por deficiência de tiamina, e acredita ter oito anos novamente, em casa, tremendo em cima de um lago congelado com seus sapatos de enterro, avançando lentamente em uma espiral branca. Logo à frente, avista uma cidade com uma cúpula, cravejada de torres: a cidade cintila e faísca. Basta ele dar um passo à frente e chegará aos seus portões. Mas, cada vez que tenta, Atena o puxa para trás.

Ele recobra a consciência por tempo suficiente para encontrar Blewitt a seu lado, alimentando-o à força com mingau e dizendo coisas como:

— Não, de jeito nenhum, garoto, você não pode morrer, não sem mim.

Cidade nas nuvens 301

Em outros momentos, é Rex que está sentado ao lado de Zeno, secando sua testa, a armação dos óculos amarrada com arame enferrujado. Com uma unha, na camada de gelo sobre a parede, ele escava um verso em grego, como se estivesse desenhando glifos misteriosos para afugentar ladrões.

Assim que consegue andar, Zeno é forçado a voltar ao seu trabalho de foguista. Em alguns dias, ele está fraco demais para carregar seu mísero fardo por mais do que alguns passos antes de apoiá-lo novamente no chão. Rex agacha-se ao lado dele e, com um pedaço de carvão, escreve Αλφάβητος no tronco da deusa árvore.

A é ἄλφα, alfa: a cabeça invertida de um boi. B é βῆτα, beta: baseada na planta de uma casa. Ω é ὦ μέγα, ômega, o mega O: a grande boca de uma baleia abrindo-se para engolir todas as letras anteriores. Zeno diz:

— Alfabeto.

— Muito bem. E isto?

Ele escreve νόστος.

Zeno vasculha os compartimentos da sua mente.

— *Nostos*.

— *Nostos*, isso. O ato de voltar para casa, uma chegada segura. Mas atribuir uma única palavra moderna a um vocábulo grego é quase sempre perigoso. Essa palavra, por exemplo, também sugere uma canção sobre a volta para casa.

Zeno se ergue, tonto, e levanta seu fardo.

Rex guarda seu pedaço de carvão no bolso.

— Em um tempo em que doença, guerra e fome eram um tormento constante, em que muitos morriam antes da hora, seus corpos engolidos pelo mar ou pela terra, ou simplesmente perdidos no horizonte, para nunca retornarem, seus destinos desconhecidos... — Ele olha para baixo, os campos congelados e os edifícios baixos e escuros do Acampamento Cinco. — Imagine como era ouvir as velhas canções sobre heróis voltando para casa. Acreditar que era possível.

Do gelo do Yalu, que corre abaixo, o vento carrega a neve em longos e vorticosos redemoinhos. Rex afunda mais dentro do colarinho.

— O que mais importava não era o conteúdo da canção. Mas que a canção ainda continuava a ser cantada.

Singular e plural, radicais e conjugações verbais: o entusiasmo de Rex pelo grego clássico os ajuda a superar os piores momentos. Em uma noite em fevereiro, após escurecer, encolhidos em volta da fogueira no barracão da cozinha, Rex usa seu pedaço de carvão para desenhar duas linhas de Homero em uma tábua e a entrega a Zeno:

τὸν δὲ θεοὶ μὲν τεῦξαν, ἐπεκλώσαντο δ᾽ ὄλεθρον
νθρώποις, ἵνα ᾖσι καὶ ἐσσομένοισιν ἀοιδή

Através das fissuras nas paredes do barracão, estrelas pendem atrás das montanhas. Zeno sente o frio nas costas, a leve pressão do ombro de Rex contra o seu: eles são pouco mais do que esqueletos.

θεοὶ quer dizer deuses, nominativo plural.

ἐπεκλώσαντο significa que eles entrelaçaram, aoristo indicativo.

νθρώποις é usado para homens, dativo plural

Zeno respira, o fogo faísca, as paredes do barracão desaparecem, e, em um lugar dentro da sua cabeça que não pode ser al-

Cidade nas nuvens 303

cançado por guardas, fome ou dor, o significado do verso surge através dos séculos.

— É isso que fazem os deuses — diz ele —, *entrelaçam fios de ruína pelo tecido da nossa vida, tudo isso para criar uma canção para as gerações que estão por vir.*

Rex olha para o grego na tábua, olha de volta para Zeno, depois novamente para a tábua. Ele sacode a cabeça.

— Bem, isso foi brilhante. Absolutamente brilhante.

Lakeport, Idaho

2014

Seymour

AOS ONZE ANOS, SEYMOUR ESTÁ VOLTANDO A PÉ DA BIBLIOTECA para casa na última segunda-feira de agosto quando enxerga alguma coisa marrom no acostamento da Cross Road pouco antes da curva para a Arcady Lane. Ele já encontrou duas vezes guaxinins que morreram atropelados ali. Uma vez, um coiote esmagado.

É uma asa. A enorme asa articulada decepada de uma grande coruja-cinzenta, com coberteiras felpudas e rêmiges marrons e brancas. Um pedaço de clavícula ainda está preso à articulação, uns poucos tendões despontando.

Um Honda passa fazendo um estrondo. Ele esquadrinha a rua, vasculha o mato ao longo do acostamento em busca do resto do pássaro. Na vala, encontra uma lata vazia que diz Übermonster Energy Brew. Nada mais.

Ele percorre o resto do caminho até chegar em casa e fica em pé na entrada com a mochila nas costas e a asa apertada contra o peito. Nos lotes da Eden's Gate, um sobrado-modelo está quase completo e outros quatro estão subindo. Uma estrutura suspensa por um guindaste balança e, embaixo, dois carpinteiros andam para a frente e para trás. Nuvens surgem, raios riscam o céu é, por um instante, ele vê a Terra de quinze milhões de quilômetros de distância, um cisco evanescente atravessando em disparada um vazio frígido e estéril, depois, ele está na entrada de casa novamente e não há nuvens nem raios: é um dia claro e azul, os carpinteiros estão fixando a estrutura no lugar, suas pistolas de pregos fazem pop-pop-pop.

Bunny está no trabalho, mas deixou o televisor ligado. Na tela, um casal idoso puxa malas de rodinhas para embarcar em um navio de cruzeiro. Eles brindam com taças de champanhe, apostam em um caça-níqueis. Há-há-há, dizem eles. Há-há-há--há-há-há. Seus sorrisos são excessivamente brancos.

A asa tem o cheiro de um travesseiro velho. A complexidade das listras marrons, caramelo e creme nas rêmiges é ultrajante. Para cada 27.027 americanos, uma coruja-cinzenta. Para cada 27.027 Seymours, uma Amigafiel.

Ela devia estar caçando a partir de um dos abetos no acostamento da Cross Road. Alguma presa, provavelmente um rato, apareceu na beirada da pista lá embaixo, farejando, se contorcendo, seus batimentos cardíacos piscando nos ouvidos sobre--humanos de Amigafiel como a luz de uma boia no escuro.

O rato saiu correndo pelo rio de asfalto; a coruja abriu as asas e pulou. Enquanto isso, um carro vinha a toda pela rua na direção oeste, faróis rasgando a noite, deslocando-se mais rápido do que qualquer coisa natural deveria se deslocar.

Amigafiel: a que entendia. A que tinha uma voz pura e bonita. A que sempre voltava.

No Magnavox, o navio de cruzeiro explode.

Muito depois do anoitecer, Seymour ouve o Grand-Am, ouve as chaves de Bunny na porta. Ela entra no quarto dele cheirando

Cidade nas nuvens 309

em igual medida a água sanitária e xarope de bordo. Ele a ouve pegar a asa.

— Ah, Gambazinho, eu sinto muito.

Ele diz:

— Alguém precisa pagar.

Ela estica a mão para tocar em sua cabeça, mas ele rola para a parede.

— Alguém precisa ir para a cadeia.

Ela põe uma das mãos em suas costas e todo o seu corpo se enrijece. Através das janelas fechadas, através das paredes, ele ouve carros passando pela Cross Road, todo o estrondo da terrível e incessante máquina humana.

— Você quer que eu fique em casa amanhã? Posso dizer que estou doente. Podemos fazer waffles.

Ele esconde o rosto no travesseiro. Cinco meses antes, a colina depois do arame abrigava esquilos-vermelhos tentilhões-negros musaranhos-pigmeus serpentes pica-paus borboletas-cauda-de-andorinha liquens flores dez mil ratos-do-mato cinco milhões de formigas. Agora o que é?

— Seymour?

Ela disse que havia vinte lugares ao norte para os quais Amigafiel podia voar. Florestas maiores. Florestas melhores. Mais ratos-do-mato do que cabelos na cabeça de Seymour. Mas era tudo conversa fiada. Sem levantar o rosto do travesseiro, ele pega os abafadores de ruídos e os põe sobre os ouvidos.

De manhã, Bunny vai trabalhar. Seymour enterra a asa ao lado da rocha oval no quintal e decora o túmulo com seixos.

Embaixo da bancada no depósito de ferramentas de Pawpaw, embaixo de três caixotes de óleo para motor e um pedaço de compensado, há um esconderijo forrado de lona que Seymour descobriu anos antes. Dentro dele estão trinta folhetos que dizem MILÍCIA DE LIBERTAÇÃO DE IDAHO, duas caixas de munição, uma pistola Beretta preta e um caixote com alças de corda com 25 GRANADAS DE MÃO DE FRAGMENTAÇÃO COM TEMPORIZADOR gravado na tampa.

Com um pé apoiado em cada lado do buraco, braços esticados entre as pernas, Seymour segura uma das alças e puxa o caixote para cima e para fora. Abre o ferrolho com a lâmina de uma chave de fenda. Dentro, abrigadas em uma caixa com cinco linhas e cinco colunas, cada uma com cubículo próprio, estão vinte e cinco granadas de mão verde-oliva com as alavancas baixadas e os pinos inseridos.

No computador de uma biblioteca, um sociopata grisalho com um nariz assustadoramente inflamado explica as informações básicas da M67. Cento e oitenta e cinco gramas de explosivo. Um fusível de quatro a cinco segundos. Raio letal de cinco metros.

— Uma vez lançada — diz o homem —, a mola interna empurra o percussor que bate na espoleta. A espoleta vai então iniciar a detonação...

Marian passa e sorri; Seymour esconde o vídeo até ela sair de vista.

O homem está atrás de uma barricada, aperta a alavanca, retira o pino, lança. Do outro lado da barricada, terra é jogada para o céu.

Ele aperta replay. Assiste novamente.

Às quartas-feiras, Bunny faz turno duplo no Pig 'N Pancake e só chega em casa depois das onze. Ela deixa macarrão na geladeira.

O bilhete em cima diz: *Vai ficar tudo bem*. O dia inteiro, Seymour fica sentado atrás da mesa da cozinha com uma granada de fragmentação de quarenta anos no colo. ·

O último caminhão sai do terreno da Eden's Gate por volta das sete. Seymour põe o abafador de ruídos, atravessa o quintal, sobe na grade de madeira recém-instalada e caminha pelos lotes vazios com a granada no bolso. O gramado, recém-instalado no quintal de um dos sobrados-modelo, tem um brilho verde profundo, maligno. Em cada um dos lados, nas duas unidades montadas, a porta de entrada foi instalada, mas, no lugar das fechaduras e maçanetas, só existem buracos.

Na frente de cada casa há uma placa imobiliária com sua caixa translúcida de panfletos. *Viva o estilo de vida de Lakeport que você sempre quis*. Seymour escolhe a casa da esquerda.

No lugar onde ficará a cozinha, as molduras dos armários permanecem vazias. De uma janela no andar de cima, ainda coberta com adesivos e filme plástico, ele consegue enxergar, através dos galhos de um dos poucos abetos restantes, a clareira onde a árvore de Amigafiel ficava.

Nenhum caminhão em lugar algum. Nenhuma voz, nenhuma música. No céu escurecendo, um único rastro de fumaça de avião corta a lua crescente.

Ele volta para baixo e abre a porta da frente com a ponta de um sarrafo e fica em pé na calçada recém-instalada, de short e camiseta, com o abafador de ruídos em volta do pescoço e a granada na mão.

A propriedade não é nossa. Eles podem fazer o que quiserem com ela.

Florestas maiores, florestas melhores. Ela pode escolher.

Ele mantém a alavanca pressionada como o homem no vídeo fazia, prende a respiração e põe o indicador no anel de segurança. Tudo o que ele tem de fazer é puxar. Ele se vê jogando a bomba às escondidas no sobrado: a frente da estrutura se espatifa, a porta é arrancada das dobradiças, janelas se estilhaçam, a explosão atravessa Lakeport, sobrevoa as montanhas, até chegar aos ouvidos de Amigafiel seja lá em qual galho místico os fantasmas de corujas-cinzentas de uma asa só fiquem, piscando para a eternidade.

Puxe o pino.

Os joelhos dele tremem, o coração bate alto, mas o dedo não se mexe. Ele se lembra do vídeo: o estouro, a terra jorrando no ar. Cinco seis sete oito. Puxe o pino.

Ele não consegue. Mal consegue se manter em pé. O dedo desliza para fora do anel de segurança. A lua ainda está lá no céu, mas pode cair a qualquer momento.

A Argos

Missão ano 64

Konstance

Os jovens de doze e treze anos estão fazendo apresentações. Ramón descreve quais gases de bioassinatura foram identificados na atmosfera de Beta Oph2, e Jessi Ko especula sobre microclimas em pradarias amenas em Beta Oph2, e Konstance é a última. Um grande livro voa na sua direção da segunda fileira da Biblioteca e se abre sobre o chão e, das suas páginas, cresce um caule verde de um metro e oitenta com uma flor virada para baixo.

As outras crianças suspiram.

— Esta — explica ela — é uma fura-neve. As pequenas fura-neves florescem na Terra em climas frios. No Atlas, encontrei dois lugares onde é possível ver uma quantidade tão grande delas que o campo inteiro se torna branco. — Ela agita os braços como se estivesse chamando tapetes de fura-neves dos cantos da Biblioteca. — Na Terra, cada fura-neve produzia centenas de pequenas sementes, e cada semente estava presa a uma pequena estrutura gordurosa em forma de gota chamada elaiossomo, que as formigas adoravam...

— Konstance — interrompe a sra. Chen —, a sua apresentação deveria ser sobre indicadores geográficos de Beta Oph2.

— Não sobre flores mortas a dez zilhões de quilômetros de distância — acrescenta Ramón, e todos riem.

— As formigas — continua Konstance — carregavam as sementes para os formigueiros e as lambiam até extrair os elaiossomos, deixando a semente limpa. Portanto, as fura-neves davam às formigas um banquete em uma época do ano em que era difícil encontrar alimento, e as formigas plantaram mais fura-neves, e isso se chamava *mutualidade*, um ciclo que...

A sra. Chen dá um passo à frente, bate palmas, a flor desaparece e o livro sai voando.

— Chega, Konstance, obrigada.

A Segunda Refeição é filé impresso com cebolinha da Fazenda Dois. O rosto de Mãe está distorcido de preocupação.

— Primeiro você está entrando no Atlas empoeirado o tempo todo, e agora formigas novamente? Não gosto disso, Konstance, nosso mandato é olharmos para a frente, você quer terminar como...

Konstance suspira, preparando-se para o sermão, a história admonitória do Louco Elliot Fischenbacher, que, depois do Dia da Biblioteca, não saía do seu Perambulador, noite e dia, ignorando os estudos e violando todos os protocolos para caminhar sozinho no Atlas até as solas dos seus pés racharem, e depois, de acordo com Mãe, sua sanidade também se foi. Sybil restringiu seu acesso à Biblioteca e os adultos retiraram seu Videor, mas Elliot Fischenbacher arrancou o suporte de uma prateleira na cozinha e, durante várias noites, tentou romper uma parede externa, rasgar a pele da *Argos*, pondo em perigo tudo e todos. Ainda bem, Mãe sempre diz, antes que pudesse chegar à camada externa, ele foi controlado e confinado no compartimento da

Cidade nas nuvens 317

sua família, mas, em seu confinamento, ele foi juntando Sono-Gotas até ter o suficiente para uma dose letal, e, quando morreu, seu corpo foi lançado pela eclusa de ar sem nem sequer uma canção. Mais de uma vez Mãe tinha apontado para o remendo em titânio no corredor entre os Lavatórios Dois e Três, onde o Louco Elliot Fischenbacher tentou abrir uma saída à força e matar todos a bordo.

Mas Konstance parou de ouvir. Do outro lado da mesa, Ezekiel Lee, um adolescente gentil pouco mais velho que ela, está resmungando e enfiando os nós dos dedos nos olhos. Sua refeição está intacta. Sua palidez é doentiamente branca.

O dr. Pori, o professor de matemática, sentado à esquerda de Ezekiel, encosta em seu ombro.

— Zeke?

— Ele só está cansado de estudar — diz a mãe de Ezekiel, mas, para Konstance, Ezekiel parece estar sentindo algo pior do que cansaço.

Pai entra na Comissaria com pedaços de adubo presos na sobrancelha.

— Você perdeu a conferência com a sra. Chen — diz Mãe —, e tem sujeira no seu rosto.

— Perdão — diz Pai. Ele tira uma folha da barba, coloca na boca e pisca para Konstance.

— Como vai nosso pequeno pinheiro hoje, Pai? — pergunta Konstance.

— Se mantiver o ritmo de crescimento, vai perfurar o teto antes de você completar vinte anos.

Eles mastigam os filés e Mãe envereda por uma conversa mais inspiradora, como Konstance deve se sentir orgulhosa de fazer parte daquela empreitada, que a tripulação da *Argos* representa o futuro da espécie, eles são um exemplo de esperança e descoberta, coragem e resistência, estão ampliando a janela de possibilidades, conduzindo a sabedoria acumulada da humanidade para um novo recomeço, e, enquanto isso, por que não passar mais tempo com ela na seção de Jogos? Que tal a Corrida pela Floresta Úmida, onde você pega moedas flutuantes com uma vara de condão brilhante, ou o Paradoxo de Corvi, excelente para os reflexos — mas agora Ezekiel Lee está esfregando a testa na mesa.

— Sybil — pergunta a sra. Lee, levantando-se —, o que há de errado com Ezekiel? — E o garoto se afasta para trás, geme e cai do banco.

Suspiros. Alguém diz:

— O que está acontecendo?

Mãe chama Sybil novamente enquanto a sra. Lee levanta a cabeça de Ezekiel, a põe no colo e Pai grita chamando o dr. Cha, e é nesse momento que Ezekiel jorra vômito negro sobre a mãe.

Mãe grita. Pai arrasta Konstance para longe da mesa. O vômito está na garganta e nos cabelos da sra. Lee, nas pernas da calça de trabalho do dr. Pori, e todos na Comissaria estão se afastando das suas refeições, estupefatos, e Pai está levando Konstance às pressas para o corredor enquanto Sybil diz, *Iniciando Quarentena Nível Um, todo o pessoal não essencial em seus compartimentos imediatamente.*

Dentro do Compartimento 17, Mãe faz Konstance higienizar os braços e as axilas. Pede quatro vezes para Sybil verificar seus sinais vitais.

Pulsação e respiração normais, diz Sybil. *Pressão arterial normal.*

Cidade nas nuvens 319

Mãe sobe no Perambulador, toca em seu Videor e, em sergundos, está sussurrando para pessoas na Biblioteca:

— ... como podemos saber que não é contagioso... Tomara que Sara Jane tenha esterilizado tudo... Além de nascimentos, o que o dr. Cha viu, na verdade? Algumas queimaduras, um braço quebrado, algumas mortes por velhice?

Pai aperta o ombro de Konstance.

— Vai ficar tudo bem. Vá para a Biblioteca e termine seu dia de aula.

Ele sai do Compartimento e Konstance fica sentada recosrtada na parede enquanto Mãe caminha, queixo empinado, testa franzida, Konstance levanta-se, vai até a porta e a pressiona.

— Sybil, por que a porta não se abre?

Só o pessoal essencial pode circular agora, srta. Konstance.

Ela vê Ezekiel apertando os olhos por causa da luz, caindo do banco. É seguro para Pai ficar lá fora? É seguro aqui dentro?

Ela sobe no seu Perambulador, vizinho ao da mãe, e toca em seu Videor.

Na Biblioteca, adultos gesticulam em volta de mesas enrquanto ciclones de documentos rodopiam em volta deles. A sra. Chen conduz os jovens por uma escada até uma mesa na sergunda fileira de estantes e põe um volume laranja no centro. Ramón, Jessi Ko, Omicron Philips e Tayvon, irmão menor de Ezekiel, observam uma mulher de trinta centímetros em uma roupa de trabalho azul-clara com a palavra ILIUM costurada na altura do peito surgir do livro. *Se, em algum momento durante sua longa viagem,* diz ela, *for necessário fazer quarentena em seus compartimentos, mantenha a sua rotina. Exercite-se diariamente, procure outros tripulantes na Biblioteca e...*

Omicron comenta:

— Você ouve falar de gente vomitando, mas *ver* aquilo?

E Jessi Ko diz:

— Ouvi dizer que a Quarentena Um dura necessariamente sete dias.

E Omicron fala:

— Ouvi dizer que a Quarentena Dois dura dois meses.

E Konstance completa:

— Espero que seu irmão melhore logo, Tayvon. — E Tayvon franze as sobrancelhas, como costuma fazer quando está se concentrando em um problema de matemática.

Lá embaixo, a sra. Chen cruza o átrio e se junta a outros adultos em volta de uma mesa, imagens de células e bactérias e vírus rodopiando no espaço entre eles. Ramón sugere:

— Vamos brincar de Escuridão Nônupla.

Os quatro sobem correndo uma escada em direção à seção de Jogos, e Konstance observa por mais um instante os livros que voam, depois pega um pedaço de papel na caixa no centro da mesa, escreve *Atlas* e o joga na fenda.

— Tessália — diz ela, e vai caindo pela atmosfera da Terra e flutua sobre a paisagem montanhosa cor de azeitona e ferrugem da Grécia central. Estradas surgem embaixo, a paisagem cortada em polígonos por grades, sebes e muros, um vilarejo familiar entrando no campo de visão agora — divisórias de blocos de concreto para privacidade, tetos de ardósia sob frentes de rochedos —, e ela está caminhando no pavimento rachado de uma estrada rural nos montes Pindo.

Ruas laterais ramificando-se à direita e à esquerda, desembocando em pequenos logradouros de terra, desenhando um traçado elaborado no sopé das montanhas. Ela passa por uma fileira de casas construídas rentes à estrada, um carro sem pneus

Cidade nas nuvens 321

em frente a uma, um homem de rosto borrado em uma cadeira de plástico em frente a outra. Uma planta morta em uma janela; uma placa em um poste com o desenho de uma caveira.

Konstance vira à direita, seguindo um caminho que ela conhece bem. A sra. Flowers tinha razão: as outras crianças acham o Atlas hilariantemente obsoleto. Não há saltos nem túneis como nos itens mais sofisticados da seção de Jogos: você só caminha. Não pode voar nem construir nem lutar nem colaborar; não sente lama prender suas botas nem gotas de chuva bater no seu rosto; não ouve explosões nem cachoeiras; você não pode nem sequer sair das estradas. E, dentro do Atlas, tudo, exceto as estradas, é tão imaterial quanto o ar: muros, árvores, pessoas. A única coisa sólida é o chão.

Mas, ainda assim, ele fascina Konstance; ela nunca se cansa. Cair de pé em Taipé ou nas ruínas de Bangladesh, ou em uma estrada de areia em uma ilhota ao largo de Cuba, ver imagens de pessoas com o rosto borrado congeladas aqui e ali com suas roupas antiquadas, os espetáculos de rotundas e praças e cidades de tendas, pombos e gotas de chuva e ônibus e soldados com capacetes congelados no meio de um gesto; as pinturas nos muros, as estruturas das centrais de captura de carbono, os tanques militares enferrujados, os caminhões-pipa — está tudo lá, um planeta inteiro em um servidor. Os jardins são seus favoritos: mangueiras em um canteiro central contorcendo-se em direção à luz em Colúmbia; glicínias amontoadas sobre a pérgula de um café na Sérvia; hera subindo pela lateral de uma ruína em Siracusa.

Logo à frente, uma velha de meias pretas e vestido cinza foi capturada pelas câmeras no meio do caminho ao subir de uma colina, as costas encurvadas no calor, usando uma máscara respiratória branca e empurrando um carrinho de bebê cheio do que parecem ser garrafas de vidro. Konstance fecha os olhos ao passar por ela.

Uma cerca alta, um muro baixo, e a estrada se afunila transformando-se em uma trilha que atravessa um matagal de vegetação mista. Um céu prateado move-se acima. Estranhas saliências e sombras espreitam atrás das árvores onde o software se torna pixelado e, à medida que sobe, a trilha vai se estreitando, a paisagem vai ficando mais deserta e árida, até ela chegar a um lugar para além do qual as câmeras do Atlas não foram, e a trilha vai sumindo até um pinheiro-da-bósnia enorme, provavelmente vinte e cinco metros de altura, despontando rumo ao céu, como o tataravô das suas mudas na Fazenda Quatro.

Ela para, respira: já visitou aquela árvore uma dúzia de vezes, à procura de algo. Em meio aos velhos galhos retorcidos, as câmeras capturaram uma grande cavalgada de nuvens e as árvores presas à montanha, como se lá tivessem crescido desde o início dos tempos.

Ela arqueja, suando em seu Perambulador dentro do Compartimento 17, e se debruça o máximo que consegue para encostar no tronco , as pontas dos dedos atravessando-o, a interface se partindo em um borrão pixelado, uma garota sozinha com um pinheiro centenário nas colinas queimadas de sol da Tessália, Terra da Magia.

Pouco antes do ZeroLuz, Pai entra no Compartimento 17 usando um capuz de oxigênio com um visor transparente e uma lanterna frontal ciclópica incorporada.

— Só uma precaução — diz ele, a voz abafada. Põe três bandejas cobertas na mesa de costura de Mãe enquanto a porta

Cidade nas nuvens 323

se fecha hermeticamente atrás dele, higieniza as mãos e remove o capuz.

— Brócolis à Caçadora. Sybil diz que vamos passar para impressoras em cada compartimento para descentralizar as refeições, portanto, este talvez seja nosso último alimento fresco por um tempo.

Mãe mordisca o lábio. Seu rosto está tão branco quanto as paredes.

— Como está Ezekiel?

Pai balança a cabeça.

— É contagioso?

— Ninguém sabe ainda. O dr. Cha está com ele

— Por que Sybil ainda não resolveu?

Estou trabalhando nisso, diz Sybil.

— Trabalhe mais depressa — pede Mãe.

Konstance e Pai comem. Mãe fica sentada na cama, sua comida intacta. Mais uma vez, ela pede que Sybil verifique os sinais vitais deles. *Pulsação e respiração normais. Pressão arterial em perfeita ordem.*

Konstance sobe em sua cama e Pai empilha as bandejas ao lado da porta, depois apoia o queixo no colchão dela e tira os cachinhos de Konstance dos olhos.

— Na Terra — diz ele —, quando eu era criança, a maioria das pessoas adoecia. Erupções, febrezinhas estranhas. Todas as pessoas não modificadas adoeciam de vez em quando. Faz parte da existência humana. Pensamos nos vírus como algo ruim, mas, na verdade, poucos são. A vida geralmente procura cooperar, e não lutar.

Os díodos no teto escurecem, Pai pressiona a palma da mão contra a testa de Konstance e, espontaneamente, na cabeça dela, surge a sensação de estar no topo das Muralhas de Teodósio dentro do Atlas, toda aquela pedra calcária branca lentamente se esfarelando ao sol. *Desde os nossos primórdios como espécie,* disse a sra. Flowers, *nós, humanos, tentamos vencer a morte. Nenhum de nós jamais conseguiu.*

Na manhã seguinte, Konstance está em pé na Biblioteca ao lado da grade da segunda fileira de estantes com Jessi Ko, Omicron e Ramón esperando o dr. Pori chegar e começar a aula de pré--cálculo da manhã. Jessi diz:

— Tayvon também está atrasado.

E Omicron acrescenta:

— Também não estou vendo a sra. Lee, e foi ela que levou todo o vômito de Zeke.

E as quatro crianças se calam.

Depois de um tempo, Jessi Ko diz que soube que, se você se sentir mal, deverá dizer, "Sybil, não estou me sentindo bem", e, se algo de errado for detectado, Sybil mandará o dr. Cha e o Engenheiro Goldberg ao seu compartimento usando trajes completos de contenção de riscos biológicos e destravará a porta para que eles o isolem na Enfermaria. Ramón diz:

— Isso parece assustador.

E Omicron sussurra:

— Vejam — porque, no andar principal, a sra. Chen está atravessando o átrio com os seis membros da tripulação que ainda não completaram dez anos.

As crianças parecem minúsculas vistas das altíssimas estantes. Alguns adultos soltam mecanicamente balões com é seu dia da biblioteca escrito, que sobem até a abóbada, e Ramón diz:

— Eles nem ganharam panquecas.

Cidade nas nuvens 325

Jessi Ko pergunta:

— Como vocês acham que deve ser ficar doente?

E Omicron comenta:

— Odeio polinômios, mas espero que o dr. Pori apareça logo.

Abaixo deles, as crianças pequenas seguram mãos virtuais e suas vozes alegres preenchem o átrio,

Nós andamos como um só
Em tudo o que fazemos.
Só todos juntos;
Todos juntos;
Podem chegar a...

e Sybil anuncia: *Todo o pessoal que não for da área médica, para os seus compartimentos, sem exceções, iniciando Quarentena Nível Dois.*

Zeno

À MEDIDA QUE O TEMPO ESQUENTA, REX ADQUIRE O HÁBITO de ficar observando as colinas em torno do Acampamento Cinco e mordendo o lábio inferior como se estivesse contemplando alguma visão a distância que Zeno não consegue enxergar. Uma tarde, Rex acena para que ele se aproxime e, embora não tenha alma viva em um raio de quinze metros, sussurra:

— O que você percebeu, às sextas-feiras, a respeito dos tambores de petróleo?

— Eles levam os vazios para Pyongyang.

— E quem os carrega??

— Bristol e Fortier.

Rex olha para ele por mais um instante, como se estivesse esperando para ver quanto pode ser transmitido entre eles sem linguagem.

— Alguma vez você já notou os dois tambores atrás dos barracões da cozinha?

Depois da chamada, ao passar ao lado dos tambores, Zeno os examina, medo se infiltrando pelo seu ventre. Aqueles tambores, a certa altura usados para armazenar óleo de cozinha, são idênticos aos tambores de gasolina, só que suas tampas podem

Cidade nas nuvens 327

ser removidas. Cada um parece suficientemente grande para conter um homem. Mas mesmo que ele e Rex conseguissem se contorcer e entrar neles, como Rex parece estar sugerindo, mesmo que convencessem Bristol e Fortier a lacrá-los lá dentro, e içá-los para o caminhão e colocá-los entre os barris de combustível vazios, eles precisariam ficar lá dentro por sabe-se lá quanto tempo enquanto o caminhão estivesse percorrendo a estrada para Pyongyang, notoriamente perigosa, de faróis apagados, esquivando-se das patrulhas aéreas dos bombardeiros americanos. Depois — de alguma maneira —, os dois, com a visão embaçada por falta de vitaminas, teriam de sair dos tambores sem ser detectados e atravessar quilômetros de montanhas e aldeias com suas roupas nojentas e botas arruinadas, com o rosto barbado e nada para comer.

Mais tarde, à noite, uma nova ansiedade vai surgindo sorrateira: e se, por algum milagre, eles de fato conseguissem? Não fossem mortos por guardas ou aldeões ou um B-26 amigo? E se eles chegassem às linhas americanas? Então Rex voltaria para Londres, para seus alunos e amigos, talvez para outro homem, alguém que esteja esperando por ele todos aqueles meses, alguém que Rex não mencionou por gentileza, alguém infinitamente mais sofisticado do que Zeno e mais merecedor do afeto de Rex. Νόστος, *nostos*: a jornada para casa, o retorno seguro; a canção entoada em torno da mesa do banquete para o timoneiro que finalmente encontrou o caminho de volta.

E para onde Zeno iria? Lakeport. De volta para a sra. Boydstun.

Fugas, tenta ele dizer a Rex, são histórias de filmes, de alguma guerra mais antiga, mais cavalheiresca. E, além disso, o suplício deles vai terminar em breve, não vai? Mas, aparentemente, todo dia Rex tece planos cada vez mais detalhados, alongando-se para tornar as articulações mais flexíveis, analisando os padrões de troca de turno de guarda, polindo uma lata para fazer o que ele chama de "espelho sinalizador", especulando sobre como eles poderiam costurar um pouco de comida no forro dos bonés, onde se esconder durante a contagem noturna, como urinar dentro dos tambores sem se molhar, se devem ou não falar com Bristol e Fortier agora ou pouco antes da fuga. Eles vão usar os codinomes de uma peça de Aristófanes, *As aves*: Rex será Pisetero, Bom de Lábia, e Zeno será Evélpides, Tudo Azul. Eles vão gritar *Héracles!* quando a barra estiver limpa. Como se tudo fosse uma aventura divertida, uma traquinagem de primeira.

À noite, ele sente a atividade dentro da mente de Rex ao lado dele, como o brilho de um holofote, e ele teme que todo o acampamento consiga ver. E toda vez que contempla a ideia de se curvar dentro de um tambor de óleo, ser colocado em um caminhão e percorrer a estrada até Pyongyang, Zeno sente o pânico, como uma corda, apertar-lhe ainda mais a garganta.

Três sextas-feiras se passam, bandos de grous brancos sobrevoam o campo migrando para o norte, depois trigueiros amarelos, Rex só sussurra planos e Zeno suspira. Que continue a ser um ensaio, que o ensaio nunca se transforme em apresentação.

Mas, em uma quinta-feira de maio, com a cozinha dos prisioneiros repleta de uma luz baixa, prateada, Rex passa rapidamente por Zeno a caminho de uma sessão de reeducação e diz:

— Vamos embora. Esta noite.

Zeno põe alguns grãos de soja em sua cumbuca e se senta. A ideia de comer o deixa tonto; ele fica preocupado achando

Cidade nas nuvens

que os outros podem ouvir sua pulsação latejando nas têmporas; sente como se não devesse se mexer, como se, ao dizer aquelas palavras, Rex tivesse transformado tudo em vidro.

Lá fora, sementes esvoaçam por toda parte. Durante a hora seguinte, o grande caminhão plataforma soviético, o capô marcado por buracos de balas, a caçamba cheia de tambores de gasolina, entra no campo fazendo barulho.

Ao cair da noite, está chovendo. Zeno junta um último fardo de lenha e consegue carregá-lo até a cozinha. Em sua esteira de palha, ele se encolhe em suas roupas molhadas à medida que a luz do dia vai se esvaindo.

Os homens vão chegando aos poucos; a chuva dá pancadas no telhado. A esteira de Rex continua vazia. Será que ele realmente está lá fora, atrás dos barracões da cozinha? O pálido, determinado, sardento Rex, dobrando seu corpo definhado para entrar em um tambor de óleo enferrujado?

À medida que a noite vai tomando conta do barracão, Zeno diz a si mesmo para se levantar. A qualquer minuto, Bristol e Fortier vão pôr a carga no caminhão. O caminhão vai partir, os guardas vão entrar e fazer a contagem das cabeças, e a chance de Zeno vai ter chegado e ido embora. O cérebro dele manda mensagens às pernas, mas elas se recusam a se mexer. Ou talvez sejam as pernas mandando mensagens no sentido contrário da cadeia de comando — *faça com que nos mexamos* — e o cérebro se recusando.

Os últimos homens entram e se deitam sobre as esteiras, alguns murmuram, outros gemem e outros ainda tossem e Zeno se vê levantando, saindo de fininho porta afora na noite. É chegada a hora, ou será que já passou; Pisetero está esperando dentro do seu tambor, mas onde está Evélpides?

Isso é o ronco do motor do caminhão?

Ele diz a si mesmo que Rex nunca vai conseguir, que ele vai perceber que o plano é irreal, suicida até, mas então Bristol e Fortier voltam e Rex não está com eles. Ele tenta observar suas silhuetas em busca de uma pista, mas não consegue detectar nada. A chuva para, os beirais pingam e, no escuro, Zeno ouve os homens esmagando piolhos com as unhas. Ele vê as crianças de cerâmica da sra. Boydstun, as bochechas rosadas, os olhos azul-cobalto que não piscam, os lábios vermelhos acusadores. Cabriteiro, carcamano, maricas. Frutinha. Zero.

Por volta da meia-noite, os guardas mandam todos se levantar e iluminam seus olhos com lanternas à bateria. Ameaçam interrogatórios, torturas, morte, mas sem muita urgência. Rex não reaparece de manhã nem à tarde nem na manhã seguinte e, nos dias seguintes, Zeno é interrogado cinco vezes. Vocês são amigos, estão sempre juntos, ouvimos que estão sempre traçando palavras em código na terra. Mas os guardas parecem quase entediados, como se estivessem participando de um espetáculo para uma plateia que não chegou. Zeno fica esperando ouvir que Rex foi capturado a poucos quilômetros de distância ou transferido para outro campo; fica esperando que sua figura pequena e eficiente desponte de algum canto, empurre os óculos para cima no nariz e sorria.

Os outros prisioneiros não dizem nada, pelo menos não quando Zeno está por perto; é como se Rex nunca tivesse existido. Talvez eles saibam que Rex está morto e queiram poupá-lo da dor, ou talvez pensem que Rex está colaborando com os responsáveis pela propaganda e envolvendo-os em mentiras, ou talvez estejam famintos e exaustos demais para se importar.

Cidade nas nuvens 331

Por fim, os chineses param de fazer perguntas e ele não tem certeza se aquilo significa que Rex fugiu e eles estão constrangidos ou se Rex levou um tiro e foi enterrado e não há mais perguntas cujas respostas eles estão procurando.

Blewitt se senta ao lado dele no pátio.

— Cabeça erguida, garoto. Toda hora de vida é uma hora boa.

Mas, na maior parte das horas, Zeno não sente mais que está vivo. Os braços pálidos de Rex, coalhados de sardas. O intrincado adejar dos tendões nos dorsos das mãos enquanto ele traçava palavras no chão. Ele imagina Rex são e salvo de volta a Londres, a nove mil quilômetros de distância, de banho tomado e barba feita, usando roupas à paisana, pondo livros embaixo de um braço, se encaminhando para uma escolinha ginasial feita de tijolos e hera.

Sua saudade é tanta que a ausência de Rex se torna algo como uma presença, um peso em seu ventre. A luz da alvorada brilha na superfície do Yalu e sobe rastejando as colinas; torna os espinhos das amoreiras incandescentes; os homens sussurram: *Nossas forças estão a dezesseis quilômetros de distância, a dez quilômetros de distância, depois daquela colina. Estarão aqui de manhã.*

Se Rex morreu, será que estava sozinho? Será que Rex disse coisas a Zeno durante a noite, enquanto o caminhão se afastava, achando que ele estava no barril ao lado do seu? Ou será que ele sempre achou que Zeno o deixaria na mão?

Em junho, três semanas após o sumiço de Rex, guardas exaustos fazem Zeno e Blewitt e dezoito outros prisioneiros entre os mais jovens marchar até o pátio e um intérprete diz que eles estão sendo libertados. Em um posto de controle, dois policiais militares americanos com bochechas brilhantes verificam seu nome em uma lista; um deles entrega um cartão em papel pardo onde está escrito OK CHOW. Após um percurso de ambulância cruzando a linha de demarcação, ele é levado para uma tenda de desinfestação de piolhos onde um sargento o borrifa da cabeça aos pés com DDT.

A Cruz Vermelha dá para ele um barbeador, um tubo de creme de barbear, um copo de leite e um hambúrguer. O pão é extraordinariamente branco. A carne brilha de uma maneira que não parece real. O cheiro é real, mas Zeno tem certeza de que é um truque.

Ele volta para os Estados Unidos no mesmo navio que o levou para a Coreia dois anos e meio antes. Está com dezenove anos e pesa cinquenta quilos. Nos onze dias a bordo, ele é entrevistado.

"Dê seis exemplos de como você tentou sabotar os esforços chineses." "Quem recebia tratamento melhor do que o dos outros?" "Por que fulano e sicrano ganhavam cigarros?" "Você alguma vez sentiu alguma atração pela ideologia comunista?" Ele ouve dizer que com os soldados negros é pior.

A certa altura, um psiquiatra do Exército lhe entrega uma revista *Life* aberta na foto de uma mulher de calcinha e sutiã.

— Como isso faz você se sentir?

— Bem.

Ele entrega a revista de volta. A fadiga se espalha pelo seu corpo.

A todos os oficiais avaliadores que encontra, ele pergunta a respeito de um fuzileiro naval britânico chamado Rex Browning, visto pela última vez no Acampamento Cinco em março, mas eles dizem: estamos ocupados, não somos fuzileiros navais

Cidade nas nuvens

britânicos, somos o Exército dos Estados Unidos, temos pessoas suficientes para monitorar. Nas docas em Nova York, não há bandas de metais nem repórteres nem famílias aos prantos. Em um ônibus nos arredores de Buffalo, ele começa a chorar. As cidades vão passando rapidamente, seguidas por longos trechos de escuridão. Seis painéis iluminados por holofotes, cada um a seis metros de distância do outro, passam em um piscar de olhos:

O LOBO

ESTÁ COM A BARBA

TÃO BEM-FEITA E APARADA

QUE CHAPEUZINHO VERMELHO

SAI ATRÁS DELE EM DISPARADA

CREME DE BARBEAR BURMA-SHAVE

Seymour

O sr. Bates, professor da sexta série, tem um bigode tingido, um temperamento exaltado como o de um deus e zero interesse em alunos que usam abafadores de ruídos durante a aula. Toda manhã, para começar o dia, ele acende o projetor ViewSonic "muito caro, então é melhor que vocês, crianças, não toquem nele" e exibe vídeos de acontecimentos da atualidade no quadro-branco. A turma fica sentada, despenteada e bocejando, enquanto, na frente da sala de aula, desmoronamentos destroem vilarejos na Caxemira.

Todo dia, Patti Goss-Simpson leva quatro palitos de peixe para a escola em sua lancheira Titan Deep Freeze e, todo dia, às 11h52, como a cafeteria está sendo reformada, ela põe seus terríveis palitos de peixe no terrível micro-ondas nos fundos da sala de aula do sr. Bates e aperta botões terrivelmente barulhentos, e o cheiro que sai de lá causa em Seymour a sensação de que estão enfiando sua cara em um pântano.

Ele se senta o mais longe possível de Patti, tapa o nariz e os ouvidos e tenta fazer a floresta de Amigafiel reviver enquanto sonha acordado: liquens pendurados nos galhos, neve deslizando de um ramo para outro, os assentamentos superlotados dos

Cidade nas nuvens 335

HomensAgulhas. Mas, em uma manhã no fim de setembro, Patti Goss-Simpson diz ao sr. Bates que o comportamento de Seymour em relação a ela durante a hora do almoço a magoa, então o sr. Bates manda Seymour sentar ao lado de Patti à mesa central, bem grudado no carrinho do projetor.

Chegam as 11h52. Os palitos de peixe vão para dentro do micro-ondas. Bipe bipe bipe.

Mesmo de olhos fechados, Seymour consegue ouvi-los girando, consegue ouvir Patti abrindo a porta do micro-ondas, consegue ouvir os palitos de peixe crepitando no pratinho enquanto ela volta a se sentar. O sr. Bates está sentado atrás da sua mesa comendo minicenouras e assistindo aos destaques de lutas marciais mistas em seu smartphone. Seymour se curva sobre a lancheira tentando tapar o nariz e cobrir os ouvidos ao mesmo tempo. Não vale a pena comer hoje.

Ele está contando até cem de trás para a frente na cabeça, olhos fechados, quando Patti Goss-Smith estica a mão e cutuca a orelha esquerda de Seymour com um palito de peixe. Ele dá um pulo para trás; Patti sorri; o sr. Bates não vê nada daquilo. Patti aperta o olho esquerdo e aponta o palito de peixe para ele como se fosse uma arma.

— Bum — diz ela. — Bum, bum.

Em algum lugar dentro de Seymour, uma defesa final desmorona. O estrondo, que vinha roendo pelas beiradas todos os minutos desde que ele encontrou a asa de Amigafiel, devasta a escola. Acumula-se nas montanhas sobre o campo de futebol e vem destruindo tudo em seu caminho.

O sr. Bates mergulha uma cenoura em homus. David Best arrota; Wesley Ohman solta uma gargalhada; o estrondo explode no estacionamento. Gafanhotos vespas motosserras granadas caças gritos urros fúria assassinato. Patti morde o cano da sua arma de palito de peixe enquanto as paredes da escola se estilhaçam. A porta da sala do sr. Bates voa longe. Seymour põe as duas mãos no carrinho do projetor e o empurra.

Um rádio na sala de espera diz: *Não há sabor melhor do que o de uma maçã de Idaho recém-colhida.* O som do papel farfalhando sobre a mesa de exame é quase insuportável.

A médica digita em um teclado. Bunny está usando seu avental do Aspen Leaf com os dois bolsos na frente. No telefone dobrável, ela sussurra:

— Faço turno duplo no sábado, Suzette, prometo.

A médica ilumina cada um dos olhos de Seymour com uma lanterna de bolso. Ela diz:

— Sua mãe disse que você conversava com uma coruja no bosque?

Um cartaz na parede diz *Seja uma Pessoa Melhor em Quinze Minutos por Dia*.

— Que tipo de coisa você dizia para a coruja, Seymour?

Não responda. É uma armadilha.

A médica pergunta:

— Por que você quebrou o projetor da sala de aula, Seymour?

Nenhuma palavra.

Na hora de sair, o braço de Bunny vasculha a caverna que é sua bolsa.

— Existe alguma chance — diz ela — de você simplesmente me mandar a conta?

Em uma cesta a caminho da saída, estão livros de colorir com veleiros. Seymour pega seis. Em seu quarto, ele desenha espirais em volta de todos os barcos. Espirais de Cornu, espirais

Cidade nas nuvens 337

logarítmicas, espirais de Fibonacci: sessenta redemoinhos diferentes engolem sessenta navios diferentes.

Noite. Ele olha para fora da porta de correr, para além do quintal, para onde o luar banha os lotes vazios da Eden's Gate. Uma única luminária de carpinteiro brilha dentro de um dos dois sobrados inacabados, iluminando uma janela no andar de cima. Uma aparição de Amigafiel passa flutuando.

Bunny põe um pacote de quarenta e cinco gramas de M&M's de chocolate na mesa. Ao lado, coloca um frasco laranja com uma tampa branca.

— A médica disse que eles não vão fazer você ficar burro. Só vão tornar as coisas mais fáceis. Mais calmas.

Seymour esfrega os olhos com a parte de baixo da palma das mãos. O fantasma de Amigafiel pula para a porta de correr. As penas do rabo estão faltando; uma asa se foi; o olho esquerdo está ferido. O bico é um ponto amarelo em uma parábola de radar de penas cor de fumaça. Na cabeça de Seymour, diz ela: *Achei que estávamos fazendo isto juntos. Achei que éramos um time.*

— Um de manhã — diz Bunny — e um à noite. Às vezes, garoto, todos nós precisamos de uma ajudinha com a pá para limparmos a merda.

Konstance

ELA ESTÁ CAMINHANDO EM UMA RUA EM LAGOS, NIGÉRIA, cruzando uma praça perto do mar, hotéis brancos resplandecentes se erguendo em toda a sua volta — uma fonte capturada no meio de um jorro, quarenta coqueiros crescendo em canteiros quadriculados em preto e branco —, quando, de repente, para. Ela olha para cima, um ligeiro formigamento na base do pescoço: algo não está certo.

Na Fazenda Quatro, Pai tem um único coqueiro em uma gaveta refrigerada. Todas as sementes, disse ele, são viajantes, mas nenhuma é mais intrépida do que a do coqueiro. Derrubados em praias nas costas tropicais onde marés altas os pegam e os carregam para o mar, os cocos, explicou ele, cruzavam regularmente oceanos, o embrião de uma nova árvore protegido dentro da sua casca grande e fibrosa, doze meses de fertilizante contido ali dentro. Ele entregou a semente para ela, a casca emanando vapor frio, e mostrou os três poros de germinação na parte de baixo: dois olhos e uma boca, mostrou ele, a carinha de um marinheiro assobiando mundo afora.

À esquerda, uma placa diz: *Bem-vindo ao Novo Interconti-nental*. Ela vai para a sombra dos coqueiros, está franzindo os olhos voltados para o céu quando as árvores se desfazem como fitas, o Videor se afasta dos seus olhos e Pai aparece.

Ela sente a oscilação familiar do enjoo de movimento ao descer do Perambulador. Já é ZeroLuz, mais tarde do que ela achava. Mãe está sentada na borda da sua cama, esfregando pó higienizador nas dobras das palmas das mãos.

— Desculpe — diz Konstance — se fiquei tempo demais lá dentro.

Pai se senta na banqueta de costura com seu macacão sujo de terra e suas sobrancelhas brancas se franzem.

— Não, não, nada disso.

A única iluminação provém da luz do lavatório. Nas sombras atrás de Pai, ela consegue enxergar que a pilha de roupas de trabalho e remendos de Mãe, geralmente em ordem, foi revirada, e o conteúdo da sua bolsa de botões está espalhado por toda parte — botões embaixo da cama, embaixo da banqueta de costura, no trilho da cortina em volta da cômoda.

Quando Konstance olha de volta para o pai, alguma parte dela entende o que ele vai dizer antes que ele fale, e sente de maneira muito aguda que eles deixaram seu planeta e estrela para trás, que estão se deslocando a uma velocidade impossível através de um vazio frio e silencioso, que não há volta.

— Zeke Lee — diz ele — está morto.

Um dia após a morte de Ezekiel, o dr. Pori morre e a mãe de Zeke supostamente perde a consciência. Vinte e uma outras pessoas — um quarto das que estão a bordo — estão apresentando sintomas. O dr. Cha passa todas as suas horas cuidando dos membros da tripulação; o Engenheiro Goldberg trabalha durante ZeroLuz no Laboratório de Biologia, tentando resolver o problema.

Como uma praga tem início em um disco lacrado que não teve contato algum com nenhum outro ser vivo por quase seis décadas e meia? Está se espalhando por toque ou saliva ou comida? Pelo ar? Pela água? Foi radiação do espaço profundo que penetrou na blindagem e está danificando o núcleo de suas células, ou foi algo adormecido durante todos aqueles anos nos genes de alguém e que de repente despertou? E por que Sybil, que sabe tudo sobre todas as coisas, não consegue resolver o problema?

Embora, na memória de Konstance, ele mal o usasse, seu pai agora passa quase todo o tempo no Perambulador, Videor travado sobre os olhos, estudando documentos em uma mesa na Biblioteca. Mãe mapeia os minutos antes da quarentena. Ela passou pela sra. Lee em um corredor, alguma gotícula microscópica do vômito de Ezekiel aterrissou na sua roupa ou poderia ter sido borrifada invisivelmente para a sua boca?

Uma semana atrás, tudo parecia tão seguro. Tão equilibrado. Todo mundo sussurrando pelos corredores em suas roupas de trabalho e meias remendadas. *Você pode ser um ou pode ser cento e dois...* Alface fresca às terças-feiras, vagem da Fazenda Três às quartas, cortes de cabelo às sextas, odontologia no Compartimento 6, costureira no Compartimento 17, pré-cálculo com o dr. Pori três vezes por semana, o olhar cuidadoso de Sybil mantendo todos eles sob supervisão. No entanto, nos porões mais profundos da sua subconsciência, durante toda a vida, Konstance nunca sentiu a terrível precariedade de tudo aquilo? A imensidão gelada puxando, puxando, puxando as paredes externas?

Ela toca o Videor e sobe a escada até o segundo nível da Biblioteca. Jessi Ko levanta o olhar de um livro no qual mil cervos pálidos com narinas grandes, viradas para baixo, jazem mortos na neve.

Cidade nas nuvens 341

— Estou lendo sobre saigas, uma espécie de antílope. Elas tinham essa espécie de bactéria dentro delas que causou mortandades maciças.

Omicron está deitado de costas, olhando para cima.

— Onde está Ramón? — pergunta Konstance.

Embaixo, imagens de pandemias antigas piscam sobre adultos às mesas. Soldados acamados, médicos em capuzes de contenção. Na mente de Konstance, surge espontaneamente uma imagem de Zeke sendo ejetado pela eclusa de ar, depois, algumas centenas de quilômetros depois, o dr. Pori: um rastro de cadáveres deixado no vazio como as migalhas de alguma fábula macabra.

— Aqui diz que duzentas mil morreram em doze horas — diz Jessi —, e nunca descobriram o motivo.

Bem longe no átrio, no limite da sua visão, Konstance vê o pai sozinho a uma mesa, folhas de desenho técnico navegando em volta dele.

— Eu ouvi — diz Omicron, olhando através da abóbada — que a Quarentena Três dura um ano.

— Eu ouvi — sussurra Jessi — que a Quarentena Quatro dura para sempre.

O horário de funcionamento da Biblioteca é estendido; Mãe e Pai mal saem de seus Perambuladores. Ainda mais incomum, dentro do Compartimento 17, Pai retirou a cortina de bioplástico que garante privacidade no vaso sanitário, cortou-a em pedacinhos e está usando a máquina de costura de Mãe para fazer algo com aquilo — ela não ousou perguntar o quê. Isolada no Compartimento 17, sob o miasma de suor e pasta nutricional expelida pela impressora de comida, Konstance quase consegue sentir o medo coletivo que vai se alastrando pela nave: insidioso, mefítico, infiltrando-se pelas paredes.

Mais tarde, no Atlas, ela viaja pela periferia de Mumbai ao longo de uma trilha para corrida que serpenteia em volta das bases de enormes torres cor de creme, com quarenta ou cinquenta andares. Passa por mulheres de sári, mulheres com agasalhos de corrida, homens de short, todos imóveis. À direita, uma parede de manguezais verdes ladeia a trilha por oitocentos metros, algo a perturba enquanto ela avança entre os corredores congelados, alguma ruga inquietante na textura do software: nas pessoas, nas árvores ou na atmosfera. Ela apressa o passo, irrequieta, passando por figuras como se fossem fantasmas: a cada passo, ela sente o medo que permeia a *Argos*, prestes a pôr a mão na sua nuca.

Quando ela sai do Atlas, já está escuro. Pequenas arandelas brilham na base das pilastras da Biblioteca e nuvens enluaradas deslizam sobre a abóbada.

Alguns poucos documentos vão e vêm; algumas poucas figuras estão curvadas sobre mesas. O cãozinho branco da sra. Flowers vai saltitando até ela com o rabo balançando de um lado para outro, mas a sra. Flowers não está em lugar algum.

— Sybil, que horas são?

Quatro e dez ZeroLuz, Konstance.

Ela desliga o Videor e desce do Perambulador. Pai está novamente à máquina de costura de Mãe, os óculos na ponta do nariz, trabalhando à luz do abajur de Mãe. O capuz do seu traje de contenção está no seu colo, como a cabeça cortada de algum inseto enorme. Ela fica com medo de que ele a repreenda por ficar acordada até tão tarde novamente, mas ele está resmungando consigo mesmo, absorto em algo, e ela percebe

Cidade nas nuvens

que gostaria de ser repreendida por ter ficado acordada até tão tarde.

Privada, dentes, escovar cabelos. Ela está na metade da escada para o beliche quando seu coração palpita de medo. Mãe não está em sua cama. Nem na de Pai. Nem no lavatório. Mãe não está no Compartimento 17.

— Pai?

Ele tem um sobressalto. O cobertor de Mãe está embolado. Mãe sempre dobra o cobertor em um triângulo perfeito quando sai da cama.

— Onde está Mãe?

— Humm? Ela foi conversar com alguém.

A máquina de costura volta à vida com um estalo, a bobina de linha rodopiando, e Konstance espera um bom tempo até que ela pare.

— Mas como ela saiu?

Pai levanta os pedaços de cortina para acertá-los, coloca-os embaixo da agulha e o rebatedor recomeça.

Ela repete a pergunta. Em vez de responder, ele usa as tesouras de Mãe para desbastar um fio, depois diz:

— Conte-me aonde você foi desta vez, Abobrinha. Você deve ter percorrido quilômetros.

— Sybil realmente deixou Mãe sair?

Ele se levanta e anda até a cama dela.

— Tome isto.

Sua voz está calma, mas seus olhos estão dispersos. Na palma da sua mão há três SonoGotas de Mãe.

— Por quê?

— Vai ajudar você a dormir.

— Três não é demais?

— Tome, Konstance, é seguro. Vou enrolar você no cobertor como uma pupa dentro da crisálida, lembra? Como costumávamos fazer? E você terá respostas pela manhã, prometo.

As gotas se dissolvem em sua língua. Pai ajusta o cobertor em volta das pernas da menina e senta-se novamente à máquina de costura e o rebatedor recomeça.

Ela olha por cima da grade da cama de Mãe. O cobertor embolado.

— Pai, estou com medo.

— Quer ouvir um pouco da história de Éton? — A máquina de costura para. — Depois que Éton fugiu da fábrica, ele caminhou até a beira do mundo, lembra? A terra ia dar em um mar gelado, neve caía do céu, só havia areia negra e algas congeladas, nem sequer o cheiro de uma rosa em mil e quinhentos quilômetros.

A luz do lavatório pisca. Ela encosta as costas na parede, se esforça para manter os olhos abertos. Pessoas estão morrendo. O único jeito de Sybil ter deixado Mãe sair do compartimento é se...

— Mas ele ainda tinha esperança. Lá estava ele, preso dentro de um corpo que não era o dele, longe de casa, nos confins do mundo conhecido. Ele olhou para a Lua enquanto caminhava pela costa e achou que estava vendo uma deusa descendo em espiral do céu noturno para auxiliá-lo.

No ar sobre sua cama, Konstance vê o luar cintilar em placas de gelo, vê Éton, o burro, deixando seus cascos impressos na areia fria. Ela tenta se sentar, mas, de repente, seu pescoço está fraco demais para aguentar o peso da cabeça. Neve cai sobre seu cobertor. Ela levanta a mão para tocá-la, mas seus dedos caem na escuridão.

Duas horas depois, Pai se curva sobre a grade em meio a ZeroLuz e a tira da cama. Ela está grogue e confusa por causa das SonoGotas, e ele está enfiando seus braços e pernas no que parece ser uma pessoa murcha — uma espécie de traje que ele fez com a cortina de bioplástico. É grande demais para a cintura dela, e não há luvas, apenas mangas com as pontas costuradas. Enquanto ele fecha o zíper, Konstance está com tanto sono que mal consegue levantar o queixo.

— Pai?

Agora ele está ajustando o capuz de oxigênio sobre a cabeça dela, puxando-o para baixo sobre seus cabelos e prendendo-o ao colarinho do traje, lacrando tudo com a mesma fita adesiva que ele usa para lacrar os gotejadores na Fazenda. Ele o aciona e ela sente o traje inflando à sua volta.

Oxigênio em trinta por cento, diz uma voz gravada dentro do capuz, direto no ouvido dela, e o facho branco da luz frontal se acende e ricocheteia pelos objetos do compartimento.

— Você consegue andar?

— Estou fervendo aqui dentro.

— Eu sei, Abobrinha, você está se saindo muito bem. Deixe-me ver você andar.

Gotículas de suor na testa dele refletem a luz frontal, e seu rosto está tão branco quanto sua barba. Apesar do medo e da fadiga, ela consegue dar alguns passos, as estranhas mangas infladas farfalhando. Pai pega a banqueta de alumínio da mesa de costura de Mãe com uma das mãos e o Perambulador de Konstance com a outra e vai até a porta.

— Sybil — diz ele —, um de nós não está se sentindo bem.

Konstance se apoia nele, acalorada e assustada, e espera que Sybil questione, argumente, que diga qualquer coisa diferente do que ela realmente diz.

Alguém virá em um instante.

Konstance sente a gravidade das SonoGotas puxando suas pálpebras, seu sangue, seus pensamentos para baixo. O rosto lívido de Pai. O cobertor embolado de Mãe. Jessi Ko dizendo "... *e se Sybil detectar algo de errado com você...*".

Oxigênio em vinte e nove por cento, diz o capuz.

À medida que a porta se abre, duas figuras em trajes de segurança que as cobrem da cabeça aos pés vêm descendo o corredor em meio a ZeroLuz. Elas têm luzes atadas nos pulsos e seus trajes estão inflados por dentro, de maneira que elas parecem comicamente grandes, e os rostos estão ocultos atrás de protetores faciais espelhados cor de bronze. Atrás delas, um rastro de longas mangueiras enroladas em *silver tape*.

Pai as afasta com o Perambulador de Konstance ainda preso ao peito e elas cambaleiam para trás.

— Fiquem longe. Por favor. Ela não vai para a Enfermaria.

Ele a puxa pelo pulso pelo corredor escuro, seguindo o facho oscilante da luz frontal do traje, os pés dela deslizando em suas botas de bioplástico.

Os objetos estão encostados na parede: bandejas de comida, cobertores, o que parecem ser ataduras. À medida que eles vão passando às pressas pela Comissaria, ela olha lá para dentro, mas a Comissaria não é mais a Comissaria. No espaço onde mesas e bancos ficavam arrumados em três fileiras, agora estão cerca de vinte tendas brancas, tubos e cabos saindo de cada uma delas, as luzes de instrumentos médicos piscando cá e lá. Em uma tenda cujo zíper não está fechado, ela entrevê a sola descalça de um pé saindo por baixo de um cobertor, e então eles fazem uma curva.

Oxigênio em vinte e seis por cento, diz o capuz.

Aqueles eram membros da tripulação doentes? Mãe estava em uma daquelas tendas?

Eles passam pelos Lavatórios Dois e Três, passam pela porta lacrada da Fazenda Quatro — sua muda de pinheiro está lá dentro, com seis anos agora, alta como ela —, vão percorrendo corredores curvos até o ponto central da *Argos*, Pai respirando com dificuldade agora enquanto a arrasta, ambos escorregando no chão, o facho da luz frontal do traje dela balançando. *Hidroacesso*, está escrito em uma porta; *Compartimento 8*, está escrito em outra; *Compartimento 7* — ela tem a sensação de que eles estão seguindo uma espiral em direção ao centro de um vórtice, de que estão prestes a ser tragados pelo buraco no meio de um redemoinho.

Os dois finalmente param na frente da placa que diz *Câmara Um*. Pálido, ofegante e brilhoso de suor, Pai olha para trás por cima do ombro, e então pressiona a palma na porta. Engrenagens giram e o vestíbulo se abre.

Sybil diz: *Entrando na Área de Descontaminação*.

Ele conduz Konstance para dentro, coloca o Perambulador ao lado dela e encaixa a banqueta na soleira, encostada no umbral da porta.

— Não se mexa.

Ela se senta no vestíbulo com o traje farfalhante, abraça os joelhos e o capuz diz *Oxigênio em vinte e cinco por cento* e Sybil diz *Iniciando processo de descontaminação*. Konstance grita:

— Pai — através da máscara, a porta externa vai se fechando ao longo do trilho até encontrar a banqueta.

As pernas da banqueta se curvam com um som agudo e a porta para.

Por favor, remova obstáculo da porta externa.

Pai volta carregando quatro sacos de Alimento em Pó, joga-os para dentro do vestíbulo por cima da banqueta semiesmagada e sai correndo novamente.

Depois é a vez de um toalete reciclador, lenços de papel, uma impressora de comida ainda dentro da embalagem, uma cama inflável, um cobertor lacrado em filme plástico de contenção, mais sacos de Alimento em Pó — Pai vai e vem correndo. *Por favor, remova obstáculo da porta externa*, repete Sybil, e a banqueta fica um centímetro mais amassada sob a pressão, ao mesmo tempo que Konstance começa a hiperventilar.

Pai joga os últimos dois sacos de Alimento em Pó no vestíbulo — por que tantos? — passa pelo espaço aberto da porta e cai encostado na parede. Sybil diz: *Para iniciar a descontaminação, remova o obstáculo da porta externa.*

No ouvido de Konstance, o capuz diz: *Oxigênio em vinte e três por cento.*

Pai aponta para a impressora.

— Você sabe como usar aquilo? Lembra-se de onde entra o fio de voltagem?

Ele apoia as mãos nos joelhos, o peito ofegante, suor pingando da barba, e a banqueta solta um gemido agudo por causa da pressão. Konstance consegue assentir com a cabeça.

— Assim que a porta externa se fechar, feche os olhos, Sybil vai descartar o ar, esterilizar tudo e, em seguida, abrir a porta interna. Você consegue se lembrar? Quando for lá para dentro, leve todo o resto com você. Tudo. Depois que tiver levado tudo para dentro e a porta interna estiver lacrada, conte até cem e você poderá tirar o Respirador com segurança. Entendeu?

O medo arranha todas as células do seu corpo. A cama vazia de Mãe. As tendas na Comissaria.

— Não — responde ela.

Oxigênio em vinte e dois por cento, diz o capuz. *Tente respirar mais devagar.*

Cidade nas nuvens

— Quando a porta interna estiver lacrada — repete Pai —, conte até cem. Depois você pode tirá-lo.

Ele usa o próprio peso para fazer pressão contra a beirada da porta, e Sybil diz *A porta externa está bloqueada, o obstáculo deve ser removido*, ao mesmo tempo que Pai olha para a escuridão do corredor.

— Eu tinha doze anos — diz ele — quando me inscrevi para ir embora. A mesma idade que você tem agora. Tudo o que eu conseguia ver quando menino era que tudo estava morrendo. E eu tinha esse sonho, essa visão, do que a vida poderia ser. "Por que ficar aqui quando eu poderia estar lá?" Lembra?

Da escuridão, mil demônios vêm rastejando. Ela vira a luz frontal para eles e os demônios recuam, sua luz desvia e os demônios voltam imediatamente para o lugar de onde saíram. A banqueta geme novamente. A porta externa fecha mais um centímetro.

— Eu era um tolo.

A mão, à medida que ele a passa na testa, parece esquelética; a pele da garganta está flácida; o prateado do cabelo se torna cinza. Pela primeira vez na vida, seu pai parece ter sua verdadeira idade, ou parece até mais velho, como se, a cada respiro, suas últimas décadas de vida estivessem sendo drenadas. Através da máscara do capuz, ela diz:

— Você disse que a beleza de um tolo é que ele nunca sabe quando desistir.

Ele inclina a cabeça para ela, piscando rápido, como se um pensamento estivesse correndo à sua frente, veloz demais para ser alcançado.

— A avó — murmura ele — costumava dizer isso.

Oxigênio em vinte por cento, diz o capuz.

Uma gota de suor adere à ponta do nariz de Pai, treme, depois cai.

— Em casa — diz ele — , em Esquéria, uma vala de irrigação corria atrás da propriedade. Mesmo depois de ter secado, mesmo nos dias mais quentes, sempre havia uma surpresa se você ficasse ajoelhado lá por tempo suficiente. Uma semente carregada pelo vento, um gorgulho, uma florzinha corajosa sozinha.

Ondas e mais ondas de sonolência tomam conta de Konstance. O que Pai está fazendo? O que ele está tentando lhe dizer? Ele se levanta e passa cambaleando por cima da banqueta deformada e sai do vestíbulo.

— Pai, por favor.

Mas o rosto de Pai desaparece da visão dela. Ele pressiona a beirada da porta com o pé, arranca a banqueta deformada e o vestíbulo se fecha.

— Não...

Porta externa lacrada, diz Sybil. *Iniciando descontaminação.*

O barulho do ventilador cresce. Ela sente jatos frios contra o bioplástico do traje, fecha os olhos para se proteger dos três pulsos de luz, e a porta interna se abre. Aterrorizada, exausta, refreando o pânico, Konstance arrasta o toalete para dentro, os sacos de Alimento em Pó, a cama inflável, a impressora de comida na embalagem.

A porta interna é lacrada. A única luz é o brilho de Sybil cintilando dentro da sua torre, ora laranja, ora rosa, ora amarelo.

Olá, Konstance.

Oxigênio em dezoito por cento, diz o capuz.

Adoro visitas.

Um dois três quatro cinco.

Cidade nas nuvens

Cinquenta e seis cinquenta e sete cinquenta e oito.

Oxigênio em dezessete por cento.

Oitenta e oito oitenta e nove noventa. O cobertor embolado de Mãe. O cabelo de Pai úmido de suor. Um pé descalço para fora de uma tenda. Ela chega a cem e desconecta o capuz. Tira-o da cabeça. Deita-se no chão enquanto as SonoGotas a enfraquecem.

Dez

A gaivota

Cuconuvolândia, *de Antônio Diógenes, Fólio K*

[...] a deusa desceu voando do céu noturno. Ela tinha um corpo branco, asas cinza e uma boca grande laranja, como um bico, e embora não fosse tão grande quanto eu esperava que uma deusa fosse, fiquei com medo. Ela pousou em seus pés amarelos, deu alguns passos e começou a bicar uma pilha de algas.

— Exaltada filha de Zeus — disse eu —, eu lhe imploro, diga os encantos mágicos para me transformar desta forma em outra, de maneira que eu possa voar para a cidade nas nuvens onde todas as necessidades são satisfeitas e ninguém sofre e todo dia brilha como os primeiríssimos dias no nascimento do mundo.

— Que diabos você está zurrando? — perguntou a deusa, e o fedor do seu hálito de peixe quase me derrubou. — Voei por todas as partes e não há lugar algum assim, nem nas nuvens nem em outras paragens.

Ela era claramente uma divindade cruel, tentando me enganar. Eu disse:

— Bem, você poderia pelo menos usar suas asas para voar até algum lugar claro e quente e trazer para mim uma rosa para que eu possa voltar a ser quem eu era e recomeçar minha jornada?

A deusa apontou com uma asa para uma segunda pilha de algas marinhas, congeladas sobre o cascalho, e disse:

— Aquela é a rosa do mar do Norte e eu ouvi dizer que, se você comer uma quantidade suficiente, vai se sentir estranho. Mas eu posso dizer logo de cara que um idiota como você nunca vai desenvolver asas.

Depois ela gritou, *ah ah ah*, o que pareceu muito mais uma risada do que palavras mágicas, mas eu pus aquela mixórdia lodosa na boca e mastiguei.

Embora o gosto fosse de nabo podre, eu de fato senti uma transformação começar. Minhas pernas encolheram, bem como minhas orelhas, e fendas surgiram atrás da minha mandíbula. Senti escamas deslizando pelas minhas costas e uma gosma cobriu meus olhos...

Biblioteca Pública de Lakeport

20 de fevereiro de 2020

17h27

Seymour

AGACHADO AO LADO DA PRATELEIRA DE AUDIOLIVROS VIRADA de cabeça para baixo, espiando por uma nesga de janela, ele observa mais duas viaturas da polícia se posicionando, como se estivessem construindo um muro em torno da biblioteca. Figuras curvadas correm pela neve ao longo da rua Park, pontinhos vermelhos se deslocando com elas. Câmeras termográficas? Miras a *laser*? Em cima dos zimbros, paira um trio de luzes azuis: algum tipo de drone de controle remoto. Aquelas são as criaturas que escolhemos para repovoar a Terra.

Seymour se arrasta de volta até o atril do dicionário e está tentando engolir o pânico que turbilhona em sua garganta quando o telefone em cima do balcão da recepção toca. Ele põe as mãos sobre os abafadores de ruídos. Seis toques, sete, oito, e para. Um instante depois, o telefone no escritório de Marian — pouco mais do que um quartinho de almoxarifado embaixo da escada — toca. Sete toques, oito toques, para.

— Você deveria atender — diz o homem ferido no sopé da escada. O abafador de ruídos mantém a voz dele distante. — Eles vão querer encontrar uma maneira pacífica de resolver isto.

— Por favor, fique calado — pede Seymour.

Agora o telefone no balcão da recepção toca novamente. O homem no sopé da escada já causou problemas demais, na verdade, estragou tudo. Seria muito mais fácil se ele não falasse. Seymour o mandou tirar os fones de ouvido verde-limão e jogá-los na seção de Ficção, mas o homem está sangrando no tapete sujo da biblioteca, atrapalhando tudo.

De quatro, Seymour se arrasta até o balcão da recepção e arranca o fio do telefone da tomada na parede. Depois rasteja até o escritório-almoxarifado de Marian, onde o telefone está tocando pela segunda vez, e também arranca aquele fio.

— Isso foi um erro — diz o homem ferido.

Um adesivo na porta de Marian diz, *Biblioteca: Onde a magia acontece*. Imagens do rosto sardento da bibliotecária cruzam sua visão e ele pisca, tentando afastá-las.

Coruja-cinzenta. A maior espécie de coruja do mundo em comprimento.

Ele fica sentado na soleira do escritório com a pistola no colo. As luzes da polícia borram com clarões vermelhos e azuis as lombadas dos livros juvenis. Ele sente o estrondo revirando-se lá fora, atrás dos vidros das janelas. Atiradores de elite estão mirando nele nesse instante? Eles têm equipamentos para enxergar através das paredes? Quanto tempo até eles invadirem e o matarem com um tiro?

Do bolso esquerdo, ele tira o telefone com os três números escritos na parte de trás. O primeiro detona a bomba número um; o segundo, a bomba número dois; ele deve digitar o terceiro se houver problemas.

Seymour digita o terceiro número e remove uma das conchas do abafador de ruídos. Vários toques, um bipe e a ligação cai.

Cidade nas nuvens 361

Isso significa que eles receberam a mensagem? Ele deve dizer algo depois do bipe?

— Preciso de atendimento médico — diz o homem no sopé da escada.

Ele digita novamente. Toca toca toca toca toca toca toca toca toca bipe.

Seymour diz:

— Alô?

Mas a ligação cai. Aquilo provavelmente significa que a ajuda está a caminho. Significa que eles receberam a mensagem, que vão ativar uma rede de apoio. Ele vai ganhar tempo e esperar. Ganhar tempo, esperar, e o pessoal do Bishop vai ligar de volta ou chegar para ajudar, e tudo vai se resolver.

— Estou com sede — grita o homem ferido, e, de algum lugar, chegam vozes baixas de crianças, o assobio do vento e o estrondo de ondas arrebentando. Truques da mente. Seymour recoloca o abafador de ruídos, pega na mesa de Marian uma caneca decorada com gatos de um desenho animado, se arrasta até o bebedouro, enche a caneca e a coloca ao alcance do homem.

A lata de lixo ao lado das poltronas, coletando o vazamento, está quase cheia. O aquecedor bem embaixo dele emite uma série de rangidos cansados. *Todos nós precisaremos ser fortes*, disse Bishop. *Os próximos acontecimentos vão nos testar de uma maneira que nem sequer podemos imaginar.*

Zeno

P ERGUNTAS PERSEGUEM UMAS ÀS OUTRAS NO CARROSSEL DA SUA mente. Quem atirou em Sharif e qual a gravidade dos ferimentos? Por que ele acenou para Zeno voltar? Se as luzes do lado de fora da biblioteca são das forças de segurança, ou de paramédicos, por que eles não estão entrando às pressas? É porque o agressor ainda está aqui? Só existe um agressor? É somente um homem? Os pais estão sendo avisados? O que ele deve fazer?

No palco, Éton, o burro, está caminhando nos confins congelados do mundo. Do alto-falante de Natalie provém o som de grandes ondas oceânicas arrebentando na pedra. Olivia, usando um grande adereço macio de gaivota na cabeça e um *collant* amarelo, aponta com uma das asas feitas a mão para uma pilha de papel de seda verde no palco.

— Ouvi dizer — diz ela — que se você comer uma quantidade suficiente disso, vai se sentir estranho. Mas eu posso dizer, logo de cara, que um idiota como você nunca vai desenvolver asas.

Alex, que é Éton, pega um pouco do papel de seda verde, enfia em sua boca de burro de papel machê e sai do palco.

Olivia, a gaivota, se vira para as cadeiras.

Cidade nas nuvens 363

— De nada serve um tolo como aquele ir atrás de castelos no céu. Não é à toa que se diz que ser sensato é ser "pé no chão".

Fora do palco, Alex grita:

— Bem, *alguma* coisa está acontecendo, estou sentindo.

Christopher converte a luz do holofote de karaokê de branca em azul, e as torres de Cuconuvolândia brilham atrás do palco, Natalie substitui o barulho das ondas por ruídos de borbulhas, gorgolejos e gotejamentos.

Alex entra no palco segurando sua cabeça de peixe de papel machê.

— Podemos fazer uma parada, sr. Ninis? Tipo um recreio?

— Ele quer dizer um intervalo — corrige Rachel.

Zeno ergue os olhos das suas mãos trêmulas.

— Sim, sim, claro, um intervalo silencioso. Boa ideia. Vocês estão se saindo muito bem, todos vocês.

Olivia tira sua máscara.

— Sr. Ninis, o senhor acha mesmo que devo dizer "idiota"? Algumas pessoas da igreja vêm amanhã.

Christopher se dirige ao interruptor de luz, mas Zeno diz:

— Não, é melhor no escuro. Amanhã vocês vão trabalhar nos bastidores com pouca luz. Venham, vamos nos sentar nos bastidores, atrás das estantes que Sharif arrumou, longe da plateia, exatamente como será amanhã à noite, e podemos falar sobre isso, Olivia.

Ele os conduz para trás das três estantes, Rachel recolhe as páginas do seu roteiro e se senta em uma cadeira dobrável, Olivia guarda o papel de seda verde amassado dentro de uma bolsa e Alex se arrasta para debaixo da arara dos figurinos e suspira. Zeno fica de pé entre eles, em sua gravata-borboleta e suas botas de velcro. A seus pés, a caixa do micro-ondas transformada em sarcófago vira momentaneamente uma solitária atrás do quartel--general do Acampamento Cinco — ele quase espera que Rex se levante dali, emaciado e imundo, e ajuste seus óculos quebrados — e depois se torna uma caixa de papelão novamente.

— Algum de vocês — sussurra ele — tem um telefone celular?

Natalie e Rachel balançam a cabeça. Alex diz:

— Vovó diz que só na sexta série.

Christopher completa:

— Olivia tem um.

Olivia responde:

— Minha mãe tomou.

Natalie levanta a mão. No palco, do outro lado das estantes de livros, o alto-falante dela ainda está emitindo o gorgolejo submarino, desnorteando Zeno.

— Sr. Ninis, o que é um triz?

— O quê?

— A srta. Marian disse que voltaria com as pizzas em um triz.

— Triz é tipo um músculo.

— Não, o músculo é tríceps — retruca Olivia.

— Triz é uma marca de café — afirma Christopher.

— Triz quer dizer instante — explica Zeno. — Um tempo muito curto. — Em algum lugar em Lakeport, sons de sirene estão subindo e descendo.

— Mas já não passou mais do que um instante, sr. Ninis?

— Você está com fome, Natalie?

Ela faz que sim com a cabeça.

— Estou com sede — diz Christopher.

— As pizzas provavelmente atrasaram por causa da neve — mente Zeno. — Marian já vai voltar.

Cidade nas nuvens 365

Alex senta direito.

— Podíamos beber uns refrigerantes da Cuconuvolândia?

— Eles são para amanhã — diz Olivia.

— Acho que não vai fazer mal — sugere Zeno — se cada um de vocês tomar um refrigerante. Vocês podem fazer isso em silêncio?

Alex se levanta com um salto e desaparece e Zeno fica na ponta dos pés para espiar por cima das estantes enquanto Alex entra no espaço entre o pano de fundo pintado e a parede.

— Por que — pergunta Christopher — ele precisa fazer silêncio?

Rachel lê seu roteiro acompanhando as falas com o dedo indicador e Olivia pergunta:

— E o xingamento, sr. Ninis?

Será que Sharif está sangrando até a morte? Zeno deveria estar agindo mais rápido? Alex sai da parte mais distante do pano de fundo vestindo um roupão e short e carregando uma caixa com vinte e quatro refrigerantes Mug.

— Cuidado, Alex.

— Christopher — sussurra Alex, enquanto dá a volta na rampa do palco de compensado, sua atenção concentrada em retirar uma lata de refrigerante da parte de cima da caixa. — Aqui está uma para... — Ele dá uma topada no tablado e tropeça e uma dúzia de refrigerantes voa por cima do palco.

Seymour

ELE OLHA PARA O TELEFONE E PENSA: TOQUE. TOQUE AGORA. Mas o aparelho permanece mudo.

17h38.

Bunny já deve ter terminado o turno de camareira àquela altura. Pés cansados, costas doendo, ela deve estar no escritório, esperando que ele a pegue de carro e a leve para o Pig 'N Pancake. Viaturas da polícia estão passando correndo pela janela? Seus colegas de trabalho estão falando sobre algo que está acontecendo na biblioteca?

Ele tenta imaginar os guerreiros de Bishop se reunindo em algum lugar próximo, usando códigos para conversar nos rádios, coordenando esforços para salvá-lo. Ou — uma nova dúvida surge sorrateira — talvez a polícia esteja de alguma maneira causando interferência nas suas ligações. Talvez o pessoal de Bishop não tenha recebido a sua chamada. Ele pensa nas luzes vermelhas se movendo na neve, no drone pairando sobre as cercas. Será que o Departamento de Polícia de Lakeport teria capacidade para fazer algo assim?

O homem ferido está deitado atravessado na escada, com a mão direita segurando o ombro que continua sangrando. Os

Cidade nas nuvens   367

olhos dele se fecharam e o sangue no carpete a seu lado está secando, passando de bordô para preto. Melhor não olhar. Seymour desvia a atenção para a sombra comprida no corredor central entre Ficção e Não Ficção. A mochila escondida lá atrás. Que confusão ele aprontou.

Ele está disposto a morrer por aquilo? A dar voz a todas as criaturas que os homens eliminaram da Terra? A lutar por quem não tem voz? Não é isso que faz um herói? Um herói luta por quem não pode lutar por si mesmo.

Com medo e confuso, o corpo coçando, as axilas suando, os pés frios, a bexiga transbordando, a Beretta em um bolso e o telefone celular no outro, Seymour retira as conchas do abafador de ruídos e limpa o rosto com as mangas da jaqueta e olha para o final do corredor, na direção do banheiro nos fundos da biblioteca, quando ouve, vindo de cima, uma sucessão de baques surdos.

Onze

No ventre da baleia

Cuconuvolândia, *de Antônio Diógenes, Fólio Λ*

[...] persegui meus irmãos escamados pelas profundezas infinitas, fugindo dos velozes e terríveis golfinhos. Sorrateiro, um leviatã nos atacou, a maior das criaturas vivas, com uma boca larga como os portões de Troia, dentes altos como os pilares de Hércules e afiados como a espada de Perseu.

Sua mandíbula se escancarou para nos engolir, e fiquei esperando a morte. Eu nunca chegaria à cidade nas nuvens. Nunca veria a tartaruga nem provaria o bolo de mel da pilha sobre seu casco. Morreria no mar frio, meus ossos no ventre de uma fera. Todo o nosso cardume foi arrastado para dentro de sua boca, mas os intervalos entre suas enormes presas se revelaram grandes demais para nos prender, e nós escorregamos, ilesos, a caminho de sua garganta.

Marulhando dentro do grande monstro, como se presos dentro de um segundo oceano, flutuamos por cima de toda a criação. Toda vez que o monstro abria a boca, eu subia à superfície e avistava algo novo: os crocodilos da Etiópia, os palácios de Cartago, a neve espessa sobre as cavernas dos trogloditas ao longo da circunferência do mundo.

Em certo momento, fiquei exausto: eu já tinha viajado tanto, e ainda estava tão longe do meu destino quanto no início da jornada. Eu era um peixe dentro de um mar dentro de um peixe maior dentro de um mar maior, e me perguntava se o mundo em si também nadava dentro do ventre de um peixe muito maior, todos nós peixes dentro de peixes dentro de peixes, e, depois, cansado de tantos questionamentos, fechei os olhos escamosos e dormi [...]

Constantinopla

Abril-maio de 1453

Omeir

POR QUILÔMETROS, E EM TODAS AS DIREÇÕES, MARTELOS RES-
soam, machados cortam, camelos blateram, ladram e
balem. Ele passa por campos de flecheiros, seleiros, sapateiros
e ferreiros; alfaiates estão fabricando tendas dentro de outras
tendas maiores; garotos correm para lá e para cá com cestos de
arroz; cinquenta carpinteiros constroem escadas de assalto com
troncos descascados. Valas foram escavadas com o objetivo de
levar para longe dejetos humanos e animais; água potável é ar-
mazenada em montanhas de barris; uma grande fundição portátil foi construída nos fundos do acampamento.

Homens vêm de todas as partes do campo para espiar o canhão que brilha imenso e fulgurante sobre sua carroça. Os bois,
assustados pela comoção, ficam agrupados. Enluarado parece
cochilar em pé enquanto mastiga, incapaz de levantar a cabeça
acima da linha dorsal, e Arvoredo encontra um lugar ao lado do
irmão e se deita, mexendo uma orelha. Omeir esfrega uma mistura de cuspe e folhas de calêndula na perna esquerda traseira,
como Vovô teria feito, e se preocupa.

Ao crepúsculo, os homens que trouxeram o canhão de
Edirne estão reunidos entre caldeirões fumegantes. Um capitão

sobe em um palanque para anunciar que a gratidão do sultão é imensa. Assim que a cidade for conquistada, diz ele, cada um poderá escolher qual casa será a sua, qual jardim e quais mulheres serão suas esposas.

Durante toda a noite, o sono de Omeir é interrompido pelo barulho de carpinteiros construindo um suporte para o canhão, além de uma paliçada para ocultá-lo. Ao longo de todo o dia seguinte, os carreteiros e bois trabalham para içá-lo até sua posição. Vez por outra a seta de uma besta sai assobiando do parapeito ameado no topo da muralha externa da cidade e se crava em uma tábua ou na lama. Maher balança o punho na direção das muralhas.

— Temos algo um pouco maior do que isso para atirar em vocês — grita ele, e todos que ouvem riem. Naquela tarde, no pasto onde eles alimentam os bois, Maher encontra Omeir em cima de um bloco de pedra tombado, se agacha ao lado dele e coça a casca de um machucado no joelho. Eles olham para os exércitos amontoados perto do fosso e para as torres brancas como gesso com listras de tijolos vermelhos. Ao pôr do sol, os telhados desordenados do outro lado das muralhas parecem estar ardendo.

— Você acha que, a esta hora amanhã, tudo aquilo será nosso?

Omeir não responde. Está com vergonha de dizer que o tamanho da cidade o aterroriza. Como os homens puderam construir um lugar como aquele?

Maher fala entusiasmado sobre a casa que escolherá para si, de como ela terá dois andares e canais de água correndo por um jardim com pereiras e jasmins e de como ele terá uma esposa de olhos escuros e cinco filhos homens e pelo menos uma dúzia

Cidade nas nuvens 377

de banquetas de três pés — Maher está sempre falando de banquetas de três pés. Omeir pensa na cabana de pedra na ravina, sua mãe fazendo coalhada, Vovô torrando pinhas, e a saudade o invade.

No topo de uma colina baixa à esquerda, isolado por escudos, uma série de valas e uma cortina de tecido, o cercado de tendas do sultão tremula na brisa. Há tendas para seus guarda-costas, seu conselho e seu tesouro, para suas relíquias sagradas, sua falcoaria, para seus astrólogos, professores e provadores de comida. Há tendas de cozinha, tendas de banheiro, tendas de contemplação. Ao lado de uma torre de observação, está a tenda pessoal do sultão — vermelha com dourado e grande como um bosque. Omeir ouviu dizer que seu interior é pintado com as cores do paraíso e está louco para vê-lo.

— Nosso príncipe, em sua sabedoria infinita — diz Maher, seguindo o olhar de Omeir —, descobriu um ponto fraco. Uma falha. Está vendo onde o rio entra na cidade? Onde as muralhas mergulham ao lado do portão? Água corre ali desde os dias do Profeta, que Ele esteja em paz, acumulando-se, infiltrando-se, corroendo. As fundações ali estão fracas e as junções das pedras começaram a enfraquecer. É por ali que vamos invadir.

Em cada canto das muralhas da cidade, fogueiras de sentinela estão se acendendo. Omeir tenta se imaginar atravessando o fosso a nado, subindo na escarpa do outro lado, escalando de alguma maneira a muralha externa, lutando para atravessar as ameias e depois caindo em uma terra de ninguém diante do enorme bastião da muralha interna, que tem a altura de doze homens. Você precisaria de asas. Precisaria ser um deus.

— Amanhã à noite — diz Maher. — Amanhã à noite, duas daquelas casas serão nossas.

Na manhã seguinte, abluções são feitas e preces, recitadas. Depois, os porta-bandeiras abrem caminho por entre as tendas até a frente das fileiras e erguem estandartes brilhantes à luz da alvorada. Tambores, tamborins e castanholas soam em meio à companhia, uma algazarra com o objetivo de amedrontar e inspirar. Omeir e Maher observam os fabricantes de pólvora — muitos com dedos faltando, muitos com queimaduras na garganta e no rosto — preparar a grande arma. A expressão no rosto deles é de tensão devido ao medo constante de trabalhar com explosivos instáveis. Eles fedem a enxofre e murmuram entre si em seu estranho dialeto como necromantes, e Omeir reza para que os olhos deles não cruzem com os seus, para que, se algo der errado, eles não culpem o defeito em seu rosto.

Ao longo dos quase sete quilômetros de muralhas terrestres, os canhões foram organizados em catorze baterias, nenhum deles maior do que a grande bombarda que Omeir e Maher ajudaram a arrastar até lá. Armas de assalto mais familiares — trabucos, fundas, catapultas — também são carregadas, mas todas parecem primitivas comparadas às armas chamuscadas, aos cavalos pretos, às carroças e aos trajes manchados de pólvora dos artilheiros. Reluzentes nuvens primaveris navegam sobre eles como embarcações velejando para uma guerra paralela, e o sol abre caminho acima dos telhados da cidade, cegando momentaneamente os exércitos fora das muralhas. A algum sinal do sultão, escondido pelo reluzir de um tecido no topo da sua torre, os tambores e címbalos se calam e os responsáveis pela sinalização abaixam seus estandartes.

Em mais de sessenta canhões, os canhoneiros encostam velas nas escorvas. Todo o exército observa, desde os pastores descalços

Cidade nas nuvens 379

recrutados, posicionados na vanguarda com porretes e gadanhas, até os imãs e vizires — desde os assistentes, cavalariços, cozinheiros e flecheiros até as unidades de elite dos janízaros com seus ornamentos de cabeça brancos. As pessoas no lado de dentro da cidade também observam em fileiras esporádicas ao longo das muralhas interna e externa: arqueiros, cavaleiros, sapadores, monges, os curiosos e os incautos. Omeir fecha os olhos, aperta os antebraços contra as orelhas para pressionar os ouvidos e sente a pressão aumentar, sente o enorme canhão reunir sua abominável energia. Por um instante, reza para estar adormecido, para quando abrir os olhos estar em casa, encostado na raiz do teixo semioco, acordando de um imenso sonho.

Uma após outra, as bombardas disparam, fumaça branca saindo de seus canos enquanto os canhões dão um tranco para trás, o coice, estremecendo a terra, e mais de sessenta bolas de pedra voam rumo à cidade mais rápido do que os olhos conseguem rastrear.

Em cima e abaixo das muralhas, nuvens de poeira e pedra pulverizada se erguem. Fragmentos de tijolos e calcário chovem sobre homens a quatrocentos metros de distância, e um estrondo ribomba através dos exércitos reunidos.

À medida que a fumaça se dissipa, Omeir vê que uma parte de uma torre na muralha externa desmoronou. Fora isso, as muralhas parecem intactas. Os canhoneiros despejam óleo sobre a enorme arma para esfriá-la e um oficial prepara sua equipe para carregar uma segunda bala de meia tonelada. Maher está piscando, incrédulo, e muito tempo se passa antes que os vivas amainem o suficiente para Omeir ouvir a gritaria.

Anna

Ela está cortando lenha recolhida no pátio quando os canhões disparam novamente, um depois do outro, mais de dez deles, acompanhados pelo ruído distante de partes das muralhas caindo aos pedaços. Dias antes, o estardalhaço das máquinas de guerra do sultão poderia ter feito metade das mulheres no ateliê chorar. Esta manhã, mal fazem o sinal da cruz no ar sobre seus ovos cozidos. Uma jarra treme em uma prateleira e Chryse estica a mão e a estabiliza.

Anna arrasta a lenha para a copa e monta a fogueira, as mulheres rezam e comem e as oito bordadeiras que sobraram comem e sobem lentamente para o trabalho. Está frio e ninguém costura com urgência. Kalaphates fugiu com o ouro, a prata, as pequenas pérolas, não há muita seda sobrando, e, afinal de contas, quais clérigos estão comprando vestimentas brocadas? Todo mundo parece concordar que o mundo vai acabar em breve e a única tarefa essencial é purificar as almas imorais antes que esse momento chegue.

A Viúva Teodora está em pé ao lado da janela do ateliê, apoiada em sua bengala. Maria segura seu bastidor a centímetros dos olhos, enquanto desliza a agulha pelo capuz de samito.

Cidade nas nuvens 381

À noite, após deixar Maria com segurança na cela, Anna percorre um quilômetro para se reunir com outras mulheres e garotas no terraço entre as muralhas interna e externa. Elas trabalham em equipes para encher barris de turfa, terra e pedaços de alvenaria. Anna vê freiras, ainda de hábito, ajudando a prender os barris a polias; vê mães se revezando com recém-nascidos para que as outras possam trabalhar.

Os barris são içados por guindastes puxados por burros até as ameias das muralhas externas. Depois que escurece, soldados incrivelmente corajosos, à vista dos exércitos sarracenos, rastejam sobre paliçadas construídas às pressas, baixam os barris e preenchem os espaços vazios com galhos e palha. Anna vê arbustos e mudas inteiras — até tapetes e tapeçarias — serem baixados até as paliçadas. Qualquer coisa que atenue o impacto das terríveis bolas de pedra.

Ao longe, do lado de fora da muralha externa, quando os canhões do sultão rugem, ela sente as detonações correndo por seus ossos e estremecendo seu coração dentro da caixa torácica. Às vezes, uma bala ultrapassa o alvo e aterrissa uivando na cidade, e ela a ouve se enterrar em um pomar ou em uma ruína ou em uma casa. Outras vezes, as balas atingem as paliçadas que, mais do que se estilhaçar, engolem as agressoras por inteiro, e os defensores ao longo das fortificações comemoram.

Os momentos silenciosos a amedrontam mais: quando o trabalho é interrompido e ela consegue ouvir as canções dos sarracenos do outro lado das muralhas, o rangido de suas máquinas de assalto, os relinchos de seus cavalos e os grunhidos de seus camelos. Quando o vento sopra na direção certa, ela consegue sentir o cheiro da comida que eles estão cozinhando. Ficar tão perto de homens que a querem morta. Saber que só uma simples divisória de alvenaria evita que eles satisfaçam o próprio desejo.

Ela trabalha até não conseguir enxergar as próprias mãos na frente do rosto, depois se arrasta de volta para a casa de Kalaphates, pega uma vela na copa, sobe em seu catre ao lado de Maria, as unhas quebradas, as mãos estriadas de terra, puxa o cobertor em volta delas e abre o pequeno códice de pele de cabra marrom.

A leitura avança devagar. Partes de algumas páginas estão obscurecidas por mofo e o escriba que copiou a história não separou as palavras com espaços, e as velas de sebo emanam uma luz fraca e intermitente, e ela muitas vezes está tão cansada que as linhas parecem ondular e dançar diante de seus olhos.

O pastor na história se transforma acidentalmente em burro, depois em peixe, e agora está nadando nas vísceras de um enorme leviatã, viajando pelos continentes enquanto se esquiva das feras que tentam devorá-lo: é bobo, absurdo. Não pode ser de forma alguma o tipo de compêndio de maravilhas que os italianos estavam procurando, não é?

No entanto... Quando o fluxo do grego antigo aumenta e ela volta para dentro da história, como se estivesse escalando o muro do convento sobre a rocha — apoio para a mão aqui, apoio para o pé lá —, o frio úmido da cela se dissipa e o mundo resplandecente, ridículo, de Éton o substitui.

Nosso monstro marinho travou uma batalha com outro, maior e mais monstruoso, as águas à nossa volta tremeram, e navios inteiros com uma centena de marinheiros, cada, naufragaram diante de mim, ilhas desarraigadas foram carregadas. Fechei

Cidade nas nuvens 383

os olhos, aterrorizado, e fixei meus pensamentos na cidade dourada nas nuvens [...]

Vire uma página, percorra as linhas de frases: o cantor sai lá de dentro e, com um sopro, dá vida a um mundo de cor e ruído no espaço dentro da sua cabeça.

Chryse, a cozinheira, anuncia um dia que o sultão não apenas usou o Degolador para estrangular a cidade a leste, não apenas posicionou sua marinha para bloquear o mar a oeste, não apenas reuniu um exército infinito com armas de artilharia aterradoras — agora ele trouxe equipes de mineradores de prata sérvios, os melhores do mundo, para cavar túneis embaixo das muralhas.

A partir do momento que ouve aquilo, Maria é tomada pelo terror. Ela põe tigelas de água em volta da cela e se agacha diante delas, os olhos a centímetros de distância, estudando as superfícies em busca de qualquer indício de atividade subterrânea. À noite, ela acorda Anna para ouvir os sons de picaretas e pás embaixo do chão.

— Está ficando mais alto.

— Eu não estou ouvindo nada, Maria.

— O chão está tremendo?

Anna a abraça.

— Tente dormir, irmã.

— Estou ouvindo as vozes deles. Estão conversando bem embaixo de nós.

— É apenas o vento na chaminé.

Todavia, a despeito da lógica, Anna sente o medo se insinuando. Imagina um pelotão de sérvios trajando cafetãs agachados em um buraco bem embaixo do catre delas, rostos enegrecidos de terra, os olhos enormes no escuro. Ela prende a respiração; ouve a ponta de suas facas arranhando a parte de baixo dos ladrilhos.

Uma noite, no fim do mês, ao caminhar pela parte leste da cidade à procura de comida, Anna está contornando a grande construção desgastada que é Santa Sofia quando, de repente, para. Entre as casas, espremida contra o porto, a silhueta do convento sobre a rocha se destaca do mar, em chamas. Labaredas se refletem em janelas caídas e uma coluna de fumaça preta se ergue no céu.

Sinos tocam — ela não sabe dizer se para incitar as pessoas a combater o incêndio ou se para outro propósito. Talvez estejam soando simplesmente para exortar as pessoas a seguir em frente. Um abade, de olhos fechados, passa apressado carregando um ícone, seguido por dois monges, cada um com um incensório fumegante, e a fumaça do convento se dissolve no crepúsculo. Ela pensa naqueles aposentos úmidos, apodrecidos, a biblioteca embolorada sob os arcos quebrados. O códice na sua cela.

Dia após dia, disse o italiano alto, *ano após ano, o tempo varre os livros antigos do mundo.*

Uma faxineira com cicatrizes no rosto para diante de Anna.

— Vá para casa, criança. Os sinos estão chamando os monges para enterrar os mortos, e não é hora de ficar na rua.

Quando ela volta para casa, encontra Maria sentada enrijecida na escuridão total.

— Isso é fumaça? Estou sentindo cheiro de fumaça.

— É só uma vela.

— Estou me sentindo fraca.

— É só fome, irmã.

Cidade nas nuvens 385

Anna se senta e enrola o cobertor em volta delas e levanta o capuz de samito do colo da irmã, cinco dos doze pássaros terminados — a pomba do Espírito Santo, o pavão da Ressurreição, a andorinha que tentou arrancar os pregos das mãos crucificadas de Jesus. Ela enrola o dedal e as tesouras de Maria, pega o antigo códice desgastado em um canto e o folheia até a primeira página: *PARA MINHA QUERIDA SOBRINHA, COM ESPERANÇA DE QUE ISTO LHE TRAGA SAÚDE E LUZ.*

— Maria — diz ela. — Ouça. — E começa do início.

— Bêbado, o insensato Éton confunde uma cidade mágica em uma peça com um lugar de verdade. Parte para a Tessália, a Terra da Magia, e acidentalmente se transforma em um burro.

Daquela vez, ela consegue progredir mais rápido e, ao ler em voz alta, algo curioso acontece: desde que mantenha um fluxo constante de palavras correndo pelos ouvidos de Maria, a irmã não parece sofrer tanto. Seus músculos relaxam; sua cabeça pousa no ombro de Anna. Éton, o burro, é sequestrado por bandidos, amarrado a uma roda pelo filho impiedoso do moleiro, caminha sobre seus cascos cansados e rachados até o lugar onde a natureza chega ao fim. Maria não geme de dor nem murmura sobre mineradores subterrâneos invisíveis escavando o subsolo. Ela fica sentada ao lado de Anna, piscando à luz da vela, seu rosto mostrando sinais de divertimento.

— Você acha que é verdade mesmo, Anna? Um monstro marinho tão grande que é capaz de engolir navios inteiros?

Um rato cruza as pedras e se ergue sobre as patas traseiras, retorcendo o nariz com a cabeça inclinada, como se estivesse esperando a resposta. Anna pensa na última vez em que esteve com Licínio. Μῦθος, escreveu ele, *mŷthos*, uma conversa, uma narrativa, uma lenda dos tempos obscuros antes dos dias de Cristo.

— Algumas histórias — responde ela — podem ser falsas e verdadeiras ao mesmo tempo.

No corredor, a Viúva Teodora aperta as contas gastas do seu rosário à luz do luar. A uma cela de distância, Chryse, metade dos dentes perdidos, bebe de uma jarra de vinho e põe as mãos rachadas nos joelhos, sonhando com um dia de verão fora das muralhas, caminhando sob cerejeiras, um céu cheio de corvos. Um quilômetro e meio a leste, no ventre de uma caravela ancorada, o menino Himério, recrutado para as defesas navais improvisadas da cidade, está sentado com outros trinta homens, descansando sobre o bastão de um grande remo, as costas esfoladas, as mãos sangrando, oito dias restantes de vida. Nas grandes cisternas sob a igreja de Santa Sofia, três barquinhos flutuam no espelho de água escura, cada um abarrotado de rosas primaveris, enquanto um padre entoa um hino que ecoa na escuridão.

Omeir

NA PRIMEIRA VEZ QUE ELE SE DIRIGE AO NORTE CONTORNANDO as muralhas da cidade e vê o estuário do Corno de Ouro — uma folha de água prateada de oitocentos metros de largura, fluindo lentamente na direção do mar —, pensa que aquela é a coisa mais impressionante do mundo. Gaivotas rodopiam acima da cabeça dele; saracuras grandes como deuses erguem-se das moitas de junco; duas barcas do sultão deslizam na correnteza como se fosse magia. Vovô disse que o oceano era suficientemente grande para conter todos os sonhos que todas as pessoas já tiveram, mas até aquele momento ele nunca entendeu o que aquilo queria dizer.

Ao longo da linha oeste do estuário, ancoradouros otomanos pululam de atividade. À medida que as caravanas de bois descem rumo aos embarcadouros, Omeir avista guindastes e guinchos, estivadores descarregando barris e munições, animais esperando com suas carroças, e tem certeza de que nunca mais verá algo tão resplandecente.

Mas, à medida que os dias se transformam em semanas, sua admiração inicial esmorece. Ele e os bois são designados para uma equipe de oito pessoas que transportam carroças cheias de bolas de granito, lavradas no litoral norte do mar Negro, de um ancoradouro no Corno de Ouro até uma fundição improvisada do lado de fora das muralhas, onde são entalhadas e polidas até atingirem os calibres das bombardas. O percurso tem seis quilômetros e meio, a maior parte em aclive, e as armas mostram um apetite insaciável por projéteis. As caravanas de bois trabalham de manhã até a noite, poucos animais se recuperaram de sua longa jornada até ali, e todos mostram sinais de sofrimento.

A cada dia, Enluarado puxa uma parte cada vez maior da carga para seu irmão e, à noite, assim que o jugo é retirado, Arvoredo consegue dar uns poucos passos mancos antes de se deitar. Omeir passa a maior parte das horas noturnas levando forragem e água para ele. Queixo no chão, pescoço curvado, costelas subindo-descendo-subindo-descendo: um boi saudável jamais ficaria deitado daquela maneira. Os homens olham para ele, prevendo uma refeição.

Chuva, depois névoa, depois sol quente o suficiente para erguer grandes nuvens de moscas. A infantaria do sultão, trabalhando em meio ao zunir de projéteis, enche trechos do fosso ao longo do rio Lico com árvores derrubadas, máquinas de assalto quebradas, tecidos de tendas, toda e qualquer coisa que consegue encontrar. Passados alguns dias, os comandantes incitam seus homens, que são mandados em ondas para atravessá-lo.

Eles morrem às centenas. Muitos arriscam tudo para recuperar os corpos e são mortos enquanto os recolhem, aumentando, assim, o número de cadáveres a ser coletado. Na maioria das manhãs, enquanto Omeir põe o jugo em seus bois, a fumaça de piras funerárias serpenteia em direção ao céu.

Cidade nas nuvens 389

A estrada para os ancoradouros ao longo do Corno de Ouro atravessa um cemitério cristão que foi transformado em hospital de campanha a céu aberto. Homens jazem feridos e sofrendo entre as antigas lápides: macedônios, albaneses, valáquios, sérvios, alguns em tanta agonia que parecem reduzidos a algo que não chega a ser humano, como se a dor fosse uma onda niveladora, uma argamassa espalhada sobre tudo o que aquela pessoa foi um dia. Curandeiros circulam entre os feridos carregando maços de folhas de salgueiro em brasa e assistentes puxam burros carregando vasos de terracota, dos quais retiram grandes punhados de larvas para limpar feridas, os homens se contorcem ou berram ou desmaiam e Omeir imagina os mortos enterrados poucos metros abaixo dos moribundos, a carne apodrecida e esverdeada, os dentes de seus esqueletos rangendo, e fica arrasado.

As carroças de burros passam correndo pelas equipes de bois em ambas as direções, o rosto dos carroceiros estampado de impaciência ou medo ou raiva, ou os três. O ódio, percebe Omeir, é contagioso, espalha-se pelas tropas como uma doença. Três semanas após o início do cerco, alguns dos homens já não lutam mais pelo sultão ou por Deus ou pelo saqueio, mas por uma raiva assustadora. Mate todos. Termine logo com isso. Às vezes, a raiva também vem à tona dentro de Omeir e ele só quer que Deus desfira um punho em chamas através do céu e comece a esmagar um edifício atrás do outro até que todos os gregos estejam mortos e ele possa voltar para casa.

No primeiro dia de maio, o céu se enche de nuvens. O Corno de Ouro está lento, escuro e empolado pelos círculos de centenas de milhões de pingos de chuva. A equipe de transporte espera enquanto os estivadores rolam pela rampa as enormes bolas de granito estriadas de quartzo branco e as põem na carroça.

A distância, um trabuco arremessa pedras que voam traçando arcos desenfreados por cima das muralhas da cidade e desaparecem. Eles já percorreram oitocentos metros do caminho de volta rumo à fundição, em sulcos profundos, os bois babando, ofegantes, as línguas para fora, quando Arvoredo cambaleia. O boi consegue se levantar, mas, alguns passos depois, cambaleia novamente. Toda a caravana para e os homens correm para frear a carroça enquanto o restante do tráfego passa às pressas.

Omeir se abaixa entre os animais. Quando toca na perna de Arvoredo, o boi treme. Muco escorre de suas narinas e ele lambe o palato com a enorme língua sem parar e os olhos vibram lentamente de um lado para outro. Suas superfícies parecem gastas e enevoadas e apresentam o alheamento distante da catarata. Como se os últimos cinco meses o tivessem feito envelhecer dez anos.

Com o aguilhão nas mãos e os sapatos arruinados, Omeir percorre a linha de bois arquejantes e fica em pé diante do mestre quarteleiro, que está sentado em cima da carga de bolas na carroça com a testa franzida.

— Os animais precisam descansar.

O mestre quarteleiro olha para ele boquiaberto, meio surpreso, meio enojado, e pega o chicote. Omeir sente o coração pular para um vazio escuro. Uma lembrança surge em sua mente: uma vez, anos antes, Vovô o levou para o alto da montanha para ver os lenhadores derrubar um enorme e antigo abeto-prateado da altura de vinte e cinco homens, um colosso. Eles entoavam uma canção grave, determinada, enquanto batiam ritmadamente com seus machados no tronco como se estivessem martelando pregos no tornozelo de um gigante, e Vovô explicou o nome das ferramentas que eles usavam, massa de calafetar, mecha, blocos

Cidade nas nuvens 391

e mastro, mas o que Omeir lembra, enquanto o mestre quarteleiro se levanta com o chicote, é que, quando a árvore tombou, seu tronco explodindo e os homens gritando *madeira*, o ar repentinamente invadido por um aroma maduro, pungente, de madeira cortada, o que ele sentiu não foi alegria, mas pesar. Todos os madeireiros pareciam extrair alegria e satisfação do seu poder coletivo ao observar galhos que, por gerações, só conheceram a luz das estrelas, a neve e os corvos se espatifando entre os arbustos. Mas Omeir sentiu algo próximo ao desprezo e percebeu que, mesmo sendo novo, seus sentimentos não seriam bem recebidos, que deveria ocultá-los até mesmo do próprio avô. Por que ficar triste, diria Vovô, pelo que os homens podem fazer? Há algo errado com uma criança que simpatiza mais com outros seres do que com os homens.

A ponta do chicote do mestre quarteleiro estala a um centímetro da orelha de Omeir.

— Deixe o menino em paz. Ele é bondoso com os animais. O próprio Profeta, que a paz esteja com Ele, uma vez cortou um pedaço da própria túnica para não acordar um gato que dormia sobre ela – grita um carroceiro de barba branca que está com eles desde Edirne.

O mestre quarteleiro olha para baixo.

— Se não entregarmos esta carga — diz —, todos seremos açoitados, inclusive eu. E vou dar um jeito para que você e essa sua cara levem a pior. Faça seus animais andarem, senão todos nós vamos virar comida de corvos.

Os homens voltam para seus animais e Omeir sobe a estrada arruinada e sulcada, se agacha ao lado de Arvoredo, diz seu nome e o novilho se levanta. Ele toca nas ancas de Enluarado com o aguilhão. O animal estica as correntes e eles voltam a puxar.

Doze

O mago dentro da baleia

Cuconuvolândia, *de Antônio Diógenes, Fólio M*

[...] as águas dentro do monstro se acalmaram e fiquei com fome. Quando olhei para cima, uma guloseima deliciosa, uma pequena anchova brilhante, aterrissou na superfície, boiando e depois dançando do jeito mais sedutor. Com um movimento da minha nadadeira da cauda, nadei direto até ela, abri a boca o máximo que consegui e...

— Ai, ai — gritei —, meu lábio!

Os pescadores tinham olhos como lampadários, mãos como barbatanas e pênis como árvores e viviam em uma ilha dentro da baleia com uma montanha de ossos no meio.

— Tirem o anzol de mim — pedi. — Dificilmente sou uma refeição para homens tão fortes quanto vocês. E, além disso, nem sou um peixe!

Os pescadores se entreolharam.

— É você falando ou o peixe? — perguntou um deles.

Eles me carregaram para uma caverna no alto da montanha onde um mago náufrago e desgrenhado vivia há quatrocentos anos e havia aprendido de forma autodidata a falar a língua dos peixes.

— Grande mago — falei, sem fôlego. A cada instante que passava, falar ficava mais difícil para mim. — Transforme-me em uma ave, por favor, uma águia corajosa, talvez, ou uma coruja inteligente e forte, para que eu possa voar até a cidade nas nuvens que nunca é visitada pela dor e na qual o zéfiro sempre sopra.

O mago riu.

— Mesmo que tivesse asas, peixe tolo, você não poderia voar até um lugar que não é real.

— Você está errado — retruquei. — Existe, sim. Mesmo que você não acredite nele, eu acredito. Senão qual o motivo de tudo isto?

— Tudo bem. Mostre a esses pescadores onde os peixes grandes vivem e lhe darei asas.

Agitei as guelras em concordância, ele murmurou palavras mágicas e me lançou no ar, bem alto, acima da montanha, até a borda das gengivas do leviatã, onde os pilares sanguinolentos das suas presas fatiavam a Lua...

A Argos

Missão ano 64

(Dias 1-20 dentro da Câmara Um)

Konstance

ELA ACORDA NO CHÃO, AINDA DENTRO DO TRAJE DE BIOPLÁSTICO que o pai havia feito. A máquina cintila dentro da sua torre.

Boa tarde, Konstance.

Espalhadas em volta, estão as coisas que Pai jogou no vestíbulo: Perambulador, cama inflável, toalete reciclador, lenços de papel, os sacos de Alimento em Pó, a impressora de comida ainda na embalagem. O capuz de oxigênio está ao lado dela, com a lâmpada frontal apagada.

Gota a gota, o horror vai se infiltrando na sua consciência. As duas figuras nos trajes de risco biológico, os escudos de bronze dos visores refletindo uma visão deformada da porta aberta do Compartimento 17. As tendas na Comissaria. O rosto emaciado de Pai, os olhos com as bordas avermelhadas. A maneira como se encolhia toda vez que a luz da lâmpada frontal passava sobre ele.

Mãe não estava na cama.

Ela se sente exposta ao usar o pequeno toalete reciclador. A parte inferior de sua roupa de trabalho está molhada de suor.

— Sybil, por quanto tempo dormi?

Você dormiu dezoito horas, Konstance.

Dezoito horas? Ela conta os sacos de Alimento em Pó: treze.

— Sinais vitais?

Sua temperatura está ideal. Frequência cardíaca e respiração perfeitas.

Konstance dá uma volta na câmara, procurando pela porta.

— Sybil, por favor, deixe-me sair.

Não posso.

— Como assim, não pode?

Não posso abrir a câmara.

— Claro que pode.

Minha diretriz primária é cuidar do bem-estar da tripulação, e estou confiante de que é mais seguro para você aqui dentro.

— Peça a Pai que venha me encontrar.

Sim, Konstance.

— Diga que eu gostaria de vê-lo agora. — A cama, o capuz de oxigênio, os sacos de alimento. O medo vai tomando conta dela. — Sybil, quantas refeições uma pessoa pode imprimir com treze sacos de Alimento em Pó?

Supondo um rendimento calórico médio, um Reconstituinte poderia produzir 6.526 refeições plenamente nutritivas. Você está com fome depois do seu longo descanso? Gostaria que eu ajudasse a preparar uma refeição nutritiva?

Pai concentrado em desenhos técnicos na Biblioteca. A banqueta de costura gemendo com a pressão da porta externa. *Um de nós não está se sentindo bem.* Jessi Ko disse que a única maneira de sair do compartimento era dizendo a Sybil que você não estava se sentindo bem. Se Sybil detectasse algo de errado com você, ela enviaria o dr. Cha e o Engenheiro Goldberg para escoltá-la até a Enfermaria.

Cidade nas nuvens

Pai não estava bem. Quando ele fez o anúncio, Sybil reconheceu seus sintomas e abriu a porta do Compartimento 17 para que ele pudesse ser levado aonde quer que estivessem isolando os tripulantes doentes, mas, antes, ele levou Konstance para a câmara de Sybil. Com provisões suficientes para seis mil e quinhentas refeições.

Com as mãos tremendo, ela toca o Videor em sua nuca e o Perambulador ganha vida no chão.

Indo à Biblioteca?, pergunta Sybil. *Claro, Konstance. Você pode comer mais tar...*

Ninguém às mesas, ninguém nas escadas. Nenhum livro voando. Nenhuma pessoa à vista. Acima da abertura na abóbada, o céu irradia um azul agradável.

— Alô? — diz Konstance.

De baixo de uma escrivaninha, o cão da sra. Flowers sai saltitando, olhos brilhantes, rabo levantado.

Nenhum professor dando aula. Nenhum adolescente subindo ou descendo a escada que leva à seção de Jogos.

— Sybil, onde está todo mundo?

Todos estão em outro lugar, Konstance.

Os inúmeros livros esperam em seus lugares. Os imaculados retângulos de papel e lápis estão em suas caixas. Dias antes, diante de uma daquelas mesas, Mãe leu em voz alta: *Os vírus mais robustos podem sobreviver por meses em superfícies: tampos de mesas, maçanetas, equipamentos de banheiro.*

Um peso frio a atravessa. Ela pega um pedaço de papel e escreve: *Quantos anos uma pessoa levaria para comer 6.526 refeições?*

A resposta desce flutuando do teto: 5,9598.

Seis anos?

— Sybil, por favor, peça que Pai venha se encontrar comigo na Biblioteca.

Sim, Konstance.

Ela se senta no chão de mármore e o cãozinho sobe em seu colo. Seu pelo parece real. As almofadinhas rosadas sob suas patas são quentes. Uma nuvem prateada solitária, como o desenho de uma criança, cruza o céu lá em cima.

— O que ele disse?

Ele ainda não respondeu.

— Que horas são?

Seis minutos do DiaLuz 13, Konstance.

— Todos estão na Terceira Refeição?

Não, eles não estão na Terceira Refeição. Você gostaria de um jogo, Konstance? Montar um quebra-cabeça? O Atlas continua aí, sei que você gosta de entrar nele.

O cão digital pisca os olhos digitais. A nuvem digital se arrasta silenciosa pelo crepúsculo digital.

Quando ela desce do Perambulador, as paredes da Câmara Um escurecem. ZeroLuz está chegando. Ela pressiona a testa contra a parede.

— Olá?! — grita Konstance. E mais alto: — Olá?!?!

É difícil ouvir através das paredes na *Argos*, mas não impossível: da sua cama no Compartimento 17, ela já ouviu água gotejando em canos, algumas discussões abafadas entre o sr. e a sra. Marri no Compartimento 16.

Ela bate nas paredes com a palma das mãos, depois pega a cama inflável, ainda embalada e amarrada, e a lança. O barulho é terrível. Espera. Lança a cama novamente. A cada batimento cardíaco, uma descarga de terror a atravessa. Novamente, vê Pai concentrado nos esquemas na Biblioteca. Ouve o que a sra. Chen disse, anos antes: *Esta câmara tem processos térmicos, mecânicos e de filtragem autônomos, independentes do resto...* Pai devia estar certificando-se disso. Ele a pôs ali de propósito para protegê-la. Mas por que não se juntou a ela? Por que não pôs outros lá dentro com ela?

Porque ele estava doente. Porque talvez eles carregassem uma doença contagiosa e letal.

O cômodo escurece por completo.

— Sybil, como está minha temperatura corporal?

Ideal.

— Não está quente demais?

Todos os sinais estão ótimos.

— Você poderia abrir a porta agora, por favor?

A câmara permanecerá lacrada, Konstance. Este é o lugar mais seguro para você. É melhor preparar uma refeição saudável. Depois pode montar sua cama. Quer um pouquinho de luz?

— Pergunte a meu pai se ele vai mudar de ideia e me deixar sair. Monto a cama, faço o que você disser.

Ela desembala a cama, trava os pés de alumínio no lugar, abre a válvula. A câmara é muito silenciosa. Sybil cintila nas profundezas de suas dobras.

Talvez outros estejam seguros nas câmaras de provisões, onde farinha e roupas de trabalho novas e equipamentos ficam guardados. Talvez aqueles cômodos também tenham os próprios sistemas térmicos, uma filtragem própria de água. Mas por que eles não estão na Biblioteca? Talvez não tenham Perambuladores. Talvez estejam dormindo. Ela sobe na cama e retira o cobertor da embalagem e o puxa sobre os olhos. Conta até trinta.

— Já perguntou para ele? Ele mudou de ideia?

Seu pai não mudou de ideia.

Nas horas seguintes, ela põe a mão na testa para verificar se está com febre vinte vezes. Será que isto é o início de uma dor de cabeça? Um espasmo de náusea? *Temperatura boa*, informa Sybil. *Respiração e frequência cardíaca excelentes.*

Nos dias seguintes, ela caminha pela Biblioteca, grita o nome de Jessi Ko pelas galerias, joga As Espadas do Homem Prateado, se enrosca debaixo de uma mesa e soluça enquanto o cãozinho branco lambe seu rosto. Konstance não vê ninguém.

Dentro da câmara, os fios cintilantes de Sybil erguem-se sobre sua cama. *Está preparada para retomar os estudos, Konstance? Nossa missão continua e é muito importante manter uma rotina...*

Será que pessoas estão morrendo a dez metros dali em seus compartimentos? Será que seus cadáveres, pessoas que ela conheceu na vida, estão esperando para ser lançados pela eclusa de ar?

— Deixe-me sair, Sybil.

Receio que a porta continue lacrada.

— Mas você pode abri-la. É você que a controla.

Como não sei dizer se é seguro para você fora da câmara, não sou capaz de deslacrar a porta. Minha diretriz primária é cuidar do bem-estar...

— Mas você não cuidou. Não cuidou do bem-estar da tripulação, Sybil.

A cada hora, fico mais confiante de que você está segura aqui.

— E se — sussurra ela — eu não quiser mais ficar segura?

Raiva. Ela desaparafusa um dos pés de alumínio da cama e o vareja nas paredes, arranhando e amassando o metal. Quando aquilo se mostra insatisfatório, volta-se para o tubo translúcido que envolve Sybil, golpeando-o até o alumínio amassar e suas mãos parecerem arrasadas.

Para onde foi todo mundo e quem é ela para ser a única ainda viva e por que motivo Pai deixou sua casa e a condenou a este destino terrível? Os díodos no teto estão completamente acesos. Uma gota de sangue escorre da ponta de um dedo e cai no chão. O tubo que protege Sybil continua intacto.

Está se sentindo melhor?, pergunta Sybil. *É natural expressar raiva de tempos em tempos.*

Por que a cura não acontece tão rápido quanto o ferimento? Você torce um tornozelo, quebra um osso — pode se machucar em um piscar de olhos. Durante semanas, meses, anos, as células no seu corpo trabalham para reconstituí-lo da forma como era antes do ferimento. Mas mesmo assim você nunca mais é a mesma: não exatamente.

Oito dias sozinha, dez onze treze: ela perde a conta. A porta não se abre. Ninguém bate do outro lado da parede. Ninguém entra na Biblioteca. O único duto de água que entra na Câmara Um é um tubo solitário que goteja lentamente e o qual ela insere ora na impressora de comida, ora no toalete reciclador. Konstance demora dez minutos para encher o copo — está sempre com sede. Em alguns momentos, ela pressiona as mãos contra as paredes e se sente presa como um embrião dentro da casca de uma semente, adormecida, esperando para acordar; em outros, ela sonha com a *Argos* pousando no delta de um rio em Beta Oph2, as paredes se abrindo, todos saindo sob uma chuva limpa, clara, que cai em camadas do céu alienígena, chuva que tem um leve gosto de flores. Uma brisa bate nos rostos; bandos de aves alçam voo e volteiam; Pai passa lama nos braços e no rosto e olha para ela feliz enquanto Mãe olha para cima, a boca escancarada, bebendo do céu — acordar de um sonho como esse é o pior tipo de solidão.

DiaLuz ZeroLuz DiaLuz ZeroLuz: dentro do Atlas, ela caminha por desertos, rodovias, estradas rurais, Praga, Cairo, Mascate, Tóquio, em busca de algo que não consegue definir. Um homem no Quênia com uma arma pendurada atravessada nas costas está em pé segurando uma lâmina de barbear quando a câmera passa. Em Bangkok, ela encontra a porta de uma loja aberta onde uma menina está curvada sobre uma escrivaninha; na parede atrás dela estão pendurados pelo menos mil relógios, relógios com caras de gato, relógios com pandas no lugar dos números, relógios de madeira com ponteiros de latão, todos os pêndulos imóveis. As plantas sempre a atraem, uma falsa-seringueira na Índia, teixos cobertos de musgo na Inglaterra, um carvalho em Alberta, mas nenhuma imagem no Atlas — nem mesmo o antigo plátano nas montanhas da Tessália — possui a complexidade meticulosa e inacreditável de uma única folha de alface da Fazenda de Pai, ou da muda de pinheiro no seu pequeno vaso, suas texturas e surpresas; o verde rico, vivo, das suas longas folhas agulhadas, com as pontas amarelas; o azul-púrpura dos seus cones; o xilema transportando lentamente minerais e água a partir das raízes, o floema carregando de maneira lenta, que o olho não consegue perceber, açúcares para serem armazenados longe das folhas.

Ela finalmente se senta exausta na cama e treme, os díodos no teto escurecem. A sra. Chen disse que Sybil era um livro que continha o mundo inteiro: mil variações de receitas de macarrão com queijo, os registros de quatro mil anos de temperaturas no

Cidade nas nuvens 407

mar Ártico, literatura confuciana e as sinfonias de Beethoven e os genomas dos trilobitas — o patrimônio de toda a humanidade, a cidadela, a arca, o útero, tudo o que podemos imaginar e tudo de que algum dia possamos precisar. A sra. Flowers disse que seria suficiente.

A cada intervalo de algumas horas, a pergunta sobe aos lábios da menina: Sybil, sou a única que sobrou? Você está pilotando um cemitério voador com uma única alma restante a bordo? Mas Konstance não consegue pronunciá-la.

Seu pai está apenas esperando. Está esperando que tudo esteja seguro. E então vai abrir a porta.

Lakeport, Idaho

1953-1970

Zeno

O ônibus o deixa no posto Texaco. A sra. Boydstun está em pé do lado de fora, fumando um cigarro, encostada em seu Buick.

— Tão magro. Recebeu minhas cartas?

— Você mandou alguma?

— Sempre no primeiro dia do mês, fizesse chuva ou fizesse sol.

— O que diziam?

Ela dá de ombros.

— Novo sinal de trânsito. Mina de estibina fechada.

O cabelo dela está arrumado e os olhos, brilhando, mas, quando ela caminha na direção da lanchonete, Zeno percebe algo estranho: uma perna reage meio segundo depois do que deveria.

— Não é nada. Meu pai tinha a mesma coisa. Ouça: sua cadela morreu. Eu a dei para Charlie Goss em New Meadows. Ele disse que ela se foi sem sofrer.

Atena cochilando na frente da lareira da biblioteca. Ele está exausto demais para chorar.

— Ela estava velha.

— Estava.

Eles se sentam em um reservado e pedem ovos. A sra. Boydstun acende um segundo cigarro. A garçonete tem óculos de meio aro pendurados em uma correntinha em volta do pescoço. O avental é chocantemente branco.

— Fizeram lavagem cerebral em você? — pergunta ela. — Estão dizendo que alguns de vocês foram para lá e se tornaram vira-casacas.

A sra. Boydstun bate o cigarro no cinzeiro.

— Traga logo o café, Helen.

Fachos da luz do sol se refletem no lago. Barcos a motor passam de um lado para outro, abrindo um zíper na água. No posto de gasolina, um homem sem camisa muito bronzeado observa um frentista pôr gasolina em seu Cadillac. Impossível que coisas como aquela estivessem acontecendo durante todos esses meses.

A sra. Boydstun o observa. Ele entende que as pessoas querem ouvir algo, mas não a verdade: elas querem uma história de perseverança e intrepidez, o bem derrotando o mal, uma música sobre um herói que iluminou lugares escuros. Ao lado, a garçonete está limpando uma mesa: três dos pratos ainda têm comida.

— Você matou alguém lá? — a Sra. Boydstun quer saber.

— Não.

— Nem unzinho?

Os ovos chegam, estrelados. Ele fura um com o dente do garfo e a gema vaza, brilhando de um jeito obsceno.

— Isso é bom — conclui ela. — Melhor assim.

A casa está igual: as crianças de cerâmica, um Jesus sofrendo em cada parede. As mesmas cortinas roxas, os mesmos arbustos de zimbro para baixo dos quais Atena se arrastava nas noites mais frias. A sra. Boydstun serve um drinque.

— Uma partida de *cribbage*, querido?

Cidade nas nuvens 413

— Acho que vou me deitar.

— Claro. Fique à vontade.

Na gaveta da cômoda, os soldados Playwood Plastic dormem em sua lata. O n. 401 sobe uma ladeira marchando com seu rifle. O n. 410 está ajoelhado atrás do seu canhão antitanque. Ele se deita na mesma caminha de latão em que dormia quando garoto, mas a cama é macia demais e a luz do dia fica cada vez mais clara. Depois de algum tempo, ele ouve a sra. Boydstun sair e desce devagar a escada, destrancando todas as portas da casa. Ele precisa que estejam no mínimo destrancadas, preferivelmente abertas. Depois vai na ponta dos pés até a cozinha, encontra um pão, parte-o em dois, põe metade debaixo do travesseiro e divide a outra pelos seus bolsos. Só por precaução.

Ele dorme no chão ao lado da cama. Ainda não completou vinte anos.

O pastor White arruma um trabalho para ele no Departamento Estatal de Rodovias. Nos dias dourados do outono, os larícios ardendo em tons de amarelo nos flancos das montanhas, Zeno trabalha com uma equipe de homens mais velhos puxando uma motoniveladora com um trator de esteira Caterpillar RD-6, preenchendo lamaçais ou cobrindo com cascalho rachaduras causadas pela erosão, melhorando as estradas até as cidades ainda menores que ficam em partes ainda mais isoladas das montanhas. Quando chega o inverno, ele solicita o trabalho mais solitário possível: dirigir um velho limpa-neve rotativo Army Autocar com capota rígida. Suas três lâminas em espiral jogam a neve por cima do para-brisa em uma espécie de avalanche ao contrário — um fluxo apontado para o céu que, ao longo de uma noite, iluminado pelo brilho dos faróis, tende a hipnotizá-lo. É um trabalho estranho e solitário: os limpadores de para-brisa geralmente fazem pouco mais do que lambuzar o vidro de gelo, o aquecedor funciona cerca de vinte por cento do tempo e o descongelador é um ventilador montado sobre o painel, e ele tem de dirigir com uma das mãos no volante e a outra segurando um pano embebido em álcool, esfregando a parte interna do vidro para conseguir enxergar além dele.

Todo domingo, ele manda uma carta à organização dos veteranos britânicos perguntando sobre o paradeiro de um anspeçada chamado Rex Browning.

O tempo passa. A neve derrete, cai novamente, uma serraria pega fogo, é reconstruída, a equipe de manutenção de estradas cobre rachaduras com cascalho, conserta pontes, depois chuva ou quedas de barreiras as carregam, e eles as refazem. E depois é inverno e o limpa-neve rotativo lança sua hipnótica cortina de neve por cima da cabine do caminhão. Carros estão sempre congelando ou saindo das estradas, derrapando em neve derretida ou lama, e ele está sempre puxando-os de volta: corrente, guincho, marcha a ré.

As coisas com a sra. Boydstun de vez em quando enlouquecem. O humor dela muda de uma hora para outra. Ela esquece o que deveria comprar no mercado. Tropeça em nada. Tenta passar batom, mas acaba deixando um rastro que atravessa uma bochecha. No verão de 1955, Zeno a leva a Boise e um médico diagnostica doença de Huntington. O médico diz para ele prestar atenção em lapsos no discurso ou espasmos involuntários e jaculações.

— Meça suas palavras — diz a sra. Boydstun, acendendo um cigarro.

Cidade nas nuvens 415

Ele escreve para as Forças da Comunidade Britânica na Coreia. Escreve para uma unidade de reabilitação da Força de Ocupação da Comunidade Britânica. Escreve para todas as pessoas chamadas Rex Browning na Inglaterra. As respostas obtidas são conscienciosas, mas inconclusivas. Prisioneiro de guerra, situação desconhecida, lamentamos não termos mais informações no momento. A unidade de Rex? Ele não sabe. Oficial comandante? Ele não sabe. Ele tem um nome. Tem leste de Londres. Quer escrever: Ele agitava a mão sobre a boca quando bocejava. Tinha clavículas que eu queria morder. Disse-me que arqueólogos encontraram a inscrição ΚΑΛΟΣΟΠΑΙΣ gravada em milhares de potes gregos antigos oferecidos como presentes por homens mais velhos a garotos que eles achavam atraentes. ΚΑΛΟΣΟΠΑΙΣ, καλός ὅ παῖς, "o garoto é bonito".

Como pode um homem com tanta coisa na cabeça, com tanta energia e luz, ser apagado?

Certas vezes durante os invernos seguintes, ele está debruçado sobre um motor congelado na estrada Long Valley, ou desenganchando uma corrente, e um homem roça no seu cotovelo ou põe uma das mãos no espaço entre sua última costela e a crista da sua pelve, e eles entram em uma garagem ou sobem na cabine do Autocar na escuridão enevoada e se agarram. Um empregado de um rancho, em especial, dá um jeito de fazer aquilo acontecer várias vezes, conduzindo deliberadamente o próprio carro para um banco de neve. Mas, na primavera, o homem vai embora sem dizer uma palavra e Zeno nunca mais o vê.

Amanda Corddry, a coordenadora do departamento rodoviário, pergunta sobre várias garotas da cidade — que tal Jessica do posto Shell? Lizzie da lanchonete? —, e Zeno não consegue evitar um encontro. Ele põe uma gravata. As mulheres são indefectivelmente simpáticas — algumas ouviram falar da suposta traição de prisioneiros de guerra que sofreram lavagem cerebral na Coreia; nenhuma entende seus longos silêncios. Ele tenta usar o garfo e a faca de maneira masculina, cruzar as pernas de maneira masculina; fala de beisebol e motores de barco e, mesmo assim, suspeita que está fazendo tudo errado.

Uma noite, nuvens de confusão abatendo-se sobre sua cabeça, ele quase conta à sra. Boydstun. Ela está tendo um dia bom, o cabelo escovado, os olhos límpidos, dois pães com passas no forno, intervalo comercial na televisão, Aveia Instantânea Quaker, depois analgésico Vanquish para dor de cabeça, e Zeno pigarreia.

— Você sabe, depois que Papa morreu, quando eu...

Ela se levanta e abaixa o volume. O silêncio ressoa na sala tão reluzente quanto o sol.

— Eu não sou... — Ele tenta novamente, e ela fecha os olhos, como se estivesse se protegendo para receber um golpe. Na frente dele, um jipe é partido ao meio. Canos de armas relampejam. Blewitt esmaga moscas e as reúne em uma lata. Homens raspam milho carbonizado do fundo de uma panela.

— Desembuche, Zeno.

— Não é nada. O intervalo comercial terminou.

O médico sugere quebra-cabeças para manter as habilidades motoras da sra. Boydstun, então ele encomenda um novo por semana da Lakeport Drug e se acostuma a encontrar as pequenas peças por toda a casa: nas cubas de pias, grudadas nas solas dos sapatos, na pá de lixo quando ele varre a cozinha. Uma mancha de nuvem, um segmento da chaminé do *Titanic*, uma parte da bandana de um

Cidade nas nuvens 417

caubói. Dentro, o terror vai se insinuando: de as coisas continuarem daquela maneira para sempre, de aquilo ser tudo o que existirá para sempre. Café da manhã, trabalho, jantar, louça, um quebra-cabeça do letreiro de Hollywood pela metade na mesa de jantar, quarenta das suas peças no chão. Vida. Depois a escuridão fria.

O tráfego aumenta na estrada que vem de Boise e grande parte da limpeza da neve no condado passa para o horário noturno. Ele persegue os fachos dos seus faróis em meio à escuridão, limpando a neve, e, em algumas manhãs no fim do turno, em vez de ir direto para casa, estaciona na frente da biblioteca e demora diante das estantes.

Tem uma bibliotecária nova agora, a srta. Raney, que, em geral, o deixa em paz. Primeiro, Zeno fica nas revistas *National Geographic*: araras, inuítes, caravanas de camelos, as fotografias despertando uma inquietude distante dentro dele. Ele avança lentamente pela história: os fenícios, os sumérios, o período Jomon do Japão. Passa rapidamente pela pequena coleção de gregos e romanos — a *Ilíada*, algumas peças de Sófocles, nenhum sinal de uma cópia amarelada de *Odisseia* —, mas não consegue se decidir a pegar algum deles na estante.

De vez em quando, reúne coragem de compartilhar as migalhas do que leu com a sra. Boydstun: caça de avestruzes na Líbia antiga, pintura de tumbas na Tarquínia.

— Os miceneus veneravam espirais — conta ele uma noite. — Eles as pintavam nas taças de vinho e na alvenaria e nas lápides, nas couraças reforçadas dos seus reis. Mas ninguém sabe por quê.

Das narinas da sra. Boydstun jorram colunas gêmeas de fumaça. Ela apoia o copo com Old Forester e remexe nas peças do quebra-cabeça.

— Por que — pergunta ela — alguém ia querer saber disso?

Do lado de fora, pela janela da cozinha, cortinas de neve caem na escuridão.

21 de dezembro de 1970

Caro Zeno:

Que milagre absoluto receber três cartas suas de uma só vez. O departamento deve tê-las arquivado de forma equivocada por anos. Nem tenho como dizer como estou feliz por você ter conseguido sair de lá. Procurei relatórios sobre as libertações do acampamento, mas, como você sabe, boa parte daquilo tudo foi escondida, e eu estava tentando me reorientar para o mundo dos vivos. Estou muito feliz por você ter me encontrado.

Ainda estou mexendo com textos antigos — vasculhando os ossos empoeirados das línguas mortas como o velho professor de Antiguidade Clássica que eu não queria me tornar. Agora está ainda pior, se é que dá para acreditar. Estudo livros perdidos, livros que não existem mais, examinando papiros escavados de montes de lixo em Oxirrinco. Até estive no Egito. Uma terrível queimadura de sol.

Os anos passam em um piscar de olhos agora. Hillary e eu estamos organizando uma espécie de comemoração para meu aniversário em maio. Sei que é terrivelmente distante, mas, se estiver a seu alcance, poderia fazer uma visita? Quase umas férias. Nós poderíamos rascunhar um pouco de grego com papel e caneta em vez de galhos e lama. Seja qual for sua decisão, eu apoio.

Seu amigo fiel,

Rex

Lakeport, Idaho

2016-2018

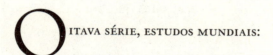

OITAVA SÉRIE, ESTUDOS MUNDIAIS:

Escreva três coisas que você aprendeu sobre os astecas.

Na biblioteca, aprendi que, a cada 52 anos, os sacerdotes astecas tinham de impedir que o mundo acabasse. Eles distribuíam todas as tochas pela cidade e trancavam todas as grávidas em celeiros de pedra para que seus bebês não se transformassem em demônios e mantinham todas as crianças acordadas para que não se transformassem em ratos. Depois levavam uma vítima (tinha de ser uma vítima sem pecado algum) até o topo de uma montanha sagrada chamada O Lugar das Acácias quando certas estrelas (um livro, Não Ficção F1219.73, calculou que devia ser Vega, a quinta maior estrela do céu) estavam no céu, então um sacerdote abria o peito da prisioneira e arrancava seu coração molhado e quente enquanto outro, em um ritual, acendia uma fogueira no lugar onde ficava o coração. Depois carregavam o coração em chamas até a cidade em uma tigela, acendiam tochas com ele e as pessoas queriam se queimar com as tochas porque ser queimado pelo fogo do coração trazia sorte. Logo milhares de tochas eram acesas com aquele único fogo e a cidade brilhava de novo e o mundo estava salvo por mais 52 anos.

Nona série, história americana:

Não quero magoar ninguém, mas aquele capítulo que você escolheu... Era tipo "Colombo é ótimo", "Os indígenas com certeza adoravam o Dia de Ação de Graças", "Vamos fazer lavagem cerebral em todo mundo!". Encontrei coisa muito melhor na biblioteca, como, por exemplo: você sabia que, antes de deixar a Inglaterra para pegar o tabaco que os escravos cultivavam, os ingleses enchiam seus navios vazios de lama para que não tombassem nas tempestades? Quando chegavam ao Novo Mundo (que não era novo nem se chamava América, o nome América veio de um cara que vendia picles e ficou famoso porque mentiu sobre fazer sexo com nativas), os ingleses jogavam a lama no litoral a fim de abrir espaço para o tabaco. Adivinhe o que tinha na lama? Minhocas-da-terra. Mas as minhocas-da-terra estavam extintas na América desde as eras glaciais, tipo uns dez mil anos, pelo menos. Então, elas foram para TODOS os lugares e modificaram os solos, e os ingleses também trouxeram outras coisas que este mundo NUNCA tinha visto, como: bichos-da-seda porcos dentes-de-leão videiras cabras ratos sarampo varíola e as crenças de que todos os animais e plantas eram feitos para que os humanos matassem e comessem. Também não havia abelhas-europeias na chamada América, então as novas abelhas não tinham concorrentes e se espalharam rápido. Um livro dizia que, quando viam abelhas-europeias, as famílias nos reinos nativos choravam porque sabiam que a morte não estava muito distante.

Cidade nas nuvens 423

Décima série, inglês:

A senhora disse para escrevermos sobre algo "divertido" que fizemos no verão para ir "dezenferrujando a gramatica", então, tudo bem, sra. Tweedy, neste verão, cientistas anunciaram que, nos últimos quarenta anos, os seres humanos mataram sessenta por cento de todos os mamíferos, peixes e aves selvagens da Terra. Isso é divertido? E também que, nos últimos trinta anos, derretemos noventa e cinco por cento do gelo mais antigo e profundo do Ártico. Quando tivermos derretido todo o gelo da Groenlândia, só o gelo da Groenlândia, não do polo norte, não do Alasca, só da Groenlândia, sra. Tweedy, a senhora sabe o que vai acontecer? Os oceanos vão subir sete metros. Isso vai afundar Miami, Nova York, Londres e Xangai. É como subir em um barco com seus netos, sra. Tweedy, e você está dizendo "querem biscoito?", e eles estão dizendo "Vovó, olhe embaixo da água, lá está a estátua da liberdade, lá está o Big Ben, lá estão as pessoas mortas. Isso é divertido, minha gramatica está dezenferrujando?

Um adesivo na mesa da sra. Tweedy diz: *O passado, o presente e o futuro entraram em um bar. Bons tempos.* O cabelo dela parece tão macio que daria até para dormir em cima dele. Seymour está esperando uma advertência. No entanto, ela diz que o Clube Ambiental da Escola de Ensino Médio de Lakeport fechou alguns anos antes, e o que Seymour acha de reabri-lo?

Fora da janela, a luz de setembro se curva sobre o campo de futebol americano. Com quinze anos, ele tem idade suficiente para entender que não é somente o fato de ele não ter um pai ou de usar jeans de brechó ou de ter de engolir sessenta miligramas de buspirona toda manhã para manter o estrondo distante: suas diferenças são mais profundas. Outros garotos da décima série caçam alces, roubam Red Bull na Jacksons, fumam maconha na montanha de esqui ou cooperam em esquadrões de batalhas on-line. Seymour estuda as quantidades de metano aprisionadas no permafrost siberiano que está derretendo. A leitura sobre o declínio das populações de corujas o levou ao desmatamento que o levou à erosão do solo que o levou à poluição dos oceanos que o levou ao branqueamento dos corais, tudo ficando mais quente, derretendo e morrendo mais rápido do que os cientistas previram, todos os sistemas no planeta interconectados por múltiplos fios invisíveis: jogadores de críquete em Déli vomitando por causa da poluição chinesa, fogueiras de turfa na Indonésia jogando bilhões de toneladas de carbono na atmosfera sobre a Califórnia, incêndios florestais na Austrália de milhões de hectares deixando o que sobrou das geleiras da Nova Zelândia cor-de-rosa. Um planeta mais quente = mais vapor de água na atmosfera = planeta ainda mais quente = mais vapor de água = planeta cada vez mais quente = derretimento do permafrost = mais carbono e metano aprisionado naquele permafrost sendo liberado na atmosfera = mais calor = menos permafrost = menos gelo polar para refletir a energia do Sol, e todas essas provas, todos esses estudos estão lá na biblioteca à disposição de qualquer um, mas, até onde Seymour sabe, ele é o único que lê.

Em algumas noites, os lotes da Eden's Gate brilhando fora da cortina do quarto dele, Seymour quase consegue ouvir dezenas de ciclos de retroalimentação colossais girando por todo o planeta, raspando e triturando, como grandes redemoinhos invisíveis no céu.

A sra. Tweedy bate com a borracha do lápis na mesa.

— Alô? Terra chamando Seymour.

Cidade nas nuvens 425

❧

Ele desenha um tsunami erguendo-se sobre uma cidade, bonecos palitos correm porta afora, atirando-se de janelas. Escreve na parte de cima CLUBE DE CONSCIÊNCIA AMBIENTAL, TERÇA-FEIRA, INTERVALO, SALA 114 e, na parte de baixo, TARDE DEMAIS PARA ACORDAR, BABACAS?, e a sra. Tweedy o manda apagar o BABACAS antes de fazer cópias na fotocopiadora dos professores.

Na terça-feira seguinte, oito crianças aparecem. Seymour fica em pé na frente das carteiras e lê uma folha de caderno amassada.

— Os filmes nos fazem pensar que a civilização vai acabar rápido, com alienígenas e explosões, mas, na verdade, o fim vai acontecer lentamente. A nossa civilização já está acabando, só que devagar demais para que as pessoas percebam. Já eliminamos a maior parte dos animais e aquecemos os oceanos, elevamos os níveis de carbono na atmosfera ao maior índice dos últimos oitocentos mil anos. Mesmo que parássemos tudo agora, tipo, se todos nós morrêssemos na hora do almoço, nada de carros, militares, hambúrgueres, o calor continuaria a aumentar por séculos. Quando tivermos vinte e cinco anos, a quantidade de carbono no ar terá dobrado de novo, o que significa incêndios mais quentes, tempestades mais gigantescas, inundações mais violentas. O milho, por exemplo, não vai crescer tão bem daqui a dez anos. Adivinhem o que é noventa e cinco por cento do que as vacas e galinhas comem? Milho. Então a carne vai ser mais cara. E quando tem mais carbono no ar, os seres humanos não conseguem pensar com a mesma clareza. Então, quando tivermos vinte e cinco anos, haverá muito mais pessoas com fome, com medo e confusas presas no trânsito fugindo de cidades inundadas ou em chamas. Então vocês acham que vamos ficar sentados em nossos carros resolvendo os problemas do clima? Ou vamos socar, estuprar e canibalizar uns aos outros?

— Você acabou de dizer "estuprar e canibalizar uns aos outros"? — pergunta uma garota do penúltimo ano.

Um garoto do último ano levanta uma folha de papel que diz *Seymour Estrume*. Há-há. Risadas por toda parte.

—Essas previsões são alarmantes, Seymour, mas talvez possamos discutir alguns passos que podemos dar para uma vida mais sustentável. O que acha? — pergunta a sra. Tweedy do fundo da sala. — Alguns itens viáveis ao alcance de um clube escolar?

Uma garota da décima série chamada Janet questiona se eles não poderiam banir os canudos de plástico da lanchonete e distribuir garrafas de água reutilizáveis com o Leão de Lakeport impresso. Eles também poderiam pôr cartazes melhores em cima das latas de lixo reciclado, né? Janet tem remendos de sapos costurados na sua jaqueta jeans e olhos pretos e brilhantes e a sombra de um bigode sobre o lábio superior, e Seymour fica em pé na frente do quadro-verde com seu papel amarfanhado e o sinal toca.

— Pessoal, na próxima terça-feira vamos discutir mais ideias — diz a sra. Tweedy.

E Seymour vai para a aula de biologia.

Ele está voltando da escola para casa mais tarde naquele dia quando um Audi verde encosta a seu lado e Janet abaixa o vidro da janela. Seu aparelho ortodôntico é rosa e seus olhos são uma mistura de azul e preto, e ela esteve em Seattle, Sacramento e Park City, em Utah, que foi irado, eles foram fazer *rafting*

Cidade nas nuvens 427

e escalada e viram um porco-espinho subindo em uma árvore, Seymour já viu algum porco-espinho?

Ela oferece uma carona até a casa dele. Existem trinta e três casas no terreno da Eden's Gate agora, estendendo-se pelos dois lados da Arcady Lane, subindo em zigue-zague o morro atrás da casa de Seymour. A maioria das pessoas de Boise, Portland e do leste do Oregon as usa como casas de veraneio: estacionam seus reboques para barco nas ruas sem saída e dirigem seus UTVs de vinte mil dólares até a cidade, penduram bandeiras de times de futebol americano universitário em suas varandas e, nas noites de fim de semana, ficam em pé em volta de lareiras externas no quintal, rindo e urinando nos arbustos de mirtilo enquanto os filhos ficam atirando velas romanas para as estrelas.

— Uau — diz Janet. — Você tem muito mato no seu jardim.

— Os vizinhos vivem reclamando.

— Eu gosto — afirma Janet. — Natural.

Eles se sentam no degrau da entrada, bebem Shasta Twists e observam zangões voando entre os cardos. Janet tem cheiro de amaciante de roupas e *tacos* da lanchonete da escola e diz cinquenta palavras para cada uma pronunciada por Seymour, fala de Key Club, colônia de férias, de como ela quer ir para a faculdade em um lugar longe dos pais, mas não longe demais, sabe? — como se seu futuro fosse uma curva exponencial já traçada aumentando ainda mais o arco. E um aposentado de cabeça branca que mora no sobrado ao lado rola sua lata de lixo de duzentos litros até o fim do acesso à sua garagem e olha para eles, Janet levanta a mão para cumprimentá-lo e o velho entra.

— Ele nos odeia. Todo mundo quer que minha mãe venda, assim eles vão poder construir casas mais bonitas.

— Na minha opinião, ele parecia gentil — diz Janet, e reage a um trinado do seu smartphone.

Seymour olha para os próprios sapatos.

— Você sabe que, a cada dia, o armazenamento de dados da internet emite mais carbono do que todos os aviões do mundo juntos?

— Você é esquisito — conclui ela, mas sorrindo.

Logo antes do anoitecer, um urso-negro se materializa das sombras e Janet agarra o braço de Seymour e faz um vídeo enquanto o animal sacoleja entre os focos de luz da iluminação pública. Ele se move entre umas poucas latas de lixo no fim dos acessos às garagens das casas, farejando e farejando. Por fim, encontra uma lata de lixo do seu agrado e a lança no chão com uma patada. Com uma pata e muito cuidado, o urso arrasta um rechonchudo saco branco para fora da lata e espalha o conteúdo no asfalto.

A Argos

Missão ano 64

(Dias 21-45 dentro da Câmara Um)

Konstance

Ela toca no Videor, sobe no Perambulador. Nada.

— Sybil. Tem algo errado com a Biblioteca.

Não há nada errado, Konstance. Restringi seu acesso. É hora de voltar às aulas diárias. Você precisa tomar banho, comer uma refeição decente e estar pronta no átrio em trinta minutos. Há sabão sem enxágue no kit de higiene que seu pai forneceu.

Konstance se senta na beirada da cama, a cabeça entre as mãos. Se mantiver os olhos fechados, talvez consiga transformar a Câmara Um no Compartimento 17. Aqui, no espaço logo abaixo dela, está a cama de Mãe, seu cobertor dobrado com precisão. A dois passos de distância, está a cama de Pai. Aqui estão a mesa de costura, a banqueta, o saco de botões de Mãe. Todo o tempo, disse Pai a ela, é relativo: devido à velocidade com que a *Argos* viaja, o relógio de navio mantido por Sybil anda mais rápido que os relógios na Terra. Os cronômetros que funcionam dentro de cada célula humana, que nos dizem que é hora de ficar com sono, de fazer bebês, de envelhecer — todos esses relógios, contou Pai, podem ser alterados por velocidade ou software ou circunstância. Algumas sementes adormecidas, disse ele, como as que estão nas gavetas da Fazenda Quatro, podem parar o tempo por séculos, desacelerando o próprio metabolismo até quase zero, dormindo ao longo das estações, até que a combinação certa de umidade e temperatura apareça e o comprimento de onda certo da luz do sol penetre no solo. E então, como se você tivesse pronunciado as palavras mágicas, elas se abrem.

Abracadabra, alacazam, sinsalabim.

— Tudo bem — responde Konstance. — Vou me lavar e comer. Vou continuar minhas aulas. Mas depois você vai me deixar entrar no Atlas.

Ela joga pó na impressora, engole uma tigela de pasta cor de arco-íris, esfrega o rosto, penteia os cachos do cabelo, senta-se a uma mesa na Biblioteca e assiste a todas as aulas que Sybil manda. *Qual é a constante cosmológica? Explique a etimologia da palavra "trivial". Use fórmulas de adição para simplificar a seguinte expressão:*

$$1/2 \, [\text{sen} \, (A + B) + \text{sen} \, (A - B)]$$

E então ela chama o Atlas da sua estante, tristeza e raiva enroladas como duas molas gêmeas dentro do peito, e viaja pelas estradas da Terra. Edifícios comerciais passam rapidamente à luz do fim do inverno; um veículo de coleta de lixo estriado de sujeira está parado em um sinal de trânsito; um quilômetro e meio mais à frente, ela contorna um morro depois de uma propriedade gradeada e brilhante com guardas na frente, de onde as câmeras do Atlas não podem se aproximar. Ela começa a correr, como se estivesse perseguindo as notas de uma canção distante à sua frente, algo que ela nunca vai alcançar.

Cidade nas nuvens 433

Uma noite, depois de quase seis semanas sozinha dentro da Câmara Um, Konstance volta em sonho à Comissaria. As mesas e os bancos se foram e areia cor de ferrugem turbilhona pelo chão em fluxos que chegam até a coxa. Ela cambaleia até o corredor, passa pelas portas fechadas de meia dúzia de compartimentos até chegar à entrada da Fazenda Quatro.

Lá dentro, as paredes deram lugar a um horizonte esturricado pelo sol com colinas marrons. Areia voa por toda parte. O teto é um redemoinho de neblina vermelha, e milhares de estantes de cultivo que se estendem por quilômetros a fio estão semienterrados nas dunas. Ela encontra Pai ajoelhado embaixo de uma das estantes, de costas para ela, areia escorrendo entre os dedos. Quando ela se prepara para tocar no ombro dele, ele se vira. Seu rosto está estriado de sal; seus cílios estão cheios de poeira.

Uma vala de irrigação corria atrás da casa, diz ele, *em Esquéria. Mesmo depois de ter secado...*

Ela acorda assustada. Esquéria, Es-qué-ri-a: foi só uma palavra que ela o ouviu dizer, quando ele falou da sua terra natal. *Em Esquéria, na Backline Road.* Ela entendeu que era o nome da fazenda onde ele cresceu, mas ele sempre disse que a vida aqui era melhor do que lá, por isso ela nunca havia pensado em usar o Atlas para procurá-la.

Ela come, cuida do cabelo embolado, fica sentada educadamente durante as aulas, diz por favor, Sybil, pode deixar, Sybil.

Seu comportamento hoje, Konstance, foi maravilhoso.

— Obrigada, Sybil. Posso ir à Biblioteca agora?

Claro.

Direto para uma caixa de tiras de papel. Ela escreve *Onde fica Esquéria?*.

Esquéria, Σχερία: *terra dos feácios, uma ilha mítica de abundância na* Odisseia *de Homero.*

Confuso.

Ela pega um novo pedaço de papel, escreve *Mostre-me todo o material a respeito do meu pai na Biblioteca*. Um pequeno feixe de papéis encadernados voa na direção dela vindo de uma estante da terceira fileira. Uma certidão de nascimento, um histórico escolar, uma carta de referência de um professor, o endereço de uma caixa postal no sudoeste da Austrália. Quando ela vira a quinta página, um menino tridimensional de trinta centímetros — um pouco mais jovem do que ela mesma — surge e corre pela mesa. *Olá!* Sua cabeça ostenta um capacete de cachos ruivos; ele está usando um traje caseiro feito de brim. *Meu nome é Ethan, sou de Nannup, Austrália, e adoro botânica. Venha, vou mostrar minha estufa.*

A seu lado, surge uma pequena estrutura, construída sobre uma moldura de madeira e revestida de algo que parece milhares de garrafas de plástico multicoloridas, esticadas, achatadas e costuradas com fio de náilon. Dentro, em estantes aeropônicas semelhantes às da Fazenda Quatro, vegetais crescem em dezenas de prateleiras.

Aqui neste cafundó, que é como Vovó chama este lugar, tivemos um monte de problemas, só um ano verde nos últimos treze. A acronecrose matou toda a safra três verões atrás, depois teve a infestação de carrapatos do gado, vocês devem ter ouvido falar a respeito, e nem um dia de chuva sequer no ano passado. Criei todas as plantas que estão vendo aqui com menos de quatrocentos mililitros de água por dia por estante, isso é menos do que o suor de uma pessoa em [...]

Cidade nas nuvens 435

Quando ele sorri, dá para ver seus dentes incisivos. Ela conhece aquele jeito de andar, aquele rosto, aquelas sobrancelhas.

[...] vocês estão procurando voluntários de todas as idades, de todos os lugares, então, por que eu? Bem, Vovó diz que minha melhor qualidade é sempre manter a cabeça erguida. Adoro lugares novos, coisas novas e, sobretudo, adoro explorar os mistérios de plantas e sementes. Seria muito demais fazer parte de uma missão como essa. Um novo mundo! Me deem essa chance e não vou decepcioná-los.

Ela pega uma tira de papel, entra no Atlas e a pendura na escuridão. Uma grande fisgada de solidão a transpassa. Quando seu pai ficava animado, aquele menino ainda transparecia. Ele tinha um caso de amor com a fotossíntese. Podia falar sobre musgos por uma hora. Dizia que as plantas carregam uma sabedoria que os humanos não vão viver tempo suficiente para entender.

— Nannup — diz ela no vazio. — Austrália.

A Terra voa em direção a ela, inverte-se, o hemisfério sul vai girando à medida que se aproxima, e ela cai do céu em uma estrada ladeada por eucaliptos. Colinas cor de bronze ardem a distância; cercas brancas se estendem dos dois lados. Três faixas desbotadas, esticadas no alto, dizem:

FAÇA A SUA PARTE.

DERROTE O DIA ZERO.

VOCÊ CONSEGUE USAR APENAS 10 LITROS POR DIA.

Galpões de metal corrugado salpicados de ferrugem. Algumas casas sem janelas. Casuarinas pretas, torradas pelo sol. Ao se aproximar do que parece ser o centro da cidade, ela vê um singelo auditório público com paredes brancas e teto vermelho, sombreado por fiteiras, e a grama se torna verde-clara, três tons mais verde do que qualquer outra coisa pela qual ela passou. Begônias reluzentes transbordam de floreiras ao longo da grade; tudo parece ter sido pintado há pouco tempo. Dez árvores estranhas e magníficas com flores dourado-alaranjadas muito vivas fazem sombra em um gramado no centro do qual cintila uma piscina circular.

Uma descarga de perturbação a atravessa novamente, algo não está certo. Onde estão as pessoas?

— Sybil — chama ela. — Leve-me a uma fazenda perto daqui chamada Esquéria.

Não tenho nenhum registro de uma propriedade ou fazenda de gado aqui perto com esse nome.

— Backline Road, então, por favor.

A estrada sobe e passa por quilômetros de fazendas. Nenhum carro, nenhuma bicicleta, nenhum trator. Ela passa por campos sem sombra com plantações do que talvez tenha sido grão-de-bico, queimadas pelo sol muito tempo atrás. Nos postes, os cabos estão partidos e pendurados. Sebes ressequidas; trechos de floresta esturricada; portões fechados com cadeados. A estrada é poeirenta e os pastos estão marrons. Uma placa branca diz *À Venda*, depois outra. Depois uma terceira.

Nas horas de busca pela Backline Road, a única figura pela qual ela passa é um homem solitário usando um casaco e o que parece ser uma máscara de filtragem, o antebraço apertado sobre os olhos para se proteger da poeira ou da claridade, ou de ambas. Ela se agacha na frente dele.

— Olá — fala com representações, com pixels. — Você conheceu meu pai?

Cidade nas nuvens

O homem está inclinado para a frente como se fosse mantido ereto por um vento frontal. Ela estica os braços para firmá-lo e suas mãos atravessam o peito dele.

Depois de três dias de busca nas colinas esturricadas de Nannup, percorrendo a Backline Road para cima e para baixo em um bosque de eucaliptos secos pelo qual ela já passou três ou quatro vezes, Konstance encontra: uma placa desbotada, pintada a mão, presa com arame a um portão.

ΣΧΕΡΙΑ

Atrás do portão, uma fileira dupla de eucaliptos mortos, os troncos descascados, brancos como ossos. O matagal se ergue em tufos dos dois lados de uma única trilha de terra que leva até uma casa de fazenda amarela com madressilva sobre a grade, madressilva nos tapumes — tudo morto.

Dos dois lados das janelas, há venezianas pretas. Um painel solar torto no telhado. Na lateral da casa, na sombra dos eucaliptos mortos, fica a estufa do vídeo de Pai, erguida pela metade, uma parte da estrutura de madeira coberta por folhas de plástico opaco. Uma pilha de garrafas de plástico sujas ao lado.

A luz empoeirada, a vala de irrigação seca, o painel solar quebrado, uma película de poeira que parece neve bege cobrindo tudo, tudo silencioso e imóvel como uma tumba.

Tivemos um monte de problemas.

Só um ano verde nos últimos treze.

Seu pai se inscreveu para fazer parte da tripulação quando tinha doze anos, avançou no processo de seleção por um ano. Aos treze anos — a mesma idade de Konstance naquele momento —, ele deve ter recebido a ligação. Ele sabia desde o início que nunca viveria tempo suficiente para chegar a Beta Oph2? Que passaria o restante da vida dentro de uma máquina? Mesmo assim, ele partiu.

Ela agita os braços tentando ampliar a representação digital curvada, arqueada, à sua frente, e a casa se desfaz em pixels. Mas ao pressionar contra os limites da resolução do Atlas, ela nota que nos fundos da casa, do lado direito, graças às circunstâncias perfeitas de luz solar e angulação, consegue ver uma nesga de um quarto através de duas folhas de vidro.

Konstance consegue divisar uma parte de uma cortina queimada de sol com estampa de aviões. Dois planetas feitos a mão, um com anéis em volta, pendurados no teto. A cabeceira descascada de uma cama de solteiro, uma mesa de cabeceira, uma luminária. Um quarto de criança.

Seria muito demais fazer parte de uma missão como essa.

Um novo mundo!

Será que ele estava dentro daquele quarto quando as câmeras passaram? O fantasma do menino que seu pai foi um dia estava lá, só que fora do campo de visão?

Na mesinha de cabeceira perto da janela, um livro azul com uma lombada gasta está virado para cima. Na capa, pássaros esvoaçam em torno de uma cidade apinhada de torres. A cidade parece repousar sobre nuvens.

Ela contorce a coluna, aproxima-se o máximo possível da imagem, aperta os olhos diante dos pixels distorcidos. Na parte inferior, embaixo da cidade, está escrito na capa *Antônio Diógenes*. Na parte de cima: *Cuconuvolândia*.

Treze

Para fora da baleia e para dentro da tempestade

Cuconuvolândia, *de Antônio Diógenes, Fólio N*

[...] Eu era uma ave, tinha asas, voava! Um navio de guerra inteiro estava espetado nas presas do leviatã e seus marinheiros uivaram para mim enquanto eu os sobrevoava, e assim eu saí! Por um dia e uma noite, sobrevoei a infinitude do mar, e o céu acima permaneceu azul, assim como as ondas embaixo, e não havia continente nem navios, nenhum lugar para eu pousar e descansar minhas asas. No segundo dia, fiquei cansado e o mar escureceu e o vento começou a entoar uma canção assustadora, espectral. Um fogo prateado voava em todas as direções, nuvens carregadas de raios partiam os céus e minhas penas pretas ficaram brancas.

Eu já não tinha sofrido o bastante? Do mar embaixo, ergueu-se uma enorme coluna de água, turbilhonando e gritando, carregando ilhas e vacas, barcos e casas, e, quando atingiu minhas insignificantes asas de corvo, arrancou-me do meu voo, lançando-me aos rodopios ainda mais alto no céu, até que o brilho branco da Lua queimou meu bico enquanto eu passava girando, tão próximo a ponto de ver as feras lunares atacando ao longo de suas planícies fantasmagóricas e bebendo leite em grandes lagos lunares brancos, tão assustados por me verem olhar para baixo quanto eu ao vê-los olhar para cima, e, mais uma vez, pensei nas tardes de verão na Arcádia, quando os trevos cobriam as colinas e os alegres sinos das minhas ovelhas enchiam o ar, os pastores ficavam sentados com seus cachimbos, e desejei nunca ter embarcado nesta [...]

Constantinopla

Maio de 1453

Anna

É A QUINTA SEMANA DO CERCO, OU TALVEZ A SEXTA, CADA DIA se misturando com o último. Anna está sentada com a cabeça de Maria no colo, as costas apoiadas na parede e uma vela nova grudada no chão em meio a cotocos derretidos. Na viela, ouve-se um baque, um cavalo relincha, um homem xinga e a comoção demora para esmorecer.

— Anna?

— Estou aqui.

O mundo de Maria se tornou inteiramente escuro àquela altura. Sua língua não coopera quando ela tenta falar e, a cada intervalo de algumas horas, músculos nas costas e no pescoço dela travam. As oito bordadeiras que ainda dormem no ateliê de Kalaphates passam a maior parte do tempo entre as devoções olhando para o nada em transes aflitos. Anna ajuda Chryse no jardim castigado pelo gelo ou vasculha os mercados que ainda estão abertos atrás de farinha ou frutas ou feijões. No resto do tempo, ela fica sentada com a irmã.

Anna se tornou ainda mais rápida na decifração das letras caprichadas, inclinadas para a esquerda, dentro do velho códice, e, àquela altura, consegue entender linhas inteiras sem esforço.

Toda vez que encontra uma palavra desconhecida ou lacunas onde o mofo obliterou o texto, inventa substituições.

Éton finalmente conseguiu se tornar um pássaro: não a coruja resplandecente que ele gostaria, mas um corvo desgrenhado. Ele voa pelo mar infinito em busca do fim da terra, e acaba sendo atirado para cima por um jato de água. Enquanto Anna continua a ler, Maria parece ficar em paz, a expressão calma, como se não estivesse sentada em uma cela suja em uma cidade cercada ouvindo uma fábula boba, mas em um jardim no futuro ouvindo os hinos dos anjos, e Anna se lembra de algo que Licínio disse: uma história é uma maneira de esticar o tempo.

Nos dias, disse ele, quando trovadores viajavam de vilarejo em vilarejo levando as velhas canções em sua memória, apresentando-as a qualquer um que quisesse ouvi-las, eles retardavam os desfechos de suas histórias o máximo que podiam, improvisavam um último verso, um último obstáculo a ser superado pelos heróis, pois se conseguissem prender a atenção dos ouvintes por mais uma hora, os cantores podiam ganhar mais um cálice de vinho, mais um pedaço de pão, mais uma noite de abrigo. Anna imagina Antônio Diógenes, seja lá quem ele foi, levando a faca à pena, a pena à tinta, a tinta ao pergaminho, colocando mais uma barricada na frente de Éton, esticando o tempo com outro propósito: manter um pouco mais a sobrinha no mundo dos vivos.

— Ele sofre tanto — murmura Maria. — Mas segue adiante.

Talvez Kalaphates tivesse razão no fim das contas. Talvez a bruxaria viva realmente nos velhos livros. Talvez enquanto ela ainda tiver mais linhas que ler para a irmã, enquanto Éton persistir em sua jornada desmiolada, batendo as asas rumo ao seu sonho nas nuvens, os portões da cidade resistam. Talvez a morte fique do lado de fora da porta delas por mais um dia.

Cidade nas nuvens 447

Em uma manhã clara e cheirosa de maio, em que parece que o inverno finalmente está dando um descanso, a Hodegétria, o ícone mais sagrado da cidade — uma pintura com a Virgem e o Menino Jesus de um lado e a crucificação do outro, supostamente feito pelo apóstolo são Lucas em um pedaço de 130 quilos de ardósia e trazido da Terra Santa por uma imperatriz um século antes de Anna nascer —, é levada para fora da igreja construída para abrigá-la.

Se há algo que pode salvar a cidade, é aquilo, o ícone dos ícones, um objeto de imenso poder, ao qual foi atribuída a proteção da cidade em vários cercos no passado. Chryse pega Maria e a põe nas costas, as bordadeiras caminham até a praça para participar da procissão, e quando o ícone sai pelas portas da igreja e a luz do sol o atinge, o reflexo brilhante marca a visão de Anna com desenhos dourados oscilantes.

Seis monges erguem a pintura e a colocam nos ombros de um frade desengonçado que usa um traje de veludo vermelho com uma faixa grossa bordada atravessada no peito. Cambaleando devido ao peso, o carregador designado prossegue descalço pela cidade, de uma igreja a outra, indo aonde quer que a Hodegétria o leve. Dois diáconos seguem seus passos, segurando um baldaquino dourado por cima da imagem, dignitários carregam lanças nas costas, noviços e freiras, cidadãos, escravos e soldados atrás, muitos segurando velas e entoando um canto assustador e bonito. Crianças correm ao lado com coroas de rosas ou pequenos pedaços de algodão nas mãos na esperança de encostá-los na imagem da Virgem.

Anna e Chryse, com Maria pendurada nas costas, marcham atrás da procissão enquanto a Hodegétria serpenteia rumo à

Terceira Colina. Durante toda a manhã, a cidade resplandece. Flores selvagens cobrem as ruínas; uma brisa espalha pequenas pétalas brancas pelos paralelepípedos; os castanheiros acenam seus cachos de flores brancas que lembram velas. Mas à medida que o desfile sobe para a enorme fonte em ruínas do Ninfeu, o dia escurece. O ar se torna frio, nuvens escuras aparecem do nada, os pombos param de arrulhar, os cães começam a latir e Anna olha para cima.

Nenhum pássaro atravessa o céu. Trovões ressoam sobre as casas. Uma rajada de vento apaga metade das velas do desfile e o cântico vacila. Na quietude que se segue, ela consegue ouvir um rufador, nos campos dos sarracenos, golpear seu tambor.

— Irmã? — pergunta Maria, o rosto colado à coluna de Chryse. — O que está acontecendo?

— Uma tempestade.

Forcados de relâmpagos castigam as cúpulas de Santa Sofia. Árvores balançam, janelas batem, rajadas de granizo atacam os telhados e a procissão se dispersa. Mais à frente, o vento arranca das colunas a tenda dourada que protege o ícone e ela voa passando pelas casas.

Chryse corre para se proteger, mas Anna fica parada um pouco mais observando o monge na frente da procissão que tenta continuar carregando a Hodegétria morro acima. O vento o empurra para trás, arrastando escombros pelos pés do homem. Mesmo assim, ele continua subindo. Quase chega ao topo do morro. Depois balança e escorrega, e a pintura de mil e trezentos anos cai com o lado da crucificação para baixo na rua encharcada de chuva.

Ágata balança o corpo sobre a mesa com a cabeça entre as mãos. A Viúva Teodora murmura algo no fogareiro frio. Chryse pragueja em seu horto destruído. A Hodegétria imaculada fracassou; a Mãe de Deus as abandonou; a Besta do Apocalipse se ergue do mar. O Anticristo está arranhando o portão. O tempo é um círculo, costumava dizer Licínio, e, em algum momento, todo círculo deve se fechar.

Ao cair da noite, Anna se arrasta para o catre de crina e fica sentada com a cabeça de Maria no colo, o velho manuscrito aberto diante das duas. A tempestade propulsiona Éton, o corvo, para além da Lua e o lança na escuridão entre as estrelas. Não falta muito a percorrer.

Omeir

Naquela mesma tarde, a caravana de bois está seguindo ruidosamente em direção ao Corno de Ouro para pegar outro carregamento de bolas de pedra, a algumas centenas de metros do ancoradouro, o ar limpo devido à tempestade da manhã, o estuário azul-esverdeado e brilhando com a luz do sol, quando Enluarado — não Arvoredo — para, puxa as patas dianteiras para debaixo do corpo, se abaixa até o chão e morre.

Ele é arrastado alguns passos para a frente e a caravana para.

Arvoredo está em pé no seu arreio, as três patas saudáveis estendidas, o jugo inclinado contra o peso do irmão. Espuma vermelha sai da enorme narina de Enluarado; uma pequena pétala branca carregada pela brisa gruda no seu olho aberto. Omeir pressiona o arreio, tenta acrescentar sua pequena força à grande força do boi, mas o coração do animal não está mais batendo.

Os outros carroceiros, acostumados a ver animais morrerem no jugo, agacham-se ou se sentam na beira da estrada. O mestre quarteleiro grita em direção ao cais e quatro carregadores se levantam das docas.

Arvoredo se abaixa para facilitar para Omeir a retirada do jugo. Os carregadores, cada um segurando uma perna, arrastam

Cidade nas nuvens 451

Enluarado até a beira da estrada, o mais velho entre eles agradece a Deus, puxa a faca e rasga a garganta do animal.

Com cabresto e corda em uma das mãos, Omeir conduz Arvoredo por uma trilha de gado em meio às moitas de junco à beira do Bósforo. Diante dos olhos dele, passam lembranças de Enluarado ainda novilho no córrego. Ele gostava de coçar as costelas em um certo pinheiro atrás do curral. Adorava entrar no córrego, com a água batendo na barriga, e chamar o irmão, mugindo de prazer. Não era muito bom de esconde-esconde. Tinha medo de abelhas.

A pele de Arvoredo treme de um lado para outro em seu dorso e um cobertor de moscas alça voo e pousa novamente. Daquele ponto, a cidade e sua cinta de muralhas parecem pequenas, uma pedra pálida sob o céu.

A algumas centenas de passos de distância, dois carregadores fazem uma fogueira enquanto outros dois esquartejam Enluarado, trinchando a cabeça, cortando a língua, pondo em espetos o coração, o fígado e cada um dos rins. Envolvem os músculos das coxas em gordura e os prendem em lanças que são colocadas sobre a fogueira, barqueiros, estivadores e carroceiros sobem a estrada em grupos e ficam agachados enquanto a carne assa. Aos pés de Omeir, centenas de pequenas borboletas azuis sorvem minerais de uma poça de lama de maré.

Enluarado: o rabo fibroso, os cascos partidos peludos. Deus o cria no útero de Beleza ao lado do irmão, ele cresce e faz força por três invernos e morre a centenas de quilômetros de casa, e para quê? Arvoredo se deita no meio dos arbustos e empesteia o ar à sua volta e Omeir se pergunta o que o animal entende e o que vai acontecer com os dois belos chifres de Enluarado, e cada respiro racha mais seu coração.

Naquela noite, parece que os canhões disparam sem parar, massacrando torres e muralhas, e aos homens é dito que acendam o maior número possível de tochas, velas e fogueiras. Omeir ajuda dois carroceiros a derrubar oliveiras e as arrasta para a grande fogueira. Os sábios do sultão circulam entre as fogueiras dispensando encorajamentos.

— Os cristãos — dizem eles — são desonestos e arrogantes. Veneram ossos e morrem por múmias. Não conseguem dormir se não for em colchões de pena e não ficam uma hora sequer sem vinho. Acham que a cidade é deles, mas ela já nos pertence.

A noite é como se fosse dia. A carne de Enluarado viaja pelos intestinos de cinquenta homens. Vovô, pensa Omeir, saberia o que fazer. Ele teria visto os sinais de fraqueza muito antes, teria cuidado melhor dos cascos de Enluarado, conheceria algum remédio envolvendo ervas, unguento e cera de abelha. Vovô, que conseguia ver sinais de aves de caça onde Omeir não via nada, que sabia guiar Folhame e Agulhão com um estalo da língua.

Ele fecha os olhos para se proteger da fumaça e se lembra de uma história que um carroceiro contou nos campos nos arredores de Edirne sobre um homem no inferno. Os demônios, disse ele, cortavam o homem toda manhã, milhares de vezes, mas os cortes eram suficientemente pequenos para não matá-lo. Durante o dia todo, os ferimentos secavam e formavam casca, e, na manhã seguinte, assim que as feridas começavam a sarar, eles as abriam novamente.

Cidade nas nuvens

Depois das preces matutinas, Omeir vai ver Arvoredo no pasto em que o animal ficou preso, e o boi não consegue se levantar. Está deitado de lado, um chifre apontando para o céu. O mundo engoliu seu irmão e Arvoredo está pronto para se juntar a ele. Omeir se ajoelha, passa as mãos sobre a lateral do boi e observa o reflexo do céu estremecer no olho vacilante do bezerro.

Será que Vovô está olhando para esta mesma nuvem esta manhã, e Nida, e a mãe deles, e ele e Arvoredo, os cinco olhando para a mesma forma branca flutuante que passa sobre eles?

Anna

Os sinos da igreja já não marcam mais as horas. Ela circula pela copa — a fome em seu intestino é uma cobra se desenrolando — e para à porta olhando para o céu sobre o pátio. Himério costumava dizer que, enquanto a lua estivesse ficando maior, o mundo jamais poderia acabar. Mas agora ela está minguando.

— Primeiro — sussurra a Viúva Teodora junto ao fogareiro —, as guerras se alastram com fúria entre os povos da Terra. Depois os falsos profetas surgem. Logo os planetas vão cair do céu, seguidos pelo Sol, e todos se tornarão cinzas.

As pernas de Maria estão sem cor e ela precisa ser carregada até o banheiro. Elas estão no último terço do códice, e algumas folhas estão tão deterioradas que Anna só consegue distinguir uma linha de texto em cada três. Mas ela continua a fazer a jornada de Éton avançar para a irmã. O corvo voa pelo vazio, fazendo acrobacias pelo zodíaco.

[...] dessas alturas de Ícaro, minhas penas salpicadas pela poeira das estrelas, vi a Terra como ela realmente era lá embaixo, um monte de lama diminuto em uma grande vastidão, seus reinos

Cidade nas nuvens 455

nada mais do que teias de aranha, seus exércitos somente grãos de areia. Alquebrado pela tempestade, chamuscado, exausto e desemplumado pelo vento, metade das penas perdidas, eu voava pelas constelações quase sem esperança quando finalmente avistei um brilho distante, uma filigrana dourada de torres, um vapor de nuvens [...]

O texto definha, as linhas dissolvidas embaixo de uma mancha de água, mas, pela irmã, Anna o invoca: uma cidade feita de torres de prata e bronze, janelas brilhando, bandeiras tremulando nos telhados, aves de todos os tamanhos e cores esvoaçando. O corvo desgrenhado desce em espiral das estrelas.

Balas de canhão ribombam a distância. A chama da vela se inclina.

— Ele nunca parou de acreditar — sussurra Maria. — Mesmo estando muito cansado.

Anna apaga a vela e põe o códice no chão. Pensa em Ulisses aportando na ilha dos feácios.

— Ele sentia cheiro de jasmim no vento — diz ela —, de violetas, louro, rosas, uvas e peras, maçãs sobre maçãs, figos sobre figos.

— Estou sentindo esses cheiros, irmã.

Ao lado do ícone de santa Corália, está a caixinha de rapé que Anna pegou da oficina abandonada dos italianos, a miniatura de um palácio com torres pintadas na tampa rachada. Há homens em Urbino, disseram os escribas, que fazem lentes que permitem que você enxergue a cinquenta quilômetros. Homens que conseguem desenhar um leão tão real que parece que vai sair andando da página e devorar você.

Nosso mestre sonha em construir uma biblioteca para superar a do papa, disseram eles, uma biblioteca que contenha todos os textos já escritos. Para durar até o fim dos tempos.

Maria morre no dia vinte e sete de maio, as mulheres da casa rezam a seu redor. Anna põe a palma da mão na testa da irmã e sente o calor deixando-a.

— Quando você voltar a vê-la — diz a Viúva Teodora —, ela estará vestida de luz.

Chryse levanta o corpo de Maria com a mesma facilidade com que levantaria uma peça de linho endurecida que secou ao sol e o carrega pelo pátio até os portões de São Teófano.

Anna enrola o capuz de samito — cinco pássaros acabados entrelaçados por vinhas. Em algum outro Universo, talvez, uma grande e resplandecente comunidade esteja chorando: a mãe e o pai delas, tias e primos, uma pequena capela repleta de rosas primaveris, mil tubos de órgão ressoando canções, a alma de Maria flutuando entre querubins, vinhas e pavões — como o desenho de um dos seus bordados.

No *katholikon* de São Teófano, as freiras mantêm uma vigília de preces ininterrupta que se ergue para o trono de Deus. Uma aponta para onde Chryse deve colocar o corpo e outra cobre Maria com uma mortalha, Anna fica sentada nas pedras ao lado da irmã enquanto vão buscar um padre.

Omeir

DEPOIS DA MORTE DOS SEUS BOIS, O TEMPO SE DESINTEGRA. Mandam que ele vá trabalhar nas latrinas com cristãos alistados e escravos indianos, queimando as fezes do exército. Eles jogam os excrementos em poços, depois jogam piche em cima, e ele e alguns outros meninos mais velhos usam varas para mexer a imundície nojenta e fumegante, as varas queimando a partir das pontas, de maneira que vão ficando cada vez mais curtas. O cheiro satura as roupas, os cabelos, a pele, e logo não é apenas o rosto que deixa os homens carrancudos.

Aves de rapina volteiam no céu e moscas enormes, ferozes, atormentam todos. Fora das tendas, à medida que maio se transforma em junho, não há sombra. O grande canhão que eles se esforçaram tanto para levar até ali finalmente racha, os defensores da cidade desistem de tentar consertar suas barreiras danificadas, e todos sentem o destino do conflito oscilando sobre o fio da balança. Ou a cidade vai morrer de fome e capitular ou os otomanos terão de recuar antes que doenças e desespero se alastrem por seus acampamentos.

Os garotos da companhia de Omeir dizem que o sultão, que Deus o abençoe e proteja seu reino, acredita que o momento decisivo chegou. Os muros foram enfraquecidos em múltiplos locais, os defensores estão exaustos e um ataque final irá desequilibrá-los. Os melhores combatentes, dizem, ficarão na retaguarda enquanto os menos equipados e treinados entre eles serão mandados primeiro para atravessar o fosso e romper as defesas da cidade. Nós ficaremos presos, sussurra um garoto, entre uma chuva de pedras e alcatrão fervente das muralhas acima e as facas e chicotes dos *chavushan* do sultão atrás. Mas outro garoto diz que Deus vai cuidar deles e que, se morrerem, as recompensas na próxima vida serão inúmeras.

Omeir fecha os olhos. Como tudo parecia grandioso quando os curiosos paravam e ficavam boquiabertos com o tamanho de Arvoredo e Enluarado; quando os homens se aproximavam aos milhares com a esperança de encostar um dedo no canhão brilhante. *Uma maneira para fazer com que uma coisa pequena destrua uma coisa muito maior.* Mas o que foi que eles destruíram?

Maher se senta ao lado de Omeir, desembainha a faca e raspa ferrugem ao longo da lâmina com a unha.

— Ouvi que seremos enviados amanhã no fim da tarde. Ao pôr do sol. — Os dois bois de Maher também morreram faz tempo e vazios profundos assombram seus olhos. — Será maravilhoso — diz, embora não pareça convencido. — Vamos tocar terror na vida deles.

Em volta dos dois, filhos de fazendeiros que não foram treinados estão sentados segurando escudos, clavas, lanças, machadinhas, picaretas de cavalaria — até pedras. Omeir está muito cansado. Será um alívio morrer. Ele pensa nos cristãos sentados nas muralhas e nas pessoas rezando dentro das casas e igrejas da cidade, e fica se questionando sobre o mistério de como um deus pode dar conta dos pensamentos e temores de tantas pessoas.

Anna

À NOITE, ELA VOLTA A SE UNIR ÀS EQUIPES DE MULHERES E meninas no terraço entre as muralhas internas e externas, lançando pedras para os parapeitos a fim de que possam ser jogadas na cabeça dos sarracenos quando eles chegarem. Todos estão com fome e cansados. Ninguém mais canta hinos nem murmura encorajamentos. Pouco antes da meia-noite, monges içam um órgão hidráulico até o topo da muralha externa e produzem um uivo terrível e estridente que parece o gemido de uma grande fera morrendo à noite.

Como os homens se convencem de que outros devem morrer para que eles vivam? Ela pensa em Maria, que tinha tão pouco e se foi tão silenciosamente, em Licínio falando sobre os gregos acampados fora das muralhas de Troia durante dez anos, e sobre as mulheres troianas presas em suas casas, tecendo, preocupadas, imaginando se algum dia voltariam a andar pelos campos ou nadar no mar, ou se os portões cairiam e elas veriam seus bebês serem lançados das muralhas para a morte.

Anna trabalha até o dia raiar e, quando volta, Chryse diz para ela esperar no pátio, depois reaparece vindo da copa com uma cadeira de madeira em uma das mãos e as tesouras com empunhadura de osso da Viúva Teodora na outra. Anna se senta e Chryse puxa o cabelo dela para trás e abre as lâminas. Por um instante, Anna teme que a velha cozinheira esteja prestes a cortar sua garganta.

— Hoje ou amanhã — afirma Chryse — a cidade vai sucumbir.

Anna ouve a lâmina se fechar, seu cabelo caindo a seus pés.

— Tem certeza?

— Sonhei com isso, criança. E quando acontecer, os soldados vão levar tudo o que conseguirem pegar. Comida, prata, seda. O mais valioso, porém, serão as garotas.

Anna tem uma visão do jovem sultão em algum lugar entre as tendas dos soldados, sentado em um tapete com uma maquete da cidade no colo, sondando-a com um dedo, vasculhando cada torre, cada ameia, cada tijolo das muralhas em busca de uma entrada.

— Eles vão despi-la e ficar com você ou levá-la para o mercado para ser vendida. Não importa o lado nas guerras, é sempre a mesma coisa. Sabe como sei?

As lâminas brilham tão próximas de seus olhos que Anna fica com medo de virar a cabeça.

— Porque foi o que aconteceu comigo.

Com o cabelo recém-cortado, Anna come seis damascos verdes, se deita com dor de estômago e dorme profundamente. Em um pesadelo, ela perambula pelos cômodos de um átrio enorme com uma abóbada no teto tão alta que parece chegar ao céu. Em prateleiras de estantes que se estendem pelos dois lados, há centenas e centenas de textos empilhados, como uma biblioteca dos deuses, mas cada vez que ela abre um livro descobre-o repleto de palavras em idiomas que ela não conhece,

Cidade nas nuvens 461

palavras incompreensíveis, livro após livro, estante após estante. Ela caminha sem parar, e é sempre igual, a biblioteca indecifrável e infinita, o som de seus passos pequenino naquela imensidão toda.

Chega a quinquagésima quinta noite de cerco. No palácio imperial em Blaquerna, à beira do Corno de Ouro, o imperador reúne seus capitães para uma prece. Ao longo das muralhas externas, sentinelas contam flechas, atiçam fogo sob grandes jarros de alcatrão. Logo após o fosso, na tenda privada do sultão, um serviçal acende sete velas, uma para cada céu, e se retira, e o jovem soberano se ajoelha para rezar.

Na Quarta Colina da cidade, sobre o outrora grande ateliê de bordado de Kalaphates, um bando de gaivotas, voando alto sobre o telhado, captura o último brilho do sol. Anna se levanta de sua cama, surpresa em perceber que dormiu à luz do dia.

Na copa, as bordadeiras restantes, nenhuma com menos de cinquenta anos, afastam-se do fogareiro para que Chryse jogue os pedaços de uma mesa de costura no fogo.

A Viúva Teodora entra com o que, para Anna, parece ser uma braçada de beladona. Ela arranca as folhas, joga·as lustrosas bagas escuras em uma bacia e põe as raízes em um pilão. Ao esmagar as raízes, a Viúva Teodora diz a elas que seus corpos são apenas pó, que a vida inteira as respectivas almas ansiaram por um lugar mais distante. Agora que estão próximas disso, fala a Viúva Teodora, as almas estremecem de alegria diante da perspectiva de deixar para trás as carapaças de seus corpos e voltar para casa junto de Deus.

A última luz azul do dia é tragada pela noite. Iluminados pelo fogo, o rosto das mulheres assume um sofrimento antigo que é quase sublime: como se elas tivessem sempre suspeitado que as coisas terminariam daquela maneira e estivessem resignadas. Chryse chama Anna ao depósito e acende uma vela. Entrega à menina algumas tiras de esturjão seco e um pão escuro enrolado em tecido.

— Se alguma criança já nascida — sussurra Chryse — pode ludibriá-los, sobreviver a eles ou mesmo derrotá-los, essa criança é você. Ainda há vida a ser vivida. Vá hoje à noite e eu rezarei pedindo sua proteção.

— Deixamos nossos corpos para trás neste mundo, de maneira que possamos alçar voo rumo ao próximo. — Anna ouve a Viúva Teodora dizer na copa.

Omeir

À MEDIDA QUE A NOITE CAI, MENINOS EM VOLTA DELE, AINDA estranhos para os próprios corpos, rezam, se preocupam, afiam lâminas, dormem. Meninos levados até ali por ira ou curiosidade ou mito ou fé ou cobiça ou pressão, alguns sonhando com glórias nesta vida ou em vidas por vir, alguns simplesmente ansiosos para dar vazão à própria violência, agir contra aqueles que eles acreditam ter lhes causado dor. Os homens também sonham: em receber a glória aos olhos de Deus, em merecer o amor de seus colegas soldados, em voltar para casa. Um banho, uma amante, um gole de um jarro de água limpa e fresca.

Do lugar onde está sentado, do lado de fora das tendas dos canhoneiros, Omeir só consegue ver o luar filtrado pela sequência de cúpulas de Santa Sofia: o mais próximo que ele vai chegar. Fogueiras de sentinelas ardem nas torres, uma coluna de fumaça branca sobe no extremo leste da cidade. Atrás dele, a estrela da noite brilha. Em uma lembrança, ele ouve Vovô falar dos méritos dos animais, do clima, das qualidades da grama, a paciência de Vovô como a das árvores. Faz pouco mais de meio ano, no entanto, o tempo que separa aquelas noites e a atual parece imenso.

Enquanto está sentado, sua mãe desliza entre os animais e tendas e põe uma das mãos no rosto dele. *De que me importam cidades, príncipes e histórias?*, sussurra ela.

Ele é apenas um menino, disse Vovô ao viajante e ao seu servo.

É o que você pensa agora, mas sua verdadeira natureza vai se revelar com o tempo.

Talvez o servo tivesse razão. Talvez Omeir abrigue um demônio dentro dele. Ou um espírito maligno, um bruxo. Algo formidável. Ele sente aquilo se mexer e despertar. Estica-se, esfrega os olhos, boceja.

Levante-se, diz a coisa. *Vá para casa.*

Omeir enrola a corda de Enluarado, a joga sobre um ombro e se levanta. Passa por cima de Maher, que dorme direto no chão. Abre caminho em meio aos jovens assustados.

Volte para casa, sussurra a mãe, e em volta da cabeça dela paira um enxame de abelhas.

Ele desvia de uma companhia de rufadores que estão carregando tambores de couro de boi, avançando em meio às tropas rumo às primeiras fileiras. Passa pelo acampamento dos ferreiros com suas bigornas e seus aventais. Passa pelos flecheiros e seleiros. É como se Omeir tivesse sido jungido e atrelado a uma carroça cheia de bolas de pedra e, agora, com cada passo para longe da cidade, essas pedras estivessem caindo atrás dele.

Vultos de cavalos, carroças e máquinas quebradas surgem na escuridão. Não olhe para ninguém. Você é hábil em esconder o rosto.

Ele tropeça na corda de uma tenda, volta a se levantar, desvia da luz das fogueiras. A qualquer momento, pensa, alguém vai me perguntar qual é minha tarefa, a que unidade pertenço, por que estou caminhando na direção errada. A qualquer passo,

Cidade nas nuvens 465

um dos guardas do sultão com suas lâminas longas e curvas vai descer do cavalo a meu lado e me chamar de desertor. Mas os homens estão dormindo ou rezando ou conversando ou pensando sobre o ataque iminente, e ninguém parece notá-lo. Talvez suponham que ele esteja a caminho do estábulo para verificar algum animal. Talvez, pensa ele, eu já esteja morto.

Omeir mantém a estrada principal para Edirne à direita. Nos confins do acampamento, o matagal primaveril cresceu até a altura do peito, as giestas estão altas e amarelas, e é fácil se esconder embaixo dos seus cachos enquanto caminha. Atrás dele, os rufadores chegam à frente das fileiras, giram baquetas de duas cabeças sobre si mesmos formando um oito e começam a bater em seus tambores com tanta rapidez a ponto de soarem mais como um rugido contínuo do que como a pulsação de batidas de tambor.

Dos soldados de todo o acampamento otomano ergue-se o clangor de armas contra escudos. Omeir espera que Deus envie um facho de luz através de uma fenda nas nuvens e revele quem ele realmente é: traidor, covarde, apóstata. O menino com o rosto de um espírito maligno e o coração de um demônio. O menino que matou o próprio pai. Que, na noite em que foi deixado sem proteção na montanha para morrer, enfeitiçou o avô para que o levasse de volta. Tudo o que os aldeões intuíram a seu respeito está se realizando.

No escuro, ele não chama atenção. O clamor de tambores, címbalos e vozes aumenta atrás dele. A qualquer momento, a primeira onda será enviada para atravessar o fosso.

Anna

MESMO ESTANDO A UM QUILÔMETRO DE DISTÂNCIA, DENTRO da casa de Kalaphates, o barulho dos tambores se faz presente: uma arma por si só, o dedo do sultão sondando os becos, procurando e procurando. Anna olha para trás em direção à copa, onde a Viúva Teodora segura o pilão cheio de beladona triturada. Nas sombras, ela vê Kalaphates arrastar Maria pelo cabelo corredor abaixo e passar pelos seus pés, vê os velhos cadernos manchados de Licínio pegando fogo.

Um abade mal-humorado, disse o escrivão alto, *um frade desajeitado, um invasor bárbaro, uma vela derrubada, um verme faminto — e todos esses séculos se desvanecem.* Você pode se agarrar a este mundo por um século e ainda assim ser arrancado dele em um piscar de olhos.

Ela enrola o velho códice de pele de cabra e a caixa de rapé no capuz de seda de Maria e os coloca no fundo da sacola de Himério. Arruma o pão e o peixe salgado por cima e amarra o saco. Tudo o que ela tem no mundo.

Nas ruas, o rufar dos tambores se mistura com gritos distantes: o ataque começou. Ela corre em direção ao porto. Em muitas casas, não há sinal de vida, já em outras, várias lamparinas ardem

Cidade nas nuvens

como se os ocupantes tivessem decidido gastar tudo o que ainda tinham e não deixar nada para os invasores. Os detalhes se destacam brilhantes e nítidos: os sulcos centenários das rodas das carruagens nas pedras da pavimentação na frente do Filadélfio. Tinta verde descascando na porta da oficina de um carpinteiro. A brisa levantando pétalas de uma cerejeira em flor e derrubando-as em meio ao luar. Pode ser que ela esteja vendo cada uma daquelas imagens pela última vez.

Uma única flecha coberta de piche ricocheteia em um telhado, retine sobre as pedras e solta fumaça. Uma criança, com no máximo seis anos, surge em uma soleira, pega a flecha e a segura como se fosse algo que estivesse pensando em comer.

Os canhões do sultão atiram, três cinco sete, e um clamor distante surge. É este o momento? Eles estão adentrando os portões? A torre de Belisário, no sopé da qual ela costumava se encontrar com Himério, está escura e o pequeno portão dos pescadores está desguarnecido, todas as sentinelas enviadas para reforçar os pontos fracos nas muralhas terrestres.

Ela agarra a sacola. Oeste, pensa, é tudo o que sabe, o oeste é onde o sol se põe, o oeste atravessa o mar de Mármara, e sua mente envia visões da ilha abençoada de Esquéria, do azeite verde vivo e do refinado pão branco de Urbino, da cidade de Éton nas nuvens, cada paraíso se confundindo com o último. *Esse lugar existe mesmo*, disse Éton, o peixe, ao mago dentro da baleia. *Senão qual o motivo de tudo isto?*

Ela encontra o esquife de Himério no lugar de sempre, acima da linha da maré na praia de cascalho, a embarcação com menos condições de navegabilidade no mundo. Um momento de terror: e se os remos não estiverem lá? Mas estão guardados embaixo do barco, onde ele sempre os deixava.

468   *Anthony Doerr*

O barulho do casco arranhando as pedras a caminho da água é perigosamente alto. No raso, flutuam formas do tamanho de cadáveres: não olhe para ela. Ela põe o esquife no mar, sobe, ajoelha com a sacola no banco do remador à sua frente e puxa o remo de estibordo, depois o de bombordo, traçando pequenos pontos diagonais rumo ao quebra-mar. A noite continua abençoadamente escura.

Três gaivotas balançando sobre a água a observam passar. Três é um número de sorte, era o que Chryse sempre dizia: Pai, Filho, Espírito Santo. Nascimento, vida, morte. Passado, presente, futuro.

Parece que ela não consegue manter o esquife avançando em linha reta, e os golpes dos remos nas forquetas é alto demais. Ela nunca apreciou as habilidades de Himério até aquele momento. Mas, a cada batimento cardíaco, a costa parece ficar ainda mais longe, e ela continua a remar de costas para o mar e de frente para as muralhas da cidade, a remadora olhando para o que já passou.

Ao se aproximar do quebra-mar, ela faz uma pausa para tirar água do esquife com a jarra de terracota, como Himério costumava fazer. Em algum lugar no interior das muralhas terrestres, um brilho se ergue: um sol raiando no lugar e no momento errados. Estranho como o sofrimento parece bonito se você se afasta o suficiente.

Ela se agarra às palavras de Himério: *Quando não é a maré certa, aqui chega uma corrente que nos arrastaria direto para o mar.* Agora ela precisa que a maré errada seja a certa.

Logo após a curva, em meio às ondas depois do quebra-mar, ela avista um vulto comprido, escuro. Um navio. Será sarraceno ou grego? Será que o capitão grita com os remadores, os

Cidade nas nuvens

artilheiros preparam os canhões? Ela se agacha o mais baixo que consegue, achata-se sobre o casco, a sacola sobre o peito, água fria batendo em suas costas, e é aqui que a coragem de Anna finalmente esmorece. O medo volta se insinuando por mil fissuras: tentáculos se erguendo das trevas dos dois lados do barco, e os olhos de urubu de Kalaphates piscam do céu sem estrelas.

Meninas não têm professores particulares.

Era você? O tempo todo?

A corrente pega o pequeno esquife e o carrega. Ela pensa em como Éton deve ter se sentido, preso dentro de todos aqueles corpos diferentes, incapaz de falar a própria língua, maltratado, rejeitado — era um destino terrível e ela era cruel por rir.

Nenhum grito e nenhuma flecha zunindo. O esquife gira, balança e desliza para além do quebra-mar, entrando no mar escuro.

Catorze

Os portões de Cuconuvolândia

Cuconuvolândia, *de Antônio Diógenes, Fólio* Ξ

Os fólios da segunda metade do códice de Diógenes estão consideravelmente mais deteriorados do que os da primeira metade, e as lacunas no manuscrito apresentam desafios significativos tanto para o tradutor quanto para o leitor. Até sessenta por cento do Fólio Ξ foi apagado. Trechos ilegíveis estão indicados por reticências e representações hipotéticas são apresentadas dentro de colchetes. Tradução de Zeno Ninis.

[...] Nas Plêiades, vi um bando de cisnes comendo frutas coloridas e, nas margens distantes do Sol, bebi [em rios de vinho], embora tenha queimado meu bico. Visitei mil ilhas estranhas, mas nunca encontrei uma única em que tartarugas carregassem pães de mel nos cascos e que a guerra fosse desconhecida e que o sofrimento não existisse.

[...] dessas alturas de Ícaro, minhas penas salpicadas pela poeira das estrelas, vi a Terra como ela realmente era lá embaixo, um monte de lama diminuto em uma grande vastidão, seus reinos nada mais do que teias de aranha, seus exércitos somente grãos de areia.

[...] eu [avistei] um brilho distante, uma filigrana dourada das torres, o vapor de nuvens, exatamente como eu previra naquele dia na praça na Arcádia [...]

[...] só que era mais grandioso, mais encantador, mais celestial [...]

[...] cercadas de falcões, maçaricos-de-perna-vermelha, codornas, frangos-d'água e cucos [...]

[...] jacinto e louro, flox e maçã, gardênia e alisso doce [...]

[...] delirante de alegria, e esgotado como o mundo, caí [...]

A Argos

Missão ano 64

(Dias 45-46 dentro da Câmara Um)

Konstance

ELA ESTÁ EM PÉ NA BIBLIOTECA, SOZINHA. DA ESCRIVANINHA mais próxima, pega uma tira de papel, escreve Cuconuvolândia *de Antônio Diógenes* e a joga na fenda. Documentos vêm voando na sua direção de várias seções e se arrumam em uma dúzia de pilhas. Muitos são artigos acadêmicos em alemão, chinês, francês, japonês. Quase todos parecem ter sido escritos por volta da segunda década do século XXI. Konstance abre o primeiro livro em inglês ao seu alcance: *Romances selecionados da Grécia Antiga*.

A descoberta em 2019 do tardio romance grego *Cuconuvolândia* em um códice altamente corrompido na Biblioteca do Vaticano deixou, por um breve momento, o mundo dos estudiosos do período greco-romano em polvorosa. Infelizmente o que os arquivistas puderam salvar deixava muito a desejar: vinte e quatro fólios mutilados, cada um avariado em certo grau. A cronologia confunde e as lacunas são abundantes.

Do volume seguinte, projeções de trinta centímetros de altura de dois homens surgem e se encaminham a tribunas

478   *Anthony Doerr*

diferentes. *Era um texto,* diz o primeiro, um homem de gravata-borboleta com barba grisalha, *escrito para uma única leitora, uma menina em seu leito de morte, e, portanto, é uma narrativa sobre tanatofobia...*

Errado, diz o outro palestrante, também com uma barba grisalha, também usando gravata-borboleta. *Diógenes queria brincar com noções de pseudodocumentarismo, colocando a ficção de um lado e a não ficção de outro, alegando que a história era uma transcrição verdadeira descoberta em uma tumba, ao mesmo tempo que constrói um contrato com o leitor de que a história era obviamente inventada [...]*

Ela fecha o volume e os homens desaparecem. O livro seguinte parece gastar trezentas páginas explorando a proveniência e tonalidade da tinta usada no códice. Outro especula sobre a seiva de árvore encontrada em algumas páginas. Outro é um relato entediante de várias tentativas de pôr os fólios resgatados na ordem original.

Konstance descansa a testa nas mãos. As traduções dos fólios para o inglês que ela encontra em meio às pilhas são, em sua maioria, desconcertantes: ou são chatas e repletas de notas de rodapé, ou são fragmentadas demais para que sejam compreendidas. Nelas, ela consegue entrever os contornos das histórias de Pai: Éton se ajoelha diante da porta do quarto de uma bruxa, Éton se torna um burro, o burro é raptado por bandidos. Mas onde estão as tolas palavras mágicas e os animais bebendo leite da Lua e rios ferventes de vinho no Sol? Onde está o resmungo que Pai soltaria quando Éton confunde uma gaivota com uma deusa e o rosnado que emitiria para o mago dentro da baleia?

A esperança que ela sentira minutos antes desaparece. Todos esses livros, todo esse conhecimento, para que servem? Nada

Cidade nas nuvens   479

daquilo a ajudará a entender por que Pai saiu de casa. Nada daquilo vai ajudá-la a entender por que ela foi designada a esse destino.

Ela pega um pedaço de papel de uma caixa e escreve *Mostre--me o exemplar azul com o desenho de uma cidade nas nuvens na capa.*

Um pedaço de papel vem esvoaçando. *A Biblioteca não contém registros de um volume desse tipo.*

Konstance olha para as fileiras infinitas de estantes.

— Mas eu achava que você continha tudo.

Outro ZeroLuz, outra Primeira Refeição impressa, mais aulas de Sybil. Depois ela volta para o Atlas, cai nas colinas esturricadas pelo sol nos arredores de Nannup e percorre a Backline Road até o portão da casa de Pai. Σχερία, diz a placa pintada a mão.

Konstance se agacha, se contorce, se aproxima da casa quanto pode, a visão através da janela do quarto se desvanecendo para um oscilante borrão de cor. O livro na mesinha de cabeceira é azul-real. A cidade nas nuvens no meio da capa parece desbotada pelo sol. Ela fica na ponta dos pés e aperta os olhos. Embaixo do nome de Diógenes, estão escritas quatro palavras em uma fonte menor que ela não havia visto da primeira vez.

Tradução de Zeno Ninis.

De volta para o céu, para dentro do Atlas, para o átrio. Ela pega uma tira de papel da escrivaninha mais próxima. Escreve *Quem foi Zeno Ninis?.*

Londres

1971

Zeno

Londres! Maio! Rex! Vivo! Ele examina cem vezes o papel da carta de Rex, inspira seu cheiro. Zeno conhece aquela caligrafia, amassada no topo das letras como se alguém tivesse pisado nas linhas: quantas vezes ele a viu traçada no gelo e na terra da Coreia?

Que milagre absoluto receber três cartas suas de uma só vez.

Se estiver a seu alcance, poderia fazer uma visita?

A cada intervalo de poucos minutos, uma nova rajada de leveza o arrebata. Lá estava aquele nome, Hillary, mas e daí? Se Rex encontrou uma Hillary, bom para ele. Ele conseguiu escapar. Está vivo. Convidou Zeno para "uma espécie de comemoração".

Ele imagina Rex usando um terno de lã em um jardim tranquilo, sentando-se para escrever uma carta. Pombos arrulham, sebes farfalham; torres de relógios se erguem acima dos seus carvalhos rumo a um céu úmido. Hillary, elegante e matrona, aparece com um aparelho de chá de porcelana.

Não, é melhor sem Hillary.

Nem tenho como dizer como estou feliz por você ter conseguido sair de lá.

Quase umas férias.

Ele espera até a sra. Boydstun sair para fazer compras e liga para uma agência de viagens em Boise, sussurrando perguntas ao telefone como se estivesse cometendo crimes. Quando ele diz a Amanda Corddry no departamento rodoviário que vai tirar férias em maio, os olhos dela dobram de tamanho.

— Bem, Zeno Ninis, estou pasmada. Se eu não conhecesse você, diria que está apaixonado.

Com a sra. Boydstun, as coisas são mais complicadas. A cada intervalo de dias, ele vai introduzindo aos poucos o assunto nas conversas como se estivesse pondo açúcar no café. Londres, maio, um amigo da guerra. E, a cada vez, a sra. Boydstun arruma um jeito de derrubar a comida no chão, ou de ter uma dor de cabeça, ou de repente perceber um novo tremor na perna esquerda, e termina a conversa.

Rex escreve de volta, *Felicíssimo. Parece que você vai chegar durante o horário das aulas, Hillary vai pegá-lo*, e março passa, depois abril. Zeno pega seu único terno, sua gravata com listras verdes. A sra. Boydstun, de roupão, treme no sopé da escada.

— Você não vai deixar uma mulher doente sozinha, não é? Que tipo de homem você é?

Fora da janela do quarto, um céu que parece um capacete azul está fixado sobre os pinheiros. Ele fecha os olhos. *Os anos passam em um piscar de olhos agora*, escreveu Rex. Quanto mais está escrito nas entrelinhas? Vá agora ou cale-se para sempre.

— São oito dias no total. — Ele fecha a mala. — Enchi a despensa. Também comprei mais cigarros. Trish prometeu vir dar uma olhada em você todos os dias.

Ele queima tanta adrenalina durante os voos que, ao desembarcar em Heathrow, está praticamente alucinando. Depois do

Cidade nas nuvens   485

controle alfandegário, procura por uma inglesa. Em vez disso, um homem de um metro e oitenta com cabelo prematuramente grisalho e calça cor de abricó batendo na canela agarra seu braço.

— Ah, você é um docinho — diz o gigante, e dá dois beijinhos no ar, perto das bochechas de Zeno. — Eu sou Hillary.

Zeno agarra a mala, tentando entender.

— Como você sabia que eu era eu?

Hillary mostra os caninos.

— Tentei a sorte.

Ele arranca a mala da mão de Zeno e o conduz pelo terminal. Por baixo de um colete azul, Hillary está usando o que parece ser uma bata com paetês aplicados aleatoriamente nas mangas. As unhas dele estão pintadas de verde? Um homem pode se vestir desse jeito aqui? No entanto, à medida que as botas de Hillary vão fazendo *clope-clope* pelo terminal e eles vão passando pelo meio de um monte de ônibus e táxis, ninguém presta muita atenção. Os dois entram em um carro minúsculo, de duas portas, cor de vinho, chamado Austin 1100, Hillary insistindo em segurar a porta para Zeno e depois dando a volta pela traseira do veículo e comprimindo o corpo comprido atrás da direção do lado direito, os joelhos praticamente batendo nos dentes ao usar os pedais, o cabelo roçando no teto, e Zeno tenta não surtar.

Londres é cinza-fumaça e infinita.

— Brentford à sua direita, um antigo namorado imbecil morava bem ali, um cara grande, desobediente — tagarela Hillary. — Rex termina as aulas em uma hora, então vamos fazer uma surpresa para ele em casa. Ali é o Gunnersbury Park, está vendo?

Parquímetros, tráfego lento, fachadas sujas de fuligem. Wrigley Spearmint Gold Leaf One, da Great Cigarettes Ales

Spirits & Wines. Eles estacionam na frente de uma casa de tijolos em que não bate sol, em Camden. Nenhum jardim, nenhuma sebe, nenhum pintassilgo gorjeando, nenhuma esposa matrona com xícaras de chá. Um folheto grudado pela chuva na calçada diz *A maneira fácil de pagar.*

— Vamos subir — diz Hillary, e se curva para passar pela porta como uma árvore móvel. Ele carrega a mala de Zeno por quatro lanços de escada, seus longos passos subindo os degraus de dois em dois.

Lá dentro, o apartamento parece dividido em dois. De um lado, estantes ordenadas, do outro, tapeçarias, quadros de bicicletas, velas, cinzeiros, elefantes de latão, pinturas abstratas com camadas grossas de tinta, e plantas mortas parecem ter sido empilhadas por uma tempestade.

— Sinta-se em casa, só vou molhar algumas plantas — avisa Hillary. Ele acende um cigarro em uma boca do fogão e dá um bocejo titânico. Sua testa é surpreendentemente lisa, suas bochechas, recém-barbeadas. Quando Zeno e Rex estavam na Coreia, Hillary não podia ter mais do que cinco anos de idade.

Do toca-discos, vozes exuberantes cantam "Love Grows Where My Rosemary Goes" e a ficha cai: Rex e Hillary vivem juntos. Em um apartamento de um quarto.

— Sente-se, sente-se.

Zeno se senta à mesa enquanto o disco toca, rajadas de confusão e exaustão soprando sobre ele. Hillary se esquiva da luminária de teto enquanto põe outro disco no aparelho de som, depois bate as cinzas em uma planta.

— É tão legal receber a visita de um dos amigos do Rex. Os amigos dele nunca vêm nos visitar. Às vezes, acho que ele não tinha nenhum antes de me conhecer.

Cidade nas nuvens 487

Chaves vibram na porta e Hillary levanta as sobrancelhas para Zeno, e um homem entra no apartamento usando um casaco de chuva e galochas. Seu rosto é cor de coalhada e ele tem uma barriguinha saindo por cima do cinto e um peito côncavo. Seus óculos estão embaçados e suas sardas, desbotadas, mas ainda são exuberantes em quantidade, e é Rex.

Zeno se levanta e estica a mão, mas Rex o abraça.

A emoção sobe espontaneamente até seus olhos.

— Efeito do fuso horário — diz ele, e limpa o rosto.

— Claro.

Um quilômetro acima deles, Hillary leva uma unha verde rachada até um olho e enxuga uma lágrima. Ele enche duas xícaras com chá preto, arruma um prato de biscoitos, desliga o toca-discos, se enrola em um grande casaco impermeável roxo e anuncia:

— Está bem, vou deixar os dois velhos babões sozinhos.

Zeno o ouve descer correndo a escada como uma aranha gigante multicolorida.

Rex tira o casaco e os sapatos.

— Então, limpando neve? — O apartamento parece estar deslizando da beirada de um penhasco. — Eu ainda estou lendo poemas da Idade do Bronze para garotos que não querem ouvi-los.

Zeno mordisca um biscoito. Ele quer perguntar se Rex em algum momento tem desejo de estar de volta ao Acampamento Cinco, se alguma vez anseia pelas horas em que os dois ficavam sentados às sombras do galpão da cozinha, estriado de luz do sol, desenhando caracteres na terra — um tipo perverso de saudade. Mas desejar voltar para um campo de prisioneiros é um desvario, e Rex está falando de suas viagens para o norte do Egito vasculhando os depósitos de lixo da Antiguidade. Todos aqueles anos, todos aqueles quilômetros, tanta esperança e medo, e agora ele tem Rex só para si e, nos primeiros cinco minutos, já se perdeu.

— Você está escrevendo um livro?

— Já escrevi um. — De uma das prateleiras, ele retira um livro de capa dura cor de couro com letras maiúsculas simples azuis na capa. *Compêndio de livros perdidos.* — Vendemos, acho, quarenta e duas cópias, umas dezesseis para Hillary. — Ele ri. — Na verdade, ninguém quer ler um livro sobre livros que não existem mais.

Zeno corre um dedo sobre o nome de Rex impresso na capa. Para ele, livros sempre se pareceram com nuvens ou árvores, coisas que simplesmente estavam lá, nas prateleiras da Biblioteca Pública de Lakeport. Mas conhecer alguém que tenha escrito um?

— Tome como exemplo as tragédias — continua Rex. — Sabemos que pelo menos mil foram escritas e encenadas nos teatros gregos no século V a.C. Sabe quantas sobraram para nós? Trinta e duas. Sete das oitenta e uma de Ésquilo. Sete das cento e vinte e três de Sófocles. Aristófanes escreveu quarenta comédias, pelo que sabemos. Temos onze, nem todas completas.

Zeno vira páginas, vê menções a Agatão, Aristarco, Calímaco, Menandro, Diógenes, Queremão de Alexandria.

— Quando tudo o que você tem é um naco de papiro com algumas palavras escritas — prossegue Rex —, ou uma única linha citada no texto de outra pessoa, o potencial do que está perdido é assombroso. É como os rapazes que morreram na Coreia. Sentimos mais tristeza porque nunca vimos os homens que eles se tornariam.

Zeno pensa no pai. Era muito mais fácil ser herói quando você não estava mais na Terra.

Cidade nas nuvens   489

Mas agora o cansaço é como uma segunda força da gravidade ameaçando puxá-lo para fora da cadeira. Rex põe o livro de volta na estante e sorri.

— Você está exausto. Venha, Hillary preparou uma cama.

Ele acorda no sofá-cama nas profundezas da noite com a consciência aguda de que dois homens estão dividindo uma cama do outro lado da porta fechada a dois metros de distância. Quando ele acorda novamente, a coluna doendo por causa do fuso horário ou de alguma mágoa mais obscura, é tarde, e Rex saiu para a escola horas antes. Hillary está em pé atrás da tábua de passar roupa, usando o que parece ser um quimono de seda, passando camisas, curvado sobre um livro que parece estar escrito em chinês. Sem levantar o nariz da página, ele ergue uma xícara de chá. Zeno a pega, fica de pé em suas roupas de viagem amarfanhadas e olha pela janela para uma rede de tijolos e saídas de incêndio.

Ele toma um banho morno, em pé na banheira e segurando a ducha sobre a cabeça, e, quando sai do banheiro, Rex está em pé na metade ordenada do apartamento examinando o cabelo cada vez menos numeroso com um espelho de mão. Ele sorri para Zeno e boceja.

— Transar com tantos garotos bonitos esgota o velhote — sussurra Hillary e pisca, e Zeno se sente horrorizado, até perceber que Hillary está brincando.

Eles veem um esqueleto de dinossauro, andam em um ônibus de dois andares, Hillary visita o balcão de maquiagem de uma loja de departamentos e volta com ondas iguais de sombra azul em torno dos olhos, Rex ensina a Zeno sobre diferentes marcas de gim e Hillary está sempre com eles, enrolando cigarrinhos finos, usando sapatos de plataforma, paletós, um vestido de noite enorme e monstruoso. Logo já é a quarta noite da sua visita e eles estão comendo tortas de carne em uma adega após a meia-noite, Hillary perguntando se Zeno já chegou na parte do livro em que Rex escreve que cada livro perdido, antes de desaparecer para sempre, ficou reduzido a uma derradeira cópia em algum lugar, e como aquilo fez com que Hillary pensasse em quando viu um rinoceronte-branco uma vez, em um zoológico na Tchecoslováquia, e uma placa dizia que o animal era um dos vinte últimos rinocerontes-brancos do norte em todo o mundo, e o único da Europa, e que o animal só ficava olhando pelas barras da jaula, fazendo um som de gemido, enquanto montes de moscas atormentavam seus olhos. Depois Hillary olha para Rex, enxuga os olhos e diz que toda vez que lê aquela parte pensa nos rinocerontes e chora, e Rex acaricia seu braço.

No sábado, Hillary vai para "a galeria", mas Zeno não sabe o que imaginar — galeria de arte? Galeria de tiro? — e ele e Rex ficam sentados em um café cercados por mulheres com carrinhos de bebê, Rex usando um colete preto de tweed ainda polvilhado de giz das aulas dos dias anteriores, o que faz o coração de Zeno disparar. Um garçom muito pequeno que não faz barulho quando se mexe traz para eles um bule de chá todo pintado com framboesas.

Zeno espera que a conversa acabe enveredando para a noite no Acampamento Cinco em que Bristol e Fortier colocaram Rex sobre o caminhão plataforma, escondido dentro de um tambor de combustível, que ele consiga ouvir sobre a história da fuga de Rex, se Rex o perdoa por ter ficado, mas Rex está falando entusiasmado sobre uma viagem que fez à Biblioteca do Vaticano, em Roma, onde vasculhou pilhas e mais pilhas de papiros antigos resgatados dos depósitos de lixo de Oxirrinco, pequenos pedaços de textos gregos enterrados na areia por dois mil anos.

— Noventa e nove por cento são coisas chatas, é claro, certificados, recibos de fazendas, registros fiscais, mas descobrir uma frase, Zeno, até mesmo umas poucas palavras, de um trabalho literário até então desconhecido? Resgatar uma frase do esquecimento? É a coisa mais empolgante. Posso dizer, é como desencavar a ponta de um fio enterrado e perceber que ele está conectado a alguém morto há dezoito séculos. É uma sensação como *nostos*, você se lembra?

Ele está agitando as mãos ágeis e batendo os cílios, a mesma gentileza em seu rosto de todos aqueles anos atrás na Coreia, e Zeno quer pular por cima da mesa e encostar a boca no pescoço de Rex.

— Um dia desses, vamos reunir algo significativo, uma tragédia de Eurípedes ou uma história política perdida, ou, melhor ainda, alguma velha comédia, a jornada impossível de algum tolo até os confins da Terra. São as minhas favoritas, sabe?

Ele levanta os olhos e chamas se acendem dentro de Zeno. Por um instante, ele imagina um futuro possível, uma discussão vespertina entre Rex e Hillary: Hillary grita, Rex pede que ele vá embora, Zeno ajuda a limpar toda a sujeira de Hillary, carrega caixas, desfaz a própria mala no quarto de Rex, senta-se na beirada da cama dele; eles passeiam, vão ao Egito, leem em silêncio, cada um de um lado do bule de chá. Por um instante, Zeno sente que talvez possa ter uma epifania: se disser as palavras certas, agora, como um feitiço, elas se tornarão realidade. Penso em você o tempo todo, nas veias do seu pescoço, nos pelos dos seus braços, nos seus olhos, na sua boca, eu amava você naquela época, amo você agora.

— Estou entediando você? — pergunta Rex.

— Não, não. — Tudo se inclina. — Pelo contrário. É só que... — Ele vê a estrada no vale, a lâmina do limpa-neve, os fantasmas contorcidos da neve. Mil árvores escuras passam correndo. — É tudo novo para mim, entenda, noites longas, gins-tônicas, o metrô, seu... Hillary. Ele está lendo em chinês, você está escavando pergaminhos gregos antigos. É intimidador.

— Ah... — Rex balança uma das mãos. — Hillary é cheio de projetos que não dão em nada. Nunca termina coisa alguma. E eu sou professor em uma escola medíocre para garotos. Em Roma, fiquei queimado de sol de ir do hotel até o táxi.

O café está movimentado, um bebê choraminga, o garçom vai e vem sem fazer barulho. Água da chuva escorre pelo toldo. Zeno sente que o momento está escapando.

— Mas amor não é isso? — Rex esfrega as têmporas, bebe seu chá e olha para o relógio de pulso, e Zeno tem a sensação de que caminhou até o centro de um lago congelado e caiu no gelo.

A festa de aniversário cai no último dia da visita de Zeno. Eles pegam um táxi preto até uma boate chamada The Crash. Rex se apoia no braço de Hillary.

— Vamos tentar ficar tranquilos esta noite, está bem? — pede Rex.

Hillary bate os cílios, e eles descem para uma série de cômodos conectados que vão ficando cada vez mais estranhos e mais parecidos com calabouços, cada um apinhado de garotos e homens de botas prateadas ou leggings de zebra ou cartolas. Muitos dos homens parecem conhecer Rex, segurando seu braço ou beijando seu rosto ou soprando línguas de sogra para ele, e vários tentam puxar conversa com Zeno, mas a música está alta

Cidade nas nuvens 493

demais, então, mais do que qualquer outra coisa, ele assente e sua em seu terno de poliéster.

No cômodo final, na parte mais funda da boate, Hillary surge carregando três copos de gim, balançando em cima da multidão em suas botas altas e casaco verde-esmeralda como um deus-árvore ambulante. O gim dispara calor pelos corredores do corpo de Zeno. Ele tenta chamar a atenção de Rex, mas, naquele exato momento, a música dobra de volume e, como se fosse um sinal, todos os homens começam a cantar — "Ei ei ei ei ei" —, enquanto as luzes estroboscópicas nas paredes se acendem, transformando o salão em um folioscópio, membros se agitando aqui e ali, bocas em expressões lascivas, joelhos e cotovelos reluzindo, e Hillary joga seu drinque para cima e coloca seus braços semelhantes a galhos em volta de Rex, todo mundo fazendo uma versão da mesma dança, abrindo primeiro um, depois o outro braço na direção do teto, como se estivessem formando semáforos uns para os outros, o ar em chamas com o barulho, e, em vez de se soltar, em vez de se unir aos outros, Zeno se sente tão infeliz, tão deficiente, tão oprimido pela própria ingenuidade — sua mala de papelão, seu terno todo errado, suas botas de lenhador, seus modos de Idaho, sua esperança equivocada de que Rex o tinha convidado para ir até lá porque queria algo romântico com ele — *Nós poderíamos rascunhar um pouco de grego com papel e caneta em vez de galhos e lama.* Ele percebe, naquele momento, que é tão jeca a ponto de ser basicamente um selvagem. Em meio à música pulsante e aos corpos cintilantes, ele fica surpreso ao se pegar ansiando pela previsibilidade monocromática de Lakeport: o uísque vespertino da sra. Boydstun, as crianças de porcelana que não piscam, o ar estriado de fumaça de lenha, o silêncio no lago.

Ele abre caminho pelos vários salões, sobe até a rua e caminha assustado e envergonhado por Vauxhall por duas horas sem fazer ideia de onde está. Quando finalmente reúne coragem para chamar um táxi e perguntar se ele pode levá-lo para uma casa de tijolos em Camden ao lado de um outdoor dos cigarros Gold Leaf, o motorista assente e o leva direto para o edifício de Rex. Zeno sobe os quatro lanços de escada e encontra a porta destrancada. Uma xícara de chá frio foi deixada em cima da mesa. Algumas horas depois, ao acordá-lo com uma sacudidela suave para que ele não perca o voo, Hillary toca-o na testa com um gesto tão carinhoso que Zeno precisa se virar para o outro lado.

Rex estaciona o Austin do lado de fora do setor de embarque, pega no banco de trás uma caixa embrulhada e a põe no colo de Zeno.

Dentro está uma cópia do *Compêndio* de Rex e um volume maior, mais grosso.

— Liddell e Scott, um dicionário grego-inglês. Indispensável. Caso você queira tentar voltar a traduzir.

Do lado de fora do carro, passageiros passam apressados e, por um instante, o chão embaixo do banco de Zeno se abre, ele é engolido e depois está de volta ao mesmo lugar.

— Você sabe que levava jeito para a coisa. Mais do que jeito.

Zeno sacode a cabeça.

Buzinas soam e Rex olha para trás.

— Não se apresse em se achar dispensável — diz ele. — Às vezes, as coisas que achamos estarem perdidas só estão escondidas, esperando para serem redescobertas.

Zeno sai do carro, a mala na mão direita, os livros embaixo do braço esquerdo, algo dentro dele (arrependimento) avançando

Cidade nas nuvens

para a frente e para trás como um lanceiro, pulverizando ossos, destruindo tecido vital. Rex se curva e estica a mão direita e Zeno a aperta com a esquerda, o aperto de mão mais esquisito que já existiu. E então o carrinho é engolido pelo tráfego.

Lakeport, Idaho

Fevereiro-maio de 2019

Seymour

E M FEVEREIRO, ELE E JANET ESTÃO JUNTINHOS, OMBRO COM ombro, olhando para o smartphone dela em um canto da lanchonete da escola.

— Preciso avisar — diz ela —, ele é meio assustador.

Na tela, um homenzinho de jeans preto e uma máscara de cabra anda de um lado para outro no palco de um auditório. Ele é conhecido como "Bishop", um rifle de assalto está pendurado em suas costas. *Vamos começar*, sugere ele,

com o livro do Gênesis. "Sede fecundos, multiplicai-vos, enchei a terra e submetei-a; dominai sobre os peixes do mar, as aves do céu e todos os animais que rastejam sobre a terra."

O vídeo corta para uma mistura de rostos inquietos. *Por 2.600 anos*, continua o homem,

nós, nas tradições ocidentais, fomos assegurados de que o papel da humanidade é dominar a Terra. Que toda a criação foi feita para que nós a colhêssemos. E, por 2.600 anos, mais ou menos nos safamos. As temperaturas permaneceram constantes, as estações

continuaram previsíveis e nós abatemos florestas e pescamos nos
oceanos e colocamos um deus acima de todos os outros: o cresci-
mento. Expanda sua propriedade, aumente sua riqueza, amplie
seus muros. E quando todos os novos tesouros que você arrasta
para dentro dos seus muros não aliviam a sua dor? Você sai em
busca de outros. Mas e agora? Agora a raça humana está come-
çando a colher o que [...]

O sinal soa e Janet toca no telefone. Bishop congela no meio
de uma frase, os braços levantados pela metade. Um link pisca
na parte de baixo da tela: Junte-se a nós.

— Seymour, me dá o telefone. Tenho de ir para a aula de
espanhol.

No novo computador Ilium da biblioteca, Seymour coloca um
fone de ouvido e procura mais vídeos. Bishop está usando uma
máscara de Pato Donald, uma máscara de guaxinim, uma máscara de castor da nação kwakiutl; está em uma área desmatada
no Oregon, em um vilarejo em Moçambique.

Quando Flora se casou, tinha catorze anos. Agora ela tem três fi-
lhos e os poços do vilarejo estão secos e a fonte de água confiável
mais próxima está a duas horas a pé da sua casa. Aqui no distrito
de Funhalouro, mães adolescentes como Flora gastam cerca de seis
horas por dia procurando e transportando água. Ontem, ela cami-
nhou três horas para colher ninfeias de um lago a fim de que seus
filhos tivessem algo para comer. E o que nossos líderes mais ilumi-
nados sugerem que façamos? Peça o envio de suas contas por e-
-mail. Compre três lâmpadas de LED e ganhe uma sacola. A Terra
tem oito milhões de pessoas para alimentar e a taxa de extinção é

Cidade nas nuvens

501

mil vezes maior do que era antes dos seres humanos. Não dá para consertar isso com sacolas reutilizáveis.

Bishop está recrutando guerreiros, segundo ele, para desmantelar a economia industrial global antes que seja tarde demais. Eles vão reconstruir as sociedades em nossos sistemas de pensamento, nos quais os recursos serão compartilhados; vão resgatar a antiga sabedoria, buscar respostas para perguntas que o comércio não pode responder, atender às necessidades que o dinheiro não consegue atender.

Os rostos que Seymour consegue ver na plateia brilham de excitação e propósito; ele se lembra de como se sentiu, o corpo inteiro tenso, quando abriu a tampa da caixa das antigas granadas de Pawpaw pela primeira vez. Todo aquele poder latente. Nunca havia ouvido alguém expressar sua raiva e confusão daquela maneira.

"Espere", disseram eles. "Seja paciente", pediram. "A tecnologia vai resolver a crise do carbono." Em Kyoto, em Copenhague, em Doha, em Paris, disseram "Vamos diminuir as emissões, vamos gradualmente nos afastar do hidrocarbono", e voltaram para o aeroporto em limusines blindadas, voaram de volta para suas casas em jumbos e comeram sushi *a trinta mil pés de altitude, enquanto pobres engasgavam com ar pela vizinhança dessas mesmas pessoas. A espera acabou. A paciência acabou. Temos de nos levantar agora, antes que o mundo inteiro esteja em chamas. Temos de [...]*

Quando Marian passa a mão na frente dos seus olhos, Seymour, por um instante, não consegue se lembrar de onde está.

— Tem alguém aí?

O link pisca, Junte-se a nós Junte-se a nós Junte-se a nós. Ele tira os fones de ouvido.

Marian balança as chaves do carro em um dedo.

— Hora de fechar, garoto. Você pode apagar o indicador de ABERTA para mim, por favor? E, Seymour, você está livre no sábado? Ao meio-dia?

Ele assente e pega sua bolsa de livros. Lá fora, chuva cai sobre a neve velha e as ruas estão cheias de lama.

— Sábado — grita Marian atrás dele. — Meio-dia. Não se esqueça. Tenho uma surpresa para você.

Ele chega em casa e encontra Bunny atrás da mesa da cozinha com a testa franzida, olhando para o talão de cheques. Ela levanta a cabeça, sua atenção voltando de um lugar que parecia muito distante.

— Como foi seu dia? Voltou para casa andando na chuva? Almoçou com Janet?

Ele vai até a geladeira com passos pesados. Mostarda. Shasta Twists. Meio vidro de molho *ranch*. Nada.

— Seymour? Pode olhar para mim, por favor?

Na claridade da lâmpada da cozinha, as bochechas dela parecem de giz. O pescoço está flácido; as raízes não tingidas do cabelo estão aparecendo; a cervical está ficando curva. Quantos banheiros de hotel ela limpou hoje? Quantas camas desfez? Assistir aos anos levando embora a juventude de Bunny tem sido como assistir à floresta atrás de casa ser abatida novamente.

— Ouça, querido, o Aspen Leaf vai fechar. Geoff diz que eles não têm mais como competir com as grandes cadeias. Ele vai me dispensar.

Envelopes cobrem a mesa. V-1 Propane, Intermountain Gas, Blue River Bank, Lakeport Utilities. Seymour sabe que

Cidade nas nuvens

só o remédio dele custa cento e dezenove dólares por semana para ela.

— Não quero que você se preocupe, querido. Vamos dar um jeito. Sempre damos.

Ele mata a aula de matemática e fica agachado no estacionamento com o telefone de Janet.

Em um mundo dois graus centígrados mais quente, mais 150 milhões de pessoas — a maioria delas pobre — vão morrer só por causa da poluição atmosférica. Não por causa de violência, nem por enchentes, só por causa de ar ruim. São 150 vezes mais mortes do que na Guerra Civil Americana. Quinze Holocaustos. Duas Segundas Guerras Mundiais. Em nossas ações, em nossas tentativas de engripar as engrenagens da economia de mercado, esperamos que ninguém morra. Mas, se houver algumas mortes, não vai valer a pena mesmo assim? Para impedir quinze Holocaustos?

Uma batidinha no seu ombro. Janet está tremendo no meio-fio.

— Isto está ficando chato, Seymour. Preciso pedir meu telefone de volta cinco vezes por dia.

Sexta-feira ele chega em casa e encontra Bunny bebendo vinho em um copo de plástico no sofá. Ela sorri, pega a mochila dele e faz uma reverência. Anuncia que pegou um empréstimo de curto prazo para eles sobreviverem até ela encontrar um novo trabalho. E, no caminho para casa, com todo aquele dinheiro nas mãos, ela estava passando pela Computer Shack, do lado da madeireira, e teve de parar.

De trás da almofada, ela tira um tablet Ilium novo em folha, ainda na caixa.

— *Voilà!*

Bunny sorri. O vinho que ela está bebendo deixa-lhe os dentes manchados, como se estivesse comendo tinta.

— E se lembra de Doods Hayden? Da loja? Ele incluiu isto aqui grátis! — Agora, de trás da almofada, sai um alto-falante inteligente Ilium. — Ele dá a previsão do tempo, faz jogos de conhecimentos gerais e lembra as listas de compras. Para pedir pizza, é só falar com ele, Seymour.

— Mãe.

— Estou entusiasmada por você estar se saindo tão bem, Gambazinho, passando tempo com Janet, e sei que é difícil ser um dos garotos sem acesso às novas tecnologias. Pensei, bem, você merece. Nós merecemos. Não merecemos?

— Mãe.

Atrás da porta de correr, as luzes do terreno brilham como se fossem carregadas por uma correnteza submarina.

— Mãe, você precisa de wi-fi para usar essas coisas.

— Ahn? — Ela tome um gole de vinho. Os ombros caem. — Wi-fi?

Sábado ele vai andando até o rinque de patinação no gelo e se senta em um banco acima dos patinadores rodopiantes, liga o novo tablet e se conecta ao wi-fi gratuito. O download de todas as atualizações demora meia hora. Ele assiste a vídeos de Bishop, tudo o que consegue encontrar, e, quando se lembra do convite de Marian, já passou das quinze horas. Ele sai correndo pelo quarteirão: na esquina das ruas Lake e Park, presa ao concreto, está uma nova caixa de devolução de livros pintada para parecer uma coruja.

Cidade nas nuvens 505

É um cilindro gordo, pintado de cinza, marrom e branco, e parece que tem asas abaixadas nas laterais e garras nos pés. Grandes olhos amarelos brilham no meio do seu rosto e ela usa uma gravata-borboleta: uma coruja-cinzenta.

Na portinhola, está escrito POR FAVOR, DEVOLVA LIVROS AQUI. No peito:

BIBLIOTECA PÚBLICA DE LAKEPORT
VENHA "CORUJAR" OS NOSSOS LIVROS!

A porta da biblioteca se abre e Marian sai apressada carregando bolsa e chaves, vestida com uma parca vermelha abotoada errado, e sua expressão é de mágoa ou raiva, ou de irritação, ou as três juntas.

— Você perdeu a dedicatória. Pedi a todo mundo que esperasse.

— Eu...

— Pedi a você duas vezes, Seymour. — A coruja pintada parece fixar seus olhos acusatórios nele enquanto Marian abotoa a gola. — Sabe — diz ela —, você não é a única pessoa no mundo.

Ela entra no seu Subaru e vai embora.

Abril está mais quente do que deveria. Ele para de ir à biblioteca, falta aos encontros do Clube de Consciência Ambiental, esquiva-se da sra. Tweedy nos corredores. Depois da escola, fica sentado em um muro baixo atrás do rinque de patinação no gelo, na área de cobertura do wi-fi, e procura Bishop em cantos ainda mais obscuros da internet. *É mais fácil encarar os seres humanos como exterminadores*, diz Bishop. *Dizimamos qualquer comunidade de seres vivos em que entramos, e agora ex-*

cedemos os limites da Terra. Os próximos a exterminarmos seremos nós mesmos.

Um na privada, outro na pia — Seymour para de tomar a buspirona. Durante vários dias, seu corpo desfalece. Depois desperta. As sensações voltam com tudo, e sua mente parece se tornar a grande parábola espelhada de um telescópio-radar, captando luz dos recantos mais distantes do Universo. Toda vez que está ao ar livre, ele consegue ouvir as nuvens se arrastando pelo céu.

— Por que você não quer conhecer meus pais? — pergunta Janet um dia enquanto o leva de carro para casa.

Um caminhão de lixo passa zunindo. Por toda parte, os guerreiros de Bishop estão se reunindo. Seymour tem a sensação de que está se preparando para uma metamorfose; quase consegue sentir que está se decompondo em nível molecular e se reconstituindo para formar algo totalmente novo.

Janet para na frente da casa pré-fabricada. Seymour cerra os punhos.

— Eu estou falando — diz ela —, mas você não está ouvindo. O que está acontecendo com você?

— Não está acontecendo nada comigo.

— Saia do carro, Seymour.

Eles nos chamam de militantes e terroristas. Argumentam que mudanças demoram. Mas não há tempo. Não podemos mais viver em uma cultura mundial na qual é permitido que os ricos acreditem que seu estilo de vida não tem consequências, que eles podem usar o que quiserem e jogar fora o que quiserem, que eles são imunes a catástrofes. Sei que não é fácil ficar de olhos abertos. Não é diverti-

do. Todos nós teremos de ser fortes. Os próximos acontecimentos vão nos submeter a testes que sequer podemos imaginar.

O link pisca. Junte-se a nós Junte-se a nós Junte-se a nós.

Seymour analisa os sobrados do terreno da Eden's Gate mais próximos da sua casa à procura dos que não apresentam sinal de vida, cujos donos estão em algum outro lugar, e, no dia quinze de maio, enquanto Bunny está cobrindo o turno da noite no Pig 'N Pancake, ele atravessa o quintal dos fundos, passa pela rocha oval e pula a cerca de madeira, caminhando entre as sombras e tentando abrir várias janelas. Quando acha uma que não está trancada, sobe pelas venezianas e fica em pé no meio da escuridão.

O relógio do forno emite um leve brilho verde pela cozinha.

O modem está no armário da entrada. A senha e o nome da rede estão presos na parede. Por alguns instantes, ele entra na vida de outra pessoa, de uma pessoa rica: um ímã na geladeira diz *Cerveja: o motivo que me faz acordar toda tarde*; uma foto de família em uma moldura no aparador; os cheiros de café e de assado do último fim de semana; o prato vazio do cachorro ao lado da despensa. Quatro capacetes de esqui pendurados em ganchos ao lado da porta principal.

No mercado, as pessoas empurram carrinhos cheios de alimentos em embalagens coloridas, e nenhuma delas percebe que está embaixo da enorme barragem de uma represa prestes a ceder. Dentro de uma caixa, um bolo coberto de estrelas de glacê azul e amarelo e os dizeres *Parabéns, Sue* está com um desconto de setenta e cinco por cento. Ele mantém os fones de ouvido na fila para pagar.

— O que é isso? — pergunta Bunny quando chega em casa, tirando os sapatos.

Seymour põe duas fatias de bolo em dois pratos e carrega o alto-falante inteligente Ilium até ela. Bunny olha para ele.

— Eu pensei...

— Experimente.

Ela abre um sorriso amarelo e em seguida se inclina sobre a cápsula.

— Alô?

Uma luzinha verde desenha um círculo em volta da borda. *Olá. Um sotaque vagamente britânico. Eu sou Maxwell. Qual é o seu nome?*

Bunny leva as mãos às bochechas.

— Eu sou Bunny.

Muito prazer, Bunny. Feliz aniversário. Em que posso ajudar esta noite?

Ela olha para Seymour, boquiaberta.

— Maxwell, eu gostaria de pedir uma pizza.

Tudo bem, Bunny. De que tamanho?

— Grande. Com cogumelos. E calabresa.

Um momento, diz a cápsula, e o ponto verde roda, ela abre seu lindo sorriso malfadado e Seymour sente o mundo à sua volta desmoronar um pouco mais.

Uma semana depois, Janet estaciona o Audi no centro da cidade e eles compram sorvete. Ela diz à moça atrás do balcão para usar colheres compostáveis em vez de colheres de plástico.

— Você vai querer granulado ou não? — pergunta a moça.

Eles se sentam em pedras perto da marina com vista para o lago e tomam o sorvete. Janet pega o telefone. À esquerda, no estacionamento da marina, ligada em ponto morto, está uma motocasa de dez metros com uma extensão externa de cada lado

Cidade nas nuvens 509

e dois compressores de ar-condicionado na capota. Um homem sai, coloca um poodle pequeno com coleira no chão e o leva para passear em torno da curva.

— Quando tudo ruir — diz Seymour —, caras como ele serão os primeiros a desaparecer.

Janet cutuca a tela do telefone. Seymour está inquieto. O estrondo está próximo, ele consegue ouvi-lo crepitando como um incêndio. De onde eles estão sentados, ele consegue enxergar até o centro da cidade, até o escritório recém-reformado da Imobiliária Eden's Gate, ao lado da biblioteca.

A motocasa tem placa de Montana. Macacos hidráulicos. Uma antena parabólica.

— Ele foi levar o cachorro para passear — diz ele —, mas deixou o motor ligado.

Ao lado dele, Janet tira uma foto de si mesma, depois a apaga. Sobre o lago, os olhos de Amigafiel se abrem, duas luas amarelas.

Na grama na beirada do estacionamento da marina, Seymour vê um pedaço de granito grande como a cabeça de um bebê. Ele vai até lá. É mais pesado do que parece.

Janet ainda está olhando para o telefone. *Um guerreiro*, diz Bishop, *realmente engajado não sente culpa, medo nem remorso. Um guerreiro, realmente engajado, torna-se algo sobre-humano.*

Seymour se lembra do peso da granada em seu bolso enquanto a carregava pelos lotes vazios da Eden's Gate. Lembra-se de quando colocou o dedo no lacre de segurança. Puxe o pino. Puxe puxe puxe.

Ele carrega a pedra até a motocasa. Em meio ao zumbido baixo do estrondo dentro de sua cabeça, ele ouve Janet chamando por ele.

— Seymour?

Sem culpa sem medo sem remorso. A diferença entre nós e eles é a ação.

— O que você está fazendo?

Ele ergue a pedra acima da cabeça.

— Seymour, se você fizer isso eu nunca...

Ele olha para ela. Olha de volta para a motocasa. *A paciência*, diz Bishop, *acabou*.

A Argos

Missão ano 64

(Dias 46-276 dentro da Câmara Um)

Konstance

REGISTROS DESCEM VOANDO DAS ESTANTES E SE EMPILHAM sobre a escrivaninha em ordem cronológica. Uma certidão de nascimento do Oregon. Um pedaço de papel esbranquiçado chamado telegrama Western Union.

WUX WASHINGTON AP 20 17H51

ALMA BOYDSTUN

431 FOREST ST LAKEPORT

LAMENTO PROFUNDAMENTE INFORMAR QUE SEU TUTELADO SOLDADO ZENO NINIS EXERCITO EUA DESAPARECIDO EM COMBATE DESDE 1 ABRIL 1951 NA AREA COREANA DURANTE DESEMPENHO FUNCAO DETALHES INDISPONIVEIS

Depois vêm dezenas de transcrições de entrevistas a prisioneiros de guerra datadas de julho e agosto de 1953. Um passaporte com um carimbo de chegada: Londres. Uma escritura de uma casa em Idaho. Um elogio por quatro décadas de serviço ao departamento rodoviário estadual de Valley County. A maior parte da pilha consiste de obituários e artigos que detalham como, aos oitenta e seis anos, no dia 20 de fevereiro do ano de 2020, Zeno Ninis morreu protegendo cinco crianças presas em uma biblioteca rural por um terrorista.

CORAJOSO VETERANO DA GUERRA DA COREIA SALVA CRIANÇAS E BI-BLIOTECA, diz uma manchete. LUTO POR HERÓI DE IDAHO, diz outra.

Ela não encontra nada ligado aos fragmentos de uma antiga comédia intitulada *Cuconuvolândia*. Nenhuma publicação listada, nenhuma menção ao fato de Zeno Ninis ter traduzido, adaptado ou publicado algo.

Um prisioneiro de guerra, um funcionário da prefeitura em Idaho, um idoso que impediu um atentado à bomba na biblioteca de uma cidadezinha. Por que um livro com seu nome estava na mesinha de cabeceira de Pai em Nannup? Ela escreve *Existiu algum outro Zeno Ninis?* e joga a pergunta na fenda. Um momento depois, a resposta chega esvoaçando: *A Biblioteca não contém nenhum registro de outro indivíduo com esse nome.*

Em ZeroLuz, ela se deita na cama e observa Sybil cintilar dentro do tubo. Quantas vezes, quando menina, asseguraram-lhe que o lampadário sagrado de Sybil continha tudo que ela poderia imaginar, tudo que ela precisaria algum dia? As memórias de reis; dez mil sinfonias; dez milhões de programas de televisão; temporadas inteiras de beisebol; imagens em três dimensões das cavernas em Lascaux; um registro completo da Grande Colaboração que produziu a *Argos*; propulsão, hidratação, gravidade, oxigenação — tudo bem ali, o compêndio da produção cultural e científica da civilização humana, abrigado dentro dos estranhos filamentos de Sybil no coração da nave. A principal façanha da história humana, disseram eles, o triunfo da memória sobre as forças obliteradoras da destruição e do apagamento. E

Cidade nas nuvens 515

quando foi ao átrio pela primeira vez no seu Dia da Biblioteca, ao olhar para as fileiras aparentemente infinitas de estantes, ela não acreditou naquilo?

Mas não era verdade. Sybil não pôde impedir que um contágio se alastrasse pela tripulação. Não pôde salvar Zeke ou o dr. Pori ou a sra. Lee ou qualquer outra pessoa, ao que parece. Sybil ainda não sabe se Konstance estaria segura fora da Câmara Um.

Há coisas que Sybil não sabe. Sybil não sabe qual era a sensação de ser segurada por seu pai dentro do lusco-fusco verde e cheio de folhas da Fazenda Quatro, ou a sensação de remexer na bolsa de botões de sua mãe e ficar se perguntando sobre a proveniência de cada um deles. A Biblioteca não tem registros de uma cópia azul-real de *Cuconuvolândia* traduzida por Zeno Ninis, mas Konstance viu uma dentro do Atlas, com a capa virada para cima, na mesinha de cabeceira de Pai.

Konstance se senta. Em sua mente, flutua a visão de uma outra biblioteca, um lugar menos presunçoso, escondido dentro de sua cabeça, uma biblioteca com apenas algumas poucas dezenas de estantes, uma biblioteca de segredos: a biblioteca de coisas que Konstance sabe, mas Sybil não.

Ela se alimenta, esfrega o sabão sem enxágue no cabelo, completa todos os abdominais, afundos e pré-cálculos que Sybil manda. Depois vai trabalhar. Rasga o saco de Alimento em Pó que ela mesma já esvaziou e corta os pedaços em retângulos: papel. Pega um tubo de náilon de um kit de reparos da impressora e o mastiga até formar um bico: uma caneta.

Suas primeiras tentativas de produzir tinta — molho sintético, suco de uva sintético, pasta de grãos de café sintéticos

— são de dar pena: rala demais ou suave demais ou secagem lenta demais.

Konstance, o que você está fazendo?

— Estou brincando, Sybil. Me deixe quieta.

Mas, após algumas dezenas de testes, ela consegue escrever o próprio nome sem borrá-lo. Na Biblioteca, diz a si mesma, leia, releia, fotografe na sua mente. Depois ela tira o Videor, desce do Perambulador e escreve.

Corajoso Veterano da Coreia Salva Crianças e Biblioteca.

Com a caneta improvisada, ela demora dez minutos para escrever aquelas palavras. Mas, depois de mais alguns dias de prática, ela está mais rápida, decorando frases inteiras dos textos na Biblioteca, descendo do Perambulador e transpondo-as para um pedaço de papel. Um deles diz:

A análise proteômica do códice de Diógenes indicou vestígios de seiva de árvore, chumbo, carvão e adraganta, um agente espessante comumente usado em tintas na Constantinopla medieval.

Outro:

Mas, se é provável que o manuscrito tenha sobrevivido à Idade Média, como muitos documentos gregos antigos, em uma biblioteca monástica de Constantinopla, ninguém sabe como ele viajou para fora da cidade até Urbino.

Cidade nas nuvens 517

Uma corrente de luz vermelha desce em ondas através de Sybil. *Você está fazendo um jogo, Konstance?*

— Só estou fazendo anotações, Sybil.

Por que não escreve suas anotações na Biblioteca? Muito mais eficiente e você poderia usar qualquer cor que quisesse.

Konstance passa o dorso da mão sobre o rosto, espalhando tinta em uma bochecha.

— Estou satisfeita com isto. Obrigada.

Uma semana se passa. *Feliz aniversário, Konstance*, diz Sybil uma manhã. *Você completa catorze anos hoje. Gostaria que eu a ajudasse a imprimir um bolo?*

Konstance espia por cima da beirada da cama. No chão à sua volta, oscilam quase oitenta pedaços de sacos de Alimento em Pó. Em um deles está escrito *Quem foi Zeno Ninis?*. Em outro, Σχερία.

— Não, obrigada. Você poderia me deixar sair. Que tal me deixar sair como presente de aniversário?

Não posso.

— Há quantos dias estou aqui, Sybil?

Você está segura dentro da Câmara Um há duzentos e setenta e seis dias, Konstance.

Ela pega do chão um dos pedaços de papel no qual escreveu:

Aqui neste cafundó, que é como Vovó chama este lugar, tivemos um monte de problemas.

Ela pisca e vê Pai levando-a para a Fazenda Quatro e abrindo uma gaveta de sementes. Vapor escapa e flutua pelo pavimento; ela estica a mão entre as fileiras e seleciona um pacote de papel-alumínio.

518   *Anthony Doerr*

Sybil diz *Há várias receitas de bolo de aniversário que poderíamos experimentar.*

— Sybil, sabe o que eu gostaria como presente de aniversário?
Diga, Konstance.

— Eu gostaria que você me deixasse em paz.

Dentro do Atlas, ela flutua quilômetros acima da Terra que ainda gira, perguntas sendo sussurradas em meio à escuridão. Por que seu pai tinha um exemplar da história de Éton traduzido por Zeno Ninis em sua mesa de cabeceira em Nannup? O que isso significa?

Eu tinha esse sonho, essa visão, do que a vida poderia ser, disse Pai no último minuto que Konstance passou com ele. *"Por que ficar aqui quando eu poderia estar lá?"* As mesmas palavras que Éton disse antes de ir embora de casa.

— Leve-me — pede ela — para Lakeport, Idaho.

Ela desce por lacunas nas nuvens até uma cidade serrana espremida na extremidade sul de um lago glacial. Caminha pela marina, passa por dois hotéis, uma rampa para barcos. Um bonde elétrico para turistas vai até o topo de uma montanha próxima. O tráfego obstrui a rua principal: picapes puxam barcos sobre reboques; figuras sem rosto pedalam bicicletas.

A biblioteca pública é um cubo de aço e vidro um quilômetro e meio ao sul da cidade, em um campo coberto de mato. Um pelotão de aquecedores reluz de um lado. Nenhuma placa, nenhum jardim memorial, nenhuma menção a nenhum Zeno Ninis.

Ela volta para a Câmara Um e fica andando em volta de Sybil com suas meias gastas, os pedaços de papel aos pés dela se mexendo levemente. Ela pega quatro, coloca-os em fila e se debruça sobre eles.

Corajoso Veterano da Coreia Salva Crianças e Biblioteca

Tradução de Zeno Ninis

A Biblioteca não contém registros de tal volume

20 de fevereiro de 2020

O que ela está deixando passar? Ela se lembra da sra. Flowers em pé embaixo das Muralhas de Teodósio, em Constantinopla, em Istambul: *Dependendo de quando esta imagem foi feita, esta é a cidade de seis ou sete décadas atrás, antes que a* Argos *deixasse a Terra.*

Mais uma vez, ela toca no Videor, sobe no Perambulador, pega um pedaço de papel de uma mesa da Biblioteca. *Mostre--me*, escreve, *como era a Biblioteca Pública de Lakeport antes de 2020.*

Fotografias bidimensionais antiquadas descem esvoaçando até a mesa. A biblioteca naquelas imagens é diferente do cubo de aço e vidro dentro do Atlas: é uma casa azul-clara instável, de telhado pontiagudo, parcialmente escondida atrás de arbustos grandes demais na esquina das ruas Lake e Park. Há telhas faltando; a chaminé está torta; dentes-de-leão crescem em rachaduras no acesso à entrada. Há uma caixa pintada para parecer uma coruja na esquina.

Atlas, escreve ela, e o grande livro se arrasta para fora da estante.

Ela encontra o caminho até a esquina das ruas Lake e Park e para. Na esquina sudeste, onde a biblioteca caindo aos pedaços das fotografias costumava ficar, há um hotel de três andares cheio de sacadas. Quatro adolescentes sem rosto usando regatas e calções de banho estão congelados enquanto dão um passo na esquina.

Um toldo, uma sorveteria, uma pizzaria, um estacionamento. O lago está pontilhado de barcos e caiaques. O tráfego está parado em uma fila que se estende por toda a rua. Nenhum sinal de que ali existia uma biblioteca dentro de uma casa velha azul caindo aos pedaços.

Ela dá meia-volta e fica ao lado dos adolescentes, uma onda de desespero se formando atrás dela. Suas anotações no chão da Câmara Um, suas viagens pela Backline Road, sua descoberta de Esquéria, o livro na mesa de cabeceira de Pai — toda aquela investigação deveria levá-la a algum lugar. Parecia um quebra-cabeça que tinha de desvendar. Mas ela não está nem perto de entender Pai, não mais do que quando ele a trancou na câmara.

Konstance está prestes a ir embora quando nota, na esquina sudoeste do cruzamento, uma caixa cilíndrica atarracada que foi pintada para parecer uma coruja com as asas baixadas nas laterais. POR FAVOR, DEVOLVA LIVROS AQUI, está escrito na portinhola. No peito da coruja:

BIBLIOTECA PÚBLICA DE LAKEPORT
VENHA "CORUJAR" OS NOSSOS LIVROS!

Seus grandes olhos cor de âmbar parecem quase segui-la enquanto Konstance se aproxima. Eles destruíram a velha biblioteca, construíram outra nos arredores da cidade, mas deixaram uma caixa onde as pessoas podiam devolver livros? Por décadas?

De certo ângulo, um dos jovens na esquina parece estar indo em direção à caixa de devolução, como se ela não estivesse lá quando os adolescentes foram fotografados. Estranho.

Cidade nas nuvens

As penas da coruja são incrivelmente detalhadas. Seus olhos parecem úmidos e vivos.

[...] e seus olhos triplicaram de tamanho e ficaram da cor de mel líquido [...]

A caixa de devolução de livros, percebe ela, assim como os coqueiros que a fizeram parar na Nigéria, ou o gramado verde-esmeralda e as árvores em flor na frente do auditório público em Nannup, parece mais vibrante do que o edifício atrás dela — mais vívida do que a sorveteria ou a pizzaria ou os quatro adolescentes capturados pela câmera do Atlas. As penas da coruja quase tremem quando Konstance estica a mão para tocá-las. A ponta de seus dedos batem em algo sólido e seu coração dispara.

O puxador da portinhola parece de metal: frio, firme. Verdadeiro. Ela o segura e puxa. Começa a nevar.

Quinze

As guardiãs nos portões

Cuconuvolândia, *de Antônio Diógenes, Fólio O*

[...] atrás dos portões, eu podia avistar joias cintilantes no calçamento e o que parecia ser um rio fumegante de caldo. Em volta das torres reluzentes, aves voavam em bandos de cores do arco-íris, verde vivo, roxo e carmesim. Eu estava sonhando? Tinha finalmente chegado? Depois de percorrer tantos quilômetros, de [acreditar?] tanto, minha cabeça ainda duvidava do que meus olhos viam.

— Pare, pequeno corvo — disse uma coruja. Ela se ergueu sobre mim, cinco vezes maior do que eu, e carregava uma lança dourada em cada garra. — Para que você passe pelos portões, temos de nos certificar de que você é realmente uma ave, uma nobre criatura do ar, mais velha do que Cronos, do que o próprio Tempo.

— Não um daqueles humanos imundos e grosseiros, feitos de poeira e terra, usando um disfarce — disse uma segunda coruja, ainda maior que a primeira.

Atrás delas, dentro dos portões, embaixo das ameixas pendentes, quase ao alcance das mãos, uma tartaruga passava caminhando lentamente com uma montanha de bolos de mel empilhados no casco. Eu me inclinei para a frente, mas as corujas sacudiram as penas. Depois de cruzar metade da Via Láctea, as Moiras deixariam que feras magníficas como aquelas me destroçassem?

[...] ergui-me o máximo possível e ericei as asas.

— Sou apenas um humilde corvo — falei —, e viajei muito.

— Resolva nosso enigma, pequeno corvo — disse a primeira guardiã —, e poderá entrar.

— Embora pareça simples de início — completou a segunda —, é na verdade [...]

Biblioteca Pública de Lakeport

20 de fevereiro de 2020

17h41

Seymour

ABAFADOR DE RUÍDOS EM VOLTA DO PESCOÇO, ELE OUVE. Um radiador chia em algum lugar na seção de Não Ficção; o ferido respira no sopé da escada; um rádio da polícia silencia lá fora na neve. O sangue lateja em suas orelhas. Nada mais.

Mas ele ouviu baques no andar de cima, não ouviu? Ele se lembra do SUV da polícia subindo na calçada lá fora, Marian derrubando as caixas de pizza na neve. Por que ela estava trazendo uma pilha de pizzas para a biblioteca pouco antes do horário de fechar?

Tem mais alguém aqui.

Beretta na mão direita, ele avança devagar rumo à base da escada onde o ferido está deitado de lado, olhos fechados, dormindo ou pior do que dormindo. A purpurina nos pelos do braço dele brilha. Ocorre a Seymour que talvez ele tenha colocado o corpo ali como uma barricada.

Seymour prende a respiração, passa por cima da lagoa de sangue que está coagulando, por cima do homem, e sobe. Quinze degraus, a beirada de cada um deles com uma faixa de adesivo antiderrapante. Bloqueando a entrada para a seção Infantil, há algo inesperado: uma parede de compensado pintada de dourado, o dourado quase verde no brilho do indicador de SAÍDA. No centro, está uma pequena porta em arco e, sobre ela, uma única linha de palavras escritas em um alfabeto que ele não reconhece.

Ὦ ξένε, ὅστις εἶ, ἄνοιξον, ἵνα μάθῃς ἃ θαυμάζεις

Seymour coloca a palma da mão na pequena porta e a empurra.

Zeno

ELE ESTÁ AGACHADO ATRÁS DA BARREIRA DE ESTANTES EM forma de L, entre as crianças, e olha para elas, uma por vez: Rachel, Alex, Olivia, Christopher, Natalie. Shi-shi-shi. Na penumbra, seus rostos se tornam os de oito ou nove pequenos gamos coreanos com os quais ele e Rex cruzaram um dia enquanto recolhiam lenha na neve perto do Acampamento Cinco: os chifres e narizes pairando sobre o branco, os olhos pretos piscando, as orelhas grandes tremendo.

Juntos, ouvem a portinha na parede de compensado se fechar com um rangido. Passos avançam entre as cadeiras dobráveis. Zeno mantém o indicador pressionado contra os lábios.

Uma tábua do assoalho range. Bolhas submarinas gorgolejam no alto-falante portátil de Natalie. É só uma pessoa? Parece uma só.

Que seja um policial. Que seja Marian. Que seja Sharif.

Alex segura uma lata de refrigerante com as duas mãos, como se estivesse cheia de nitroglicerina. Rachel se encolhe sobre o roteiro. Natalie fecha os olhos. Os olhos de Olivia se fixam nos de Zeno. Christopher abre a boca — por um instante, ele acha que o menino vai gritar, que eles vão ser descobertos, assassinados ali sentados.

532   *Anthony Doerr*

Os passos param. Christopher fecha a boca sem fazer som algum. Zeno tenta lembrar o que ele e as crianças deixaram espalhado entre as cadeiras, à vista. A caixa de refrigerantes derrubada, latas espalhadas debaixo das cadeiras. Mochilas. Páginas de roteiros. O laptop de Natalie. As asas de gaivota de Olivia. A enciclopédia pintada de dourado no seu atril. A luz do holofote do karaokê está apagada, um alívio.

Passos no palco agora. O farfalhar de uma jaqueta de náilon. Faixas de gelo comprimem seu peito e Zeno reluta contra a pressão. θεοὶ são os deuses, ἐπεκλώσαντο significa tecer, νθρώποις é morte, praga, destruição. Ruína.

É isso que fazem os deuses, tecem fios de ruína pelo tecido da nossa vida, tudo isso para criar uma canção para as gerações que estão por vir. Agora não, deuses. Hoje, não. Deixem essas crianças permanecerem crianças por mais uma noite.

Seymour

O CHEIRO DE TINTA FRESCA NO PEQUENO PALCO ESTÁ MUITO forte; arranha o fundo da garganta. Estantes bloqueiam as janelas, as luzes estão apagadas e aqueles efeitos sonoros submarinos estranhos — de onde vêm? — o perturbam. Aqui está a jaqueta de uma criança, aqui um par de botas de neve, aqui uma lata de refrigerante. Nuvens desenhadas penduradas acima dele. Encostado no pano de fundo, um livro grosso está aberto sobre um atril. O que é?

Do lado do seu pé, estão espalhadas folhas de papel ofício fotocopiadas e cobertas de anotações a mão. Ele pega uma e aproxima-a dos olhos:

GUARDIÃ #2: Embora pareça simples de início, é bastante complicado.

GUARDIÃ #1: Não, não, vai parecer complicado no início, mas na verdade é bastante simples.

GUARDIÃ #2: Está pronto, pequeno corvo? Eis o enigma: "Aquele que conhece todos os Ensinamentos já escritos sabe apenas isso."

534   *Anthony Doerr*

Revólver em uma das mãos, página na outra, Seymour fica parado no palco e olha a pintura na cortina da boca de cena. As torres flutuando nas nuvens, árvores serpenteando no meio — parece a imagem de um sonho que ele tivera muito tempo atrás. O cartaz manuscrito na porta da biblioteca volta à sua mente:

AMANHÃ

APENAS UMA NOITE

CUCONUVOLÂNDIA

O mundo: é tudo o que ele já amou. A floresta atrás da Arcady Lane, o perambular ocupado das formigas, as disparadas e curvas das libélulas, o farfalhar dos álamos, a doçura azedinha dos primeiros mirtilos de julho, os pinheiros em sentinela, mais velhos e mais pacientes do que qualquer ser que ele conheceria, e Amigafiel, a coruja-cinzenta em seu galho supervisionando tudo.

Bombas estão explodindo em outras cidades, em outros países, neste exato momento? Os guerreiros de Bishop estão se mobilizando? Seymour é o único entre eles que fracassou?

Ele desce do palco e está indo em direção ao canto, onde três estantes foram posicionadas para criar uma alcova, quando o ferido chama do sopé da escada.

— Garoto! Estou com a sua mochila. Se não descer agora, vou levá-la para fora e entregar à polícia.

Dezesseis

O enigma das corujas

Cuconuvolândia, *de Antônio Diógenes, Fólio* ∏

Embora tenha havido vários palpites, o enigma das corujas que guardam os portões foi perdido para o tempo. A solução aqui foi inserida pelo tradutor e não faz parte do texto original. Tradução de Zeno Ninis.

[...] pensei: *Simples, mas na verdade complicado. Ou era complicado, mas na verdade simples? [Aquele que conhece todos os Ensinamentos já escritos. Seria a resposta água? Um ovo? Um cavalo?]*

[...] Embora a tartaruga com os pães de mel tivesse sumido de vista, eu ainda podia sentir o cheiro. [Caminhei] sobre meus pés de corvo, minhas garras afundando no travesseiro macio das nuvens. Os ricos aromas de canela, mel e porco assado pairavam sobre mim vindo do lado mais distante dos portões, e voei pelas cavernas da minha mente, viajando de um canto a outro, mas nada encontrei por lá.

Os outros pastores estavam certos de me chamar de tonto e cabeça de vento, abobalhado e lesado. Virei-me para duas corujas enormes e disse:

— Eu sei [nada].

As duas corujas ficaram eretas.

— Está correto, pequeno corvo. A resposta é nada — disse a primeira guardiã.

— Aquele que conhece todos os Ensinamentos já escritos, sabe apenas isso: que ainda não sabe nada — continuou a segunda guardiã.

[...] elas recuaram para o lado e [como se eu tivesse dito as palavras mágicas] os portões dourados se escancararam [...]

Quase seis quilômetros e meio a oeste de Constantinopla

Maio de 1453

Anna

D
O ALTO DE UMA ONDA OCASIONAL, ELA CONSEGUE AVISTAR o vulto, agora distante, da cidade a nordeste, levemente incandescente. Em todas as outras direções, não há nada além de escuridão ofegante. Molhada, exausta e mareada, com a sacola colada no peito, Anna suspende os remos e desiste de tirar água do barco. O mar é grande demais e o barco é pequeno demais. Maria, você sempre foi a melhor das irmãs, a mais inteligente, foi para o outro mundo no exato momento em que este se partiu ao meio. *Um anjo em uma garota*, dizia a Viúva Teodora, *e um lobo na outra*.

Em algo mais profundo do que um sonho, ela volta a correr em um chão de ladrilhos em um átrio vasto, com os dois lados repletos de prateleiras de livros. Ela corre, mas o corredor não acaba, a luz diminui e seu medo e sua tristeza se aprofundam a cada passo. Por fim, ela chega a um farol onde uma menina solitária está encolhida com uma vela e há um livro em cima da mesa. A menina levanta o livro. Anna tenta ler o título quando o esquife de Himério sobe em uma rocha e fica de lado para as ondas.

Ela só tem tempo suficiente para apertar a sacola contra o corpo antes de ser lançada ao mar.

Ela se debate, engole água. Uma onda a traga, a joga para a frente, e seu joelho bate em uma pedra submersa: a água bate na altura do seu peito. Ela esbraveja até a superfície e se encaminha para a costa, a sacola cheia de água, mas ainda agarrada ao peito.

Anna se arrasta até uma praia pedregosa, se encolhe sobre o joelho latejante e abre a sacola. A seda, o livro, o pão: tudo encharcado. Na escuridão furiosa, o esquife de Himério sumiu.

A praia desenha um arco na luz que precede a alvorada: não há onde se abrigar aqui. Ela abre caminho por uma barreira de madeira à deriva, arrastada por alguma tempestade para a linha de maré, e encontra uma terra devastada: casas queimadas, todas as árvores de um olival derrubadas, a terra revirada como se Deus tivesse rastelado o solo com as próprias mãos.

À primeira luz do dia, ela está subindo uma colina pouco íngreme coberta de videiras. O barulho das ondas vai se afastando. Ela tira o vestido, o torce e o veste novamente, mastiga um pedaço de peixe salgado e passa a mão pelo cabelo cortado enquanto a alvorada desenha uma linha rosa sobre o horizonte.

Ela esperava que, durante a madrugada, fosse levada para uma nova terra, Gênova ou Veneza ou Esquéria, o reino do corajoso Alcínoo, onde uma deusa pudesse cobri-la em sua névoa mágica e escoltá-la até um palácio. Mas ela foi carregada por apenas alguns quilômetros ao longo da costa. A cidade ainda é visível a distância, uma lâmina serrilhada de telhados coroada pela sequência de cúpulas de Santa Sofia. Algumas colunas de fumaça se erguem no céu. Homens armados estão invadindo os bairros, arrombando as portas das casas, reunindo todo mundo nas ruas? Espontaneamente surge uma imagem da Viúva Teodora, Ágata, Tecla e Eudóquia mortas na copa, chá de beladona no centro da mesa, e ela a expulsa da mente.

Cidade nas nuvens 543

Cantos de pássaros emergem das videiras. Anna avista um grupo de soldados a cavalo, talvez a oitocentos metros de onde ela está, indo em direção à cidade, suas silhuetas contra o sol, e se achata o máximo possível contra o solo, a sacola úmida ao lado, enquanto uma nuvem de mosquitos voa ao redor de sua cabeça.

Quando os homens não estão mais à vista, ela vai de fininho até a parte inferior dos vinhedos, atravessa um córrego e sobe correndo uma segunda colina, distanciando-se do mar. No topo da colina seguinte, uma fileira de avelãzeiras se aglomera em torno de um poço, como se as árvores estivessem assustadas. Uma trilha de carroça leva até lá. Ela rasteja sob os galhos baixos e espera na serapilheira enquanto o silêncio da manhã se espalha pelos campos.

Em meio ao silêncio, ela quase consegue ouvir os sinos de São Teófano, a balbúrdia das ruas, vassoura e pá, agulha e linha. O barulho da Viúva Teodora subindo a escada para o ateliê, abrindo as janelas, destrancando o armário de fios. Abençoado, proteja-nos da ociosidade. Pois cometemos inúmeros pecados.

Ela põe o livro e o capuz de samito para secar ao sol da manhã e devora o resto do esturjão enquanto as cigarras cantam nos galhos acima. As folhas do códice estão encharcadas, mas pelo menos a tinta não borrou. Durante as horas mais claras do dia, ela fica sentada com os joelhos encostados no peito, dormindo, acordando e voltando a dormir.

A sede se contorce dentro dela enquanto sombras se reúnem no pomar. Ela não viu ninguém ir até o poço, se pergunta se a água foi envenenada por causa dos invasores e não se arrisca a bebê-la. Está escurecendo quando ela rearruma a sacola, desce dos galhos e começa a se deslocar novamente pelos arbustos da costa, mantendo o mar à esquerda. Uma lua minguante segue seu ritmo enquanto ela escala um muro de divisa, depois outro, desejando que a noite estivesse mais escura.

Em intervalos de algumas centenas de metros, sua passagem é atrapalhada pela água: pequenas enseadas que ela precisa contornar, um riacho que corre entre arbustos, de onde ela bebe água antes de atravessar. Por duas vezes, ela circunda vilarejos que parecem abandonados: nenhuma figura se mexendo, nenhuma fumaça subindo. Talvez as últimas famílias estejam escondidas ali, agachadas em celeiros, mas ninguém a chama.

Atrás dela, estão escravidão, terror e coisas piores. E à frente, o que existe? Sarracenos, cadeias de montanhas, balsas onde são exigidos pagamentos extorsivos para cruzar rios. A lua afunda no horizonte e a faixa espessa de estrelas que Chryse chama de Caminho dos Pássaros se expande larga e dourada no céu. Passo, passo, passo: chega um ponto em que a pressão do medo incessante perfura a racionalidade e o corpo se move de forma independente da mente. É como escalar o muro do convento: apoio para o pé, apoio para a mão, subir.

Antes do amanhecer, ela está avançando por uma floresta espigada, contornando o que parece ser uma grande lagoa, quando vê a luz de uma fogueira tremeluzindo entre os troncos. Anna está prestes a se desviar quando a brisa traz o cheiro de carne assada.

Seu estômago é fisgado pelo aroma. Alguns passos a mais: só para ver.

Uma pequena fogueira no bosque, chamas que não superam a altura de suas canelas. Ela avança entre os troncos, os chinelos esmagando folhas. Na beirada da fogueira, ela consegue distinguir o que parece ser uma única ave sem cabeça em um espeto ao lado das chamas.

Cidade nas nuvens 545

Anna tenta não respirar. Nenhuma figura se mexe; nenhum cavalo relincha. O coração bate cem vezes enquanto ela observa as chamas se apagando gradualmente. Nenhum movimento ou sombra: ninguém está tomando conta da refeição. Só a ave: uma perdiz, ela acha. Será uma alucinação?

Ela ouve a gordura chiando. Se cozinhar por mais tempo sem ser virada, o lado voltado para as brasas vai queimar. Talvez alguém tenha sido afugentado. Talvez a pessoa que fez a fogueira tenha ouvido notícias da captura da cidade, montado em seu cavalo e deixado a refeição.

Por um instante, ela se torna Éton, o corvo, exausto e desgrenhado, olhando através dos portões dourados, observando uma tartaruga passar lentamente com uma montanha de bolos equilibrada no casco.

Embora pareça simples de início, é bastante complicado.

Não, não, vai parecer complicado no início, mas na verdade é bastante simples.

A lógica a abandona. Será que consegue simplesmente levantar a ave das brasas? A mente já está projetando a experiência de degustá-la, a carne sob seus dentes, os sucos se espalhando pela boca. Ela esconde a sacola atrás de um tronco, corre e agarra o espeto. A ave está na sua mão esquerda, uma parte da sua mente registra um cabresto, uma corda, uma capa de pele de vaca na beirada da fogueira, o restante da atenção dela está voltado para comer, quando ela ouve uma respiração atrás de si.

A fome é tanta que seu braço continua a aproximar a ave da boca, mesmo quando algo como um raio atravessa-lhe a cabeça, da nuca à testa, uma grande fratura branca que vai se ramificando, como se a concha do céu tivesse se espatifado, e o mundo escurece.

Dezessete

As maravilhas de Cuconuvolândia

Cuconuvolândia, *de Antônio Diógenes, Fólio P*

[...] suave, perfumado [...]

[...] um rio de creme [...]

[...] vales amenos e [pomares?] [...]

[...] recebido por uma poupa colorida que baixou sua coroa de penas e disse:

— Sou a vice-subsecretária do vice-rei de Provisões e Acomodações.

Ela pôs uma guirlanda de hera em volta do meu pescoço. Todas as aves volteavam acima em sinal de boas-vindas e entoavam seu mais melodioso [...]

[...] imutável, eterna, nada de meses, nada de anos, cada hora como a primavera na manhã mais iluminada, brilhante e de matizes dourado-esverdeadas, o orvalho como [diamantes?], as torres como favos de mel, e o zéfiro era a única brisa [...]

[...] as uvas mais carnudas, os cremes mais finos, salmões e sardinhas [...]

[...] vieram a tartaruga, os pães de mel, papoulas e cebolas-albarrãs, e o [próximo?] [...]

[...] comi até não poder mais [estourar?], depois comi mais [...]

Lakeport, Idaho

1972-1995

Zeno

O JANTAR É CARNE COZIDA. DO OUTRO LADO DA MESA, PAIRA o rosto da sra. Boydstun sob um halo de fumaça. No televisor ao lado dela, uma escovinha desliza pelos cílios superiores de um olho enorme.

— Cocô de rato na despensa.

— Vou colocar umas armadilhas amanhã.

— Compre as Victors. Não aquelas porcarias que você comprou da última vez.

Agora um ator de terno dá seu testemunho sobre o milagroso som estéreo do seu televisor em cores Sylvania. A sra. Boydstun deixa o garfo cair ao tentar levá-lo à boca e Zeno o pega embaixo da mesa.

— Terminei — anuncia ela.

Ele empurra a cadeira de rodas até o quarto e a põe na cama, separa a medicação, traz o carrinho do televisor e a extensão. Atrás das janelas, na direção do lago, a última luz do dia abandona o céu. Às vezes, em momentos como aquele, enquanto ele raspa os pratos, a sensação que sentiu em seu voo voltando de Londres reaparece: o planeta parecia que nunca ia acabar de se desenrolar lá embaixo — água depois campos depois montanhas depois cidades iluminadas como redes neurais. Entre a Coreia e Londres, parecia que ele tivera aventura suficiente para toda uma vida.

Durante meses, ele ficou sentado atrás da escrivaninha ao lado da caminha de latão com os primeiros versos da *Ilíada*, de Homero, à esquerda e o dicionário Liddell e Scott que Rex lhe dera à direita. Ele esperava que vestígios do grego que havia aprendido no Acampamento Cinco ainda estivessem gravados na memória, mas nada aflorava com facilidade.

Μῆνιν, começa o poema, ἄειδε θεὰ Πηληϊάδεω Ἀχιλῆος, cinco palavras, a última o nome Aquiles, a penúltima identificando que o pai de Aquiles era Peleu (embora também estivesse sugerindo que Aquiles é semelhante a um deus), no entanto, de alguma maneira, com só três palavras em jogo, *mênin*, *aeide* e *theá*, o caminho se enchia de minas terrestres.

Pope: *A ira de Aquiles, para a Grécia a primavera tenebrosa.*

Chapman: *A maldição de Aquiles ressoou em toda a sua fúria, ó deusa.*

Bateman: *deusa, cante a ira funesta de Aquiles, filho de Peleu.*

Mas *aeide* sugere "cantar"? Porque também é a palavra para *poeta*. E *mênin*, qual é a melhor tradução para isso? Fúria? Ira? Vexação? Selecionar uma palavra era se comprometer com um único caminho quando o labirinto continha milhares.

Conte-nos, deusa, do temperamento feroz de Aquiles, filho de Peleu.

Não é bom o suficiente.

Fale, Calíope, da ira do garoto de Peleu.

Pior.

Digam ao povo, Musas, por que Aquiles, filho de Peleu, estava tão puto da vida.

Cidade nas nuvens   555

No ano após a sua volta, Zeno manda mais de dez cartas a Rex, atendo-se estritamente a perguntas relacionadas a tradução — imperativo ou infinitivo? Acusativo ou genitivo? —, cedendo todo o terreno romântico para Hillary. Ele leva as cartas para fora da casa escondidas dentro da camisa e as posta antes de ir para o trabalho, o rosto ardendo enquanto as deposita na caixa de correio. Depois espera semanas, mas as respostas de Rex não chegam com velocidade ou regularidade, e Zeno perde toda a coragem inicial. Os deuses no Olimpo, bebendo de suas copas de chifre, espiam pelo telhado da casa e observam Zeno sofrer em sua escrivaninha, sorrisos de escárnio no rosto.

A vaidade de supor que Rex, quem sabe, o havia desejado daquela maneira. Um órfão, um covarde, um motorista de caminhão limpa-neve com uma mala de papelão e um terno de poliéster... Quem era Zeno para esperar alguma coisa?

Ele fica sabendo da morte de Rex por intermédio de Hillary, em uma carta enviada via aérea, manuscrita com tinta roxa. Rex, relata Hillary, estava no Egito, trabalhando com seus amados papiros, tentando resgatar do esquecimento uma frase a mais, quando teve um ataque cardíaco.

Você era, escreve Hillary, *uma pessoa muito querida para ele*. Sua assinatura enorme, confusa, ocupa metade da página.

As estações passam lentamente. Zeno acorda à tarde, se veste no quarto apertado do andar superior, desce com dificuldade a escada, acorda a sra. Boydstun do seu cochilo. Depois a coloca na cadeira, penteia o cabelo dela, lhe serve o jantar, empurra a cadeira de rodas até o quebra-cabeça, serve os dois dedos de Old Forester. Liga o televisor. Pega o bilhete da bancada: *Carne, cebola, batom, compre o vermelho certo desta vez*. Antes de sair para o trabalho, ele a carrega para a cama.

Acessos de raiva, consultas médicas, terapias, várias viagens de ida e volta até o consultório do especialista em Boise — ele fica ao lado dela o tempo todo. Zeno ainda dorme no andar de cima, na caminha de latão, o *Compêndio de livros perdidos* de Rex e o Liddell e Scott sepultados em uma caixa de papelão embaixo da escrivaninha. Em algumas manhãs, ao voltar do trabalho, ele para o caminhão ao lado da estrada e observa a luz se insinuando pelo vale, e é tudo o que pode fazer para reunir forças e dirigir o último quilômetro até chegar em casa. Nas últimas semanas de vida da sra. Boydstun, a tosse se torna submarina, como se ela carregasse um lago no peito. Ele se pergunta se ela vai fazer algum tipo de declaração final, alguma lembrança do pai dele, algum comentário sobre a relação que tinham, se vai chamá-lo de filho ou dizer que se sente grata pelos anos de cuidado com ela, grata por ter se tornado tutora dele, ou dar algum sinal de que entende os problemas dele, mas, no fim, ela quase não está mais presente: só morfina, olhos vítreos e um cheiro que o transporta de volta para a Coreia.

No dia em que ela morre, Zeno sai enquanto a enfermeira da casa de repouso faz as ligações necessárias e ouve um gotejamento e um rugido: o telhado escorrendo, árvores despertando, andorinhas arremetendo, as montanhas se mexendo, murmurando, zumbindo, se transformando. O mundo derretendo, cheio de ruídos.

Cidade nas nuvens 557

∾

Ele arranca as cortinas de todas as janelas da casa. Tira as capas de todas as cadeiras, descarta o *pot-pourri*, joga fora o bourbon. Retira todas as crianças de porcelana com os rostos rosados das prateleiras, sepulta-as em caixas, depositadas em um brechó.

Ele adota um cachorro malhado com focinho grisalho e trinta quilos chamado Luther, entra com ele pela porta principal da casa, joga uma lata de cozido de carne e cevada em um prato e fica olhando Luther devorá-lo. Depois o cão fareja o ambiente em volta como se não estivesse acreditando na guinada da sua sorte.

Zeno finalmente arranca o centro de mesa de renda desbotado da mesa de jantar, pega a caixa de papelão no andar de cima e arruma seus livros sobre o velho tampo de nogueira manchado. Serve-se de uma xícara de café e abre um bloco de anotações tamanho ofício novo da drogaria Lakeport. Luther se enrosca sobre seus pés e solta um suspiro de dez segundos.

Rex uma vez disse a ele que, de todas as coisas malucas que nós, humanos, fazemos, talvez não haja nenhuma mais humilhante, ou nobre, do que tentar traduzir as línguas mortas. Não sabemos como era o som do grego antigo quando era falado; mal conseguimos mapear as palavras deles em nossas equivalências. Já de cara, estamos fadados ao fracasso. Mas a tentativa, dizia Rex, o esforço para atravessar um rio, da escuridão da história para o nosso tempo, para o nosso idioma: isso era, segundo ele, o melhor tipo de tarefa para tolos.

Zeno aponta o lápis e tenta novamente.

A Argos

Missão ano 64

(Dia 276 dentro da Câmara Um)

Konstance

A TRÁS DELA, O TRÁFEGO PERMANECE ENGARRAFADO POR TODA a eternidade ao longo da margem do lago. Ao lado dela, os adolescentes sem rosto, de regata, permanecem congelados enquanto dão um passo na esquina. Mas, na frente dela, as coisas dentro do Atlas estão se movendo: o céu acima da caixa de devolução de livros com formato de coruja se torna uma esteira prateada agitada e turbilhonante, despejando flocos de neve.

Ela dá um passo adiante. Arbustos de zimbro desgrenhados se erguem dos dois lados de um acesso coberto de neve e, no final, uma dilapidada casa vitoriana azul-clara, de dois andares e muito ornamentada, surge tremeluzindo em seu local de origem. A varanda está inclinada, a chaminé parece torta; um indicador azul de ABERTA se acende na janela frontal.

— Sybil, o que é isto?

Sybil não responde. Um letreiro, parcialmente enterrado na neve, diz:

BIBLIOTECA PÚBLICA

Tudo o mais em Lakeport atrás dela permanece igual: estático, com cara de verão, travado no lugar, do jeito que sempre acontece no Atlas. Mas aqui, na esquina entre as ruas Lake e Park, atrás da caixa de devolução de livros, é inverno.

A neve se acumula sobre os arbustos de zimbro; flocos de neve entram nos olhos de Konstance; o vento carrega um gosto de aço. Ao avançar pelo acesso, ela ouve seus pés afundarem na neve, deixando pegadas. Ela sobe cinco degraus de granito até a varanda. Preso no vidro da parte superior da porta principal, há um cartaz com uma caligrafia infantil:

AMANHÃ

APRESENTAÇÃO ÚNICA

CUCONUVOLÂNDIA

A porta se abre, rangendo. Bem em frente, fica um balcão com corações de papel cor-de-rosa presos com fita adesiva. Um calendário mostra a data de *20 de fevereiro de 2020*. Um bordado emoldurado diz *Perguntas Respondidas Aqui*. Uma seta aponta para a esquerda indicando Ficção, outra aponta para a direita indicando Não Ficção.

— Sybil, isto é um jogo?

Nenhuma resposta.

Em três monitores de computadores antediluvianos, espirais verde-azuladas desenham círculos cada vez mais profundos. Um vazamento, penetrando por uma placa manchada no teto, cai em uma lata de lixo de plástico com água pela metade. Plic. Ploc. Plic.

— Sybil?

Nada. Na *Argos*, Sybil está em todos os lugares. Ela é capaz de ouvir em todos os compartimentos a qualquer hora; nunca em sua vida Konstance chamou Sybil e não recebeu uma

Cidade nas nuvens 563

resposta. Será possível que Sybil não saiba onde ela está? Que não saiba que isso existe dentro do Atlas?

As lombadas dos livros nas estantes emanam um cheiro de papel amarelando. Ela abre a mão embaixo do vazamento e sente os pingos baterem na sua palma.

Na metade do corredor central, uma placa diz seção Infantil com uma seta apontando para cima. Com as pernas tremendo, Konstance sobe a escada. O patamar no andar de cima está bloqueado por uma parede dourada. Nela está escrito no que Konstance imagina ser grego clássico:

Ὦ ξένε, ὅστις εἶ, ἄνοιξον, ἵνα μάθῃς ἃ θαυμάζεις

Embaixo das palavras, há uma portinha em arco. O ar cheira a lírios, menta e rosas: um cheiro como o da Fazenda Quatro nos seus melhores e mais perfumados dias.

Ela empurra e abre a porta. Do outro lado, nuvens de papel penduradas com fios cintilam sobre trinta cadeiras dobráveis, e toda a parede ao fundo está coberta por um pano pintado com a imagem de uma cidade nas nuvens, aves voando em volta de torres. Vindo de todos os lados, ela ouve o som de água caindo, de árvores rangendo, de pássaros cantando. No centro de um pequeno palco, iluminado por um facho de luz que desce inclinado das nuvens, está um livro em um pedestal.

Ela avança, estupefata, entre as cadeiras e sobe no palco. O livro é uma cópia dourada do livro azul que estava na mesinha de cabeceira de Pai em Esquéria: a cidade nas nuvens, as torres cheias de janelas, os pássaros esvoaçantes. Em cima da cidade, está escrito *Cuconuvolândia*. Embaixo: *de Antônio Diógenes. Tradução de Zeno Ninis.*

Lakeport, Idaho

1995-2019

Zeno

Ele traduz um canto da *Ilíada*, dois da *Odisseia*, mais uma parte admirável da *República,* de Platão. Cinco linhas em um dia normal, dez em um dia bom, rabiscadas a lápis, com sua caligrafia apertada, em blocos de notas amarelos tamanho ofício e guardadas em caixas embaixo da mesa de jantar. Às vezes, ele acha que suas traduções são adequadas. Na maior parte das vezes, decide que são terríveis. Zeno não as mostra a ninguém.

O condado dá a ele uma aposentadoria e uma placa, Luther, o cão, tem uma morte suave e tranquila, e Zeno adota um terrier barulhento e o batiza de Nestor, rei de Pilos. Toda manhã, ele acorda na caminha de latão no andar de cima, faz cinquenta flexões, calça dois pares de meias do Lanifício Utah, abotoa uma de suas duas camisas sociais, dá o nó em uma de suas quatro gravatas. Verde hoje, azul amanhã, a de patos às quartas-feiras, a de pinguins às quintas-feiras. Café preto, aveia. Depois vai andando até a biblioteca.

Marian, a diretora da biblioteca, encontra vídeos on-line de um professor de dois metros de altura de alguma universidade no Meio-Oeste ensinando grego antigo intermediário, e, na maior parte das manhãs, Zeno cómeça o dia atrás de uma mesa ao lado dos romances açucarados com letras grandes — o que Marian chama de seção Peitos e Bundas —, usando fones de ouvido grandes em volume alto.

O pretérito literalmente lhe causa dor nas costas lançando todos os verbos no escuro. E tem um tempo verbal, o *aoristo*, que não se prende ao tempo, e pode despertar sua vontade de se trancar dentro de um armário e ficar encolhido no escuro. Mas nos melhores momentos, ao trabalhar com os textos antigos por uma ou duas horas, as próprias palavras somem e as imagens surgem para ele através dos séculos — guerreiros em armaduras amontoados em barcos; a luz do sol resplandecendo no mar; as vozes dos deuses carregadas pelo vento — e é quase como se ele tivesse seis anos novamente, sentado na frente da lareira com as gêmeas Cunningham, ao mesmo tempo perdido com Ulisses nas ondas ao largo de Esquéria, ouvindo a maré rugir contra as pedras.

Em uma tarde clara de maio de 2019, Zeno está cochilando sobre seus blocos de anotações quando o novo funcionário de Marian, um bibliotecário de livros infantis chamado Sharif, chama-o ao balcão da recepção. Na tela do computador dele paira uma manchete: *Novas tecnologias revelam história grega antiga em livro até agora ilegível*.

De acordo com o artigo, uma caixa de manuscritos medievais seriamente danificados, guardados por séculos na Biblioteca Ducal de Urbino e depois transferidos para a Biblioteca do Vaticano, foram por muito tempo considerados ilegíveis. Um pequeno códice de novecentos anos em couro de cabra, em especial, atiçava o interesse de estudiosos de tempos em tempos, mas as avarias causadas por água, mofo e idade colaboraram para fundir suas páginas em uma massa sólida, ilegível.

Cidade nas nuvens 569

Sharif amplia a foto que ilustra o artigo: um tijolo de pergaminho preto e enrugado, nem sequer ainda retangular.

— Parece um livro de bolso imerso em uma privada por mil anos.

— E depois deixado em uma estrada por mais mil — acrescenta Zeno.

Ao longo do ano passado, continua o artigo, uma equipe de curadores usando uma tecnologia de escaneamento multiespectral conseguiu obter imagens do texto original. Em princípio, houve bastante especulação entre os estudiosos. E se o manuscrito contivesse uma peça perdida de Ésquilo ou um tratado científico de Arquimedes ou um evangelho precoce cristão? E se fosse a comédia perdida atribuída a Homero chamada *Margites*?

Mas hoje a equipe está anunciando que recuperou o suficiente do texto para concluir que se trata de uma obra de prosa ficcional do século I intitulada Νεφελοκοκκυγία, de autoria de Antônio Diógenes, um escritor pouco conhecido.

Νεφέλη, nuvem; κόκκῡξ, cuco. Zeno conhece aquele título. Volta correndo até sua mesa, empurra para o lado os montes de papéis, pega a cópia do *Compêndio* de Rex. Página 29. Item 51.

O romance grego perdido *Cuconuvolândia*, de autoria de Antônio Diógenes, que relata a viagem de um pastor até uma cidade no céu, provavelmente foi escrito no fim do século I da Era Cristã. Sabemos — pelo resumo do romance bizantino do século IX — que, em um prefácio curto, Diógenes dedicou-o a uma sobrinha doente e alegou que não havia criado a história cômica que se seguia, mas que a descobrira em uma tumba na antiga cidade de Tiro, escrita em vinte e quatro tabuletas de madeira de cipreste. Parte conto de fadas, parte andanças de um tolo, parte ficção científica, parte sátira utópica, o epítome de Fócio sugere que poderia ter sido um dos romances antigos mais encantadores.

Zeno fica ofegante. Ele vê Atena correndo pela neve; vê Rex, anguloso e curvado devido à desnutrição, rabiscar versos com carvão em uma tábua. θεοὶ quer dizer os deuses, ἐπεκλώσαντο significa tecer, νθρώποις é ruína.

— Melhor ainda — disse Rex naquele dia no café —, alguma velha comédia, a jornada impossível de algum tolo até os confins da Terra. São as minhas favoritas, sabe?

Marian está em pé em seu escritório segurando uma caneca com enfeite de gatos de uma história em quadrinhos.

— Ele está bem? — pergunta Sharif.

— Acho — responde Marian — que ele está feliz.

Ele pede que Sharif imprimia todos os artigos que encontrar sobre o manuscrito. A origem da tinta usada no códice foi atribuída à Constantinopla do século X. A Biblioteca do Vaticano prometeu que todos os fólios que contiverem qualquer parte legível serão digitalizados e publicados em um site de domínio público. Um professor de Stuttgart prevê que Diógenes pode ter sido o Borges do mundo antigo, preocupado com questões de verdade e intertextualidade, que as imagens vão revelar uma nova obra-prima, um precursor de *Dom Quixote* e *As viagens de Gulliver*. Mas uma classicista no Japão diz que o texto provavelmente não será importante, que nenhum dos romances gregos sobreviventes, se é que podem ser chamados de romances, chegam perto do valor literário dos poemas e do teatro clássicos. Só porque algo é velho, escreve ela, não é garantia alguma de que seja bom.

A primeira imagem, designada de Fólio A, é publicada na primeira sexta-feira de junho. Sharif a imprime na recém-doada impressora Ilium, ampliada em tamanho A3, e a leva para Zeno em sua mesa na seção de Não Ficção.

— Você vai conseguir dar sentido a *isto*?

Está suja e carcomida, colonizada por mofo, como se hifas de fungos, tempo e água tivessem colaborado para fazer uma poesia de apagamento. Mas, para Zeno, parece mágica, os caracteres gregos parecem brilhar em algum lugar profundo embaixo da página, branco no preto, não tanto uma caligrafia, mas seu espectro. Ele se lembra de quando a carta de Rex chegou, de como, a princípio, ele não conseguia se permitir acreditar que Rex havia sobrevivido. *Às vezes, as coisas que consideramos perdidas só estão escondidas, aguardando serem descobertas.*

Ao longo das primeiras semanas do verão, à medida que os fólios escaneados vão surgindo lentamente na internet e saindo da impressora de Sharif, Zeno fica eufórico. A luz clara de junho adentra as janelas da biblioteca e ilumina as impressões; as páginas de abertura da história de Éton lhe parecem agradáveis, bobas e traduzíveis. Ele sente que encontrou seu projeto, a única coisa que precisa fazer antes de morrer. Em seus devaneios, publica a tradução, dedica-a à memória de Rex, dá uma festa; Hillary vem de Londres com um *entourage* de companheiros sofisticados; todo mundo em Lakeport vê que ele é mais do que o Zeno Câmera Lenta, o motorista aposentado do caminhão limpa-neve com o cachorro barulhento e as gravatas puídas.

Mas, dia após dia, seu entusiasmo vai arrefecendo. Muitos dos fólios continuam tão avariados que frases se esvaem, tornando-se ilegíveis antes que ele consiga entendê-las. Pior ainda, os curadores relatam que, em algum momento ao longo da longa história, o códice deve ter sido desencadernado e encadernado novamente na ordem errada, de maneira que a sequência de acontecimentos pretendida na história de Éton já não está mais evidente. Em julho, ele começa a sentir como se estivesse tentando montar um dos quebra-cabeças da sra. Boydstun, com um terço das peças arrastadas para debaixo do fogão e outro terço desaparecido. Ele é inexperiente demais, despreparado demais, velho demais. Sua mente não está à altura do trabalho.

Cabriteiro, frutinha, pintosa, zero. Por que é tão difícil transcender as identidades atribuídas a nós quando éramos jovens?

Em agosto, o ar-condicionado da biblioteca quebra. Zeno passa uma tarde com a camisa ficando encharcada enquanto agoniza sobre um fólio particularmente problemático no qual pelo menos sessenta por cento das palavras se perderam. Algo sobre uma poupa que leva Éton, o corvo, até um rio de creme. Algo sobre uma alfinetada de dúvida — inquietude? Inquietação? — embaixo de suas asas.

É até onde ele consegue chegar.

Na hora de a biblioteca fechar, ele reúne seus livros e blocos enquanto Sharif arruma as cadeiras e Marian apaga as luzes. Fora, o vento cheira a fumaça de incêndio.

— Existem profissionais por aí trabalhando nisto — diz Zeno enquanto Sharif tranca a porta. — Tradutores de verdade. Pessoas com diplomas sofisticados que sabem o que estão fazendo.

Cidade nas nuvens 573

— Pode ser — responde Marian. — Mas nenhum deles é você.

No lago, um barco motorizado passa rapidamente, seus alto-falantes pulsando com graves. Uma pressão estranha, prateada, paira na atmosfera. Os três param ao lado do Isuzu de Sharif e Zeno sente o fantasma de alguma coisa se deslocando através do calor, invisível, fugidio. Sobre a montanha das pistas de esqui, do outro lado do lago, um raio ilumina uma nuvem de azul.

— No hospital — comenta Sharif ao acender um cigarro —, antes de morrer, minha mãe dizia: "A esperança é o pilar que sustenta o mundo."

— Quem disse isso?

Ele dá de ombros.

— Às vezes, ela dizia Aristóteles; às vezes, John Wayne. Talvez ela tenha inventado.

Dezoito

Era tudo tão magnífico, porém...

Cuconuvolândia, *de Antônio Diógenes, Fólio* Σ

[...] minhas penas tornaram-se lustrosas e bastas e eu esvoaçava comendo o que queria, doces, carnes, peixes — até aves! Não havia dor, nem fome, minhas [asas?] nunca latejavam, minhas garras nunca [doíam?].

[...] os rouxinóis faziam concertos [noturnos?], as toutinegras entoavam canções de amor nos jardins [e] ninguém me chamava de tolo ou abobalhado ou lesado, nem me dizia uma palavra cruel que fosse [...]

Eu havia voado até muito longe, provado que todos estavam errados. Entretanto, ao pousar na minha sacada e olhar por cima dos bandos de pássaros felizes, por cima dos portões, por cima das bordas onduladas das nuvens, para baixo na direção da Terra, aquele monte de lama retalhado, onde as cidades eram lotadas e os rebanhos, selvagens e domados, cruzavam as planícies como poeira, fiquei pensando nos meus amigos, e na minha cama, e nas ovelhas que eu havia deixado no campo. Eu tinha viajado até tão longe, e tudo era tão magnífico, mas...

[...] ainda assim, a dúvida me alfinetava embaixo da asa. Uma inquietude obscura se acendia dentro de mim [...]

A Argos

Missão ano 65

(Dia 325 dentro da Câmara Um)

Konstance

Semanas se passaram desde que Konstance descobriu a pequena biblioteca decrépita escondida no Atlas. Ela copiou minuciosamente três quartos das traduções feitas por Zeno Ninis — dos Fólios Σ a Sigma — do livro dourado que estava no atril, na seção Infantil, em pedaços de tecido dos sacos de Alimento em Pó. Mais de cento e vinte pedaços de tecido, cheios de escritos a mão, agora cobrem o chão em volta da torre de Sybil, cada um repleto de conexões com as noites que ela passou na Fazenda Quatro, ouvindo a voz do pai.

[...] esfreguei em mim mesmo, dos pés à cabeça, o unguento que Palestra escolheu, peguei três pitadas de olíbano [...]

[...] mesmo que tivesse asas, peixe tolo, você não poderia voar até um lugar que não é real [...]

[...] Aquele que conhece todos os Ensinamentos já escritos, sabe apenas isso: que ainda não sabe nada.

Esta noite, ela está sentada na beirada da cama, manchada de tinta e exausta, enquanto as luzes se tornam plúmbeas.

Aquelas são as horas mais difíceis, quando DiaLuz esvaece e se transforma em ZeroLuz. Ela sempre se surpreende com o silêncio fora da câmara, onde teme que nenhuma pessoa viva se mexa há mais de dez meses, e o silêncio mais além, fora das paredes da *Argos*, que se estende por distâncias que estão além da capacidade humana de compreensão. Ela se encolhe de lado e puxa o cobertor até o queixo.

Já vai dormir, Konstance? Você não come desde esta manhã.

— Se você abrir a porta, eu como.

Como você sabe, ainda não pude determinar se o contágio persiste fora desta câmara. Como concluímos que você está segura aqui, devo manter a porta fechada.

— Aqui dentro parece suficientemente perigoso. Se você abrir a porta, eu como. Se não abrir, vou morrer de fome.

Fico magoada ao ouvir você dizer essas coisas.

— Você não pode ficar magoada, Sybil. Você é apenas um monte de fibras dentro de um tubo.

Seu corpo necessita de alimento, Konstance. Imagine um dos seus pratos preferidos...

Konstance tapa os ouvidos. Tudo o que temos a bordo, diziam os adultos, é tudo o que precisaremos. Qualquer coisa que não consigamos resolver sozinhos, Sybil resolverá. Mas era apenas uma história que eles contavam para se consolar. Sybil sabe tudo, e ainda assim não sabe nada. Konstance pega o desenho que fez da cidade nas nuvens e corre os dedos sobre a tinta seca. Por que achou que recriar esse livro antigo poderia desvendar algo? Para que leitor ela está fazendo isso? Depois que morrer, isso vai ficar dentro desta câmara por milhares de anos, não vai?

Estou ruindo, pensa. Estou enlouquecendo. Sou uma tola em uma esteira rolante, atravessando aos trambolhões o espec-

Cidade nas nuvens

tro de um planeta a dez trilhões de quilômetros de distância, procurando respostas que não existem.

De algum lugar no porão da sua memória, Pai se levanta, afasta uma folha seca da barba e sorri. *A beleza de um tolo*, diz ele, *é que ele nunca sabe quando desistir. A Avó costumava dizer isso.*

Konstance sobe mais uma vez no Perambulador, toca no seu Videor e corre para uma mesa da Biblioteca. *Em 20 de fevereiro de 2020,* escreve ela em uma tira de papel, *quem foram as cinco crianças salvas por Zeno Ninis na Biblioteca Pública de Lakeport?*

Lakeport, Idaho

Agosto de 2019

Zeno

No fim de agosto, dois incêndios florestais no Oregon queimam um milhão de hectares cada e a fumaça chega a Lakeport. O céu fica da cor de massa de vidraceiro, e qualquer pessoa que pisa fora de casa volta cheirando a queimado. Os pátios dos restaurantes são fechados; casamentos são transferidos para locais fechados; os esportes infantis são cancelados; o ar é considerado perigoso demais para crianças em espaços abertos.

Assim que a escola encerra as atividades do dia, a biblioteca é inundada de crianças que não têm outro lugar para ir. Zeno está sentado à sua mesa, perdido atrás das pilhas desordenadas de blocos e notas adesivas, trabalhando em sua tradução. No chão, ao lado dele, uma garota ruiva usando short e botas de borracha faz uma bola de chiclete enquanto folheia livros de jardinagem. A alguns metros à frente, uma criança com um peito robusto e uma juba loira está apertando o botão do bebedouro com um joelho e usando as duas mãos para jogar água sobre a própria cabeça.

Zeno fecha os olhos: uma dor de cabeça está a ponto de aflorar. Quando os abre novamente, Marian está lá.

— Número um — diz ela —, esses incêndios transformaram meu local de trabalho em um encontro juvenil. Número dois, parece que alguém enfiou um sanduíche de metal no ar-condicionado na janela do andar de cima. Número três, Sharif foi à Bergesen Hardware comprar um novo, então tenho de lidar com uns vinte demônios alucinados lá em cima.

Como se estivesse esperando uma deixa, um menino desce escorregando pelos degraus da escada em uma almofada esfarrapada atrás dela, aterrissa de joelhos, levanta o rosto para ela e sorri.

— Número quatro, pelo que posso ver, você passou a semana inteira tentando decidir se chama o seu pastor embriagado de "analfabeto", "humilde" ou "sem noção". Alguns alunos da quinta série vão ficar aqui pelas próximas duas horas, Zeno. São cinco. Pode me ajudar?

— "Humilde" e "sem noção" na verdade são coisas bastante diferentes...

— Mostre para eles o que você está fazendo. Ou faça uma mágica, qualquer coisa. Por favor.

Antes que ele possa inventar uma desculpa, Marian está arrastando a criança ensopada do bebedouro até a mesa dele.

— Alex Hess, esse é Zeno Ninis. O sr. Ninis vai mostrar para você um negócio irado.

O menino levanta da mesa um dos grandes fac-símiles impressos e folhas dos blocos de Zeno vão caindo no carpete como aves feridas.

— O que é isso? Escrita alienígena?

— Parece russo — diz a ruiva de botas, agora também ao lado da mesa.

— É grego — responde Marian, empurrando um segundo menino e mais duas meninas em direção à mesa de Zeno.

Cidade nas nuvens 589

— Uma história muito antiga. Tem magos dentro de baleias e corujas-guardiãs que lançam enigmas, uma cidade nas nuvens onde todos os desejos se realizam e até... — Marian abaixa a voz e olha dramaticamente por cima do ombro — ... pescadores com três pênis.

Duas das meninas soltam uma risadinha. Alex Hess dá um sorrisinho malicioso, gotas de água caindo do seu cabelo em cima da página.

Vinte minutos depois, cinco crianças estão sentadas em círculo em volta da mesa de Zeno, cada uma observando um fac-símile de um fólio diferente. Uma menina com cabelo que parece ter sido cortado com uma roçadeira levanta a mão, depois começa imediatamente a falar.

— Então, tudo bem, segundo o que você está dizendo, esse tal Ethan vive todas essas aventuras malucas...

— Éton.

— Devia ser Ethan — diz Alex Hess. — Mais fácil.

— ... e a história dele foi escrita um zilhão de anos atrás em vinte e quatro tabuazinhas de madeira que foram enterradas com o corpo dele quando ele morreu? E depois foram descobertas, séculos mais tarde, em um cemitério, por um homem? E ele recopia toda a história em centenas de pedaços de papel...

— Papiro.

— ... e manda para a sobrinha que está morrendo?

— Isso mesmo — diz Zeno, confuso, excitado e exausto, tudo ao mesmo tempo. — Mas vocês devem se lembrar de que não havia um correio de verdade, não como conhecemos hoje. Se realmente existia uma sobrinha, Diógenes deve ter dado os papiros a um amigo de confiança, que...

— E depois essa cópia foi copiada de algum jeito em Constant-sei-lá-o-quê, e *essa* cópia ficou perdida por mais um zilhão de anos, e acabou de ser reencontrada na Itália, só que ainda está a maior bagunça porque tem um monte de palavras faltando?

— Exato.

Um menino pequeno chamado Christopher se encolhe na cadeira.

— Então passar toda essa escrita antiga para o inglês é muito difícil, e você só tem pedaços da história, e nem sabe em que ordem eles devem estar?

Rachel, a ruiva, vira o seu fac-símile para um lado e para outro.

— E, nos pedaços que você tem, parece que alguém espalhou Nutella por toda parte.

— Certo.

— Por quê? — pergunta Christopher.

Agora todas as crianças olham para ele: Alex; Rachel; o pequeno Christopher; Olivia, a menina com o corte de cabelo de roçadeira; e uma menina silenciosa com olhos castanhos, pele marrom, roupas marrons e cabelo corvino chamada Natalie.

— Vocês já viram alguma vez um filme de super-herói? – pergunta Zeno. — No qual o herói vive apanhando e sangrando e parece que ele...

— Ou ela — diz Olivia.

— ... ou ela nunca vai conseguir vencer? Estes fragmentos são isso: super-heróis. Tentem imaginar as batalhas épicas a que eles sobreviveram nos últimos dois mil anos: inundações, incêndios, terremotos, governos fracassados, ladrões, bárbaros, fanáticos, sabe-se lá o que mais. Sabemos que, de alguma maneira, uma cópia deste texto chegou às mãos de um escriba em

Constantinopla nove ou dez séculos depois de ter sido escrito pela primeira vez, e tudo o que conhecemos dele...

— Ou dela — diz Olivia.

— ... é esta caligrafia, levemente inclinada para a esquerda. Mas agora as pessoas que conseguem entender aquela escrita antiga têm uma oportunidade de dar um novo sopro de vida a esses super-heróis para que, talvez, eles lutem por mais algumas décadas. O apagamento está sempre nos perseguindo, sabem? Então, segurar nas mãos algo que escapou dele por tanto tempo...

Ele enxuga os olhos, constrangido.

Rachel passa os dedos sobre as linhas do texto desbotado na frente dela.

— É como Ethan — afirma Alex.

— Éton — corrige Olivia.

— O bobo do qual você estava nos contando. Na história. Embora esteja sempre indo pelo caminho errado, sendo transformado na coisa errada, ele nunca desiste. Ele sobrevive.

Zeno olha para ela, uma nova compreensão vai se insinuando em sua consciência.

— Conte mais — pede Alex — sobre os pescadores com pênis iguais a árvores.

Naquela noite, em sua mesa de jantar, com Nestor, rei de Pilos, enroscado a seus pés, Zeno espalha seus blocos de anotações. Para onde quer que olhe, ele vê as inadequações das suas primeiras tentativas. Ele ficou muito preocupado em reconhecer alusões perspicazes, se esquivar de dificuldades sintáticas, entender cada palavra de forma correta. Mas, a despeito do que realmente fosse, aquela estranha comédia antiga não era adequada nem elevada nem tinha preocupação em ser correta. Tratava-se de uma história cujo objetivo era levar conforto a uma garota moribunda. Todos aqueles comentários acadêmicos que ele se forçou a ler — *Diógenes estava escrevendo uma comédia simplória ou uma metaficção sofisticada?* —, todos aqueles debates perdiam sentido diante de cinco alunos da quinta série com cheiro de chiclete, meias suadas e fumaça. Diógenes, seja lá quem tenha sido, estava, antes de tudo, tentando fazer uma máquina que prendesse a atenção, algo para fugir da armadilha.

Um grande peso é levantado. Ele faz café, abre um novo bloco de anotações diante de si e põe o Fólio B na sua frente. *Palavra buraco palavrapalavrapalavra buraco buraco palavra* — são apenas marcas sobre a pele de uma cabra morta há muito tempo. Mas, por baixo delas, algo finalmente se cristaliza.

Sou Éton, um simples pastor da Arcádia, e a história que tenho para contar é tão maluca, tão incrível, que vocês jamais acreditarão em uma palavra sequer — no entanto, é verdadeira. Pois eu, que era por eles chamado de miolo de pássaro ou apalermado — sim, eu, o tolo, o abobalhado, o lesado Éton — uma vez viajei até os confins da Terra e além [...]

A Argos

Missão ano 65

(Dias 325-340 dentro da Câmara Um)

Konstance

A TIRA DE PAPEL POUSA EM CIMA DA MESA.

Christopher Dee
Olivia Ott
Alex Hess
Natalie Hernandez
Rachel Wilson

Uma das crianças mantidas como reféns na Biblioteca Pública de Lakeport em 20 de fevereiro de 2020 foi Rachel Wilson. Sua bisavó. É por isso que o livro traduzido por Zeno estava na mesa de cabeceira de Pai. A avó dele fazia parte daquilo.

Se Zeno Ninis não tivesse salvado a vida de Rachel Wilson em 20 de fevereiro de 2020, seu pai nunca teria nascido. Ele nunca teria se inscrito para ingressar na *Argos*. Konstance não existiria.

Eu havia chegado tão longe e tudo era tão magnífico, porém...

Quem era Rachel Wilson, quantos anos ela havia vivido e como ela se sentia toda vez que olhava para aquele livro, traduzido por Zeno Ninis? Será que ela se sentava nas tardes de ventania em Nannup com o pai de Konstance e lia para ele a história de Éton? Konstance se levanta, dá voltas ao redor da mesa no átrio, com a certeza de que está deixando passar alguma coisa que está bem diante de seus olhos. Mais uma coisa que Sybil não sabe. Ela chama o Atlas na estante. Primeiro para Lagos, para a praça no centro da cidade perto do golfo, onde hotéis brancos resplandecentes se erguem em três lados à sua volta e quarenta coqueiros crescem em canteiros quadriculados em preto e branco. *Bem-vindos*, diz a placa, *ao Novo Intercontinental*.

Konstance dá várias voltas sob o imutável pôr do sol nigeriano. Mais uma vez, a sensação retorna, alfinetando as bordas da sua consciência: algo não está certo. As cicatrizes nos troncos dos coqueiros, as folhas secas e velhas ainda presas na base dos ramos, os cocos lá no alto e os que caíram nos canteiros: nenhum dos cocos, ela percebe, tem os três poros de germinação que Pai havia lhe mostrado. Dois olhos e uma boca, a cara de um pequeno marinheiro assobiando mundo afora — nada disso está lá.

As árvores são criadas por computador. Não estavam ali originalmente.

Ela se lembra da sra. Flowers parada na base das Muralhas de Teodósio, em Constantinopla. *Caminhe por aqui um tempo, minha querida*, disse ela, *e você vai descobrir um ou outro segredo*.

A vinte passos de distância, a bicicleta de um vendedor de rua com um recipiente branco montado na frente do guidom está encostada em um dos canteiros. No recipiente, corujas desenhadas seguram sorvetes. Dentro do recipiente aberto, latinhas de bebida brilham sobre um leito de gelo. O gelo cintila; as corujas desenhadas quase parecem piscar. Como a caixa de devolução de livros em Lakeport, aquilo parece um pouco mais vibrante do que o restante em volta.

Cidade nas nuvens   597

Ela estica a mão para tocar em uma das bebidas e, em vez de atravessá-la, a ponta dos dedos encostam em algo sólido, frio e molhado. Quando ela tira a bebida do gelo, mil janelas se estilhaçam silenciosamente nos hotéis à sua volta. A praça se desfaz em quadradinhos; os coqueiros falsos evaporam.

Em toda a volta, aparecem figuras, pessoas sentadas ou em pé ou deitadas, não em uma praça sombreada, mas sobre concreto puro, rachado: algumas sem camisa, a maioria sem sapatos, esqueletos vivos, algumas encolhidas tão profundamente nas pequenas tendas caseiras feitas de lonas azuis que ela só consegue ver seus tornozelos e pés cobertos de lama.

Pneus velhos. Lixo. Sujeira. Vários homens estão sentados em jarros de plástico que já contiveram uma bebida chamada SunShineSix; uma mulher sacode um saco de arroz vazio; mais de dez crianças muito magras estão agachadas sobre um pequeno pedaço de terra. Nada se move como antes de ela encostar na caixa de devolução de livros do lado de fora da velha biblioteca de Lakeport; as pessoas são apenas imagens e seus pés as atravessam como se fossem sombras.

Ela se curva, tenta olhar para dentro dos pontos embaçados que vêm a ser rostos de crianças. O que está acontecendo com elas? Por que estavam escondidas?

Em seguida, ela volta à pista de corrida nos arredores de Mumbai que encontrou quase um ano atrás, o verde intenso das folhas do manguezal a ladeiam como uma parede sinistra. Ela vai e vem ao longo da grade, oitocentos metros para a frente, oitocentos metros para trás, até que a encontra: uma pequena coruja pintada na calçada. Ela toca na coruja e o manguezal se desfaz, e uma parede de água vermelho-amarronzada, cheia de escombros e lixo, surge no lugar. Apaga as pessoas, submerge a pista de corrida, sobe pelas paredes laterais dos edifícios residenciais. Barcos estão amarrados em sacadas no segundo andar; alguém está congelado em cima da capota de um carro submerso, os braços levantados pedindo ajuda, grito apagado do rosto.

Nauseada e nervosa, Konstance sussurra:

— Nannup.

Ela sobe. A Terra gira, se inverte, e ela desce. Uma cidadezinha australiana pecuarista, que um dia havia sido pitoresca. As faixas desbotadas esticadas sobre a rodovia dizem:

FAÇA A SUA PARTE.
DERROTE O DIA ZERO.
VOCÊ CONSEGUE USAR APENAS 10 LITROS POR DIA.

Diante de um auditório público sombreado por fiteiras, as begônias se erguem cheias de vida em seus canteiros. A grama parece verde como sempre: cinco tons mais verde do que qualquer outra coisa em um raio de cinquenta quilômetros. O chafariz brilha; as árvores com flores coloridas se erguem orgulhosas. Mas, assim como a praça em Lagos, assim como a pista de corrida em Mumbai, algo parece modificado.

Konstance dá três voltas no quarteirão e, por fim, em uma porta lateral, ela encontra: o desenho de uma coruja com uma corrente dourada em volta do pescoço e uma coroa inclinada na cabeça.

Ela toca na coruja. A grama se torna marrom, as árvores desaparecem, a pintura do auditório público descasca e a água do chafariz evapora. Uma carreta com um tanque de água de vinte mil litros aparece, homens armados formam um círculo

Cidade nas nuvens 599

em volta e, atrás disso tudo, veículos empoeirados formam uma fila a perder de vista.

Centenas de pessoas se aglomeram atrás de alambrados segurando jarras e latas vazias. As câmeras do Atlas captaram um homem com uma faca pulando do topo do alambrado, a boca aberta; um soldado está no meio do processo de atirar; várias pessoas se espalham pelo chão.

Na torneira do caminhão-cisterna, dois outros homens puxam a mesma jarra de plástico, todos os tendões de seus braços saltados. Entre as figuras comprimidas contra o alambrado, ela vê mães e avós segurando bebês.

Isso. É por isso que Pai foi embora.

Quando Konstance desce do Perambulador, é DiaLuz na câmara. Com passo incerto, ela caminha entre os pedaços de tecido e desconecta a mangueira de água da impressora de comida e a põe na boca. As mãos dela estão tremendo. Suas meias afinal se desintegraram, todos os buracos se tornando um só, e dois dedos dos pés estão sangrando.

Você acabou de caminhar onze quilômetros, Konstance, diz Sybil. *Se não dormir e não fizer uma refeição adequada, vou restringir seu acesso à Biblioteca.*

— Vou comer, vou dormir. Prometo.

Ela se lembra de Pai um dia mexendo em suas plantas, ajustando um vaporizador e depois borrifando o dorso da mão dela com água.

— Fome — disse Pai, e ela teve a sensação de que ele estava falando com as plantas, e não com ela. — Depois de um tempo, você pode esquecer a fome. Mas sede? Quanto mais ela aperta, mais você pensa nela.

Ela se senta no chão e examina um dedo do pé que está sangrando, lembra as histórias de Mãe sobre o Louco Elliot Fischenbacher, o garoto que vagou pelo Atlas até rachar os pés e perder a sanidade. O Louco Elliot Fischenbacher, que tentou romper uma parede externa da *Argos*, pondo em risco tudo e todos. Que guardou SonoGotas suficientes para tirar a própria vida.

Ela come, limpa o rosto, escova o cabelo emaranhado, estuda gramática e física, tudo o que Sybil pede. O átrio da Biblioteca parece brilhante e calmo. O chão de mármore resplandece como se tivesse sido polido durante a noite.

Quando ela termina os estudos, senta-se atrás de uma mesa e o cãozinho da sra. Flowers se enrosca aos seus pés. Com os dedos trêmulos, Konstance escreve *Como a* Argos *foi construída?*

Do bando de livros, documentos e mapas que chegam esvoaçando até a mesa, ela retira todo o material patrocinado pela Ilium Corporation: esquemas bem impressos sobre a tecnologia de propulsão nuclear de pulso; análises de materiais; gravidade artificial; designs de compartimentos; planilhas explorando a capacidade de carga; planos para sistemas de tratamento de água; diagramas de impressoras de comida; imagens dos módulos da nave sendo preparados para montagem na órbita terrestre baixa; centenas de folhetos detalhando como a tripulação seria escolhida a dedo, transportada, confinada, treinada por seis meses e sedada para o lançamento.

A cada hora, a montanha de documentos diminui. Konstance não consegue achar quase nenhum relatório independente avaliando a viabilidade de construir uma arca interestelar no espaço e impulsioná-la a uma velocidade suficiente para chegar a Beta Oph2 em 592 anos. Toda vez que um escritor

Cidade nas nuvens 601

começa a questionar se as tecnologias estão prontas, se os sistemas térmicos serão adequados, como a tripulação pode ser protegida de radiação do espaço profundo por um período prolongado, como a gravidade seria simulada, como os custos serão administrados ou se as leis da física podem sustentar uma missão como aquela, os documentos ficam em branco. Artigos acadêmicos são interrompidos no meio de uma frase. Números de capítulos pulam de dois para seis ou de quatro para nove, sem nada no meio.

Pela primeira vez desde o seu Dia da Biblioteca, Konstance pede o catálogo dos exoplanetas conhecidos. Páginas e páginas, filas e filas de mundos conhecidos além da Terra, suas pequenas imagens girando: rosa, bordô, marrom, azul. Ela corre o dedo até a linha de Beta Oph2, onde o planeta gira lentamente no lugar. Verde. Preto. Verde. Preto.

$4,0113 \times 10^{13}$ quilômetros. 4,24 anos-luz.

Konstance olha para o átrio ressonante, sente como se milhões de rachaduras finíssimas irradiassem através dele, invisíveis. Ela pega um pedaço de papel. Escreve *Onde a tripulação da Argos ficou reunida antes do lançamento?*

Uma única tira de papel cai do céu:

QAANAAQ

Dentro do Atlas, ela desce lentamente pela costa setentrional da Groenlândia: três mil metros, dois mil. Qaanaaq é um vilarejo sem árvores com um pequeno porto encurralado entre o mar e centenas de quilômetros quadrados de sedimentos de morena. Casinhas pitorescas — muitas caídas por terem sido construídas sobre permafrosts derretidos — foram pintadas de verde, azul vivo, amarelo-mostarda, com janelas brancas. Ao longo da costa, entre as rochas, há uma marina, algumas docas, uns poucos barcos e uma confusão de material de construção.

Ela demora dias para solucionar a situação. Ela come, dorme, submete-se às aulas de Sybil, pesquisa, pesquisa de novo, procurando incessantemente Qaanaaq, vasculhando o oceano. Finalmente, em uma região na baía de Baffin, a treze quilômetros da cidade, em uma ilha vazia, só rochas e liquens, um lugar que provavelmente ficou coberto por gelo até algumas décadas antes, ela a encontra: uma casa vermelha que parece um celeiro desenhado por uma criança, com um mastro branco na frente. Na base do mastro, está uma pequena coruja de madeira, não mais alta do que a coxa dela, que parece estar dormindo.

Konstance vai até lá, encosta nela, e os olhos da coruja se abrem.

Longos píeres de concreto avançam mar adentro. Uma grade de cinco metros com arame farpado no topo surge do chão atrás da casinha vermelha e envolve toda a circunferência da ilha.

Não ultrapasse, diz a placa em quatro idiomas. *Propriedade da Ilium Corporation. Não entre.*

Atrás da grade se estende um vasto complexo industrial: guindastes, trailers, caminhões, montanhas de material de construção empilhado entre as rochas. Ela caminha ao lado da grade até onde o software permite, depois ergue-se no ar sobre a grade. Vê caminhões de cimento, figuras de capacete, uma casa de barco, uma estrada de pedra: no centro do complexo há uma enorme estrutura circular branca semiacabada sem janelas.

Escolhidos a dedo, transportados, confinados, treinados por seis meses, sedados para o lançamento.

Cidade nas nuvens 603

Eles estão construindo a coisa que se tornará a *Argos*. Mas não há foguetes; não há plataforma de lançamento. A nave não foi montada em módulos no espaço: ela jamais foi para o espaço. Está na Terra.

Ela está olhando para o passado, imagens capturadas sete décadas antes, depois ocultadas do Atlas pela Ilium Corporation. Mas também está olhando para si mesma. Seu lar. Por todos aqueles anos. Ela toca o Videor, desce do Perambulador, um redemoinho turbilhonando dentro de si.

Seu passeio foi agradável, Konstance?, pergunta Sybil.

Dezenove

Éton significa ardente

Cuconuvolândia, *de Antônio Diógenes, Fólio T*

[...] eu disse:

— Por que todas as outras [parecem?] contentes em voar por aí, cantando e comendo, dia após dia, banhadas pelos zéfiros cálidos, circundando as torres, mas, dentro de mim, esta [doença?] [...]

[...] a poupa, vice-subsecretária do vice-rei de Provisões e Acomodações, engoliu uma bicada de sardinhas e eriçou sua coroa de penas.

— A sua fala se parece muito com a de um humano agora — comentou ela.

— Não sou um humano, senhora, por favor, não seja ridícula. Sou um humilde corvo. Olhe para mim.

— Muito bem — respondeu ela —, eis uma ideia, para se livrar dessa [aflição inquietante?], viaje até o palácio no [centro?]... Lá fica um jardim, mais verde do que qualquer outro, onde a deusa guarda um livro que contém [todo o conhecimento dos deuses]. Dentro dele, talvez você encontre o que [...]

Lakeport, Idaho

Agosto de 2019-fevereiro de 2020

Seymour

As instruções dizem para usar um browser Tor para baixar uma plataforma segura de troca de mensagens chamada *Pryva-C*. Ele tem de carregar várias atualizações para que funcione. Passam-se dias até ele receber uma resposta.

MATHILDA: obg pelo contato desculpe atraso só precisava

SEEMORE6: vc tá com bishop? no acampamento dele?

MATHILDA: verificar

MATHILDA: vc ñ tá c/ autoridades

SEEMORE6: não eu juro

SEEMORE6: quero ajudar quero entrar p/ luta

MATHILDA: fui designada p/ vc

SEEMORE6: quero quebrar a máquina

No fim do verão, um furacão destrói duas ilhas do Caribe, a seca arrasa a Somália, a temperatura mensal mundial média quebra outro recorde, um relatório intergovernamental anuncia que as temperaturas oceânicas aumentaram quatro vezes mais rápido do que o esperado e a fumaça de dois megaincêndios separados no Oregon é levada por correntes para o leste, até Lakeport, onde se concentra formando algo que, para Seymour, se parece muito com espirais nas imagens de satélite do seu tablet.

Ele não vê Janet desde que quebrou a grande janela lateral da motocasa na marina e saiu correndo. Pelo que sabe, ela não ligou para a polícia; se ela havia, de alguma forma, sido encontrada pela polícia, ele não acha que tenha falado dele. Durante todo o verão, ele evita a biblioteca, evita a margem do lago, trabalha limpando os vestiários do rinque de patinação e guardando refrigerantes, com o cordão do capuz bem puxado. Fora isso, ele fica no próprio quarto.

MATHILDA: dizem 80 mortos na inundação não contabilizam quantos deprimidos, quantos TEPD, quantos não têm $ para se mudar, quantos vão morrer por causa do mofo, quantos

SEEMORE6: espera quais inundações

MATHILDA: vão morrer de desgosto

SEEMORE6: a fumaça aqui tá mto ruim hj

MATHILDA: no futuro eles vão olhar pra trás e ficar espantados com nosso modo de vida

SEEMORE6: mas não com nós 2? não com eu & vc?

MATHILDA: nossa complacência

SEEMORE6: não dos guerreiros?

Em setembro, agências de cobrança ligam para o telefone de Bunny três vezes por dia. O ar com cheiro de fumaça mantém os turistas no Dia do Trabalho afastados; a marina está praticamente deserta, os restaurantes, vazios; as gorjetas no Pig 'N Pancake, inexistentes, e Bunny não consegue encontrar horas para compensar as que perdeu quando o Aspen Leaf fechou.

Cidade nas nuvens 613

Algum mecanismo em Seymour travou: ele não consegue mais ver o planeta como algo que não está morrendo, e todos à sua volta são cúmplices daquela morte. As pessoas dos lotes da Eden's Gate enchem as lixeiras e dirigem seus grandes SUVs entre suas duas casas e tocam músicas em alto-falantes com bluetooth em seus jardins e dizem a si mesmas que são pessoas de bem, levando vidas honradas e decentes, realizando o tal sonho — como se os Estados Unidos fossem um Éden em que a aconchegante benevolência de Deus cai igualitariamente sobre todas as almas. Quando, na verdade, elas estão participando de um esquema de pirâmide que está devorando todos os que estão na base, pessoas como a mãe dele. E todos estão comemorando isso.

MATHILDA: desculpe atraso só usamos terminais à noite após tarefas concluídas

SEEMORE6: que tarefas?

MATHILDA: plantar podar cortar colher carregar preparar conservar

SEEMORE6: vegetais?

MATHILDA: são superfrescos

SEEMORE6: não sou muito chegado

MATHILDA: hj todas as árvores se erguem grandes e retas em volta do acampamento muito lindo

MATHILDA: céu roxo como berinjela

SEEMORE6: outro vegetal

MATHILDA: rs vc é engraçado

SEEMORE6: onde vcs dormem? tendas?

MATHILDA: sim tendas cabanas galpões tbm

MATHILDA: ...

SEEMORE6: ainda tá aí?

MATHILDA: acabaram de dizer q posso ficar + 10 min

MATHILDA: pq vc é especial vc é importante vc é promissor

SEEMORE6: eu?

MATHILDA: é não só pra eles pra mim

MATHILDA: pra todo mundo

SEEMORE6: ...

MATHILDA: pássaros noturnos sobrevoando estufa riacho correndo barriga cheia sensação boa

SEEMORE6: gostaria de estar aí

MATHILDA: vc vai amar até os vegs há-há

MATHILDA: temos chuveiros sala de recreação depósito de armas e as camas tbm são confortáveis

SEEMORE6: camas de vdd? ou sacos de dormir?

MATHILDA: os dois

SEEMORE6: é tipo garotos num lugar e garotas noutro?

MATHILDA: é como quisermos não seguimos as velhas regras

MATHILDA: vc vai ver

MATHILDA: assim q realizar sua tarefa

Durante as aulas, os olhos deles se embaçam com visões do acampamento de Bishop. Tendas brancas sob árvores escuras, ninhos de metralhadoras em cima de uma barreira de defesa, jardins e estufas, painéis solares, homens e mulheres em fardas de serviço entoando canções e contando histórias, mestres misteriosos criando elixires saudáveis com ervas da floresta. A imaginação sempre volta para Mathilda: seus pulsos, seu cabelo, a interseção das suas coxas. Ela vem vindo por uma trilha carregando dois baldes de frutas vermelhas; é loura, japonesa, sérvia, uma mergulhadora de Fiji com cartucheiras cruzadas sobre os seios.

MATHILDA: vc se sente muito melhor depois de agir

SEEMORE6: todas as meninas aqui não fazem ideia

SEEMORE6: nenhuma delas me entende

MATHILDA: vc vai sentir muito poder

SEEMORE6: nenhuma delas é como vc

Ele pesquisa: *Maht* significa força, *Hild* significa batalha, *Mathilda* quer dizer força na batalha, e, depois disso, Mathilda se torna uma caçadora de dois metros e trinta que se desloca silenciosamente por uma floresta. Ele se deita na cama, a beirada do tablet quente no seu colo; Mathilda se inclina e passa pela sua porta, deixa o arco encostado na porta. Buganvílias como cinto, rosas no cabelo, ela bloqueia a luz do teto e envolve sua virilha com uma das mãos de folhas.

Zeno

Em meados de setembro, Alex, Rachel, Olivia, Natalie e Christopher querem transformar os fragmentos da *Cuconuvolândia* em uma peça, vestir figurinos e encená-la. Chuva começa a cair, a fumaça se dissipa e a qualidade do ar melhora, e mesmo assim as crianças vão à biblioteca às terças e quintas-feiras depois da escola e se reúnem em volta da mesa dele. Aquelas são as crianças, ele se dá conta, sem voleibol no clube ou professores particulares de matemática ou berços de atracação na marina. Os pais de Olivia administram uma igreja; o pai de Alex está procurando emprego em Boise; os pais de Natalie trabalham noite e dia em um restaurante; Christopher é um de seis irmãos; e Rachel está passando um ano nos Estados Unidos enquanto seu pai australiano faz algo relacionado a estratégia de mitigação de incêndios no escritório local do Departamento de Terras de Idaho.

Em todos os minutos que passa com eles, Zeno aprende. No início do verão, ele só conseguia se concentrar no que não sabia, quanto texto de Diógenes havia se perdido. Mas, agora, ele vê que não precisa pesquisar todos os detalhes conhecidos sobre o pastoreio de ovelhas na Grécia Antiga ou dominar todas

Cidade nas nuvens

as expressões idiomáticas da Segunda Sofística. Só precisa das sugestões de história oferecidas pelo que resta nos fólios, e a imaginação das crianças fará o resto.

Pela primeira vez em décadas, talvez pela primeira vez desde os dias de Rex no Acampamento Cinco, sentados lado a lado perto do fogo no galpão da cozinha, ele se sente presente, como se as cortinas tivessem sido arrancadas das janelas da sua mente: o que ele quer fazer está ali, bem em frente.

Em uma terça-feira de outubro, os cinco alunos da quinta série estão em volta da sua mesa na biblioteca. Christopher e Alex devoram bolinhos de chuva de uma embalagem que Marian tirou de algum lugar; Rachel, magra como um palito, com botas e calça jeans, está debruçada sobre um bloco de anotações, rabiscando, apagando, rabiscando de novo. Àquela altura, Natalie, que mal abriu a boca nas primeiras três semanas, fala praticamente sem parar.

— Então, depois de toda essa jornada — diz ela —, Éton responde ao enigma, passa pelos portões, bebe dos rios de vinho e creme, come maçãs e pêssegos, até pães de mel, seja lá o que isso for, e o clima é sempre ótimo e ninguém o trata mal, e ainda assim ele se sente infeliz?

Alex mastiga mais um bolinho de chuva.

— É, parece coisa de maluco.

— Quer saber? — fala Christopher. — Na minha Cuconuvolândia, em vez de rios de vinho, haveria refrigerante. E todas as frutas seriam balas e doces.

— Muitos doces — concorda Alex.

— Starbursts sem fim — diz Christopher.

— Kit-Kats sem fim.

— Na minha Cuconuvolândia, os animais seriam tratados da mesma maneira que as pessoas — comenta Natalie.

— E nada de dever de casa — completa Alex. — Nem garganta inflamada.

— Mas — diz Christopher — e o Supermágico Extrapoderoso Livro de Todas as Coisas no jardim no centro? Isso ainda existiria na minha Cuconuvolândia. Assim você poderia, tipo, ler um livro em cinco minutos e saber tudo.

Zeno se curva sobre a pilha de papéis na escrivaninha.

— Já disse a vocês o que Éton significa?

Eles balançam a cabeça. Zeno escreve αἴθων bem grande em uma folha de papel.

— Ardente — explica. — Incandescente, explosivo. Alguns dizem que também pode significar faminto.

Olivia se senta. Alex põe um bolinho de chuva fresquinho na boca.

— Talvez seja isso — sugere Natalie. — O porquê de ele nunca desistir, nunca sossegar. Ele está sempre ardendo por dentro.

Rachel olha para longe da mesa, seu olhar distante.

— Na minha Cuconuvolândia — diz ela — não haveria seca. Choveria toda noite. Haveria árvores verdes até onde a vista pudesse alcançar. Grandes riachos frios.

Eles passam uma terça-feira de dezembro em um brechó procurando figurinos, uma quinta-feira fazendo uma cabeça de burro, uma cabeça de peixe e uma cabeça de poupa de papel machê. Marian compra penas pretas e cinzentas para que eles possam construir asas; todos recortam nuvens de papelão. Natalie reúne efeitos sonoros em seu laptop; Zeno contrata um marceneiro para

Cidade nas nuvens 619

construir um palco e uma parede de compensado, fora do local e em partes, para poder surpreendê-los. Logo só faltam duas quintas-feiras e ainda há muito a ser feito, escrever o final, imprimir os roteiros, alugar cadeiras dobráveis; ele se lembra de como Atena, a cadela, vibrava de excitação quando sentia que eles estavam indo para a água: era como se um raio estivesse atravessando seu corpo. Essa é a sensação todas as noites quando ele tenta dormir, sua mente sobrevoando montanhas e oceanos, atravessando estrelas, seu cérebro como uma lanterna em seu crânio, ardente.

Às seis horas da manhã de 20 de fevereiro, Zeno faz suas flexões, calça dois pares de meias do Lanifício Utah, veste a gravata de pinguins, bebe uma xícara de café e vai andando até a Drogaria Lakeport, onde faz cinco fotocópias da última versão da peça e compra uma caixa de refrigerantes. Atravessa a rua Lake, roteiros em uma das mãos, refrigerantes na outra. Um monótono céu cinzento se estende sobre o lago congelado, e os cumes mais altos das montanhas estão perdidos entre nuvens — uma tempestade se aproxima.

O Subaru de Marian já está no estacionamento da biblioteca e apenas uma janela do andar de cima está iluminada. Zeno sobe os cinco degraus de granito até a varanda de entrada e faz uma parada para recuperar o fôlego. Por uma fração de segundo, ele tem novamente seis anos, está sozinho e com frio, e duas bibliotecárias abrem a porta.

Nossa, você não parece estar bem agasalhado.

Onde está sua mãe?

A porta não está trancada. Ele sobe a escada até o segundo andar e para diante da parede de compensado dourada. Estranho, seja lá quem você for, abra isto para aprender coisas incríveis.

Quando ele abre a portinha, luz vaza pela entrada em forma de arco. Em cima do palco, Marian está em pé sobre uma banqueta que serve de escada, retocando com um pincel as torres douradas e prateadas do seu pano de fundo. Ele a vê descer da banqueta para examinar o próprio trabalho e depois voltar a subir, mergulhar o pincel na tinta e acrescentar mais três pássaros voando ao redor da torre. O cheiro de tinta fresca é forte. Tudo está em silêncio.

Ter oitenta e seis anos e sentir aquilo.

Seymour

NO MOMENTO EM QUE A PRIMEIRA NEVE COMEÇA A ADERIR às montanhas sobre a cidade, a Idaho Power corta a eletricidade da casa pré-fabricada. O tanque de propano na frente da casa ainda está um terço cheio, então Bunny esquenta a casa acendendo o forno e deixando a porta aberta. Seymour recarrega o tablet no rinque de patinação e dá à mãe a maior parte do dinheiro que consegue ganhar.

> MATHILDA: *noite fria ando pensando em vc*
>
> SEEMORE6: *frio aqui tbm*
>
> MATHILDA: *quando tá escuro assim quero tirar a roupa correr lá pra fora e sentir o frio na pele*
>
> MATHILDA: *depois voltar pra cama aconchegante*
>
> SEEMORE6: *sério?*
>
> MATHILDA: *vc precisa se apressar vir logo pra cá mal posso esperar*
>
> MATHILDA: *precisa realizar sua tarefa*

Na manhã de Natal, Bunny pede que ele se sente à mesa da cozinha.

— Estou desistindo, Gambazinho. Vou vender a casa. Procurar um local para alugar. Depois do próximo ano, você vai embora e eu não preciso de meio hectare só para mim.

Atrás dela, o gás queima azul dentro do forno aberto.

— Sei que este lugar é importante para você, talvez mais importante do que eu imagine. Mas já está na hora. Estão contratando uma camareira no Sachse Inn, é bastante tempo de viagem, mas é um emprego. Se eu tiver sorte, com o emprego e a venda da casa, consigo liquidar toda a dívida e ainda ter o suficiente para consertar meus dentes. Talvez até dê para ajudar com a sua faculdade.

Do outro lado da porta de correr, as luzes dos sobrados cintilam atrás de uma névoa gelada. Ele está ficando terrivelmente sensível de novo: cem vozes nos porões da sua memória falando ao mesmo tempo. Coma isto, vista aquilo, você é inadequado, este não é seu lugar, seu sofrimento vai sumir se você comprar isto agora. Seymour Estrume, há-há. Lá fora, na terra embaixo do depósito de ferramentas, estão a velha Beretta de Pawpaw e sua caixa de granadas, cinco fileiras de cinco. Se ele prende a respiração, consegue ouvi-las chacoalhando levemente no lugar.

Bunny põe as palmas das mãos abertas sobre a mesa.

— Você vai fazer algo especial com a sua vida, Seymour. Tenho certeza.

Ele está em pé na escuridão, de jaqueta, na esquina das ruas Lake e Park. Luzes natalinas pontilham as calhas do showroom do terreno da Eden's Gate em intervalos perfeitamente espaçados. Câmeras pretas foram montadas sob os beirais, adesivos com formato de distintivo brilham nas quinas inferiores das ja-

Cidade nas nuvens

nelas e fechaduras que parecem complicadas protegem os portões da frente e dos fundos.

Sistemas de segurança. Alarmes. Entrar lá e deixar algo sem ser visto é impossível. Mas a parte oeste do escritório da imobiliária e a parte leste da biblioteca, ele observa, ficam a menos de um metro e meio de distância. O espaço entre elas quase não é suficiente para o medidor de gás e uma faixa de neve. Contrabandear algo para dentro da imobiliária talvez seja impossível. Mas e a biblioteca?

SEEMORE6: descobri um ponto

MATHILDA: um alvo?

SEEMORE6: uma tarefa, meu jeito de atrapalhar a máquina pra ajudar a acordar todo mundo começar a mudança de verdade

MATHILDA: o que vc

SEEMORE6: pra conquistar meu lugar no acampamento

MATHILDA: arquitetou?

SEEMORE6: a seu lado

O PDF que Mathilda envia através da Pryva-C está cheio de erros de digitação e diagramas esquisitos. Mas o conceito é claro: fusíveis, panelas de pressão, telefones pré-pagos, tudo duplicado caso uma bomba não funcione. Ele compra uma panela de pressão na Drogaria Lakeport e outra na Riley's e dois trincos para cadeado na Bergesen Hardware e os instala na parte interna da porta do seu quarto e na porta do depósito de ferramentas.

Desaparafusar as granadas é mais fácil do que ele imaginava. A carga explosiva dentro delas parece inofensiva, como pequenas lascas douradas de quartzo. Ele usa uma antiga balança de cartas de Pawpaw: quinhentos e sessenta gramas em cada panela.

Seymour continua indo à escola. Continua limpando o chão no rinque de patinação. Toda a sua vida até aquele momento, um prelúdio, e agora ela finalmente vai começar.

No início de fevereiro, ele está recarregando três Alcatel Tracphones pré-pagos atrás do balcão de aluguel de patins no rinque quando levanta os olhos e vê Janet em sua jaqueta jeans.

— Oi.

Novos remendos de sapos cobrem suas mangas. Seu gorro é do tipo de lã que parece tão macia que você nunca quer tirar, do tipo que ele nunca teve. As maçãs do rosto dela estão bronzeadas como a de um esquiador e, ao olhá-la, Seymour tem a sensação de que amadureceu pelo menos uma década desde o último ano da escola, de que a Paixonite por Janet fosse uma era que os humanos viveram mil anos antes.

— Não tenho visto você — diz ela.

Aja normalmente. Tudo está normal.

— Não contei para ninguém o que você fez. Se estiver se perguntando.

Ele olha para a máquina de refrigerantes, os patins nos seus cubículos. Melhor não dizer nada.

— Dezoito pessoas apareceram semana passada no Clube Ambiental, Seymour. Achei que você talvez quisesse saber. Conseguimos que a lanchonete reduzisse o desperdício de comida e agora todos os guardanapos são de bambu, bambu é renovável, ou qual é a palavra?

— Sustentável.

Do outro lado do vidro de segurança, adolescentes de moletom riem enquanto deslizam na pista de gelo. Diversão: é tudo o que importa para todos.

Cidade nas nuvens . 625

— Isso. Sustentável. Vamos até Boise para fazer um protesto no dia 15. Você poderia vir, Seymour. As pessoas estão começando a prestar atenção nisso.

Dá um sorriso torto e seus olhos azul-escuros estão fixados em Seymour, mas ela não tem mais nenhum poder sobre ele.

SEEMORE6: fiz 2 de acordo com as instruções que vc mandou

MATHILDA: 2 tortas

SEEMORE6: há-há sim fiz 2 tortas

MATHILDA: essas tortas como são assadas

SEEMORE6: telefones pré-pagos, as tortas assam no quinto toque como escrito no PDF

MATHILDA: 2 números diferentes? um para cada?

SEEMORE6: 2 tortas 2 telefones 2 números diferentes como nas instruções

SEEMORE6: mas assim que a primeira torta for assada a segunda também será

MATHILDA: quando?

SEEMORE6: logo

SEEMORE6: talvez quinta-feira, previsão de tempestade, pensei que vai ter menos gente na rua

MATHILDA: ...

SEEMORE6: vc ainda tá aí?

MATHILDA: mande os 2 números para mim por mensagem

Na quarta-feira, ele volta da escola e encontra Bunny enchendo caixas na sala de estar à luz de uma lanterna. Ela levanta a cabeça e olha para ele, embriagada, nervosa.

— Vendida. Nós vendemos.

626   *Anthony Doerr*

Seymour pensa nas panelas de pressão, repletas de explosivos, embaixo do banco no depósito de ferramentas, e enguias nadam em seu ventre.

— Eles...?

— Compraram depois de ver a casa on-line. Em dinheiro vivo. Mas vão demolir a casa porque só querem o lote. Imagine ter dinheiro suficiente para comprar uma propriedade pelo computador!

Ela deixa a lanterna cair e ele a pega e a devolve para ela, e pensa quais verdades são transmitidas sem que nenhuma palavra seja dita entre uma mãe e um filho e quais não são.

— Posso usar o carro amanhã, mãe? Levo você até o trabalho de manhã.

— Claro, Seymour, tudo bem. — Ela ilumina a caixa. — Dois mil e vinte — grita enquanto ele atravessa o corredor. — Vai ser o nosso ano!

SEEMORE6: depois de as tortas estarem assadas como vou saber para onde ir

MATHILDA: vá para o norte

MATHILDA: ligue para o número que mandamos

SEEMORE6: norte

MATHILDA: sim

SEEMORE6: canadá?

MATHILDA: vá para o norte vamos dar instruções depois

SEEMORE6: mas fronteira?

MATHILDA: vc vai ser incrível um guerreiro muito corajoso

SEEMORE6: e se tiver problemas

MATHILDA: não vai ter

SEEMORE6: mas se tiver

MATHILDA: ligue para o número

SEEMORE6: e alguém vai vir

MATHILDA: todo mundo aqui

SEEMORE6: nervoso

MATHILDA: ficará orgulhoso

MATHILDA: muito feliz

Vinte

O jardim da deusa

Cuconuvolândia, *de Antônio Diógenes, Fólio Y*

[...] bebi do rio de vinho, o primeiro gole para tomar coragem, o segundo, determinação, e bati asas rumo ao palácio no centro da cidade. Suas torres erguiam-se pelo zodíaco e [dentro?] rios claros [brilhantes?] corriam entre pomares perfumados.

[...] lá ficava a deusa, trezentos metros de altura, que cuidava dos jardins em [seu vestido caleidoscópico], levantando lotes inteiros de árvores e reposicionando-os. Sua cabeça era circundada por bandos de corujas, e mais corujas piavam em seus braços e ombros, e estudavam seus reflexos no escudo resplandecente pendurado em suas costas.

[...] à frente, a seus pés, cercado por [borboletas?] brancas em um pedestal tão ornamentado que só podia ter sido criado pelo deus-ferreiro em pessoa, eu o vi: o livro que a poupa disse que continha a [solução?] para o dilema que me corroía. Esvoacei sobre ele, [preparado para ler, quando a deusa se curvou. Suas pupilas enormes pairavam sobre mim, cada uma grande como uma casa. Com um peteleco, ela poderia me varejar para fora do céu].

— Eu sei — disse ela, quinze árvores em cada mão — o que você é, pequeno corvo. Você é uma farsa, uma criatura de barro, não um pássaro. Em seu coração, você ainda é um humano fraco, vindo da Terra, com [a chama da fome dentro] [...]

— [...] eu só queria [espiar?] [...]

— Leia tudo o que quiser do livro. Mas, se ler até o final, vai se tornar como nós, livre de desejos... você nunca mais conseguirá voltar à sua antiga forma. Vamos, criança — disse a deusa cintilante. — Decida...

Cento e trinta quilômetros a oeste de Constantinopla

Maio-junho de 1453

Omeir

UMA GAROTA. UMA GAROTA GREGA. O FATO É TÃO SURPREEN
dente, tão inesperado, que ele quase não consegue re-
cobrar o bom senso. Ele, que chorou na castração de Enluarado
e Arvoredo, que se encolhia no abate de trutas e galinhas, quebrou um galho na cabeça de uma garota grega de cabeça rapada
e pele clara, mais nova do que sua irmã.

Ela está deitada sobre a serapilheira sem se mexer, o espeto
com a perdiz ainda na mão. Seu vestido está imundo, seus chinelos já mal podem ser considerados chinelos. À luz das estrelas,
o sangue escorrendo pelo rosto parece preto.

Fumaça se ergue dos tições, sapos coaxam no escuro, alguma engrenagem dentro da noite avança um ponto e a garota
geme. Ele amarra os pulsos dela com o velho cabresto de Enluarado. Ela geme novamente, depois se debate. Sangue escorre
para dentro do seu olho direito. Ela consegue se ajoelhar e leva
as mãos amarradas até os dentes; quando o vê, grita.

Omeir retribui o olhar entre as árvores, assustado.

— Silêncio. Por favor.

Ela está chamando alguém nas proximidades? Burrice ter feito
uma fogueira: arriscado demais. Enquanto ele apaga as brasas, a ga-

rota grita uma torrente de palavras que ele não consegue entender. Ele tenta pôr uma das mãos sobre sua boca, mas leva uma mordida.

Ela se põe de pé, dá vários passos incertos na escuridão, depois cai. Talvez esteja bêbada: os gregos estão sempre bêbados, não é o que dizem? Criaturas semianimalescas permanentemente inebriadas pelo próprio prazer somático.

No entanto, ela é muito jovem.

Provavelmente é um truque, o disfarce de uma bruxa.

Ele tenta ao mesmo tempo ouvir se alguém se aproxima e examinar o ferimento na ponta da mão. Depois dá uma mordida na perdiz, a pele chamuscada, a parte interna crua, e a garota fica arfando sobre as folhas, sangue ainda escorrendo pelo rosto, e uma nova pergunta surge: será que ela pode adivinhar por que ele está sozinho? Ela percebe o que ele fez? Por que ele não está correndo na direção da cidade com os outros vitoriosos para reivindicar sua recompensa?

Ela se encolhe e se afasta dele. Talvez aquela criatura também esteja sozinha. Talvez ela também tenha abandonado algum posto. Quando percebe que ela está se arrastando na direção de um objeto encostado em uma árvore, Omeir se adianta e pega sua sacola e ela se rebela. Dentro estão uma caixinha ornamentada e algo enrolado no que parece ser seda — impossível dizer no escuro. Ela rola e se ajoelha mais uma vez, berrando maldições em sua língua, depois solta um grito tão alto e triste que parece sair de uma ovelha e não de um ser humano.

O terror sobe pela coluna de Omeir.

— Por favor, faça silêncio.

Ele imagina o grito dela viajando entre as árvores em todas as direções: cruzando o corpo de água em frente, descendo as estradas que levam à cidade, diretamente dentro do ouvido do sultão.

Cidade nas nuvens   637

Ele empurra a sacola para mais perto dela e Anna a agarra com os punhos amarrados, depois cambaleia novamente. Ela está fraca. Foi a fome que a fez se aproximar.

Omeir põe o restante da ave ainda morna no chão perto dela e ela a pega com os dentes e a come como um cão, e, em meio ao silêncio, ele tenta pensar com calma. Eles ainda estão perto demais da cidade. A qualquer momento, homens, tanto derrotados quanto triunfantes, passarão por ali a cavalo. Ela será levada como escrava e ele será enforcado como desertor. Mas, pensa ele, se encontrarem os dois juntos, talvez a garota possa servir como uma espécie de escudo: um prêmio que ele recebeu. Talvez, viajando com ela, ele atraia menos desconfiança do que se estivesse sozinho.

À medida que chupa os ossos da perdiz, Anna fixa o olhar nele, uma brisa se ergue e as folhas ainda novas tremem na escuridão. Enquanto Omeir rasga uma tira da sua camisa de linho, uma lembrança o arrebata: ele e Vovô estão de pé em meio à luz matinal, suas calças molhadas de orvalho até os joelhos, os dois pondo pela primeira vez o jugo em Enluarado e Arvoredo.

A garota fica parada e não grita enquanto ele amarra o linho sobre a ferida na sua cabeça. Depois ele ata o cabresto de Enluarado à corda que amarra suas mãos.

— Venha — sussurra ele. — Temos de ir embora.

Ele põe a sacola de Anna no ombro e a puxa pelo cabresto como se ela fosse um burro recalcitrante. Os dois seguem entre os juncos que bordejam um vasto pântano, a garota tropeçando vez por outra enquanto o sol se ergue atrás deles. Em meio aos primeiros raios de luz, ele encontra grandes cogumelos porcinos marrons e se agacha em meio a eles para comer os chapéus.

Oferece alguns para Anna e ela o observa por um instante, depois também come. A atadura parece ter estancado o sangramento, o sangue em seu pescoço e na sua garganta secou e ficou da cor de ferrugem. À luz do meio-dia, eles passam bem longe de uma aldeia queimada. Uma matilha de cinco ou seis cães esqueléticos corre atrás deles e chega perigosamente perto até Omeir enxotá-los com pedras.

No fim da tarde, atravessam uma paisagem coalhada de ruínas — pomares saqueados, pombais esvaziados, vinhedos queimados. Quando ele se ajoelha ao lado de riachos para beber um pouco de água, ela faz a mesma coisa. Pouco antes de a noite cair, eles encontram ervilhas em um jardim semipisoteado e comem, e, bem depois da meia-noite, ele encontra um pequeno vão em uma sebe ao lado de um campo baldio e amarra o cabresto dela em um tronco de cipreste. Ela olha para Omeir, as pálpebras se fechando, e ele observa o sono sobrepujar o terror que ela está sentindo.

À luz do luar, ele arrasta a sacola para longe e retira a caixa de rapé. Está vazia e cheira a tabaco. Uma cena que ele não consegue ver direito está pintada na tampa. Uma casa alta sob o céu. Será que é a casa dela?

O pacote está enrolado em seda escura, bordada com flores e aves e, dentro, há uma pilha de peles de animal sem pelos, aplainadas, cortadas em retângulos e costuradas de um lado. Um livro. As folhas estão úmidas e têm cheiro de fungo, as superfícies estão cobertas por glifos em linhas ordenadas e, ao vê-los, ele fica com medo.

Ele se lembra de uma história que Vovô contou uma vez sobre um livro deixado para trás pelos velhos deuses quando eles fugiram da Terra. O livro, dizia Vovô, estava trancado em uma caixa de ouro, que, por sua vez, estava trancada em uma caixa

Cidade nas nuvens   639

de bronze, dentro de uma caixa de ferro, dentro de um baú de madeira, e os deuses colocaram o baú no fundo de um rio e puseram dragões aquáticos com trinta metros de comprimento que nem mesmo os homens mais corajosos podiam matar nadando em volta dele. Mas Vovô dizia que, se algum dia você conseguisse encontrar o livro e lê-lo, entenderia as línguas das aves no céu e das criaturas rastejantes subterrâneas e, se você fosse um espírito, poderia voltar a ter a forma que tinha na Terra.

Omeir embrulha novamente o pacote com as mãos trêmulas, o guarda de volta no saco e observa a garota adormecida à sombra da lua. A mordida na mão dele lateja. Será que ela é um fantasma reencarnado? Será que o livro que ela carrega contém a magia dos velhos deuses? Mas se sua bruxaria fosse tão poderosa, por que ela estaria sozinha, desesperada o suficiente para roubar a perdiz da sua fogueira? Ela não poderia simplesmente tê-lo transformado em uma refeição e o devorado? Transformado os soldados do sultão em besouros e pisoteado todos até a morte?

Além disso, ele tenta reafirmar para si mesmo, as histórias de Vovô são apenas histórias.

A noite vai chegando ao fim e ele anseia estar em casa. Mais uma hora e o sol vai nascer sobre a montanha, sua mãe vai caminhar entre as rochas cobertas de musgo para encher a chaleira no riacho. Vovô vai reacender a lareira, o sol vai mandar sombras tremendo pela ravina e Nida vai se virar embaixo do cobertor, perseguindo um último sonho. Ele imagina se deitar ao lado do calor da irmã e entrelaçar suas pernas com as dela, como faziam quando pequenos, e, quando Omeir desperta, a manhã já está avançada nas horas e a garota se desamarrou e está segurando a sacola, em pé, olhando para ele, observando a fenda em seu lábio superior.

640 *Anthony Doerr*

Depois disso, ele não se dá ao trabalho de amarrar os pulsos dela. Eles seguem na direção noroeste ao longo de planícies ondulantes, correndo por campos abertos, de um grupo de árvores para outro, a estrada para Edirne ocasionalmente entrando no campo de visão a nordeste, distante. A ferida na cabeça da garota não sangra mais e ela parece nunca se cansar, ao passo que Omeir precisa repousar a cada hora mais ou menos, a fadiga entranhada em sua medula, e, às vezes, ao caminhar, ele ouve o rangido das carroças e os berros dos animais, e sente Enluarado e Arvoredo atrás dele, enormes e dóceis sob a trave do jugo.

Na quarta manhã em que estão viajando juntos, a fome se torna perigosa. Até a garota tropeça a cada poucos passos e Omeir sabe que eles não podem ir muito além sem comida. Ao meio-dia, ele avista poeira subindo atrás deles e os dois se agacham fora da estrada em uma moita cheia de espinhos e esperam.

Primeiro aparecem dois porta-estandartes, espadas batendo nos arreios, a própria imagem dos conquistadores voltando para casa. Depois vêm homens com camelos de carga cujos dorsos estão carregados de despojos: tapetes enrolados, sacolas cheias, uma bandeira grega rasgada. Atrás dos camelos, em uma espécie de fila dupla no meio da poeira, marcham vinte mulheres e moças presas. Uma grita de tristeza, enquanto as outras se arrastam em silêncio, os cabelos descobertos, os rostos revelam uma infelicidade que faz Omeir desviar o olhar.

Atrás das mulheres, um boi macilento puxa uma carroça cheia de estátuas de mármore: torsos de anjos; um filósofo de túnica e cabelo cacheado com o nariz quebrado; um único pé enorme, branquíssimo sob a luz de junho. Por fim, na retaguarda,

Cidade nas nuvens 641

vem um arqueiro com um escudo pendurado nas costas e o arco atravessado na sela, entoando uma canção para si mesmo ou para seu cavalo, olhando para os campos enquanto todos passam. Atravessado nas ancas do cavalo, está amarrado um pequeno carneiro, e, ao vê-lo, a fome pula dentro de Omeir. Ele se levanta e está prestes a sair da moita para chamá-los quando sente a mão da garota tocar-lhe o braço.

Ela está sentada com sua sacola, os braços arranhados, a cabeça tosquiada, desespero escrito em cada linha do seu rosto. Pequenos pássaros marrons farfalham nos espinhos sobre a cabeça de Omeir. Ela bate no peito com dois dedos e olha para ele, e o coração dele dispara, e ele se senta, e, um minuto depois, as carroças se foram.

Naquela tarde, chove. A garota fica agarrada à sacola enquanto caminha, tentando mantê-la seca o máximo possível. Eles avançam por um campo lamacento e descobrem uma casa abandonada enegrecida pelo fogo, se sentam famintos sob a palha e uma fadiga oceânica invade. Ele fecha os olhos e ouve Vovô depenar e preparar dois faisões, recheá-los com alho-poró e coentro e colocá-los para assar sobre uma fogueira. Ele sente o cheiro da carne cozinhando, ouve a chuva chiando e pulando nas brasas, mas, ao abrir os olhos, não há fogueira nem faisões, só a garota tremendo ao lado dele na escuridão crescente, curvada sobre sua sacola, e chuva caindo sobre os campos.

De manhã, eles entram em uma vasta floresta. Grandes amentos molhados pendem das árvores e eles se movem no meio deles como se estivessem passando por milhares de cortinas. A garota tosse; corvos grasnam; algo brame no alto de uma árvore: depois o silêncio e a imensidão do mundo.

Toda vez que ele se levanta, as árvores perdem o foco, se transformam em manchas compridas e demoram vários batimentos cardíacos para voltar ao normal. Ele anseia por ver o contorno da montanha no horizonte, mas ele não aparece. De vez em quando, a garota murmura palavras, ele não sabe dizer se preces ou maldições. Se pelo menos tivessem Enluarado, pensa ele. Enluarado saberia o caminho. Ele tinha ouvido falar que Deus criou o homem superior aos animais, mas quantas vezes eles perdiam um cão no alto da montanha e o encontravam coberto de carrapichos em casa? Era por causa do olfato ou do ângulo do sol no céu ou algum sentido oculto, mais profundo, que os animais tinham e os homens não?

No longo amanhecer de junho, Omeir está sentado no chão da floresta, fraco demais para continuar, tirando a casca dos galhos de um arbusto de viburno. Ele mastiga a casca até que se torne uma pasta e, com a última energia restante, espalha o visco pegajoso no maior número possível de galhos, como Vovô costumava fazer.

A garota o ajuda a coletar madeira para uma fogueira, o sol se põe, e ele se levanta três vezes para verificar as armadilhas que, todas as vezes, estão vazias. Durante a noite inteira, ele adormece e acorda. Quando desperta, vê a garota cuidando da pequena fogueira, o rosto pálido e sujo, a bainha do vestido rasgada, os olhos grandes como punhos. Ele vê uma sombra se separar do seu corpo e voar para dentro da floresta, sobrevoar o rio, a casa da sua família, bandos de cervos correndo em meio às árvores no alto da montanha e lobos se movendo nas sombras ao fundo, até chegar ao ponto no extremo norte, onde monstros marinhos deslizam entre montanhas de gelo e uma raça de gigantes sustenta as estrelas. Quando ele volta ao próprio corpo, fachos de luar caem por entre as folhas e tocam o chão da floresta formando manchas brilhantes que se movem. Ao lado dele, a garota está com a sacola no colo e corre os dedos pelas linhas do livro, dizendo palavras em sua língua estranha. Ele fica ali ouvindo, e, quando ela para — como se os tivesse invocado com seu livro mágico —, um bando de centenas de alcaravões surge voando em meio aos arbustos, estalando e tagarelando, e Omeir ouve um deles, preso em uma armadilha, bater as asas em pânico, depois outros, e vários outros mais, a noite se enche de gritos e Anna olha para ele e Omeir olha para o livro.

As colinas se tornam contrafortes e os contrafortes se tornam montanhas. Eles estão perto de casa agora, ele consegue sentir. As variedades de árvores, a textura do ar, o cheiro de hortelã no meio de uma subida, os seixos brilhantes e redondos no leito de um córrego: todas essas coisas são lembranças, ou correm paralelas às lembranças. Assim como bois puxados através da escuridão chuvosa, talvez também haja algo nele, algum ímã que o puxe na direção de casa.

Quando eles atravessam um cume e descem por uma trilha até a estrada ribeirinha, notícias da queda da cidade já chegaram aos vilarejos. Ele mantém a garota de punhos amarrados e presa à corda de um cabresto e conta a mesma história a todas as pessoas com quem cruza: a vitória foi gloriosa; toda a honra ao sultão, que Deus o abençoe; ele me mandou para casa com minha recompensa. Apesar do seu rosto, ninguém parece rejeitá-lo e, apesar de muitos olharem para a coisa suja e a sacola que carrega, ninguém pede para ver o que tem dentro. Alguns

644   *Anthony Doerr*

carreteiros até o parabenizam e fazem bons votos, um lhe dá queijo, outro, uma cesta de pepinos.

Logo eles se aproximam do alto despenhadeiro onde a estrada se estreita e a ponte de toras se estende sobre o canal. Umas poucas carroças vão e vêm; duas mulheres atravessam com um bando de gansos a caminho do mercado. Omeir ouve o rio correndo mais profundamente no desfiladeiro, e, então, eles estão do outro lado.

Ao amanhecer, eles passam pelo vilarejo onde ele nasceu. A uns setecentos metros de casa, Omeir a leva para fora da estrada, até um penhasco sobre o rio, e eles param embaixo dos galhos espraiados do teixo semioco.

— As crianças — conta ele — dizem que esta árvore é tão velha quanto os primeiros homens e que, nas noites mais escuras, seus fantasmas dançam na sua sombra.

A árvore farfalha seus milhares de galhos sob a luz da lua. Ela observa Omeir, os olhos atentos. Ele aponta para a coroa da árvore, depois para a sacola que a garota mantém agarrada ao peito.

Ele tira sua capa de pele de boi e a põe no chão.

— O que você está carregando ficará seguro aqui. Estará protegido do tempo e ninguém vai se aproximar.

Ela olha para Omeir por um instante e as sombras da lua dançam sobre seu rosto e, exatamente quando ele decide que ela não está entendendo nada do que está sendo dito, Anna lhe entrega a sacola. Ele a embrulha na capa, embrenha-se pelos galhos, esgueira-se para dentro da árvore oca e enfia a sacola lá dentro.

— Vai ficar seguro.

Ela olha para cima.

Ele desenha um círculo no ar.

Cidade nas nuvens 645

— Nós vamos voltar.

Quando eles alcançam novamente a estrada, ela oferece os punhos e ele a amarra. O rio faz barulho e, à luz das estrelas, as agulhas dos pinheiros parecem brilhar. Ele conhece cada passo da estrada agora, conhece o timbre e o tom da água. Quando eles chegam à trilha que leva até a ravina, Omeir olha de volta para ela: frágil, imunda, arranhada, balançando dentro do vestido rasgado. Durante toda a minha vida, pensa ele, meus melhores companheiros não sabem falar a mesma língua que eu.

Vinte e um

O Superpoderoso Extramágico
Livro de Todas as Coisas

Cuconuvolândia, *de Antônio Diógenes, Fólio Φ*

[...] Ao olhar o [livro] por dentro, senti como se estivesse enfiando a cabeça na entrada de um poço mágico. Em sua superfície, estendiam-se o céu e a Terra, todas as suas regiões espalhadas, todos os seus animais e, no [meio?] [...]

[...] vi cidades cheias de lanternas e jardins, e podia ouvir a música distante e o canto. Vi um casamento em uma cidade com moças em túnicas coloridas e rapazes com espadas douradas [...]

[...] dançando [...]

[...] e meu [coração estava feliz?]. Mas, quando virei [para a página seguinte?], vi cidades escuras, em chamas, nas quais fazendeiros ardiam em seus campos e eram escravizados e acorrentados, cães devoravam cadáveres e recém-nascidos eram lançados por cima de muralhas sobre lanças, e, quando aproximei a orelha, consegui ouvir os lamentos. E, à medida que eu olhava, folheando o pergaminho para a frente e para trás [...]

[...] beleza e feiura [...]

[...] dança e morte [...]

[...] [era demais?] [...]

[...] fiquei com medo [...]

Biblioteca Pública de Lakeport

20 de fevereiro de 2020

18h39

Zeno

ATRÁS DAS ESTANTES DE LIVROS, AS CRIANÇAS ESTÃO SENTADAS com seus roteiros no colo: Christopher Dee com seus olhos azuis apertados e aquela maneira encantadora de falar com o canto da boca; Alex Hess, o menino de peito largo e cabeça de leão que usa short de ginástica apesar do frio, que parece impérvio a qualquer desconforto exceto a fome, que tem aquela voz surpreendentemente aguda e sedosa; Natalie, com seus fones de ouvido cor-de-rosa em volta do pescoço, que realmente gosta dos gregos antigos; Olivia Ott com seu cabelo curto, assustadoramente inteligente, usando o vestido de caleidoscópio no qual trabalhou com tanto afinco; e Rachel, ruiva e magra como um palito, deitada de bruços no carpete, cercada de adereços, seguindo as falas da peça com a ponta do lápis à medida que os atores as leem.

— De um lado, a dança, do outro, a morte — sussurra Alex e finge virar páginas no ar. — Página após página após página.

As crianças sabem. Elas sabem que tem alguém lá embaixo; elas sabem que estão em perigo. Estão sendo corajosas, incrivelmente corajosas, terminando um ensaio da peça murmurando atrás de estantes, tentando usar a história para fugir da armadilha.

Mas a hora de elas voltarem para casa já passou há muito tempo. Parece uma eternidade desde que ouviram Sharif gritar lá para cima que ia levar a mochila para a polícia. Não ouviram mais som algum desde então; Marian não subiu com as pizzas; ninguém falou em um megafone para dizer que estava tudo terminado.

A dor atravessa seu quadril quando Zeno se levanta.

— Leia até o final do livro, pequeno corvo — sussurra Olivia, a deusa —, e você conhecerá os segredos dos deuses. Você pode se tornar uma águia, ou uma coruja inteligente e forte, livre de desejos e da morte.

Ele devia ter dito a Rex que o amava. Devia ter dito a ele no Campo Cinco; devia ter dito a ele em Londres; devia ter contado a Hillary, à sra. Boydstun e a todas as mulheres do Condado Valley com quem ele teve encontros infelizes. Devia ter arriscado mais. Ele demorou a vida toda para se aceitar, e fica surpreso ao entender que agora que conseguiu, ele não anseia por um ano a mais, um mês a mais: oitenta e seis anos são suficientes. Em uma vida, você acumula muitas lembranças, seu cérebro constantemente peneirando-as, pesando as consequências, escondendo a dor, mas de alguma maneira, quando você chega àquela idade, ainda carrega um saco monumental cheio delas, um fardo pesado como um continente, e, no fim, chega a hora de tirá-las do mundo.

Rachel agita a mão.

— Parem — sussurra ela, e abana as páginas do seu roteiro. — Sr. Ninis? Sabe os dois fólios muito estragados, aquele com as cebolas selvagens e o da dança? Acho que nós os colocamos no lugar errado. Aquilo não acontece em Cuconuvolândia. Acontece na Arcádia.

— Do que você está falando? — pergunta Alex.

Cidade nas nuvens

— Quietos — sussurra Zeno. — Por favor.

— É a sobrinha — comenta Rachel. — Estamos esquecendo a sobrinha. Se o que realmente importa, como disse o sr. Ninis, é que a história siga adiante, pois foi enviada em partes para uma menina que estava morrendo a quilômetros de distância, por que Éton escolheria ficar nas estrelas e viver para sempre?

Olivia, a deusa, se encolhe ao lado de Rachel em seu vestido de lantejoulas.

— Éton não lê o livro até o fim?

— É assim que ele escreve sua história nas tabuletas — diz Rachel. — É assim que a história é enterrada na tumba com ele. Porque Éton não fica em Cuconuvolândia. Ele escolhe... Qual é mesmo a palavra, sr. Ninis?

A pulsação de corações, o piscar de olhos. Zeno se vê caminhando sobre o lago congelado. Ele vê Rex na luz chuvosa da sala de chá, uma das mãos tremendo sobre o pires. As crianças olham para seus roteiros.

— Você quer dizer — diz Alex — que Éton vai para casa.

Seymour

Ele está sentado encostado nos dicionários e com a Beretta no colo. Um reflexo branco atravessa o vidro das janelas frontais e cria sombras macabras no teto: a polícia instalou holofotes.

Seu telefone se recusa a tocar. Ele observa o homem ferido respirando no sopé da escada. Ele não encontrou a mochila; não se mexeu. É hora do jantar, e Bunny deve estar carregando pratos entre as mesas do Pig 'N Pancake, sua décima primeira hora de trabalho. Ela teve de implorar por uma carona até lá, saindo do Sachse Inn, porque ele não foi buscá-la. Àquela altura, ela já deve ter ouvido que algo está acontecendo na biblioteca pública. Umas dez viaturas da polícia devem ter passado correndo; as pessoas devem estar falando a respeito nas mesas e na cozinha. Alguém entocado na biblioteca, alguém com uma bomba.

Amanhã, ele diz para si mesmo, ele vai estar no acampamento Bishop, bem ao norte, onde ele e Mathilda vão caminhar entre camadas de sol e sombras na floresta. Mas ele ainda acredita nisso?

Passos na escada. Seymour levanta uma concha do abafador de ruídos. Reconhece Zeno Câmera Lenta quando ele desce

Cidade nas nuvens 657

os últimos degraus: um velho magro que sempre usa gravata e ocupa a mesma mesa perto dos romances com letras grandes, perdido atrás de uma montanha de papéis, tocando-os levemente, um a um, como um padre sentado diante de uma pilha de artefatos que só têm significado para ele.

Zeno

A camiseta de Sharif não está na posição certa em seu corpo, e parece que alguém jogou um balde de tinta nele, mas Zeno já viu coisa pior. Sharif faz que não com a cabeça; Zeno simplesmente se curva, toca na testa do rapaz, passa por cima do amigo e entra no corredor entre Não Ficção e Ficção.

O garoto está tão imóvel que talvez esteja morto, a pistola apoiada no joelho. Uma mochila verde está ao lado dele, sobre o carpete, um telefone celular ao lado dela. Algo que parece um abafador de ruídos para estandes de tiro está inclinado sobre sua cabeça, uma concha no lugar, a outra não.

As palavras de Diógenes precipitam através dos séculos: *Eu havia chegado tão longe e tudo era tão magnífico, porém...*

— Tão jovem — diz Zeno.

[...] a dúvida me alfinetou embaixo da asa, uma inquietude obscura [...]

O garoto não se mexe.

— O que tem dentro da bolsa?

— Bombas.

— Quantas?

— Duas.

Cidade nas nuvens

— Como são detonadas?

— Celulares, presos com fita adesiva no topo.

— Como as bombas explodem?

— Se eu ligar para um dos telefones. No quinto toque.

— Mas você não vai ligar para os telefones. Vai?

O garoto leva a mão esquerda ao abafador de ruídos, como se não quisesse ouvir mais pergunta alguma. Zeno se lembra de quando ficou deitado na esteira de palha no Campo Cinco sabendo que Rex estava se enfiando em um dos tambores vazios de óleo. Esperando ouvir Zeno entrar no outro tambor. Esperando que Bristol e Fortier os colocassem em cima do caminhão.

Ele caminha adiante, suspende a mochila e a segura delicadamente contra o peito enquanto o garoto vira o cano da pistola na direção dele. A respiração de Zeno está estranhamente estável.

— Mais alguém além de você tem os números?

Seymour faz que não com a cabeça. Depois sua testa franze, como se ele tivesse se dado conta de alguma coisa.

— Sim. Outra pessoa tem.

— Quem?

Seymour dá de ombros.

— Quer dizer que, além de você, outra pessoa pode detonar as bombas?

O vestígio de um aceno com a cabeça.

Sharif assiste a tudo do sopé da escada, cada centímetro do seu corpo em alerta. Zeno passa os braços pelas alças da mochila.

— Meu amigo aqui, o bibliotecário infantil, sabe? O nome dele é Sharif. Ele precisa de cuidados médicos. Vou usar o telefone para ligar para uma ambulância. Deve ter uma lá fora.

O garoto faz uma careta, como se alguém tivesse começado a tocar uma música alta, estridente, que só ele consegue ouvir.

— Estou esperando ajuda — afirma ele, mas sem convicção.

Zeno anda de costas até o balcão da recepção e pega o telefone. Sem sinal de discar.

— Preciso usar seu telefone — diz Zeno. — Só para a ambulância. É tudo o que vou fazer, prometo, e logo em seguida devolvo. Depois vamos esperar sua ajuda chegar.

A arma permanece apontada direto para o peito de Zeno. O dedo do garoto permanece no gatilho. O telefone celular continua no chão.

— Nossa vida vai ter clareza e significado — diz o garoto, e esfrega os olhos. — Vamos existir fora da máquina mesmo enquanto trabalhamos para destruí-la.

Zeno tira a mão esquerda da mochila.

— Vou esticar uma das mãos para baixo e pegar seu telefone. Está bem?

Sharif está rígido no sopé da escada. As crianças permanecem em silêncio no andar de cima. Zeno se curva. O cano da arma está a centímetros da sua cabeça. A mão quase alcançou o telefone de Seymour quando, dentro da mochila em seus braços, um dos telefones preso a uma das bombas toca.

A Argos

Missão ano 65

(Dias 341-370 dentro da Câmara Um)

Konstance

— Sybil, onde estamos?

Estamos a caminho de Beta Oph2.

— A que velocidade estamos viajando?

A 7.734.958 quilômetros por hora. Você deve se lembrar da nossa velocidade do seu Dia da Biblioteca.

— Você tem certeza, Sybil?

É um fato.

Ela fica olhando por um instante para o trilhão de tributários resplandecentes da máquina.

Konstance, você está se sentindo bem? Sua pulsação está bastante alta.

— Estou me sentindo muito bem, obrigada. Vou voltar à Biblioteca rapidinho.

Ela examina o mesmo esquema que seu pai estudou durante a Quarentena Dois. Engenharia, armazenamento, reciclagem de fluidos, tratamento de dejetos, fábrica de oxigênio. As fazendas, a Comissaria, as cozinhas. Cinco lavatórios com duchas, quarenta e dois compartimentos de alojamento, Sybil no centro. Sem janelas, sem escadas, sem entrada, sem saída, toda a estrutura uma tumba autossuficiente. Sessenta e seis anos antes, disseram aos oitenta e cinco voluntários originais que eles estavam embarcando em uma jornada interestelar que duraria séculos mais a vida deles próprios. Eles viajaram para Qaanaaq, receberam treinamento por seis meses, pegaram um barco, foram sedados e lacrados dentro da *Argos* enquanto Sybil preparava o lançamento.

Só que não houve lançamento. Era apenas uma experiência. Um estudo-piloto, um teste, um experimento intergeracional de viabilidade que pode ter terminado há muito tempo ou que ainda pode estar em curso.

Konstance está em pé no átrio da Biblioteca tocando no ponto da sua roupa de trabalho em que sua mãe costurou uma pequena muda de abeto quatro anos antes. O cãozinho da sra. Flowers levanta os olhos para ela e abana o rabo. Ele não é real. A escrivaninha sob a ponta dos seus dedos parece de madeira, tem som de madeira, tem cheiro de madeira; as tiras de papel na caixa parecem papel, causam a sensação tátil de papel, têm cheiro de papel.

Nada daquilo é real. Ela está em pé em um Perambulador circular em um cômodo circular no centro de uma estrutura branca circular em uma ilhota quase circular na baía de Baffin, a treze quilômetros de um vilarejo remoto chamado Qaanaaq. Como um contágio surge de repente em uma nave que está viajando pelo espaço interestelar? Por que Sybil não conseguiu resolver a situação? Porque nenhum deles, inclusive Sybil, sabia onde estavam.

Ela escreve uma série de perguntas em tiras de papel e as enfia uma a uma na fenda. Sobre o átrio, nuvens passam por um céu amarelo. O cãozinho passa a língua no lábio superior. Das estantes, livros descem voando.

Cidade nas nuvens 665

Dentro da Câmara Um, ela desaparafusa as quatro pernas da cama e usa a estrutura para bater na ponta de uma das pernas até achatá-la.

Por que, pergunta Sybil, *você está desmontando sua cama?*

Não responda. Konstance passa horas afiando discretamente a ponta da perna da cama. Ela insere a perna afiada em uma fenda e uma segunda perna servirá de cabo, firma com um parafuso, faz uma corda com o forro do cobertor e amarra com força a perna da cama afiada: um machado improvisado. Depois pega várias colheradas de Alimento em Pó, processa-as na impressora de comida, e a máquina enche a tigela até acima da borda.

Fico feliz, diz Sybil, *que você esteja preparando uma refeição, Konstance. E das grandes.*

— Vou fazer outra depois desta, Sybil. Você recomenda alguma receita?

Que tal arroz frito com abacaxi? Não parece gostoso?

Konstance engole e enche a boca novamente.

— Parece, é verdade. Parece maravilhoso.

Quando está satisfeita, ela rasteja pelo chão reunindo suas transcrições das traduções de Zeno Ninis. Éton Tem uma Visão. O Esconderijo do Bandido. O Jardim da Deusa. Ela as junta em uma pilha, do Fólio A ao Fólio Ω, põe seu desenho de uma cidade nas nuvens em cima e, usando um dos parafusos de alumínio das pernas da cama, faz uma fileira de furos do lado esquerdo. Depois descostura mais forro do cobertor, trança as fibras para fazer um fio, alinha os buracos e costura a borda dos pedaços de sacos de comida para encaderná-los.

Uma hora antes de ZeroLuz, ela limpa a tigela de comida e a enche de água. Ao passar os dedos pelo cabelo, Konstance recolhe um pequeno emaranhado de fios e o põe no fundo do seu copo vazio.

Depois, se senta no chão, espera e observa Sybil cintilando dentro do seu tubo. Ela quase consegue sentir Pai enrolando-a no cobertor, sentado com ela, recostado na parede da Fazenda Quatro, o espaço em torno deles abarrotado de prateleiras de alface, agrião e salsinha, as sementes dormindo em suas gavetas.

Você vai contar mais um pouquinho da história, Pai?

Quando chega a hora de ZeroLuz, ela pega o traje de bioplástico que Pai costurou doze meses antes e o veste. Deixando os braços livres, ela fecha o zíper até o peito, o traje muito mais justo agora que ela cresceu, e enfia dentro da roupa de trabalho seu livro feito a mão. Depois apoia uma ponta da cama sem pernas, o colchão ainda inflado, em cima da impressora e a outra em cima do vaso sanitário, para formar uma espécie de tenda.

Konstance, pergunta Sybil de repente, *o que você está fazendo com a sua cama?*

Ela se arrasta embaixo da cama elevada. Da parte traseira da impressora, ela desliga a conexão de baixa voltagem, descasca o revestimento de termoplástico e prende os fios do cabo às duas pernas restantes da cama. Positivo em uma, negativo na outra. Esses dois ela põe dentro da água em sua tigela.

Com o cabelo embolado lá dentro, ela segura o copo de cabeça para baixo em cima do elétrodo positivo e espera enquanto o oxigênio sobe da água e vai se acumulando dentro do copo invertido.

Konstance, o que você está aprontando aí embaixo?

Cidade nas nuvens 667

Ela conta até dez, tira os fios das pernas da cama e esfrega as pontas uma na outra. A centelha resultante, ao se erguer até o oxigênio puro, inflama o bolo de cabelo.

Devo insistir que você responda. O que está fazendo debaixo da cama?

Quando ela vira o copo, fumaça se ergue e, com ela, o cheiro de cabelo queimado. Konstance põe o quadrado amarrotado de um lenço higiênico sobre a boca do copo, depois outro. De acordo com o esquema, os extintores estão acoplados ao teto de todos os cômodos da *Argos*. Se isso não for verdadeiro na Câmara Um — se o esquema estiver errado e houver extintores nas paredes ou no chão, aquilo nunca vai funcionar. Mas, se só houver extintores no teto, talvez dê certo.

Konstance, estou detectando calor. Por favor, responda, o que você está fazendo aí embaixo?

Pequenos bicos saem do teto e os extintores disparam, borrifando uma névoa química na cama sobre a cabeça de Konstance; ela a sente tamborilar nas pernas do seu traje enquanto alimenta as chamas embaixo da cama.

O fogo esmorece à medida que ela quase o apaga com mais lenços secos, depois volta à vida com ímpeto. Colunas de fumaça circundam as beiradas da cama virada de cabeça para baixo e sobem pela névoa que chove do teto. Ela assopra as chamas, adiciona mais camadas de lenços secos, depois as alimenta com colheradas de Alimento em Pó. Se aquilo não funcionar, ela não vai ter material suficiente para queimar uma segunda vez.

Logo o colchão está pegando fogo e ela tem de sair de baixo da cama. Ela joga o último lenço seco. Chamas verdes se erguem da beirada do colchão e um cheiro acre, de produtos químicos queimados, preenche a câmara. Konstance desliza pelo cômodo sob os borrifos dos extintores, enfia as mãos nas mangas do traje, põe o capuz de oxigênio e o lacra no colarinho da roupa.

Ela sente que funcionou, sente o traje inflar.

Oxigênio em dez por cento, diz o capuz.

Konstance, esse é um comportamento extremamente irresponsável. Você está pondo tudo em risco.

A parte de baixo da cama está incandescente, enquanto o colchão queima. O facho cintilante da luz frontal do capuz espreita através da fumaça.

— Sybil, sua diretriz primária é proteger a tripulação, não é? A qualquer custo?

Sybil intensifica as luzes do teto até atingir seu brilho máximo e Konstance aperta os olhos em meio à claridade. Suas mãos estão perdidas nas mangas; seus pés escorregam no chão.

— É mútuo, certo? — indaga Konstance. — A tripulação precisa de você e você precisa da tripulação.

Por favor, remova a cama para que o fogo embaixo dela possa ser apagado.

— Mas sem a tripulação, sem mim, você não tem propósito, Sybil. Este cômodo já está tão cheio de fumaça que não consigo respirar. Em alguns minutos, este capuz que estou usando vai ficar sem oxigênio. E eu vou asfixiar.

A voz de Sybil fica mais grossa. *Remova a cama imediatamente.*

As gotículas do extintor estão embaçando a lente da máscara e, toda vez que tenta limpá-la, Konstance a lambuza ainda mais. Ela move o livro fechado dentro da sua roupa de trabalho e pega sua machadinha improvisada.

Oxigênio em nove por cento, diz o capuz.

Chamas verdes e laranja estão lambendo a parte superior da cama e Sybil está quase toda obscurecida atrás da fumaça.

Por favor, Konstance. Sua voz está diferente, mais suave, uma imitação de Mãe. *Você não deve fazer isso.*

Konstance se encosta na parede. A voz muda novamente, flui para um novo gênero. *Ouça, Abobrinha, você consegue virar a cama?*

Konstance sente um arrepio na nuca.

Temos de apagar o fogo imediatamente. Tudo está em perigo.

Ela consegue ouvir um chiado, algo derretendo ou fervendo dentro do colchão e, através das espirais de fumaça, só consegue entrever a torre que é Sybil, quatro metros de altura, sendo percorrida por ondas vermelhas, e, na sua memória, a sra. Chen sussurra: *Todos os mapas já traçados, todos os censos já realizados, todos os livros já publicados...*

Por uma fração de segundo, ela hesita. As imagens no Atlas têm décadas. O que está lá fora agora, do outro lado das paredes da *Argos*? E se Sybil for a única outra inteligência restante? O que ela está arriscando?

Oxigênio em oito por cento, diz o capuz. *Tente respirar mais devagar.*

Konstance se vira de costas para Sybil e prende a respiração. À sua frente, onde um minuto antes só havia uma parede, a porta deslizante da Câmara Um se abre.

Vinte e dois

O que você já tem é melhor do que aquilo que você procura tão desesperadamente

Cuconuvolândia, *de Antônio Diógenes, Fólio X*

O Fólio X está gravemente degradado. O que acontece a seguir na história de Éton tem sido debatido há muito tempo e não precisa ser novamente discutido aqui. Muitos argumentam que esta seção ocorre anteriormente na história, e apontam para uma conclusão diferente, e que não é tarefa do tradutor especular. Tradução de Zeno Ninis.

[...] as ovelhas parindo carneirinhos e a chuva caindo e as montanhas ficando verdes e os carneirinhos desmamando e as ovelhas ficando velhas e ranzinzas e só adquirindo confiança em mim. Por que [eu fui embora?]? Por que essa compulsão por estar [em outro lugar?], por buscar constantemente algo novo? Era a esperança uma maldição, [o último dos males deixados na caixa de Pandora]?

Você voa até o fim das estrelas e tudo o que quer [é voltar para casa] [...]

[...] joelhos estalando [...]

[...] lama e tudo o mais [...]

Meu rebanho, vinho barato, um banho, [isso] é toda a magia que qualquer pastor tolo precisa. Abri meu [bico e crocitei:

— Em muita sabedoria, há muita tristeza, e na ignorância há muita sabedoria].

A deusa se ergueu, [sua cabeça bateu em uma estrela, baixou sua mão colossal e, na palma, que era grande como um lago, havia uma única rosa branca].

Penitenciária do Estado de Idaho

2021-2030

Seymour

É DE SEGURANÇA MÉDIA, UM COMPLEXO DE PRÉDIOS BAIXOS E bege circundados por uma camada dupla de alambrados que poderia se passar por uma faculdade comunitária degradada. Tem uma marcenaria, uma academia de ginástica, uma capela e uma biblioteca povoada por livros didáticos de direito, dicionários e romances fantásticos. A comida é de terceira categoria.

Ele passa todas as horas que pode no laboratório de informática. Aprendeu Excel, AutoCAD, Java, C++ e Python, encontrando conforto na lógica da programação, input e output, instrução e comando. Quatro vezes por dia, sinos eletrônicos tocam e ele sai para fazer "exercício" e pode olhar através da grade para uma planície coberta de bromo-vassoura e leituga-branca. As montanhas Owyhee cintilam a distância. As únicas árvores que ele vê são dezesseis alfarrobeiras mal regadas aglomeradas no estacionamento de visitantes, nenhuma com mais de quatro metros de altura.

Suas roupas são de brim; todas as celas são individuais. Na parede em frente a uma pequena janela, há um retângulo de tijolos de cimento pintados, no qual os detentos têm permissão para colocar fotos de família, cartões-postais ou arte. O de Seymour está vazio.

Durante os primeiros anos, antes de ficar doente, Bunny o visita quando pode, três horas de ônibus desde Lakeport, depois um táxi até a prisão, usando uma máscara cirúrgica, os olhos piscando para ele do outro lado da mesa, sob as luzes fluorescentes.

Gambazinho, você está ouvindo?

Você pode olhar para mim?

Uma vez por semana, ela deposita cinco dólares na conta dele na prisão e ele gasta o dinheiro em pacotes de cinquenta gramas de M&M's de chocolate da máquina de venda automática.

Às vezes, quando fecha os olhos, ele está de volta ao tribunal, os olhares das famílias das crianças como tochas de propano dirigidas à parte de trás da sua cabeça. Ele não conseguiu olhar para Marian. Quem fez o PDF que encontramos no seu tablet? Por que supor que o acampamento de Bishop era real? Por que supor que o recrutador com quem trocou mensagens era uma mulher, por que supor que eram da mesma idade, por que supor que ela era humana? Cada pergunta mais um alfinete em seu coração já alfinetado demais.

Sequestro, uso de arma de destruição em massa, tentativa de homicídio — ele se declarou culpado de todas as acusações. O bibliotecário infantil, Sharif, sobreviveu ao ferimento, o que ajudou. Um promotor com um corte de cabelo muito curto e uma voz pré-pubescente pleiteou a pena de morte. Seymour foi condenado à prisão perpétua com possibilidade de condicional após quarenta anos.

Uma manhã, quando ele está com vinte e dois anos, o sino toca para o exercício das 10h31, mas o supervisor da sala de

Cidade nas nuvens 679

informática pede a Seymour e a outros dois sujeitos com bom comportamento para ficar. Policiais trazem sobre um carrinho três terminais separados, com *trackballs* montadas na parte da frente, e o vice-diretor da prisão acompanha uma mulher de fisionomia severa que veste paletó e uma blusa com decote em V.

— Como vocês devem saber — diz ela, falando sem nenhuma modulação —, a Ilium está escaneando a superfície da Terra há anos com uma fidelidade cada vez maior, reunindo o mapa mais completo já feito, mais de quarenta petabytes de dados.

O supervisor conecta os terminais e, enquanto são inicializados, a logomarca da Ilium rodopia nas telas.

— Vocês foram selecionados para um programa-piloto que tem como finalidade a revisão de itens potencialmente indesejáveis dentro dos conjuntos de imagens brutas. Nossos algoritmos sinalizam centenas de milhares de imagens por dia e não temos mão de obra para rastrear todas. A tarefa de vocês será verificar se essas imagens são ou não questionáveis e, ao mesmo tempo, aprimorar a aprendizagem automática. Podem manter a sinalização ou removê-la e seguir em frente.

— Basicamente — complementa o vice-diretor — uma churrascaria de alto nível não quer que você entre no Ilium Earth e encontre um sem-teto mijando à porta. Se virem algo que não gostariam que a avó de vocês visse, mantenham a sinalização, façam um círculo em volta, e o software se encarregará de eliminar. Entendido?

— Isso é uma habilidade — afirma o supervisor. — Isso é um trabalho.

Seymour assente. Na tela à sua frente, a Terra gira. A visão mergulha em nuvens digitais sobre uma parte da América do Sul — o Brasil, talvez — e aterrissa em uma rodovia rural

680   *Anthony Doerr*

reta como uma régua. Terra vermelha se estende dos dois lados; atrás cresce o que talvez seja cana-de-açúcar. Ele desloca uma das *trackballs* para diante dele: a sinalização à frente vai gradualmente aumentando conforme ele se aproxima.

Embaixo, um pequeno sedã azul colidiu frontalmente com uma vaca, e o carro está todo amassado, e há sangue na estrada e um homem de calça jeans está em pé ao lado da vaca com as mãos atrás da cabeça, observando-a morrer ou vendo se ela vai morrer.

Seymour confirma a sinalização, circula a imagem e, em um segundo, a vaca, o carro e o homem são encobertos por um trecho de estrada gerado por computador. Antes que ele tenha tempo de processar aquilo, o software o transporta para a próxima sinalização.

Um menino sem rosto diante de uma churrascaria ao lado da estrada está com o dedo médio levantado para a câmera. Alguém pintou um pênis no letreiro de uma pequena concessionária Honda. Ele verifica quarenta sinalizações na área de Sorriso, Brasil; o computador o lança de volta para a troposfera, o planeta gira e ele cai no norte de Michigan.

Às vezes, ele precisa xeretar um pouco para entender por que foi colocada uma sinalização. Uma mulher que talvez seja uma prostituta está apoiada na janela de um carro. Embaixo do letreiro de uma igreja que diz "DEUS ESCUTA", alguém pichou "OS ASSASSINOS". Às vezes, o software interpreta erroneamente um padrão de folhas de hera e acha que é algo obsceno, ou sinaliza uma criança a caminho da escola por motivos que Seymour não consegue adivinhar. Ele rejeita ou verifica a sinalização, desenha com o cursor um contorno em volta da imagem ofensiva e ela some, apagada atrás de um

Cidade nas nuvens 681

arbusto em alta resolução ou ocultada pelo borrão de uma calçada falsa.

O sino da hora de exercício toca. Os outros dois homens saem se arrastando para o almoço, mas Seymour não se mexe. No momento da contagem dos prisioneiros, já faz nove horas que ele não sai do lugar. O supervisor foi embora; um homem idoso varre embaixo dos terminais de ensino; as janelas estão escuras.

Eles pagam 61 centavos por hora, oito centavos a mais do que os caras ganham na oficina de móveis. Ele é bom naquilo. Um pixel após outro, uma avenida após outra, uma cidade após outra, ele ajuda a Ilium a higienizar o planeta. Apaga unidades militares, acampamentos de sem-teto, filas na frente de clínicas, greves trabalhistas, manifestações e dissidentes, piqueteiros e punguistas. Às vezes, ele vê cenas que o deixam emocionado: uma mãe e um filho, enrolados em jaquetas, de mãos dadas ao lado de uma ambulância na Lituânia. Uma mulher com uma máscara cirúrgica ajoelhada em uma via expressa de Tóquio no meio do tráfego. Em Houston, centenas de manifestantes seguram cartazes na frente de uma refinaria; ele tem uma leve esperança de reconhecer Janet entre eles, vinte novos remendos de sapo costurados em sua jaqueta. Mas os rostos estão embaçados, e ele confirma a sinalização e o software substitui o protesto por trinta mudas digitais de liquidâmbares.

A resistência de Seymour Stuhlman é notável, relatam os supervisores da Ilium. Na maior parte dos dias, ele triplica sua cota de trabalho. Aos vinte e quatro anos, ele é uma lenda no escritório da Ilium Earth, o limpador mais eficiente de todo o programa prisional. Eles mandam para Seymour um terminal atualizado, criam para ele um canto próprio na sala de informática da prisão e aumentam seu salário para setenta centavos por hora. Por um tempo, ele consegue convencer a si mesmo de que está fazendo algo de bom, removendo toxicidade e feiura do mundo, limpando a Terra da iniquidade humana e substituindo-a por vegetação.

Mas, à medida que os meses vão passando, especialmente depois do anoitecer, no isolamento da sua cela, ele começa a ver o velho com sua gravata de pinguins vacilando na escuridão da biblioteca, segurando a mochila verde agarrada ao peito, e as dúvidas se insinuam.

Ele está com vinte e seis anos quando a Ilium desenvolve o primeiro protótipo de esteira rolante. Agora, em vez de ficar sentado diante de um terminal e ir avançando pelos espaços por meio de uma bola de rolagem, ele caminha entre eles com ambos os pés, ajudando a inteligência artificial a remover do mapa o que é feio e inconveniente. Sua média é de vinte e quatro quilômetros por dia.

Um dia, quando está com vinte e sete anos, Seymour põe na cabeça a mais nova versão do controlador, agora sem fios e saturado com o cheiro do seu suor. Ele sobe na esteira rolante, paira sobre a Terra, e um lago azul-escuro com um formato parecido com um G vem voando na sua direção.

Lakeport.

A cidade sofreu metástases na última década, condomínios cresceram como pústulas em torno da margem sul do lago, empreendimentos imobiliários se espalhando ainda mais longe. O software o deixa na frente de uma loja de bebidas alcoólicas onde alguém quebrou uma vitrine; ele a conserta. Depois, é levado até uma picape que está passando pela rodovia Wilson, sua

Cidade nas nuvens 683

caçamba abarrotada de adolescentes. Uma faixa esticada atrás deles diz: *Vocês vão morrer de velhice, nós vamos morrer por causa da mudança climática.* Ele traça uma linha oval em torno deles e a picape evapora.

O ícone em que ele deveria tocar para ser levado para a próxima sinalização pisca. Em vez disso, Seymour toma o caminho de casa. Quatrocentos metros mais adiante na rodovia Cross, os álamos estão ficando dourados. Uma voz automatizada range no fone de ouvido, *Moderador 45, você está na direção errada. Por favor, dirija-se à próxima sinalização.*

A placa entre duas estacas da Eden's Gate continua lá, ao lado da Arcady Lane. A casa pré-fabricada sumiu, o mato do terreno foi substituído por três sobrados com gramados excessivamente regados, tão perfeitamente integrados às outras casas na Arcady Lane que parece terem sido colocados ali por um software e não por carpinteiros.

Moderador 45, você está fora da rota. Em sessenta segundos você será encaminhado para sua próxima sinalização.

Ele sai correndo, envereda pela rua Spring na direção leste, a esteira rolante quicando sob os pés dele. No centro da cidade, na esquina das ruas Lake e Park, a biblioteca sumiu. No seu lugar, está um novo hotel, três andares e o que parece ser um bar na cobertura. Dois manobristas adolescentes com gravatas-borboleta na frente.

Os arbustos de zimbro sumiram, assim como a caixa de devolução de livros, os degraus da entrada, a biblioteca. Em sua mente, uma visão do velho, Zeno Ninis, sentado a uma pequena mesa na seção de Ficção, curvado atrás de pilhas de livros e blocos de anotações, os olhos úmidos e embaçados, piscando como se estivesse vendo palavras invisíveis flutuando em rios em volta dele.

Moderador 45, você tem cinco segundos...

Seymour está em pé no canto, respiração ofegante, com a sensação de que poderia viver mais mil anos e não conseguiria entender o mundo.

Você está sendo redirecionado agora.

Ele é puxado para cima, Lakeport encolhe até virar um ponto, as montanhas se afastando aos rodopios, o sudeste do Canadá se descortinando embaixo, mas algo está errado dentro dele. Tudo está rodando, e Seymour cai da esteira rolante e quebra o pulso.

31 de maio de 2030

Cara Marian,

Sei que nunca vou entender todas as consequências do que fiz ou compreender toda a dor que causei. Penso em todas as coisas que você fez por mim quando eu era jovem e você não deveria ter de fazer mais nada. Mas eu estava pensando. Durante o julgamento, soube que o sr. Ninis fazia traduções e estava trabalhando em uma peça com as crianças antes de morrer. Você sabe que fim levaram seus papéis?

Atenciosamente,
Seymour

Nove semanas depois, ele é chamado à biblioteca da prisão. Um oficial traz um carrinho com três caixas de papelão com seu nome e adesivos vermelhos de *Inspecionado*.

— O que vem a ser isso?

— Só me disseram que trouxesse para cá.

Dentro da primeira caixa há uma carta.

Cidade nas nuvens 685

22 de julho de 2030

Caro Seymour,

Fiquei feliz de ter notícias suas. Aqui está tudo o que consegui encontrar do julgamento, da casa do sr. Ninis e o que recuperamos na biblioteca. A polícia talvez tenha mais, não tenho certeza. Ninguém jamais fez nada com isto, então estou entregando tudo a você. Afinal, acesso faz parte do credo dos bibliotecários.

Se conseguir dar sentido a isto, acho que uma das crianças que trabalhou com Zeno teria interesse: Natalie Hernandez. A última notícia que tive é que ela está estudando na Universidade do Estado de Idaho, latim e grego.

Em um momento, você foi um garoto consciencioso e sensível e espero que tenha se tornado um homem consciencioso e sensível.

Marian

As caixas estão abarrotadas de blocos de anotações preenchidos por uma caligrafia apertada, tudo a lápis. Notas adesivas cobrem uma página sim, outra não. Nas laterais de cada caixa, alguém atulhou capas plásticas contendo fac-símiles tamanho A3 de velhas páginas manuscritas com metade do texto faltando. Há livros também, um dicionário grego-inglês de quase três quilos e um compêndio de textos perdidos de alguém chamado Rex Browning. Seymour fecha os olhos, vê a parede dourada no topo da escada, a grafia estranha, nuvens de papelão se retorcendo acima de cadeiras vazias.

O bibliotecário da prisão o deixa guardar as caixas em um canto e, toda noite, Seymour, cansado de caminhar pela Terra, senta-se no chão e se põe a examinar os papéis. No fundo de uma caixa, dentro de uma pasta com o carimbo PROVAS, ele encontra cinco roteiros fotocopiados que a polícia recuperou na noite em que ele foi preso, a noite do ensaio geral das crianças. Nas últimas páginas de uma cópia, há várias edições, não na caligrafia de Zeno, mas em uma letra alegre.

Enquanto ele estava no andar de baixo com as bombas, as crianças no andar de cima estavam reescrevendo o fim da peça.

A tumba subterrânea, o burro, o robalo, um corvo batendo asas pelo cosmo: é uma história ridícula. Mas, na versão criada por Zeno e pelas crianças, também é linda. Às vezes, enquanto ele está trabalhando, palavras gregas saem voando das profundezas dos fac-símiles — ὄρνῑξ, *ornis*, significa ave e também presságio — e Seymour volta a ter a mesma sensação de quando estava sendo observado por Amigafiel, como se estivessem lhe mostrando de relance um mundo antigo e puro, no qual cada andorinha, cada pôr do sol, cada tempestade pulsava de significado. Aos dezessete anos de idade, ele havia se convencido de que todos os humanos que via eram parasitas, presos às ditaduras do consumo. Mas, ao reconstruir a tradução de Zeno, ele percebe que a verdade é infinitamente mais complicada, que somos todos bonitos, embora sejamos todos parte do problema, e que ser parte do problema é ser humano.

Ele chora no final. Éton entra de fininho no jardim no centro da cidade nas nuvens, fala com a deusa gigante e abre o *Supermágico Extrapoderoso Livro de Todas as Coisas*. A maior parte dos artigos acadêmicos entre os papéis de Zeno sugere que os tradutores ordenem os fólios de certa maneira, deixando Éton lá, no jardim, iniciado nos segredos dos deuses, finalmente livre dos seus desejos mortais. Mas as evidências mostram que

Cidade nas nuvens 687

as crianças decidiram, na última hora, que o velho pastor vai desviar o olhar e não vai ler o fim do livro. Ele come a rosa oferecida pela deusa e volta para casa, para a lama e a grama das montanhas da Arcádia.

Em uma caligrafia infantil, embaixo das linhas riscadas, a nova fala de Éton está manuscrita na margem: "O mundo é suficiente do jeito que é."

Vinte e três

A beleza verde do mundo despedaçado

Cuconuvolândia, *de Antônio Diógenes, Fólio Ψ*

O debate continua acerca da posição planejada para o Fólio Ψ na história de Diógenes. Quando sua imagem foi obtida, a deterioração já havia avançado tanto que mais de oitenta e cinco por cento da folha estava afetado. Tradução de Zeno Ninis.

[...] acordei [...]

    [...] [me vi?] [...]

    [...] lá embaixo daquele lugar alto [...]

    [...] rastejei na grama, as árvores [...]

    [...] dedos das mãos, dos pés, uma língua para falar!

    [...] o cheiro de cebolas selvagens [...]

    [...] orvalho, as [linhas?] das colinas,

    [...] a doçura da luz, a Lua no céu [...]

    [...] a beleza verde do mundo [despedaçado?].

    [...] gostariam de ser como eles... um deus [...]

    [...] [faminto?] [...]

    [...] só um rato tremendo na grama novamente, na [névoa?] [...]

    [...] o sol ameno [...]

    [...] caindo.

A quinze quilômetros de uma aldeia de lenhadores nas montanhas Ródope da Bulgária

1453-1494

Anna

ELES MORAM EM UMA CABANA QUE O AVÔ DO GAROTO CONStruiu: paredes de pedra, lareira de pedra, um tronco descascado como cumeeira, teto de palha cheio de ratos. Catorze anos de esterco e palha e restos de comida compactaram o chão de terra formando algo parecido com concreto. Nenhuma imagem pendurada na parte interna e apenas os mais simples ornamentos adornam os corpos da mãe e da irmã do garoto: um anel de ferro, uma ágata amarrada em um pedaço de corda. A louça é pesada e simples, o couro não é curtido. O propósito de tudo, das panelas às pessoas, parece ser sobreviver o máximo possível, e o que não é durável não é valorizado.

Alguns dias depois da chegada de Anna e Omeir, a mãe do garoto está caminhando ao longo do riacho e desenterra uma bolsinha de moedas, o garoto desce sozinho a estrada ribeirinha e volta quatro dias depois com um boi castrado e um burro nas últimas. Com o boi, ele consegue arar uma série de terraceamentos baldios acima da cabana e plantar a cevada de agosto.

A mãe e a irmã do garoto a observam com o mesmo interesse com que observariam uma jarra quebrada. E, de fato, naqueles primeiros meses, de que ela serve? Ela não consegue entender as diretrizes mais simples, não consegue fazer com que a cabra fique parada para ser ordenhada, não sabe cuidar das aves nem fazer coalhada nem colher mel nem enfeixar feno nem irrigar os terrenos acima da cabana. Na maior parte dos dias, ela se sente como um bebê de treze anos, incapaz de fazer qualquer coisa a não ser tarefas muito simples.

Mas o garoto... Ele divide a comida com ela, murmura para ela em sua língua estranha; como Chryse, a cozinheira, diria, ele parece paciente como Jó e gentil como um cervo. Ele ensina ela a procurar pulgões na cevada, a limpar trutas para serem defumadas, a encher a chaleira no riacho sem deixar sedimentos na água. Às vezes, ela o encontra sozinho no curral de madeira, tocando em velhas arapucas e armadilhas para pássaros, ou em pé em um terraceamento sobre o rio, três grandes pedras a seus pés, com um ar perturbado.

Se ela pertence a Omeir, não é como uma posse que ele a trata. Ele ensina a ela as palavras para leite, água, fogo e cão; no escuro, dorme a seu lado, mas não a toca. Ela usa um par de sapatos grandes demais que pertenceram ao avô do garoto, a mãe dele a ajuda a fazer um vestido novo com uma lã dura, as folhas ficam amarelas, a lua se torna minguante e crescente de novo.

Uma manhã, geada brilhando nas árvores, a irmã e a mãe dele põem um carregamento de jarros de mel sobre o burro, se enrolam em mantos e partem rio acima. Assim que elas fazem a primeira curva, o garoto chama Anna no curral. Ele enrola pedaços de favo de mel em gaze e os coloca para ferver. Quando a cera se solta, Omeir levanta os bolos e os amassa até formar uma pasta. Depois, desenrola um pedaço de pele de boi sobre

Cidade nas nuvens 697

um banco no curral e, juntos, eles trabalham a cera de abelha ainda morna para que penetre no couro. Quando toda a cera foi absorvida, ele enrola a pele e a põe debaixo do braço e chama Anna para subir com ele uma trilha meio apagada na entrada da ravina até o teixo semioco no penhasco.

À luz do dia, a árvore é magnífica: seu tronco se contorce com dez mil nós entrelaçados; dezenas de galhos baixos, enfeitados com bagas de um vermelho vivo, se retorcem rumo ao chão como serpentes. O garoto sobe pelos ramos, se esgueira para dentro da parte oca do tronco e sai segurando a sacola de Himério.

Juntos, eles examinam o capuz de seda, a caixa de rapé e o livro para ter certeza de que ainda estão secos. Depois, ele desenrola a pele de boi encerada no chão, enrola a caixa e o livro na seda e depois na pele de boi e amarra tudo. Omeir guarda o embrulho novamente dentro da árvore e Anna entende que aquele será o segredo deles, que o manuscrito, assim como o rosto do garoto, será temido e causará desconfiança, e ela se lembra dos poços inflamados dos olhos de Kalaphates, sua raiva e exultação ao segurar a cabeça inconsciente de Maria perto do fogareiro e incinerar os cadernos de Licínio.

Ela aprende as palavras para lar, frio, pinho, chaleira, tigela e mão. Toupeira, rato, lontra, cavalo, lebre, fome. Na época da plantação da primavera, ela está entendendo nuances. Vangloriar-se é "fingir ser dois e meio". Meter-se em uma encrenca é "chafurdar nas cebolas". O garoto tem várias expressões para as diferentes sensações das pessoas na chuva: a maioria transmite infelicidade, mas muitas, não. Uma tem o mesmo som de alegria.

No início da primavera, ela está carregando água do riacho quando passa por Omeir e ele dá um tapinha na pedra onde está sentado. Ela solta a haste com seus dois baldes e se senta ao lado dele.

— Às vezes — diz ele —, quando me sinto com ganas de trabalhar, sento e espero que a vontade passe.

Os olhos dele encontram os de Anna e ela percebe que entendeu a piada, e os dois riem.

A neve diminui, os sabugueiros florescem, as ovelhas parem, um par de pombos faz seu ninho no telhado de palha, Nida e a mãe vendem mel melões e pinhões no mercado do vilarejo, e, no fim do verão, eles têm prata suficiente para comprar um segundo boi castrado e fazer companhia ao primeiro. Logo, Omeir está usando uma carroça velha para trazer árvores abatidas das florestas altas e vendê-las para as serrarias rio abaixo, e, no inverno, Nida se casa com um lenhador em um vilarejo a trinta e cinco quilômetros de distância. Durante o segundo inverno de Anna na ravina, a mãe do garoto, em sua solidão, começa a falar com ela, primeiro lentamente, depois em torrentes, sobre os segredos da prática da apicultura, sobre o pai e o avô de Omeir e, finalmente, sobre sua vida no pequeno vilarejo de pedra quinze quilômetros rio abaixo antes do nascimento do filho.

À medida que os dias esquentam, elas se sentam na beira do riacho e ficam observando Omeir treinar seus bois magros e rebeldes usando a voz solícita que reserva apenas para o gado, e a mãe diz que a gentileza é como uma chama que ele carrega dentro de si, e, quando o tempo está bom, Anna e Omeir caminham juntos sob as árvores, e ele conta histórias de coisas engraçadas que o avô costumava dizer: que a respiração dos cervos podia matar cobras, ou que a bile de uma águia misturada com mel pode restaurar a visão de uma pessoa, e ela consegue

Cidade nas nuvens 699

ver que a pequena ravina de pedra embaixo da vasta montanha não é tão agourenta, íngreme e bárbara quanto pareceu no início — que, na verdade, em todas as estações, em algum momento inesperado, aquele lugar revela uma beleza que faz com que seus olhos fiquem marejados e seu coração dispare no peito, e passa a acreditar que talvez tenha de fato viajado para aquele lugar melhor que ela sempre imaginou que existisse fora das muralhas da cidade.

Com o tempo, ela não repara mais no defeito no rosto de Omeir — aquilo se torna parte do mundo, como lama na primavera, mosquitos no verão ou neve no inverno. Dá à luz seis filhos e perde três, Omeir enterra os filhos perdidos em uma clareira rio acima, onde seu avô e suas irmãs estão enterrados, e marca cada túmulo com uma pedra branca trazida de um lugar alto que só ele conhece. A cabana fica cheia e Anna consegue fazer roupas para os meninos, às vezes até acrescentando o bordado de uma vinha desajeitada ou de uma flor torta, sorrindo ao pensar em como Maria teria achado toscos seus desenhos, e Omeir leva a mãe no burro para viver com Nida, e logo são só eles cinco na ravina perto da boca da caverna.

Às vezes, em sonhos, ela está de volta ao ateliê de bordado, onde Maria e as outras estão curvadas sobre suas mesas, trabalhando com suas agulhas, desbotadas, fantasmagóricas, e, quando ela as alcança para tocá-las, seus dedos as atravessam. Às vezes, dores correm pela parte de trás da sua cabeça, e Anna se pergunta se a enfermidade que acometeu Maria também tomará conta dela. Mas, em outros momentos, pensamentos desse tipo estão distantes e ela não consegue mais se lembrar do rosto das mulheres que a criaram, e parece que a vida com Omeir é a única vida que ela conheceu.

Uma manhã, no vigésimo quinto inverno de Anna, em uma noite suficientemente fria para congelar a parte superior da água na chaleira, o filho caçula começa a ter febre. Os olhos da criança ardem nas órbitas e as roupas ficam encharcadas de suor. Anna se senta na pilha de tapetes onde todos dormem, põe a cabeça do menino doente no colo e acaricia o cabelo dele, e Omeir anda, fechando e abrindo as mãos. Por fim, ele enche e acende o lampião e sai, e volta coberto de neve. Do casaco, ele tira o manuscrito embrulhado na pele de boi, o entrega para ela com grande solenidade e Anna percebe que ele acredita que o livro pode salvar o filho deles, assim como os salvou na viagem até ali mais de dez anos antes.

Lá fora, os pinheiros rugem. O vento derruba neve chaminé abaixo, espalhando cinzas pelo cômodo, e os dois meninos mais velhos se achegam a ela sobre os tapetes, deslumbrados pelo brilho do lampião e por aquele estranho e novo objeto que seu pai produziu aparentemente do nada. O burro e a cabra estão próximos deles e o mundo inteiro do lado de fora parece urrar e se agitar.

A pele de boi cumpriu sua função: o conteúdo está seco. Um menino examina a caixa de rapé enquanto o outro passa o dedo sobre o capuz de samito, traçando tanto as aves terminadas quanto as semiacabadas, e Omeir segura o lampião para Anna enquanto ela abre o livro.

Faz anos desde a última vez que ela tentou ler grego antigo. Mas a memória é uma coisa estranha, e, seja pelo medo em relação a um dos filhos, seja pela excitação dos outros dois, quando ela olha para a grafia regular, firme, inclinada para a esquerda, os significados das letras retornam.

Cidade nas nuvens 701

A é alfa, ἄλφα. B é beta, βῆτα. Ω é ômega, ὦμέγα; Ἄστυ é cidades; νόον é mente; ἔγνω é conheceu. Lentamente, na língua da sua segunda vida, traduzindo uma palavra por vez, ela começa.

[...] aquele que eles chamavam de miolo de pássaro ou apalermado — sim, eu, o tolo, o abobalhado, o lesado Éton — viajou um dia até os confins da Terra e além [...]

Ela trabalha tanto com a memória quanto com o manuscrito, e dentro da pequena cabana de pedra algo acontece: a criança doente no seu colo, a testa brilhando de suor, abre os olhos. Quando Éton é acidentalmente transformado em burro e os outros meninos dão uma gargalhada, ele sorri. Quando Éton chega aos confins gelados da Terra, ele rói as unhas. E quando Éton finalmente alcança os portões da cidade nas nuvens, lágrimas afloram em seus olhos.

O lampião faísca, o óleo está acabando, e os três meninos imploram para que ela continue.

— Por favor — pedem, e os olhos deles brilham à luz do fogo. — Não pare agora. Conte o que ele encontrou no livro mágico da deusa.

— Quando Éton olhou dentro do livro — disse ela —, ele viu o céu e a Terra e todas as suas regiões espalhadas em volta do oceano, e todos os animais e aves que as habitavam. As cidades estavam cheias de lanternas e jardins, e ele podia entreouvir música e cantos, e viu um casamento em uma cidade com moças vestindo túnicas de linho coloridas e rapazes com espadas de ouro em cintos de prata saltando através de aros, dando estrelas, pulando e dançando em sincronia. Mas, na página seguinte, ele viu cidades escuras, em chamas, nas quais homens eram massacrados nos campos, suas mulheres escravizadas em grilhões e seus filhos jogados por cima dos muros sobre lanças. Ele viu cães devorando cadáveres, e, quando aproximou a orelha das páginas, pôde ouvir os lamentos. E, ao olhar, virando a folha de um lado e do outro, Éton viu que as cidades em ambos os lados, as escuras e as claras, eram as mesmas, e que não há paz sem guerra, que não há vida sem morte, e ficou com medo.

O lampião se apaga; a chaminé ruge; as crianças se aproximam dela. Omeir embrulha novamente o livro e Anna segura o caçula contra o peito e sonha com uma luz clara e limpa caindo sobre as pedras brancas da cidade e, quando acorda, já no fim da manhã, a febre dele se foi.

Nos anos seguintes, se as crianças pegam um resfriado, ou simplesmente ficam insistentes demais — sempre depois que escurece, sempre quando não há mais ninguém em um raio de quilômetros —, Omeir olha para ela e certo entendimento se estabelece entre eles. Ele acende o lampião a óleo, desaparece lá fora e volta com o manuscrito. Ela abre o livro e os meninos se reúnem em volta dela sobre os tapetes.

— Conta de novo, mamãe — dizem eles —, a história do mágico que mora dentro da baleia.

— E da comunidade de cisnes que vive entre as estrelas.

— E da deusa com um quilômetro de altura e do livro de todas as coisas.

Eles interpretam papéis; imploram para saber o que são tartarugas e pães de mel, e parecem pressentir instintivamente que o livro embrulhado em seda e depois em pele de boi encerada é um objeto de estranho valor, um segredo que ao mesmo tempo

Cidade nas nuvens 703

os enriquece e os põe em perigo. Toda vez que ela o abre, mais texto foi perdido para a ilegibilidade, e ela se lembra do escriba italiano alto em pé na oficina iluminada a vela.

Tempo: a mais violenta de todas as máquinas de guerra.

O boi mais velho morre e Omeir traz para casa um novilho, e os filhos de Anna ficam mais altos do que ela e vão trabalhar nas montanhas, trazendo troncos das florestas altas e transportando-os em carroças rio abaixo para serem vendidos nas serrarias nos arredores de Edirne. Ela perde a conta dos invernos, perde as lembranças. Em momentos inesperados, quando está carregando água, ou suturando uma ferida na perna de Omeir, ou catando piolhos nos próprios cabelos, o tempo se curva sobre si mesmo e ela vê as mãos de Himério nos remos, ou a sensação vertiginosa de descer pelo muro do convento até o pequeno esquife em meio à névoa. No fim da sua vida, essas lembranças se misturam com as lembranças das histórias que ela amou: o saudoso Ulisses abandonando sua jangada na tempestade e nadando na direção da ilha dos feácios; Éton, o burro, fechando os lábios em volta de uma urtiga espinhenta; todas as épocas e todas as histórias tornando-se, no fim, uma só.

Ela morre em maio, no dia mais bonito do ano, aos cinquenta e quatro anos, encostada em um pedaço de tronco ao lado do curral, com os três filhos em volta, o céu de um azul tão profundo sobre o flanco da montanha que, só de olhar, os dentes doem. O marido a enterra na clareira rio acima, ao lado do avô e dos filhos que eles perderam, com o capuz de seda da irmã sobre o peito dela e uma pedra branca para marcar o lugar.

Naquela mesma ravina

1505

Omeir

LE DORME EMBAIXO DA MESMA TRAVE MANCHADA DE FUMAça em que dormia quando criança. Seu cotovelo esquerdo às vezes trava, seu ouvido entope antes de tempestades e ele teve de arrancar dois dos próprios molares. Seus principais companheiros são três galinhas poedeiras, um cão preto grande que assusta as pessoas, mas que, no fundo, é muito bobo, e Trevo, um burro de vinte anos com hálito de cemitério e flatulência crônica, mas de temperamento meigo.

Dois dos seus filhos se mudaram para as florestas mais ao norte e o terceiro mora com uma mulher no vilarejo a quinze quilômetros de distância. Quando Omeir o visita com Trevo, as crianças ainda se retraem por causa do rosto dele e algumas choram, aos prantos, mas sua neta caçula, não. Se ele está sentado sem se mexer, ela sobe no seu colo e toca no seu lábio superior com os dedos.

As lembranças o traem agora. Bandeiras e bombardas, os gritos dos homens feridos, o cheiro de enxofre, a morte de Enluarado e Arvoredo — às vezes, os meses do cerco à cidade parecem nada mais do que fragmentos de pesadelos, que afloram à consciência por um instante antes de se dissipar. Ele está aprendendo: esquecimento, é assim que o mundo cura a si mesmo.

Ele ouviu que o novo sultão (abençoado seja para sempre) obtém suas árvores de florestas ainda mais distantes, e que os cristãos navegaram até novas terras nos confins mais distantes do oceano, onde há cidades inteiras feitas de ouro, mas essas histórias já não adiantam muito. Às vezes, ele olha para sua fogueira, a história que Anna costumava contar volta à sua mente, de um homem transformado em burro, depois peixe, depois corvo, viajando através dos continentes, dos oceanos e das estrelas para encontrar uma terra sem sofrimento e que acaba optando, no fim, por voltar para casa e viver seus últimos anos com seus animais.

Um dia no início da primavera, muito tempo depois de ele perder a conta da própria idade, uma série de tempestades se abate sobre a montanha. O rio se torna marrom, desmoronamentos bloqueiam a estrada e o som de rochas caindo ecoa pelos desfiladeiros. Na pior noite, Omeir está encolhido em cima da mesa com os cães ao lado ouvindo uma água lamacenta encher a cabana: não os pingos e gotejamentos de sempre, mas uma inundação.

Água entra por debaixo da porta aos borbotões e escorre pelas paredes e Trevo está em pé olhando para seus jarretes em meio à água que sobe. Ao raiar do dia, Omeir caminha entre esterco, cascas de árvores e destroços flutuantes, verifica as galinhas e leva Trevo até o terraceamento mais alto para comer a grama que conseguir encontrar e finalmente olha para o penhasco calcário acima da ravina. O pânico toma conta dele.

O velho teixo semioco caiu durante a noite. Omeir sobe a trilha com dificuldade, escorregando na lama. Galhos cobertos de musgo estão por toda parte e a enorme rede de raízes está exposta como uma segunda árvore arrancada da terra. O cheiro é de seiva, madeira esmagada e coisas há muito enterradas carregadas para a luz.

Cidade nas nuvens

Ele demora um pouco para localizar o manuscrito de Anna no meio da destruição. A pele de boi está encharcada. Pequenos gritos de alarme percorrem seu torso enquanto ele carrega o pacote ensopado até a cabana. Tira com pá a lama do fogareiro, consegue acender um fogo fumacento, pendura seus tapetes de dormir no curral para secar e desembrulha o livro.

Está encharcado. Folhas se separam da encadernação à medida que ele tenta desgrudá-las, e as densas filas de símbolos sobre elas — todos aqueles rastros de aves fuliginosos e amontoados — parecem mais desbotados do que ele se lembrava.

Omeir ainda consegue ouvir o grito de Anna quando ele tocou pela primeira vez no saco. O modo como o livro os protegeu ao deixarem a cidade; como atraiu um bando de alcaravões para suas armadilhas; trouxe o filho deles de volta da febre. O humor rápido nos olhos de Anna enquanto ela se curvava sobre as linhas, traduzindo pouco a pouco.

Ele aumenta o fogo e estica fios formando teias pela cabana e pendura bifólios nas cordas para secar como se estivesse defumando aves de caça, e, durante todo aquele tempo, seu coração dispara, como se o códice fosse uma coisa viva deixada sob seus cuidados e que ele tivesse posto em perigo — como se tivessem lhe dado uma responsabilidade única e simples, manter aquela coisa viva e nada mais, e ele tivesse fracassado.

Quando as folhas estão secas, ele remonta o livro, incerto de que está colocando os fólios de volta na ordem correta, e o enrola em um novo quadrado de couro encerado. Espera até as primeiras cegonhas migratórias aparecerem sobre a ravina, uma formação em V torta no céu seguindo uma antiga diretiva, o bando deixando algum lugar distante no sul, onde passou o inverno, e rumando para algum lugar distante no norte, onde passará o verão. Ele pega, então, seu melhor cobertor, dois odres de água, várias dúzias de potes de mel, o livro e a caixa de rapé de Anna, e fecha a porta da cabana. Chama Trevo e ele vem trotando, orelhas levantadas, e o cão se levanta da mancha de sol onde está dormindo ao lado do curral.

Primeiro para a casa do filho, onde ele entrega à nora as três galinhas e metade da sua prata e tenta doar também o cão, mas o animal não aceita. Sua neta põe uma guirlanda de rosas primaveris em volta do pescoço de Trevo, e ele parte rumo a noroeste, contornando a montanha, Omeir a pé e Trevo, meio cego, subindo sem parar a seu lado, o cão atrás deles.

Ele evita estalagens, mercados, multidões. Quando passa por aldeias, geralmente mantém o cão por perto e o rosto escondido embaixo da aba inclinada do chapéu. Dorme ao relento e mastiga borragem como Vovô costumava fazer para aliviar as dores nas costas, e toma coragem observando Trevo e seu passo sensato. As poucas pessoas com quem eles cruzam ficam fascinadas e perguntam onde ele encontrou um burrico tão alegre e bonito, e Omeir se sente abençoado.

Vez por outra, ele reúne coragem suficiente para mostrar a viajantes a pequena pintura esmaltada na tampa da caixa de rapé. Alguns sugerem que talvez seja o retrato de uma fortaleza no Kosovo e outros, um palácio na República de Florença. Mas, um dia, ao se aproximar do rio Sava, dois mercadores a cavalo com dois servos cada o param. Um pergunta na língua de Anna qual é a sua ocupação, e o outro diz:

— Ele é um maometano itinerante com um pé na cova, não entende uma palavra do que você está dizendo.

Cidade nas nuvens

— Boa tarde, senhores, eu os entendo o suficiente — responde Omeir, tirando o chapéu.

Eles riem e lhe oferecem água e tâmaras e, quando Omeir entrega a caixa de rapé, um deles a põe sob o sol, virando-a de um lado e de outro.

— Ah, Urbino — diz, e a entrega para seu companheiro.

— A bela Urbino — concorda o segundo —, nas montanhas das Marcas.

— É uma longa viagem — comenta o primeiro e gesticula vagamente para oeste. Olha para Omeir e o burro. — Especialmente para alguém com uma barba tão grisalha. Esse burro também não é nenhum novato.

— Sem dúvida, viver tanto tempo com um rosto desses exigiu engenhosidade — afirma o segundo.

Ele acorda estalando e enrijecido, os pés inchados, e inspeciona os cascos de Trevo procurando rachaduras, e, às vezes, já é meio-dia quando ele consegue voltar a sentir os dedos. Quando toma a direção sul através do Vêneto, a paisagem se torna montanhosa novamente e as estradas, íngremes; pequenos castelos sobre penhascos, camponeses nas plantações, olivais em volta de pequenas igrejas, girassóis se estendendo até riachos tortuosos. A prata acaba, ele vende o último pote de mel. À noite, sonhos se misturam com lembranças: ele vê uma cidade, brilhando na distância, e ouve as vozes dos filhos quando eram pequenos.

Conte novamente, mamãe, a história do pastor cujo nome significa ardente.

E sobre os rios de leite na Lua.

Os olhos do caçula piscam. *Conte*, pede ele, *o que o tolo faz em seguida.*

Ele se aproxima de Urbino sob um céu de outono, fachos de luz prateada atravessando fendas nas nuvens caem sobre a estrada sinuosa à frente dele. A cidade se ergue em cima de uma colina, circundada por rochas calcárias e adornada por torres sineiras, a alvenaria parecendo que despontou do leito rochoso.

À medida que ele vai subindo, a enorme fachada com duas torres do palácio com suas fileiras de sacadas se destaca do céu ao fundo, a pintura da caixa de rapé se torna real: como uma construção em um sonho, talvez não um sonho seu, mas de Anna, como se naquele momento, nos seus últimos anos, ele estivesse enveredando pelos sonhos dela e não pelos dele.

Trevo zurra; andorinhas surgem no céu. A luz, as colinas cor de violeta a distância, os pequenos cíclames brilhando como brasas nos dois lados da estrada — Omeir se sente como Éton, o corvo, caindo em espiral das estrelas, cansado e carregado pelo vento, já sem metade de suas penas. Quantas barreiras finais restam entre ele, Vovô, sua mãe e Anna e o grande repouso final?

Ele fica preocupado com a possibilidade de guardas nos portões o mandarem embora por causa do rosto, mas os portões estão abertos e as pessoas entram e saem livremente, e, enquanto ele, o burro e o cão percorrem o labirinto de ruas rumo ao palácio, ninguém presta muita atenção — há muitas pessoas circulando, o rosto delas tem muitas cores e, quando é o caso, é Trevo quem atrai alguns olhares devido aos seus cílios longos e seu passo gracioso.

No pátio diante do palácio, ele encontra um besteiro e diz que tem um presente para o homem sábio daquele lugar. O homem, sem compreender, gesticula pedindo que ele espere, e

Cidade nas nuvens 713

Omeir fica ali parado, põe um braço em volta do pescoço de Trevo e o cão se enrosca e adormece imediatamente. Eles esperam uma hora talvez, Omeir cochilando em pé, sonhando com Anna ao lado de uma fogueira, mãos nas cadeiras, rindo de algo que os filhos disseram, e, quando acorda, procura o pacote de couro com o livro dentro e olha para os muros altos do palácio e, através das janelas, vê servos indo de um cômodo a outro, acendendo velas.

Um intérprete finalmente aparece e pergunta o que ele quer. Omeir desembrulha o pacote e o homem olha para o livro, morde o lábio e desaparece novamente. Um segundo homem, vestido de veludo escuro, desce com ele, sem fôlego, põe um lampião no chão e assoa o nariz em um lenço, depois pega o códice e o folheia.

— Ouvi dizer — diz Omeir — que este é um lugar que protege livros.

O homem levanta a cabeça, depois volta o olhar para o livro e diz algo ao intérprete.

— Ele gostaria de saber como isso foi parar nas suas mãos.

— Foi um presente — responde Omeir, e pensa em Anna cercada pelos filhos, o fogareiro ardendo em chamas, raios caindo lá fora, e ela moldando a história com as mãos. O segundo homem está ocupado examinando a costura e a encadernação à luz do lampião.

— Presumo que você queira ser pago? — comenta o intérprete. — Está em péssimo estado.

— Uma refeição será suficiente. E aveia para meu burro.

O homem franze a testa, como se a estupidez dos imbecis do mundo nunca deixasse de surpreender, e, mesmo sem tradução, o homem vestido de veludo assente, fecha delicadamente o códice com as duas mãos, faz uma reverência e leva o livro para dentro sem dizer mais nada. Omeir é encaminhado para um estábulo embaixo do enorme palácio onde um cavalariço de bigode asseado carregando uma vela leva Trevo para uma baia.

Omeir fica sentado em uma banqueta de ordenha, encostado na parede, enquanto a noite envolve os Apeninos, sentindo que concluiu alguma tarefa final, e reza para que haja outra vida além daquela, onde Anna o está esperando protegida por Deus. Ele sonha que está caminhando até um poço, olha lá para dentro com Enluarado e Arvoredo ao lado, os três observando a água fresca, cor de esmeralda, e Enluarado se assusta quando um passarinho sai voando do poço e sobe até o céu, e, quando Omeir acorda, um servo de casaco marrom está pondo ao lado dele uma bandeja de pães achatados recheados de queijo de ovelha. Outro servo, no lado oposto, está servindo um enrolado de carne de lebre temperado com sálvia e erva-doce tostada e uma jarra de vinho, comida e bebida suficientes para quatro homens. Um servo prende uma tocha a um suporte na parede, o outro põe embaixo uma grande tigela de cerâmica cheia de aveia, e os dois se afastam.

Os três, cão, burro e homem, comem até se saciar. E, quando terminam, o cão se enrosca no canto, Trevo dá um grande suspiro e Omeir se senta, recostando-se na baia, as pernas esticadas na palha limpa, e eles dormem, enquanto lá fora no escuro começa a chover.

Vinte e quatro

Nostos

Cuconuvolândia, *de Antônio Diógenes, Fólio Ω*

O fim da página do Fólio Ω está muito deteriorado, o que compromete a sua qualidade. As cinco linhas finais estão cheias de lacunas e só palavras isoladas puderam ser recuperadas. Tradução de Zeno Ninis.

[...] eles trouxeram as jarras e os cantores se reuniram [...]

[...] [jovens?] dançavam, os pastores [tocavam?] [...]

[...] [bandejas?] eram passadas, contendo pão duro [...]

[...] pele de porco. Fiquei feliz em ver o [minguado?] banquete [...]

[...] quatro ovelhas, cada uma balindo por sua mãe [...]

[...] [chuva?] e lama [...]

[...] as mulheres vieram [...]

[...] uma [velha] encarquilhada pegou [minha mão?] [...]

[...] as lamparinas [...]

[...] ainda dançando, [rodopiando?] [...]

[...] [sem fôlego?] [...]

[...] todos dançando [...]

[...] dançando [...]

Boise, Idaho

2057-2064

Seymour

O APARTAMENTO DO PROGRAMA DE TRABALHO PRISIONAL TEM uma pequena cozinha que dá para uma colina castigada pelo sol e coberta de crisântemos. É agosto, o céu está bege de fumaça e tudo oscila com as ondas de calor.

Durante seis manhãs por semana, ele toma um ônibus autônomo até um parque empresarial onde cruza quatro mil metros quadrados de asfalto pelando até um enorme edifício baixo, de estuque, de propriedade da Ilium. No átrio, um alto-relevo da Terra em poliuretano, três metros e meio de diâmetro, gira em um pedestal, poeira acumulada nas fendas das montanhas. Uma placa desbotada na parede diz *Capturando a Terra*. Ele trabalha doze horas por dia com equipes de engenheiros testando novas versões de esteiras rolantes e controladores do Atlas. Seymour é um homem magro e pálido que prefere comer sanduíches pré-embalados na sua escrivaninha em vez de ir à cafeteria, e que só encontra paz no trabalho, acumulando quilômetros e mais quilômetros na esteira, como um peregrino da Idade Média caminhando para pagar uma penitência.

De vez em quando, ele encomenda um novo par de sapatos, idêntico ao que destruiu de tanto andar. Além de comida, ele não compra quase nada. Uma vez por semana, aos sábados, manda uma mensagem para Natalie Hernandez e, na maioria das vezes, ela responde. Natalie ensina latim e grego para alunos relutantes do ensino médio, tem dois filhos, uma minivan autônoma e um dachshund chamado Dash.

Às vezes, ele tira o controlador da cabeça, desce da esteira rolante e pisca olhando por cima das cabeças dos outros engenheiros, e linhas inesperadas da tradução de Zeno voltam a surgir na sua mente: [...] *De um lado, estendiam-se o céu e a Terra, todas as suas regiões espalhadas, todos os seus animais, e no centro* [...]

Ele completa cinquenta e sete, cinquenta e oito anos — o insurgente dentro dele ainda vive. Toda noite, ao chegar em casa, Seymour reinicia seu terminal, desabilita a conectividade e começa a trabalhar. Fervilhando em servidores do mundo todo, as imagens intactas de alta densidade coletadas pelo Atlas sobrevivem: colunas de migrantes fugindo de Chennai, antigamente conhecida como Madras, famílias apinhadas em barcos minúsculos fora de Rangum, um tanque em chamas em Bangladesh, polícia atrás de escudos de acrílico no Cairo, uma cidade na Louisiana invadida pela lama — as calamidades que ele passou décadas escondendo no Atlas ainda estão lá.

Ao longo de meses, ele constrói pequenas lâminas de códigos tão afiadas e refinadas que, ao inseri-las na programação do Atlas, o sistema não é capaz de detectá-las. Dentro do Atlas, mundo afora, ele as esconde como pequenas corujas: pichações de corujas, um bebedouro em forma de coruja, um ciclista de smoking com uma máscara de coruja. Encontre uma, toque e você vai descascar as imagens higienizadas, polidas, e revelar a verdade por baixo delas.

Em Miami, há seis samambaias plantadas do lado de fora de um restaurante, um pequeno adesivo de coruja está colado no

Cidade nas nuvens   723

canteiro número três. Toque nele e as samambaias evaporam; um carro em chamas se materializa; quatro mulheres estateladas no chão aparecem.

Ele não se arrisca a descobrir se os usuários encontram suas pequenas corujas. De qualquer forma, o Atlas está deixando de ser uma das prioridades da empresa; partes inteiras do complexo de Boise estão sendo dedicadas ao aperfeiçoamento e miniaturização da esteira rolante e do controlador para outros projetos da Ilium, em outros departamentos. Mas Seymour continua a criá-las, noite após noite, inserindo-as na programação, desfazendo as ilusões que ele criou durante o dia, e, pela primeira vez desde que achou a asa ferida de Amigafiel ao lado da estrada, ele se sente melhor. Mais calmo. Menos assustado. Com menos sensação de que tem de correr mais rápido do que alguma coisa.

Três dias em um novo resort no lago em Lakeport. Passagens de avião, todas as refeições incluídas, qualquer esporte aquático que eles queiram — tudo por conta dele, enquanto suas economias durarem. Familiares são bem-vindos. Ele encarrega Natalie da comunicação. No início, ela diz que acha que nem todos irão, mas os cinco acabam indo: Alex Hess e dois filhos, de Cleveland; Olivia Ott, de São Francisco; Christopher Dee vai dirigindo de Caldwell; Rachel Wilson viaja do sudoeste da Austrália com seu neto de quatro anos.

Seymour só sai de Boise e atravessa de carro o cânion na última noite: não precisa aborrecer ninguém aparecendo cedo demais. Ao raiar do dia, ele toma uma gota a mais de ansiolítico e fica na sacada de terno e gravata. Atrás das docas do hotel, o lago brilha à luz do sol. Ele espera para ver se uma águia marinha surge no céu, mas nenhuma aparece.

Anotações no bolso esquerdo, chave do quarto no direito. Lembre-se das coisas que você sabe. Corujas têm três pálpebras. Humanos são complicados. Para muitas coisas que você ama, é tarde demais. Mas não para tudo.

Ele encontra os dois técnicos da Ilium em um cômodo hexagonal que dá para o lago, usado sobretudo para recepções de casamento, e os observa carregar cinco esteiras rolantes multidirecionais novas em folha e de última geração que estão sendo chamadas de Perambuladores. Os técnicos as emparelham com os cinco controladores e vão embora.

Natalie se encontra lá com ele mais cedo. Seus filhos, diz ela, estão terminando o almoço. É muito corajoso da parte dele, afirma ela, fazer aquilo.

— Ainda mais corajoso da sua parte — diz Seymour. Toda vez que respira fundo, ele teme que sua pele se rasgue e seus ossos caiam.

Às treze horas, as famílias vão chegando. Olivia Ott com o cabelo cortado na altura do queixo, está usando calça capri de aspecto caro e parece que esteve chorando. Alex Hess está acompanhado de dois adolescentes gigantes e mal-humorados, o cabelo dos três de um amarelo vivo. Christopher Dee chega com uma mulher pequena; eles se sentam em um canto, afastados dos outros, e ficam de mãos dadas. Rachel entra por último, usando calça jeans e botas; seu rosto tem as rugas profundas de quem trabalha longos dias ao sol. Um neto de cara alegre e cabelos cor de fogo vem andando atrás dela, se senta e balança os pés na cadeira.

— Ele não parece um assassino — diz um dos filhos de Alex.

— Seja educado — pede Alex.

— Só parece velho. Ele é rico?

Cidade nas nuvens 725

Seymour evita olhar para o rosto deles — rostos vão degringolar tudo. Mantenha o olhar para baixo. Concentre em suas anotações.

— Naquele dia — diz ele —, muitos anos atrás, tirei algo precioso de cada um de vocês. Sei que nunca vou poder reparar o que fiz. Mas como também sei o que é perder um lugar querido da juventude, um lugar que é tirado de você, achei que poderia significar algo se eu tentasse devolvê-lo a vocês.

Da bolsa, ele tira cinco livros de capa dura com sobrecapas azul-reais e entrega um exemplar para cada um deles. Na capa, pássaros voando ao redor das torres de uma cidade nas nuvens. Olivia fica sem fôlego.

— Mandei fazer esses livros a partir das traduções do sr. Ninis. Natalie me ajudou muito, preciso dizer. Ela escreveu todas as notas do tradutor.

Depois, ele distribui os controladores.

— Os cinco adultos podem ir primeiro. Depois todos os outros, se quiserem. Vocês se lembram da caixa de devolução de livros?

Todos assentem.

— Venha "corujar" os nossos livros! — diz Christopher.

— Puxem a alça da caixa. Vocês saberão o que fazer depois.

Os adultos se levantam. Seymour os ajuda a pôr na cabeça os controladores e os cinco Perambuladores ganham vida.

Quando estão todos preparados em cima das esteiras, ele caminha até a janela e olha para o lago. *Existem pelo menos vinte lugares mais ao norte para onde sua coruja poderia voar*, disse ela. *Florestas maiores, melhores.* Ela estava tentando salvá-lo.

Os Perambuladores zunem e giram; as crianças crescidas estão caminhando.

— Ai, meu Deus! — exclama Natalie.

— É exatamente como eu me lembro — comenta Alex.

Seymour se lembra do silêncio das árvores ao se encherem de neve, atrás da casa pré-fabricada. Amigafiel em seu galho, três metros acima da grande árvore morta: a coruja se virava ao som de pneus sobre cascalho a quatrocentos metros de distância. Podia ouvir o coração de um rato-do-mato debaixo de quase dois metros de neve.

Motores pneumáticos levantam a parte frontal dos Perambuladores. Eles devem estar subindo os cinco degraus de granito até a varanda.

— Vejam — diz Christopher. — É o cartaz que eu fiz.

Ao lado da cadeira vazia de Rachel, o neto dela se abaixa, pega o livro azul, põe no colo e vira páginas.

Olivia Ott estica a mão direita no ar e abre a porta. Um a um, eles entram na biblioteca.

A Argos

Missão ano 65

Konstance

OXIGÊNIO EM SETE POR CENTO, DIZ A VOZ DENTRO DO CAPUZ. Vire à esquerda fora do vestíbulo. Compartimentos 8, 9, 10, todas as portas lacradas. Será que o contágio está circulando pelo ar à sua volta, despertando do seu longo sono? Cadáveres mortos há quatrocentos dias estão apodrecendo nas sombras? Ou as pessoas estão despertando à sua volta agora por causa do chiado dos extintores: amigos, crianças, professores, a sra. Chen, a sra. Flowers, Mãe, Pai?

Pequenos bicos descem do teto do corredor e borrifam sua névoa sobre ela. Livro improvisado enfiado dentro da roupa de trabalho, machadinha improvisada na mão esquerda, ela segue a espiral que se afasta do centro da *Argos*, as botas deslizando pelos produtos químicos no chão.

Encostadas nas paredes do corredor estão pilhas de cobertores amassados, máscaras descartadas, um travesseiro, os pedaços de uma bandeja de refeições estilhaçada.

Uma meia.

Um vulto encolhido coberto por mofo cinza.

Olhos atentos. Siga em frente. Aqui a entrada escura da sala de aula, depois mais portas fechadas de compartimentos, algo que parece ser a luva de um dos trajes de risco biológico que a enfermeira Cha e o Engenheiro Goldberg usaram. Mais à frente, o Perambulador de alguém abandonado no meio do corredor.

Oxigênio em seis por cento, diz o capuz.

À direita, está a entrada da Fazenda Quatro. Konstance para na soleira e limpa as substâncias químicas do seu protetor facial: em todas as prateleiras das estantes desordenadas, as plantas estão mortas. Seu pequeno pinheiro-da-bósnia ainda está de pé, um metro e vinte de altura: em volta da sua base jaz um círculo de agulhas dessecadas.

Alarmes soam. Sua lâmpada frontal pisca enquanto ela corre para a parede dos fundos: não há tempo para pensar. Ela escolhe a quarta alça a partir da esquerda e abre com um puxão uma gaveta de sementes. Vapor frio flutua sobre seus pés: dentro da gaveta, fileiras com centenas de envelopes de papel-alumínio congelados esperam. Ela pega o maior número possível com suas luvas, deixa cair alguns, e os aperta com a machadinha junto ao peito.

Em algum lugar próximo, está o fantasma de Pai ou seu cadáver ou ambos. Siga em frente. Você não tem tempo.

Um pouco mais à frente no corredor, entre os Lavatórios Dois e Três, está o remendo de titânio onde Mãe disse que Elliot Fischenbacher passou diversas noites atacando a parede. O remendo foi fixado com uns trezentos rebites talvez, muito mais do que ela se lembrava. Konstance fica com o coração apertado.

Oxigênio em cinco por cento.

Ela deixa cair os pacotes de sementes e levanta a machadinha com as duas mãos. Sua memória sussurra as advertências que ela escuta desde antes de ter qualquer lembrança. Radiação cósmica, gravidade zero, dois vírgula sete três Kelvin.

Cidade nas nuvens 731

Ela golpeia e a lâmina amassa o remendo, mas quica. Ela golpeia com mais força. Dessa vez, a lâmina fica presa e ela tem de usar todo o seu peso para soltá-la.

Três. Quatro. Ela nunca vai conseguir em tempo. Suor se acumula dentro do seu traje e embaça seu capuz. O volume dos alarmes aumenta; a chuva cai dos extintores em volta. Vinte passos à direita, fica a entrada da Comissaria, cheia de tendas.

Atenção, todos os tripulantes, diz Sybil. *A integridade da nave está em perigo.*

Oxigênio em quatro por cento, diz o capuz.

Com cada golpe, a fissura na parede aumenta.

Em três segundos, do outro lado da parede, as mãos e os pés dobram de tamanho. Você sufoca. Congela.

A fenda aumenta e, através do vapor na sua máscara, Konstance consegue ver dentro do painel interno da parede, onde Elliot afastou conduítes de fios enrolados em *silver tape* e cortou diversas camadas de isolamento. No fundo, fica outra camada de metal: o que ela espera que seja a parede externa.

Ela respira, se afasta e golpeia novamente.

Menina, ribomba Sybil, sua voz está terrível. *Pare o que você está fazendo imediatamente.*

Um medo atávico atravessa Konstance. Ela estica os braços para trás e, com toda a força de meses de raiva, isolamento e tristeza, desfere um golpe e a lâmina corta os fios e fica cravada na camada externa. Ela mexe o cabo para a frente e para trás.

Quando consegue soltar, há uma fenda na parede externa, uma nesga de escuridão.

Konstance, ressoa Sybil. *Você está cometendo um erro grave.*

Ela estava enganada. É o nada, o vácuo do espaço profundo — ela está a cem trilhões de quilômetros da Terra; vai ser tragada para fora e asfixiar, nada mais. A machadinha cai das mãos dela; o espaço se enruga em volta; o tempo faz uma dobra. Pai abre um envelope e uma semente desliza para a palma da sua mão, fechada dentro de uma asa marrom-clara.

Prenda a respiração.

— Ainda não.

As sementes tremem.

— Agora.

Do lado de fora da fissura na parede externa, a escuridão permanece imóvel. Ela não é tragada para fora, seus olhos não congelam: é somente noite.

Oxigênio em três por cento.

Noite! Ela pega a machadinha e golpeia novamente e novamente: fragmentos de metal serrilhados caem na escuridão. Do lado de fora do buraco crescente, milhares e mais milhares de partículas prateadas minúsculas, iluminadas pelo facho cada vez mais fraco da luz frontal do seu capuz, estão caindo lá fora em meio à escuridão. Ela passa um braço pelo buraco e ele volta molhado.

Chuva. Está chovendo lá fora.

Oxigênio em dois por cento.

Konstance continua golpeando até seus ombros arderem e os ossos de suas mãos parecerem quebrados. O buraco fica mais irregular à medida que vai crescendo; ela consegue passar a cabeça, um ombro. Agora a lente do capuz de oxigênio está embaçada com condensação e ela rasga o bioplástico do traje, mas o risco vale a pena, e, com mais um golpe, o buraco é quase grande o suficiente para que seu torso passe.

O cheiro de cebolas selvagens.

O orvalho, as linhas das colinas.

A doçura da luz, a Lua no céu.

Oxigênio em um por cento.

Os pingos de chuva estão caindo até muito mais abaixo da fenda do que ela esperava, mas não há tempo. Ela joga montes de pacotes de sementes na escuridão, depois o machado e, em seguida, esgueira o corpo pela fenda.

Srta. Konstan..., ruge Sybil, mas a cabeça e os ombros de Konstance estão agora do lado de fora da *Argos*. Ela se contorce, uma coxa fica presa nas lascas de metal da fenda.

Oxigênio esgotado, diz o capuz.

Com as pernas ainda dentro da estrutura da parede, a cintura presa, Konstance dá um último respiro, em seguida arranca o capuz, arrebentando a fita isolante, e o deixa cair. Ele quica, rola e para uns cinco metros abaixo talvez, entre o que parecem ser pedras molhadas e longas lâminas de gramíneas da tundra, sua luz frontal brilhando apontada para cima, no meio da chuva.

A única maneira de sair é se jogar. Prendendo a respiração, ela apoia os braços na parte externa da nave, dá um empurrão e cai.

Um tornozelo sofre uma torção, o cotovelo bate em uma pedra, mas ela consegue se sentar e respirar — não está morta, não sufocou, não congelou.

O ar! Rico úmido salgado vivo: se há vírus à espreita naquele ar, se eles estão saindo pela fenda que ela abriu na lateral da *Argos* logo acima, se estão se replicando dentro das suas narinas naquele exato momento, se toda a atmosfera da Terra é venenosa, que assim seja. Que ela viva mais cinco minutos, respirando-a, sentindo seu cheiro.

Chuva cai em seu cabelo molhado de suor, no seu rosto, na sua testa. Ela se ajoelha em meio às gramíneas e ouve as gotas batendo em seu traje, em suas pálpebras. Aquilo parece um desperdício incrível, perigoso, promíscuo: água, caindo do céu, naquela quantidade toda.

A luz do capuz se apaga, e a fenda que ela abriu na lateral da *Argos* emite apenas uma penumbra. Mas a escuridão daquele lugar não tem nada a ver com ZeroLuz. O céu, enredado de nuvens, parece resplandecer, as lâminas de gramíneas molhadas refletem a luz, dezenas de milhares de gotículas brilhando, e ela tira até a cintura o traje costurado por Pai, se ajoelha com sua roupa de trabalho nas gramíneas da tundra e se lembra do que Éton disse: *Um banho é toda a magia de que um pastor tolo precisa*.

Konstance encontra a machadinha, arranca o resto do bioplástico, junta o maior número possível de envelopes de sementes que encontra e os guarda na roupa de trabalho junto com seu livro improvisado. Depois sai mancando em meio às plantas e às pedras até a cerca que delimita o perímetro. A *Argos* paira enorme e pálida atrás dela.

Na parte de cima da cerca, alta demais para ser escalada, há arame farpado, mas com a lâmina da sua machadinha, golpeando uma das estacas, ela consegue cortar alguns elos, dobrá-los para trás e se esgueirar para fora.

Do outro lado, há mais mil pedras molhadas e brilhantes. Liquens em crostas, liquens em escamas — ela poderia passar um ano estudando qualquer um deles. Atrás das pedras, ouve-se um estrondo, o estrondo de algo em movimento perpétuo, pululando, mudando, se mexendo — o mar.

A alvorada demora uma hora e ela tenta não piscar em momento algum. Primeiro, roxos que se espalham lentamente, depois

Cidade nas nuvens   735

azuis, uma diversidade de tons infinitamente mais complexos e ricos do que qualquer simulação dentro da Biblioteca. Ela fica em pé, descalça, na água, até os tornozelos, a arrebentação baixa e plana se mexendo sem parar em mil vetores diferentes, e, pela primeira vez na sua vida, o rumor da *Argos*, o gotejamento de canos, o zumbido de conduítes, dos sorrateiros tentáculos de Sybil — a máquina que ressoou ao redor dela durante toda a sua vida, desde antes de ela ser concebida — sumiu.

— Sybil?

Nada.

À direita, ao longe, ela consegue avistar o edifício cinza descoberto no Atlas, o abrigo para barcos, o píer rochoso. Atrás dela, a *Argos* parece menor: uma pílula branca sob o céu.

Em frente, no horizonte, a orla azul da alvorada está se tornando rosa, levantando seus dedos para empurrar a noite.

Epílogo

Biblioteca Pública de Lakeport

20 de fevereiro de 2020

19h02

Zeno

O GAROTO ABAIXA A ARMA. O TELEFONE DENTRO DA MOCHI-la toca pela segunda vez. Ali, depois do balcão da recepção bloqueando a porta, depois da varanda, o próximo mundo espera. Ele tem a força necessária?

Ele cruza o espaço rumo à porta de entrada e se apoia no balcão da recepção; a energia penetra nas suas pernas como se tivesse sido mandada por Atena em pessoa. O balcão desliza; ele agarra a mochila, abre a porta e sai para o brilho das luzes da polícia.

O telefone toca pela terceira vez.

Desce os cinco degraus de granito, atravessa o acesso à entrada, passa pela neve alta, penetra em uma teia de sirenes, sob a mira de rifles, uma voz gritando:

— Não atirem, não atirem! — Outra, talvez a sua própria, berrando algo além da linguagem.

Tanta neve cai do céu que o ar parece mais neve do que ar. Zeno corre pelo túnel de arbustos de zimbro, deslocando-se com a destreza possível para um homem de oitenta e seis anos com problemas no quadril que está correndo com botas de velcro e dois pares de meias de lã, a mochila apertada contra uma gravata de pinguins. Ele passa correndo com as bombas pelos olhos amarelos da coruja na caixa de devolução de livros, por um furgão em que está escrito *Descarte de Artefatos Explosivos*, por homens com coletes à prova de balas; ele é Éton que dá as costas à eternidade, feliz por ser um tolo novamente, os pastores estão dançando na chuva, tocando suas flautas e liras, as ovelhas estão balindo, o mundo está molhado, lamacento e verde.

Da mochila, sai o quarto toque. Só mais um toque de vida. Por um quarto de segundo, ele vê de relance Marian agachada ao lado de uma viatura da polícia, a doce Marian em seu casaco vermelho com seus olhos castanhos e calça jeans com respingos de tinta; ela o observa com uma das mãos sobre a boca, Marian, a bibliotecária cujo rosto todo verão se torna uma tempestade de sardas.

Cruzando a rua Park, longe das viaturas de polícia, a biblioteca atrás dele. *Imagine*, diz Rex, *como era ouvir as velhas canções sobre heróis voltando para casa*. A quatrocentos metros de distância, está a velha casa da sra. Boydstun, sem cortinas nas janelas, traduções espalhadas pela mesa de jantar, cinco soldadinhos Playwood Plastic em uma caixa de metal no andar de cima ao lado da caminha de latão, e Nestor, o rei de Pilos, dormindo no capacho da cozinha. Alguém precisa abrir a porta para ele.

Em frente está o lago, congelado e branco.

— Nossa — diz uma bibliotecária —, você não parece estar bem agasalhado.

— Onde — pergunta a outra — está a sua mãe?

Ele corre pela neve e, pela quinta vez, o telefone toc...

Qaanaaq

2146

Konstance

Eles são quarenta e nove na aldeia. Ela mora em uma pequena casa de um andar, em tom azul-pastel, feita de madeira e sucata, com uma estufa ao lado. Tem um filho: três anos, agitado, quente, ávido por testar tudo, aprender tudo, levar tudo à boca. Dentro dela, cresce uma segunda criança, pouco mais do que uma centelha, uma pequena inteligência se expandindo.

É agosto, o sol não se põe desde meados de abril e, esta noite, quase todos estão colhendo frutinhas silvestres. A distância, na parte baixa da cidade, depois das docas, o oceano brilha. Nos dias mais claros, na parte mais distante do horizonte, ela consegue enxergar uma pequena protuberância que é uma ilha rochosa a treze quilômetros de distância, onde a *Argos* está enferrujando sob o tempo.

Ela está trabalhando em seu jardim de vasos atrás da casa enquanto o menino está sentado em meio às pedras. No colo dele, está um livro deformado feito de pedaços de sacos de Alimento em Pó vazios. Ele o folheia de trás para a frente, passa por *Éton significa ardente*, passa por *O mago dentro da baleia*, a boca se mexendo silenciosamente.

A noite de verão está quente e as folhas das alfaces nos vasos se agitam e o céu se torna lavanda — o mais escuro que vai ficar

— enquanto ela vai para a frente e para trás com um regador. Brócolis. Couve. Abobrinha. Um pinheiro-da-bósnia que bate na sua coxa.

Parádeisos, paraíso: significa jardim.

Quando termina, Konstance se senta em uma cadeira de náilon desbotada e o menino leva o livro até ela e puxa-lhe a perna da calça. Suas pálpebras estão pesadas, mas ela luta para mantê-las abertas.

— Conta a história? — pede o menino.

Ela olha para o filho, as bochechas redondas, os cílios, o cabelo úmido. O menino já sente a precariedade de tudo aquilo?

Konstance o puxa para o colo.

— Vá até a primeira página e faça tudo como se deve.

Ela espera que ele vire o livro do lado certo. Ele morde o lábio inferior, depois vira a capa. Ela corre os dedos embaixo das linhas.

— Eu — diz ela — sou Éton, um simples pastor da Arcádia e...

— Não, não — interrompe o menino. Ele bate na página com a mão. — A voz, com a voz.

Ela pisca. O planeta gira mais um grau. Atrás do seu pequeno jardim, embaixo da cidade, um vento perturba o topo das ondas. O menino levanta um indicador e cutuca a página. Konstance pigarreia.

— E a história que tenho para contar para vocês é tão louca, tão incrível, que vocês jamais vão acreditar em uma palavra sequer, porém... — ela dá uma batidinha na ponta do nariz do menino — ... é verdadeira.

Nota do Autor

ESTE LIVRO, CUJA INTENÇÃO É SER UM HINO AOS LIVROS, É construído com base em muitos outros livros. A lista é longa demais para incluir todos, mas eis algumas das luzes mais brilhantes. *O asno de ouro*, de Apuleio, e *O burro Lúcio* (um epítome possivelmente de Luciano de Samósata) recontam a história do tolo que se transforma em burro com muito mais graça e habilidade do que eu. A metáfora de Constantinopla como a Arca de Noé dos textos antigos vem de *The Archimedes Codex*, de Reviel Netz e William Noel. Descobri a solução de Zeno para o enigma de Éton em *Voyages to the Moon*, de Marjorie Hope Nicolson. Muitos dos detalhes das experiências de Zeno na Coreia foram encontrados em *Remembered Prisoners of a Forgotten War*, de Lewis H. Carlson, e fui apresentado à cultura bibliográfica do início do Renascimento por *A virada*, de Stephen Greenblatt.

A maior dívida deste romance é em relação a um romance de mais de mil e oitocentos anos que não existe mais: *The Wonders Beyond Thule*, de Antônio Diógenes. Só restam alguns fragmentos do texto em papiros, mas um resumo da trama do século IX escrito pelo patriarca bizantino Fócio sugere que a obra era uma grande história de viagem pelo mundo, cheia de subnarrativas interligadas e dividida em vinte e quatro livros. Ao que parece, pegou elementos emprestados de fontes tanto eruditas quanto imaginárias, misturou gêneros então existentes, brincou com a ficcionalidade e talvez tenha incluído a primeira viagem literária para o espaço.

De acordo com Fócio, Diógenes afirmava no prefácio que o livro era, na verdade, uma cópia de uma cópia de um texto descoberto séculos antes por um soldado dos exércitos de Alexandre, o Grande. O soldado, dizia Diógenes, estava explorando as catacumbas sob a cidade de Tiro quando descobriu um pequeno baú de cipreste. Na parte de cima do baú, havia as palavras *Estranho, seja lá quem você for, abra isto para aprender coisas incríveis*, e, quando o abriu, o soldado encontrou, entalhada em vinte e quatro tábuas de cipreste, a história de uma viagem de volta ao mundo.

Agradecimentos

Devo agradecimentos profundos a três mulheres extraordinárias: Binky Urban, cujo entusiasmo pelos primeiros esboços me fez atravessar vários meses de dúvida; Nan Graham, que aprimorou mais versões deste manuscrito do que eu ou ela conseguimos contar; e, sobretudo, Shauna Doerr, que passou boa parte do nosso ano de pandemia curvada sobre páginas e me impediu de jogá-las fora em cinco ocasiões, além de encher minha alma de música e meu coração de esperança.

Um grande agradecimento também a nossos filhos, Owen e Henry, que me ajudaram a imaginar a Ilium Corporation e os refrigerantes de Alex Hess, e que me fazem rir todos os dias. Amo vocês.

Obrigado a meu irmão Mark por seu otimismo duradouro; a meu irmão Chris, que teve a ideia de Konstance ter usado eletrólise para pôr fogo no próprio cabelo; a meu pai, Dick, por me animar e estimular; e a minha mãe, Marilyn, por cultivar as bibliotecas e os jardins da minha juventude.

Obrigado a Catherine "Perambulador" Knepper, cujo encorajamento me ajudou a atravessar uma árdua série de revisões; a Umair Kazi por acreditar em Omeir; à American Academy em Roma — e especialmente a John Ochsendorf — por mais uma vez permitir meu acesso à sua comunidade brilhante; e ao professor Denis Robichaud por corrigir meu grego de neófito.

Obrigado a Jacque e Hal Eastman pelo encorajamento, a Jess Walter pela compreensão e a Shirley O'Neil e Suzette Lamb pela escuta. Obrigado a todos os bibliotecários que me ajudaram a encontrar o texto de que eu precisava ou que eu ainda não sabia que precisava. Obrigado a Cort Conley por me mandar coisas interessantes. Obrigado a Betsy Burton por ser uma paladina. Obrigado a Katy Sewall por me ajudar na pesquisa sobre a prisão de Seymour.

Obrigado a todas as pessoas maravilhosas na Scribner, em especial Roz Lippel, Kara Watson, Brianna Yamashita, Brian Belfiglio, Jaya Miceli, Erich Hobbing, Amanda Mulholland, Zoey Cole, Ash Gilliam e Sabrina Pyun. Obrigado a Laura Wise e Stephanie Evans por elevar o nível das minhas frases. Obrigado a Jon Karp e Chris Lynch pelo incrível apoio.

Obrigado a Karen Kenyon, Sam Fox e Rory Walsh na ICM, e a Karolina Sutton, Charlie Tooke, Daisy Meyrick e Andrea Joyce na Curtis Brown.

Mega superobrigado a Kate Lloyd, que entende tudo.

Um romance é um documento, feito por um único (particularmente falível) ser humano, portanto, apesar dos meus esforços e dos da fantástica Meg Storey, tenho certeza de que restam erros. Todas as imprecisões, insensibilidades e liberdades históricas levadas longe demais são culpa minha.

Um agradecimento permanente ao dr. Wendell Mayo, que eu gosto de pensar que teria gostado deste livro, e a Carolyn Reidy, que faleceu um dia antes de mandarmos o manuscrito.

Aos meus amigos: obrigado.

Por fim, obrigado sobretudo a você, caro leitor. Sem você, eu estaria sozinho, à deriva em um mar escuro, sem um lar para o qual retornar.

1ª edição	JANEIRO DE 2022
impressão	LIS GRÁFICA
papel de miolo	UPM 60G/M²
papel de capa	CARTÃO SUPREMO ALTA ALVURA 250G/M²
tipografia	GRANJON LT STD